●一九八一年二月二十日，比利攝於岱頓刑事精神病學中心

●一九六五年，十歲的比利

●左至右：吉姆，凱西，比利。中間下方：桃樂絲

●艾倫的油畫「雅德蘭娜」

●艾倫的油畫「大衛」

●艾倫的油畫「瘋女人：愛波肖像」

●艾倫的油畫「大衛・考爾醫師」

●艾倫的素描「雷根抱著克莉絲汀」

●艾倫的油畫「蕭恩」

●艾倫的素描「克莉絲汀」

●艾倫的素描「亞瑟」

Why do I gots to say in A CAGE AND CANT
got out AN play
Do you LikE ICrEAM
I Love you
My Antter say you going to help us
A great big hug AN A Kiss For Miss Judey
From
Christene

●克莉絲汀寫給茱迪．史帝文生律師的信

●〈凱絲琳的丰采〉油畫，艾倫與丹尼畫於雷貝嫩中比利的牢房（最初的簽名是比利，但右下角處有後來艾倫與丹尼的簽名）

●湯米的油畫「風景」

●雷根於富蘭克林郡立監獄時的畫作「克莉絲汀的安妮布娃娃」（前一頁「雷根抱著克莉絲汀」畫作中克莉絲汀就抱著布娃娃）

Choice

編輯的口味

讀者的品味

文學的況味

24個比利

完整新譯本

丹尼爾·凱斯 著

趙丕慧 譯

The Minds of Billy Milligan

by

Daniel Keyes

目錄

謝辭

本書能付梓，除了和威廉・史丹利・密利根上百次的會面訪談之外，也多虧了六十二位與比利的人生交會的人士。大多數的人在書中以真名實姓出現，我非常感激他們的鼎力相助。

我也要在此感謝下列諸位，他們的合作無論是在我的研究與調查上，或是本書的萌生、發展與出版上都是很重要的一個環節：艾森斯心理健康中心診療部主任大衛・考爾醫師、哈定醫院院長喬治・哈定二世、柯內莉雅・魏伯醫生、蓋瑞・史維卡與茱迪・史帝文生兩位公設辯護律師、亞藍・果斯貝里律師及史帝夫・湯普森律師、密利根的母親及現在的繼父、桃樂絲與戴爾・摩爾、密利根的妹妹凱西・摩里森、以及密利根的好友瑪麗。

我也要感謝下列機構的員工：艾森斯心理健康中心、哈定醫院（特別是公關艾麗・瓊斯）、俄亥俄州立大學警察局、俄亥俄地檢署、哥倫布警察局，及蘭卡斯特警察局。

我還要向俄亥俄州立大學的兩名強暴受害人（書中化名凱莉・德萊兒與唐娜・韋斯特）表達我的感激與尊敬，多謝妳們詳盡地提供了受害人的觀點。

謝謝我的經紀人唐諾・安哲對我有信心，支持這樣的一個寫作計畫；也感謝我的編輯彼得・蓋瑟斯有無窮的熱忱，多虧了他的慧眼，我才能將寫作題材去蕪存菁。

儘管大多數人士都樂於合作，還是有些人寧可不接受我的訪問，所以我想在此清楚說明我的資料來源：

費爾菲心理健康診所的哈洛·布朗醫生曾在密利根十五歲時治療過他，他的言論、想法、見解都引述自他寫的病歷。西南社區心理健康中心的桃樂絲·透納與史黛拉·凱若林醫生首先發現密利根有多重人格，她們兩位的描述是來自於密利根與她們會面的清晰記憶，並從她們的報告、法庭上的證詞中獲得確認，當時與她們認識並交談過的其他精神科醫師與律師也提供了描述。

威廉的養父查默·密利根（法庭與媒體都稱他為「繼父」）拒絕討論不利於他的陳述，也不願讓我以他的角度呈現事件的原委。他在寄給報社雜誌的證詞以及公開的訪談中都否認威廉的指控，不承認有「威脅、虐待、雞姦他」。因此，查默·密利根各種可疑的行為都來自於法庭紀錄，也與親戚鄰居的供詞吻合；我也訪問了他的女兒嘉樂、養女凱西、養子吉姆、前妻桃樂絲，當然還有威廉·密利根，從他們的口中得到了證實。

我要特別向我的女兒希樂麗和李絲麗表達感激，多謝她們在研究的艱難日子裡的協助與體諒，還有內人奧莉亞，除了幫我聽長達幾百小時的訪談錄音外，還幫我整理成讓我能夠反覆核對的系統，沒有她的鼓勵與協助，這本書只怕還要拖上好幾年才能定稿。

獻給受虐的孩子，
尤其是那些仍然不見天日的……

前言

本書翔實記錄了威廉·史丹利·密利根截至目前為止的人生，他是美國歷史上第一個因精神錯亂而犯下重罪，卻獲判無罪的人，原因是他有多重人格。

就精神病學及通俗文學上，其他有多重人格的人都在一開始時以虛構的姓名出現，但是密利根不一樣，所以打從他被捕起訴開始，他就變成了備受爭議的公眾人物。他的臉孔出現在報紙頭版與雜誌封面上。他的心理測驗的結果也披露在全世界的晚間新聞和報紙頭條上。他也是第一名在醫院中受到二十四小時的謹慎檢驗的多重人格病人，並有四名精神科醫師與一名心理學家發誓證明他有多重人格。

我第一次見到他，是在俄亥俄州艾森斯市的艾森斯心理健康中心，他剛被法院送去不久，時年二十三歲。他請我寫下他的故事，我的答覆是：要看除了媒體的大幅報導外還有什麼值得記述的。他向我保證，他心裡的人還有更深的秘密，是從來沒有對任何人揭露過的，連他的律師以及幫他檢查的精神科醫師都不知道，但現在他想讓全世界了解他的心理疾病。我雖然存疑，卻很有興趣。

見過他幾天之後，《新聞週刊》上一篇名為《比利的十張臉》的文章又再度挑起了我的好奇心：

然而，有些問題仍沒有答案：密利根是如何學會胡迪尼式的脫逃技巧，而由他的一個人格湯米來親身示範的？他和強暴受害人的對話中，他聲稱一個是「游擊隊」，一個是「職業殺手」？醫師認為密利根或許仍有別的人格有待發掘——而且有些人格還可能犯了罪卻逍遙法外。

我在探病時間到醫院去跟他單獨談話，發現比利（大家後來都這麼叫他）跟我第一次看見的那個淡定的年輕人非常不同。這一次他說話吞吞吐吐，還緊張地抖腿。他的記性很差，會因健忘而長時間表情茫然。他能夠籠統表達隱約憶起的往事，若是痛苦的回憶，聲音往往會發抖，可是許多細節卻說不清楚。我想盡方法要提取他的經歷，卻是徒然，我也準備放棄了。

後來，有一天發生了令人震驚的事。

比利．密利根第一次完全融合，出現了一個新的個體，兼容並蓄了他所有的人格。這一個融合的密利根能夠清清楚楚交代每一個人格的來源，而且幾乎是完完整整的回憶——他們的思想、行動、關係、悲慘的遭遇，及有趣的冒險。

我一開始就提出這件事，是為了讓讀者了解我為什麼能夠記錄密利根過去的事件，私人的感情以及他的自言自語。這本書裡的素材都是這一個融合的密利根、他自己的其他的人格，以及六十二位在他人生的不同階段與他交會的人所提供的。場景與對話都是根據密利根的回憶所重建，會談則直接取自錄影帶，沒有一絲一毫出於我的捏造。

我動筆之後就面臨了一個重大的問題，也就是時間順序。密利根從幼年期就經常「遺失時間」，他極少看時鐘和日曆，也經常因為覺得太難堪而不承認不知道日期。最後我終於找到了方法。

我從他的母親、妹妹、雇主、律師、精神科醫師那裡拿到帳單、收據、保單、成績單、工作紀錄等等文件，以此為依據。雖然密利根很少在書信上標上日期，他的前女友卻把他坐牢的兩年中寫給她的幾百封信保存了下來，讓我能從信封上的郵戳來標明日期。

寫書期間，我和密利根商定了兩條基本規則：

一、人、地、機關都要以真名出現，只有三組人士必須以假名保護：其他的精神病患；與少年及成年的密利根有來往而未被起訴的罪犯，而且我也無法直接訪談的；俄亥俄州立大學三位被強暴的受害人，包括同意接受我訪談的那兩位。

二、為了確保密利根不會因為某些人格透露出的罪行而遭到起訴，我們都同意以「詩的破格」來呈現這些場景，至於密利根已經受審過的罪行則據實報導。

見過比利．密利根，及和他一起工作過，或是被他傷害的人，大多接受了醫師的診斷：他有多重人格。許多人記得密利根說過的話或做過的事，最終也坦言：「他不可能是裝的。」但還是有人覺得他是高明的騙子，以精神錯亂為藉口主張他無罪，逃過牢獄之災。這兩派人士我都儘可能去訪談，讓他們表達他們的反應與理由。

我本人其實也抱持懷疑的態度，我幾乎每天都搖擺不定，可是幫密利根寫這本書的這兩年中，每每我懷疑他回憶起的行動與經歷，覺得似乎不可思議，卻往往在加以調查之後得到確證。

俄亥俄州的各家報紙仍然呶呶不休，一九八一年一月二日的《岱頓每日新聞報》有篇文章就可見一斑——那已是距離最後一次的犯罪三年又兩個月的時間了：

是騙子或受害人？無論何者，密利根案都發人省思

喬・芬利報導

威廉・史丹利・密利根是個愁惑紛擾的人，過著愁惑紛擾的人生。他不是個大騙子，欺騙了社會，犯下暴力罪卻逃過刑罰，就是個多重人格的受害者。無論是何者，都不是好消息……

唯有時間能證明密利根究竟是擺了世人一道，或是最可憐的受害人……

說不定現在就是時候了。

丹尼爾・凱斯

一九八一年一月三日於俄亥俄州艾森斯市

比利的內在人格

比利．密利根的他我人格眾多，為避免與故事中各外在人物混淆，逐一陳列於下。外型描述都依據各他我對自己的認知。

十人組：

是主要的他我人格，七〇年代末期密利根因強暴案受審時，精神科醫師、律師、警方、媒體僅知之人格。

一、威廉．史丹利．密利根（又名比利或比利U），二十七歲。原始人格，或稱核心人格，被稱為「未融合的比利」或「比利U」。高中中輟生。六呎高，一九〇磅。藍眼褐髮。

二、亞瑟，二十二歲。英國人。理性冷淡，說話帶英國腔。自學物理化學，閱讀醫學叢書。以阿拉伯文寫信給作者。極為保守，自以為是資本家，其實他承認是無神論者。他第一個察覺到其他人格存在，安全地區由他主導，他來決定「家族」（亦即「場子」）中誰出現，具有意識。戴一副老祖母眼鏡。

三、雷根·瓦達斯哥維尼茨，二十三歲。仇恨的管理人，他的名字的意思是「又打雷了」，意指又生氣了。有顯著的斯拉夫口音，懂塞爾維亞克羅地亞語。他是武器軍火專家，也是空手道高手。膂力過人，因為他有控制腎上腺素的能力。相信共產主義與無神論。他負責保護家人及婦孺。危險地區由他掌控意識。他與罪犯毒蟲來往，承認犯罪，也承認有時有暴力行為。體重二百一十磅，兩臂極粗，黑髮，留八字鬍，鬍梢下墜。他有色盲，所以只畫黑白兩色。

四、艾倫，十八歲。擅詐騙及操縱，最常由他與外界人士應對。是不可知論者，標準的態度是「把這輩子過得最精采」。他會打鼓，擅肖像畫。各人格中唯有他慣用右手，也唯有他吸菸。他和比利的母親關係密切。他的身高和比利相同，但體重較輕（一六五磅）。頭髮右分。

五、湯米，十六歲。脫逃大師。常被誤認為艾倫，好鬥、反社會。會吹薩克斯風，是電子專家，擅畫風景。泥金色頭髮，琥珀色眼眸。

六、丹尼，十四歲。膽小怕人，尤其是男性，因為曾被迫自掘墳墓，慘遭活埋，所以他只畫靜物。金髮及肩，藍眼，體型瘦小單薄。

七、大衛，八歲。痛苦的管理人，有移情作用。能吸收其他人格的痛苦。雖然極度敏感、有洞察力，注意力卻不夠集中。多數時間懵懵懂懂。髮色暗紅棕，藍眸，身形矮小。

八、克莉絲汀，三歲。因為求學時總站在牆角，而被稱為「牆角的小孩」。聰明的英國女孩，識字也會寫字，卻有閱讀困難症。喜歡畫花草蝴蝶，也喜歡著色。金髮披肩，藍眸。

九、克里斯多福，十三歲。克莉絲汀的哥哥，說話帶英國腔。個性溫順，卻心事重重。會吹口琴。髮色和克莉絲汀一樣金中泛褐，只是劉海比較短。

十、雅德蘭娜，十九歲。同性戀。害羞、孤單、內向，會寫詩，幫其他人格烹飪、理家。黑髮細長。患有眼球震顫症，因此褐色眼睛偶爾會飄來飄去，所以說她有一對「跳舞的眼睛」。只有她能夠以意志讓別的人格退場。

討厭鬼：

受亞瑟壓制的人格，因為具有討人厭的特性，這些隱藏的人格在艾森斯心理健康中心首次出現，由大衛．考爾醫生發現。

十一、菲利普，二十歲。暴力分子。有濃重的布魯克林口音，言語粗鄙。大罪不犯，小罪不斷。有名受害人說他自稱「菲爾」，警方及媒體從而得知除了精神科醫師知道的十個人格之外還有別的人格。棕色鬈髮，淡褐色眼睛，鷹鈎鼻。

十二、凱文，二十歲。軍師。不成氣候的小罪犯，計畫了葛瑞藥局搶劫案。喜歡寫作。

金髮碧眼。凱文後來從討厭鬼名單中剔除，因為他一個人在州立利馬醫院挺身面對有虐待狂的醫護人員。

十三、華特，二十二歲。澳洲人。留八字鬍，自認為是專門捕獵大型動物的獵人。方向感極佳，通常擔任看守者。不輕易流露情緒，性情古怪。

十四、愛波，十九歲。瘋女人。波士頓口音。滿腦子都想著要狠狠報復比利的繼父查默。其他人都說她不正常。會縫紉，做家事。黑髮、褐眸。

十五、山繆，十八歲。流浪的猶太人。宗教上是正統派，各人格中唯有他相信上帝存在。擅雕塑、木刻。黑色鬈髮，留鬍子，褐色眼睛。

十六、馬克，十六歲。勞力者，負責單調的體力勞動。完全被動，除非奉他人命令，否則什麼也不做。假如無事可做，就瞪著牆壁。有時稱他「活死人」。

十七、史帝夫，二十一歲。大老千。模仿別人加以嘲謔。自大狂，不接受多重人格的診斷。嘲弄人的模仿常為其他人惹上麻煩。

十八、李，二十歲。諧星、小丑、頑童。他的玩笑在監獄及高度戒護醫院都點燃戰火，害得別人被丟進禁閉室。不在乎生命，也不在乎行動的後果。暗褐色頭髮，淺褐色眼睛。

十九、傑森，十三歲。壓力閥。歇斯底里的反應以及發脾氣常招來處罰。為了讓其他人忘記憂傷，他帶走不好的回憶，也因而導致失憶。褐髮，褐眸。

二十、羅伯特（巴比），十七歲。作白日夢的人，總是幻想旅行與冒險。儘管他夢想把世界變得更好，卻毫無雄心壯志，智能上也缺少興趣。

二十一、蕭恩，四歲。聾子，常被認為智障。發出嗡嗡的聲音來感受頭腦中的震動。

二十二、馬丁，十九歲。勢利鬼。紐約客，好炫耀，愛吹牛，裝腔作勢。喜歡不勞而獲。金髮、灰眸。

二十三、提摩西（提米），十五歲。在花店工作，有同性戀者挑逗他，嚇壞了。躲進自己的世界。

老師：

二十三個人格融合為一，二十七歲的老師教導其他人所有需要學習的事。聰明、感性、有幽默感。他說：「我是完整的比利。」提到他人時稱之為「我創造的人造人」。老師有幾乎完全的回憶，他的出現與協助才讓本書有寫成的可能。

第一部

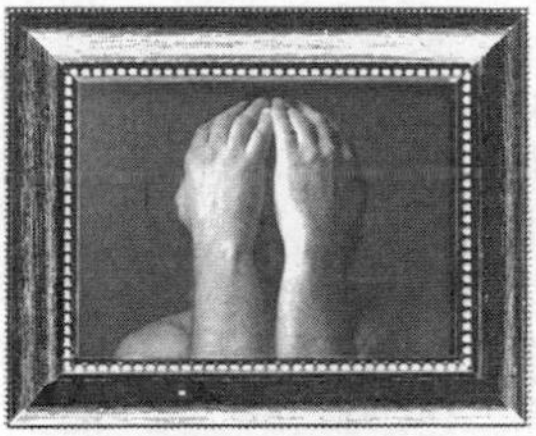

混沌期

第一章

1

一九七七年十月二十二日星期六，大學警察局局長約翰．克雷柏派出重兵警力戒護俄亥俄州立大學醫學院。帶槍的警員駕車或徒步在校園內巡邏，屋頂上還有帶槍的偵察員。同時，警方建議女性必須結伴而行，坐進汽車時要小心四周是否有男性。

一名年輕女性在校園內被人持槍綁架，這是八天以來的第二次，時間約莫是早晨七、八點。第一名受害人是二十五歲的驗光配鏡系學生，第二名是二十四歲的護士，兩人都被載到鄉間強暴，被逼著兌現支票，再遭到洗劫。

報紙刊登了警方的合成照片，民眾也打了上百通的電話，提供了上百個姓名和外表描述，卻都用不上。警方找不到有力的線索，也沒有嫌疑犯，大學城的緊張氣氛高漲。俄亥俄州各報及電視新聞，都開始稱這名罪犯為「校園之狼」，學生組織與社區團體紛紛要求立刻破案，克雷柏警長的壓力與日俱增。

克雷柏命令年輕的偵緝隊長艾略特．巴瑟波姆負責追捕犯人。巴瑟波姆踏入警界要追溯到他在俄亥俄州立大學念書的時候。一九七〇年學生暴動，導致校園關閉，他在那一年畢業，大學警察局問他願不願意剪去長髮，刮掉八字鬍。他剪去了長髮，保留鬍子，卻還是得到了這份工作。

巴瑟波姆和克雷柏審視根據兩名被害人描述所合成的照片與資料，一切箭頭似乎都指向一名罪犯：白人男性，二十五到二十七歲，重一七五到一八五磅，頭髮褐色或紅褐色，這名男性兩次犯刑都穿著褐色慢跑上衣、牛仔褲、白運動鞋。

第一名受害人凱莉．德萊兒記得強暴犯戴手套，持有一把小左輪槍。偶爾他的眼神會左右亂飄，她認出這是眼球震顫症的症狀。他把她銬在她的汽車門上，把她載到荒郊野外，然後強暴了她。事後，他說：「妳如果去報警，不要跟他們描述我的樣子。要是讓我在報上看到什麼，我會找人來對付妳。」彷彿是要證明他不是空言恫嚇，他還從她的通訊錄上記下了一些名字。

唐娜．韋斯特是一名矮胖的護士，她說攻擊者拿了一把自動手槍。他的手上沾了什麼，不是土或油，而是某種油污。他有一次說他叫菲爾，滿嘴髒話。他戴了褐色太陽眼鏡，所以她始終沒看見他的眼睛。他記下了她的親戚的名字，警告她說敢指認他的話，她或是她的家人就會被他叫來的「兄弟」修理。她和警方都認為他是在吹牛，其實他並不屬於什麼恐怖組織或黑道。

關於兩名受害人的描述，只有一個地方讓克雷柏和巴瑟波姆特別感到困擾。第一名嫌犯據稱留著漂亮的八字鬍，而第二名卻是一臉三天沒刮的鬍子，沒有八字鬍。

巴瑟波姆微笑。「大概是在第一次和第二次之間他刮鬍子了。」

哥倫布市中心的中央警察局裡，妮姬．米勒警探被派到性侵偵查小隊，十月二十六日星期三下午三點整，她進警局來值第二班。她剛從拉斯維加斯度假回來，有兩個星期不在，現在一副神清氣爽的模樣，日曬過的膚色更烘托了她的褐眸和卷羽型沙色頭髮。值第一班的葛蘭利奇告訴她，他要把一名年輕的強暴被害人送到大學醫院。因為現在由米勒接手，所以葛蘭利奇就把僅有的資料轉告了她。

當天早上大約八點，波麗．紐頓在大學校園附近的公寓後面被人挾持，她剛把男朋友的藍色雪佛蘭停好，就又被迫坐回去汽車裡，被迫開到鄉下一處偏僻的地方，遭到強暴。事後強暴犯要她開回哥倫布市，兌現了兩張支票，再逼她載他回校園，然後他建議她再兌現一張支票，辦理止付，自己把錢留著。

米勒因為去度假了，沒看報紙，不知道有「校園之狼」，也沒看過照片，第一班的警員就為她詳細說明了來龍去脈。

「這一件案子，」米勒在報告裡寫道，「與另兩件強暴綁架案有諸多類似之處……由俄亥俄州立大學警局處理，發生在他們的轄區。」

米勒和她的搭檔貝索警員駕車到大學醫院去訊問波麗．紐頓，一名紅褐色頭髮的女孩。

波麗說挾持她的男人自稱是「氣象人幫」❶的一員，可是他還另有生意人的身分，開的車是馬斯拉蒂。波麗在醫院接受治療後，同意陪著米勒和貝索去搜查她被迫前去的地方，可是天色變暗了，她也越來越不確定，只好同意明天早晨再跑一趟。

犯罪現場鑑識科在她的汽車上尋找指紋，找到了三枚不完整的指紋，之後如果再有嫌疑犯，就可以拿來比對。

米勒和貝索載波麗回偵查局，請警局的畫家畫嫌犯肖像。然後米勒請波麗瀏覽白人男性性侵犯的照片。她細看了三匣的存檔照片，每匣都有一百張之多，卻一無所獲。到了當晚十點，她已經在警局七個小時了，筋疲力盡，只好停下。

隔天早晨十點十五分，值早班的性侵偵查小隊警員去接波麗．紐頓，載她到德拉瓦郡。大白天視線清晰，她終於把他們帶到了強暴的現場，警察在水塘邊找到了九釐米子彈彈殼，波麗說是那個人射擊他自己丟進水裡的啤酒瓶所留下的。

回到警局後，妮姬．米勒也剛好來上班。她讓波麗坐在小房間裡，正對著接待員的桌子，又拿了一匣的檔案照。她讓波麗一個人在房間裡，關上了門。

幾分鐘後，艾略特．巴瑟波姆抵達偵查局，第二名受害人唐娜．韋斯特也一起前來，他也是想讓她看檔案照。他和克雷柏警長決定要先讓驗光配鏡系的學生退居第二線，萬一檔案照在法庭上站不住腳，再請她做列隊辨認。

米勒安排唐娜．韋斯特坐在走廊上檔案櫃邊的桌子前，給了她三匣的檔案照。「天啊，」她說，「外面居然有這麼多性侵犯嗎？」唐娜一張一張慢慢看，巴瑟波姆和米勒就在一旁等候。唐娜一臉憤怒挫折，翻著照片，看見了一張她認識的臉——不是強暴她的人，而是以前的同學，前天她還在街上看見他呢，她偷看背面，發現他因為露鳥而被捕。「要命喔，」她喃喃說，「知人知面不知心。」

❶the Weathermen，也就是「第一革命運動組織」，主要由學生、工人和黑人組成，主張暴力是武裝鬥爭的一部分，也鼓勵工人蓄意罷工。

看到一半，唐娜發現了一張照片，不禁躊躇。那是一名英俊的年輕人，留著上窄下寬的落腮鬍，兩眼無神，瞪著前方。她跳了起來，險些把椅子翻倒。「就是他！就是他！我有把握！」

米勒請她在照片背面簽名，再找出身分證號碼，核對了紀錄，寫下「威廉・密利根」，那是一張舊檔案照。

接著她把照片插入了一匣照片的四分之三處，波麗・紐頓還沒有看過。然後她和巴瑟波姆、一名叫布拉席的警探、貝索警員都進了波麗所在的房間。

米勒覺得波麗必定是知道他們在等她從那一匣照片裡挑出一張來。她翻著卡片，小心地翻動，快到一半時，米勒發現自己越來越緊張，如果波麗挑出了同一張檔案照，那麼校園之狼就現跡了。

波麗在密利根的照片頓了一下，隨即翻了過去。米勒能感覺到自己的肩膀和胳臂都繃得很緊，接著波麗又往回翻，再次看著那個留著落腮鬍的年輕男子。「咳，真的很像，」她說，「可是我不能肯定。」

巴瑟波姆倒沒有立刻就對密利根發出拘捕令。即使唐娜・韋斯特指認是這個人，他卻不是很肯定，因為照片是三年前的舊照，他想等指紋核對的結果出爐。布拉席警探將密利根的身分證拿到一樓的犯罪鑑識局，比對從波麗車上採得的指紋。

米勒很氣這樣的拖延，她覺得他們有了很好的開始，她極想立刻去追捕他。可是她這邊的被害人波麗・紐頓做不出肯定的指認，她別無選擇，只能等待。兩個小時後，報告出來了。在雪佛蘭駕駛座外採得的右手食指和中指的指紋，以及右手掌紋都屬於密利根，也都是很清楚、百分之百吻合的指紋，足以起訴了。

巴瑟波姆和克雷柏仍然有所顧忌，他們想要有百分之百的把握，再去追捕嫌犯，於是請專家來再次評估指紋。密利根的指紋與受害人車上採得的指紋吻合，所以米勒決定先動手，以綁架、搶劫、強暴三項罪名申請拘捕令，把他帶進警局，讓波麗在列隊辨認中指認出嫌犯。

巴瑟波姆詢問了克雷柏警長，他仍然堅持應該等專家答覆，再一兩個小時，應該就可以了，最好是確定了再說。直到當晚八點，局外的專家才確認指紋是密利根的。

巴瑟波姆說：「好，我會以綁架罪逮捕他，那是真正在校園裡——即我們的轄區內——犯下的罪，強暴案發生在其他區域。」他核對了鑑識局的資料：威廉．史丹利．密利根，二十二歲，前科犯，半年前從俄亥俄州雷貝嫩矯治機構假釋，最後登記的住址是俄亥俄州蘭卡斯特市春天街九三三號。

米勒叫了特警隊，大家在性侵偵查小隊集合，計畫攻堅策略。他們必須先找出公寓裡有多少人和密利根在一起。兩名強暴被害人說他自稱是恐怖分子和職業殺手，而且他還當著波麗的面開槍，他們必須假設他持有武器，是危險人物。

特警隊的奎格警員建議偽裝。他會假裝送披薩去公寓，等密利根開門，奎格會設法看看室內，大家同意了這個計畫。

可是從找到地址開始，巴瑟波姆就一直困惑不解。為什麼會有個前科犯大老遠跑四十五哩路，從蘭卡斯特到哥倫布，而且還在兩個星期內跑了三趟，就為了來強暴女人？不對勁。警察正準備出發，他拿起電話，撥了四一一，詢問是否有威廉．密利根的新地址，他聽了一會兒，匆匆寫下一行字。

「他搬到雷諾茲堡的老李文斯頓街五六七三號了。」巴瑟波姆宣布。「位於東區，開車只要十分鐘左右，這樣才對嘛。」

人人都鬆了一口氣。

九點整，巴瑟波姆、克雷柏、米勒、貝索及四名哥倫布特警隊的警員分乘三輛車出發，以時速二十哩的速度在公路上前進，因為濃霧瀰漫，連大燈都照不透。

特警隊率先抵達，原本只需十五分鐘的路程走了一個小時，又花了十五分鐘才在剛鋪設好的迂迴街道上找到了正確的地址，找上了查寧威公寓住宅區。特警隊一面等待其他人抵達，一面和一些鄰居交談。密利根的公寓裡亮著燈。

等警探和大學警局的警官到達後，全體就位。米勒躲在中庭右側，貝索繞到公寓角落，其餘三名特警隊員在另一邊部署。巴瑟波姆和克雷柏繞到後面，摸向對開的滑動玻璃門。

奎格從後車廂拿出了達美樂披薩空盒，用黑色簽字筆草草寫下「密利根——老李文斯頓街五六七三號」。他把襯衫下襬拉出了牛仔褲腰，遮住左輪槍，輕鬆地走向面對中庭的四扇門之一。他按了門鈴，沒有人回應。他又按一次，聽到室內有動靜，就擺出無聊的姿勢，一手舉高披薩，另一手按在手槍旁。

巴瑟波姆躲在房子後面，從這個位置可以看見有個年輕人坐在一張褐色的安樂椅上，面對著一架大彩色電視，房間是L形的，客廳兼餐廳，看不到有別的人。看電視的人站了起來，去應門。

奎格又按了一次門鈴，看到有人從門邊的玻璃板上注視他。門開了，一名英俊的年輕人盯著他看。

「送披薩。」

「我沒叫披薩。」

奎格想察看公寓裡面，看見後門也是玻璃門，帘子拉開了，他可以直接看到巴瑟波姆。

「地址是這裡啊，威廉·密利根訂的，就是你吧？」

「不是。」

「有人從這裡打電話叫披薩。」奎格說。「那你是誰？」

「這是我朋友的公寓。」

「那你的朋友呢？」

「他現在不在。」他的聲音遲鈍。

「那他去哪裡了？有人叫了披薩，比利·密利根，地址是寫這兒。」

「我不知道，隔壁的人認識他。他們大概會告訴你，可能是他們叫的。」

「你帶我去好不好？」

年輕人點頭，走了幾步，敲門，等了幾秒，又敲一次，沒有人應門。

奎格丟下了披薩盒，掏出了手槍，抵著嫌疑犯的後腦勺。「不要動！我知道你是密利根！」他亮出手銬，銬住了他。

年輕人一臉茫然。「現在是怎樣？我又沒有做什麼。」

奎格用槍戳他的肩胛骨，拉扯密利根的長髮，好像在扯韁繩。「進屋裡去。」

奎格把他推進了公寓，其他的特警隊警員一下子擁了上來，包圍住他，每個都高舉著槍，巴瑟波姆和克雷柏也繞到前門來。

米勒拿出了身分證照片，核對出密利根的脖子上有一顆痣。「他有痣，樣貌一樣，就是他。」

他們讓密利根坐在紅色椅子上，這時米勒注意到他筆直瞪著前方，表情恍惚，像失了魂。鄧普西警佐彎腰搜查椅子下方。「槍在這裡。」他說，用鉛筆把槍勾了出來。「名為史密斯威森的九釐米手槍。」

一名特警隊警員把面對電視的褐色椅墊翻過來，正要把一個彈匣和一個裝了軍火的塑膠袋拿出來，可是鄧普西阻止了他。「等等。我們拿的是拘捕令，不是搜查令。」他轉向密利根。「你願意讓我們搜查嗎？」

密利根只是茫然瞪著眼睛。

克雷柏知道，不需要搜查令也能夠查看室內是否有別人，就進了臥室，看見凌亂的床鋪上有一套褐色慢跑裝。這個地方亂七八糟，衣服丟了一地。他瞧了瞧衣櫃間，裡面的架上整整齊齊疊著唐娜．韋斯特以及凱莉．德萊兒的信用卡，甚至有從兩名女性那兒搶來的小紙片，五斗櫃上則放著褐色太陽眼鏡和皮夾。

他去找巴瑟波姆，準備告訴他發現了什麼，結果在廚房邊的小餐室裡找到了他，吃飯間已經改造成了畫室。

「你看。」巴瑟波姆指著一大幅畫，像是皇后，或十八世紀的貴族仕女，一身藍袍，綴著蕾絲，坐在鋼琴旁，拿著單張樂譜。細部處理得極細膩，簽名是「密利根」。

「嘿，畫得可真好。」克雷柏說。他看了看靠著牆的其他畫布、畫筆、一管管的顏料。

巴瑟波姆一巴掌拍上了額頭。「唐娜．韋斯特說他的手上有污漬，就是這個，他會繪畫。」

米勒也看見了畫，走向仍坐在椅子上的嫌犯。「你是密利根吧？」

他抬頭看她，神情迷惘。「不是。」他嘟囔著說。

「那幅畫真漂亮，是你畫的？」

他點頭。

「上面簽的名字可是密利根呢。」她帶笑說。

巴瑟波姆走向密利根。「比利，我是俄亥俄州立大學的警察，我叫艾略特．巴瑟波姆，你願意跟我談談嗎？」

沒有反應。也不見凱莉．德萊兒提到的眼睛亂飄。

「有人宣讀他的權利了嗎？」沒有人回答，所以巴瑟波姆就掏出卡片來大聲宣讀，他不想有什麼缺漏。「比利，你被控綁架校園裡的女生，你想要談一談這件事嗎？」

密利根抬頭，一臉震驚。「發生了什麼事？我傷害了誰嗎？」

「你跟她們說會有別人來對付她們，那些人是誰？」

「我希望我沒有傷害了誰。」

有一名警員朝臥室走，密利根瞧了一眼。「別踢裡面的盒子，會爆炸。」

「有炸彈？」克雷柏立刻就問。

「在……裡面……」

「你能指給我看嗎？」巴瑟波姆問。

密利根緩緩站了起來，走向臥室。他在門口停下，朝五斗櫃旁地上一個小紙盒點了點頭。克雷柏盯著密利根，巴瑟波姆進去查看，其他警員都擠在密利根的後面。巴瑟波姆跪在紙盒旁，從打開的蓋子可以看見電線和一個像時鐘的東西。

他退出房間，對鄧普西警佐說：「最好叫拆彈小組來。克雷柏跟我要回警局了，我們會帶密利根走。」

克雷柏駕駛大學警局的警車，特警隊的洛克威爾坐他旁邊。巴瑟波姆跟密利根坐在後座，密利根對強暴案的問題都沒有反應，只是向前靠，因為手銬在背後，姿勢很彆扭，嘀嘀咕咕說著不連貫的句子：「我哥史都華死了……我有沒有傷害別人？」

「你認識那些女生嗎？」巴瑟波姆問。「你認識護士嗎？」

「我媽媽是護士。」密利根咕噥著說。

「告訴我，你為什麼會跑到俄亥俄大學去找被害人？」

「德國人會來追我……」

「我們來談談發生的事，比爾❷，是不是護士的黑色長髮吸引了你？」

密利根看著他。「你很奇怪耶。」然後，瞪著眼睛，他又說：「我妹如果知道了，她一定會討厭我。」

巴瑟波姆放棄了。

他們抵達了中央警局，從後門把犯人帶進去，上了三樓，到手續室。巴瑟波姆和克雷柏到另一間辦公室去協助米勒準備申請搜查令的文件。

十一點半，貝索警員再一次向密利根宣讀了他的權利，問他是否要簽棄權聲明書，而密利根只是瞪著眼睛。

米勒聽見貝索說：「喂，比利，你強暴了三個女人，我們想知道案情。」

「我有嗎？」密利根問。「我有沒有傷害誰？如果我傷害了誰，我很對不起。」

之後，密利根又變成了啞巴。

貝索帶他到四樓的登錄室去按指紋拍照。

兩人進去時，一名制服女警抬頭看。貝索抓住密利根的手就要按指紋，可是犯人突然猛地向後跳，彷彿很害怕被他碰，而且還躲到女警後面尋求保護。

「他不知道在怕什麼。」女警說，轉頭看著臉色雪白，不停顫抖的年輕人，她輕聲細語，像是跟小孩子說話。「我們需要你的指紋，你聽懂我在說什麼嗎？」

「我——我不要他碰我。」

「好。」她說。「那我來，這樣可以嗎？」

密利根點頭，讓她幫他按指紋。按過指紋拍過照之後，一名警員把他帶進了拘留牢房。

申請搜查令的文件都填好之後，妮姬．米勒打電話給魏斯特法官。法官聽到了她有的證據，又鑑於事態緊急，請她到他家去。那天半夜一點二十分，他簽發了搜查令。米勒冒著濃霧開車回查寧威公寓住宅區，霧氣越來越重了。

接著米勒打電話給犯罪現場蒐證科。兩點十五分，他們抵達了公寓，她亮出搜查令，他們開始蒐證，從嫌犯公寓帶走的物品都列入了清單：

❷比爾（Bill）、及書中較常提及的比利（Bill）皆為威廉（William）這個名字的小名。

梳妝檯——現金三百四十三元，太陽眼鏡，手銬與鑰匙，皮夾，威廉・辛姆斯與威廉・密利根的身分證，唐娜・韋斯特的簽帳單。

衣櫃——唐娜・韋斯特與凱莉・德萊兒的萬事達信用卡，唐娜・韋斯特的診所工作證，波麗・紐頓的照片，點二五口徑義大利製自動手槍，內有五發子彈。

女用化妝箱——三點五乘十一吋的紙張，上面有波麗・紐頓的姓名地址，是從她通訊錄上撕下的一頁。

床頭板——彈簧刀，兩小包粉末。

五屜櫃——密利根的電話帳單，史密斯威森槍套。

紅椅下——史密斯威森九釐米手槍，有彈匣及六發子彈。

褐椅椅墊下——內有十五發子彈的彈匣，一只塑膠袋內裝十五發子彈。

回到中央警局，米勒把證物拿給書記官，公證後，交到證物室。

「夠多東西上法庭了。」她說。

密利根縮在小牢房的角落裡，劇烈顫抖。突然，發出了輕微的咽住的聲音，就昏倒了。一分鐘後，他睜開眼睛，愕然瞪著牆壁、馬桶和小床。

「天啊，不要！」他大喊。「不要又來了！」

他坐在地板上，茫然瞪著前方，忽然看見角落有蟑螂，表情一片空白，神色大變。他雙腿交叉，拱肩縮背，兩手捧著下巴，笑得很稚氣，盯著蟑螂繞著圓圈跑。

2

幾個小時後，他們來移送密利根，他才醒過來。許多囚犯銬成一排，跟他銬在一起的是個高大的黑人。一行人離開大廳，下了樓，從後門出去到停車場，齊步走向廂型車，目的地是富蘭克林郡監獄。

廂型車開向哥倫布購物區的中心，開向城市核心的未來堡壘，它的水泥牆高達兩層樓，向內傾斜，龐然如山，沒有窗戶，第二層樓之上，直插向天，有如現代的辦公大樓。富蘭克林監獄的中庭立著班哲明．富蘭克林的雕像。

廂型車轉入監獄後的小巷，停在車庫的波紋鋼門前。在這個角度，監獄籠罩在另一棟更高的大樓陰影下，也就是隔壁的富蘭克林郡司法大廈。

鋼門向上捲，廂型車開了進去，鋼門又緩緩落下。戴著手銬的囚犯們被帶出車子外，站到棧橋上，也就是監獄旁的兩道鋼門之間，只有一個人例外。密利根已經掙脫了手銬，仍然留在廂型車裡。

「給我下來，密利根！」警員大喊。「你他媽的垃圾強暴犯，你以為這裡是五星級大飯店嗎？」

跟密利根銬在一起的黑人說：「跟我沒關係。我發誓，他隨便抖一抖，手銬就掉了。」

監獄門打開了，六名囚犯被趕進了外門與鐵柵欄區之間的通道。他們能從鐵欄杆之間看見控制中心——監視器，電腦，幾十名警員，男的穿著灰長褲，女的穿灰裙，黑色襯衫。外門關上之後，內部的鐵柵門打開來，囚犯被帶了進去。

大廳到處是穿黑襯衫的人在走動，還有敲電腦鍵盤的聲音。入口處，一名女警舉高一只牛皮紙信封。「珍貴物品。」她說。「戒指、手錶、珠寶、皮夾。」密利根掏空口袋，同時她把他的外套拿走，搜查襯裡，再交給證物室的警員。

他又被搜了一次身，這次更仔細，是年輕的警員搜的，接著他就和其他囚犯一起被關進了牢房，等待報到，小小的方形窗裡有許多雙眼睛在看。那名黑人推了密利根一下，說：「原來你就是那個出了名的啊，你會開手銬，那就看你有沒有本事把我們弄出去。」

密利根茫然看著他。

「你再整那些條子，」他說，「他們準會把你揍死，聽我的準沒錯，我進出牢裡很多次了。你有沒有關過？」

密利根點頭。「所以我才不喜歡，所以我才想離開。」

3

監獄的一條街外，公設辯護律師辦公室的電話響了，蓋瑞．史維卡正想點菸斗。他是三十三歲的督察律師，個子高，留鬍子。電話是榮恩．雷蒙打來的，他也是公設律師辦公室的律師。

「我在市立法院聽說了一件事。」雷蒙說。「警察昨晚逮捕了校園之狼，已經移送到富蘭克林郡監獄了。他們要求五十萬的保釋金，你應該找個人去提供緊急諮詢。」

「辦公室裡沒人，榮恩，我自己一個人值班呢。」

「消息已經傳出去了，《公民報》和《快報》的記者馬上就會擠爆那個地方。我有預感，警方會對那個傢伙施壓。」

如果是重大案件，警方很可能會在逮捕之後持續調查，而蓋瑞．史維卡會隨機選一名律師到郡立監獄去。可是這一次的案件非比尋常，大幅度的媒體報導會讓偵破「校園之狼」這樁案子變成哥倫布警察局的大功勳，可想而知，他們會逼著犯人自白。要保護犯人的權利，可不是一件簡單的事。

史維卡決定親自到富蘭克林郡監獄跑一趟，只是跟那個人自我介紹一番，順便警告他除了自己的律師之外，不要和別人談話。

史維卡一進監獄，就看見兩名警察把密利根從棧橋帶進來，交給了負責的警官，史維卡請警官讓他和囚犯說幾句話。

「他們說我犯了罪，我一點都不知道。」密利根哀聲抱怨。「我什麼都不記得，他們就跑進來——」

「嘿，我只是想自我介紹一下。」史維卡說。「走道上到處都是人，並不適合討論案情，一兩天後我們可以私下會面。」

「可是我不記得啊，他們在我的公寓裡找到的那些東西——」

「嘿，別說了！隔牆有耳。他們帶你上樓後，要小心。警察有很多花樣，別跟別人說話，就連別的囚犯也不行，有些人是臥底的，還有人老是等著挖消息賣給別人。如果你想要公平的審判，就閉緊嘴巴。」

密利根一直搖頭揉下巴，想要談案情。然後他嘴裡念念有詞說：「我不認罪，我覺得我可能瘋了。」

「再說吧，」史維卡說，「可是不能在這裡談。」

「有沒有女律師可以接我的案子？」

「我們有一位女律師，我會想想辦法。」

史維卡看著警員把密利根帶去換衣服，穿上了郡立監獄的重刑犯藍色連身衣。要幫這麼一個神經兮兮的傢伙辯護，可要累死人了。他並沒有矢口否認犯罪，只是反覆不停地說他不記得，這倒是不尋常，可是校園之狼聲稱精神錯亂？史維卡用膝蓋想也想得到報紙會有什麼反應。

出了富蘭克林監獄，他買了一份《哥倫布快報》，看到頭版頭條：

警方逮捕校園強暴案的嫌犯

內容說有一名被害人，即二十六歲的研究生在將近兩週前被強暴，可望到警局指認嫌犯，而在報導的頂端還有一張檔案照，標明「密利根」。

回到公設律師辦公室，史維卡打電話給其他的本地報社，請他們不要刊登照片，因為可能會影響週一的指認，但他們全都拒絕了。他們說，如果報社拿到照片，就會刊登。史維卡拿著菸斗搔鬍子，又撥電話給他太太，說會晚點回家。

「嘿，」他的辦公室門口有人說話，「你好像是一頭鼻子卡進蜂窩裡的熊耶。」

他一抬頭，就看見了茱迪．史帝文生。

「是嗎？」他低咆道，掛上了電話，回以微笑。「欸，猜猜看誰要找妳？」

她撥開臉上的褐色長髮，露出了左頰骨上的美人痣，淡褐色的眼睛中寫滿了疑問。

他把報紙推給她，指著照片和頭條，深沉的笑聲在小辦公室內迴盪。「明天早上要列隊辨認，密利根要求要女律師，校園之狼是妳的了。」

4

十月三十一日星期一早晨九點四十五分，茱迪．史帝文生抵達警察局。密利根被帶到牢房，她看見他的樣子有多麼害怕及無助。

「我是公設律師辦公室的。」她說。「蓋瑞．史維卡說你要求要一位女律師，所以我會跟他合作。好了，鎮定一點，你好像快崩潰了似的。」

他遞給她一張對折的紙。「我的假釋官這個星期五拿來的。」

她打開紙，看見是成人假釋委員會發出的拘押令，要警力監禁密利根，並且通知他將在富蘭克林郡立監獄舉行違反假釋法的預審。她知道警方在他家裡找到了武器，他的假釋可能會撤銷，並立刻被送回辛辛納提附近的雷貝嫩監獄去等候審判。

「預審是下個星期三，我們會想看看能不能讓你留在這裡。我寧可讓你關在哥倫布，方便跟你會面。」

「我不要回雷貝嫩。」

「好，別緊張。」

「我不記得我做了他們說的事情。」

「我們稍後開會，現在你必須走上台，站在那裡，你覺得你能做到嗎？」

「應該吧。」

「把臉上的頭髮梳開，他們才能看清楚。」警察來把他帶到台階上，跟其他人排成一排，他站在二號的位置。

來指認的一共有四人。認出了他檔案照的護士唐娜．韋斯特因為不需要出面，已經和未婚夫去克利夫蘭了。兌現一張支票的柯洛格商店店員辛西雅．孟多薩認不出密利根，反而選了三號。一名在八月被性侵，但犯案情節不同的女子說她覺得是二號，又不敢肯定。凱莉．德萊兒說少了八字鬍，她也沒把握，可是二號確實很眼熟。波麗．紐頓則是肯定地指認了。

十一月三日，大陪審團的起訴書認定他三項綁架罪、三項加重搶劫罪、四項強暴罪，全部是一級重罪，每一項都可以判四至二十五年徒刑。即使是重大的殺人案，地檢署也極少會干涉派任律師。就一般的程序，是由重罪科的科長在兩、三週前指派一名資深檢察官，隨機挑選人選，可是郡檢察長喬治．史密斯卻找來兩名最資深的檢察官，告訴他們媒體對校園之狼的報導已經引起了眾怒，所以他要他們兩位來處理這件案子，而且要加重求刑。

三十二歲的泰瑞．雪曼留著很像警衛的八字鬍和黑色捲髮，素來以對性侵犯毫不留情而聞名，而且他也自誇不曾輸過一件強暴案。他一看檔案就笑了，「這件案子贏定了，拘票、搜查令都沒問題，這個傢伙死定了，公設律師什麼也沒有。」

三十五歲的伯納．札利格．葉維奇也是檢察官辦公室的刑事律師，他在法學院比茱迪．史帝文生和蓋瑞．史維卡大兩屆，跟他們很熟。蓋瑞擔任過他的書記。葉維奇擔任公設律師四年，然後才進了地檢署。他也同意雪曼的看法，這宗案子對檢方極為有利。

「有利？」雪曼問。「物證、指紋、受害人指認，鐵證如山，他們可什麼都沒有。」

雪曼幾天後和茱迪見面，決定要開門見山。「密利根的案子沒有討價還價的空間，我們抓對了人，會從重量刑，你們什麼也沒有。」

可是伯納·葉維奇卻若有所思。他當過公設律師，知道如果今天換作是他，他會怎麼做。「他們還有一招——聲稱犯人精神錯亂。」

雪曼卻是一笑置之。

第二天，威廉·密利根試圖自殺，他拿頭去撞牢房牆壁。

「他這樣子活不到審判。」蓋瑞·史維卡聽到消息後就跟茱迪·史帝文生這麼說。

「我覺得他沒辦法上法庭。」她說。「我覺得我們應該跟法官說他沒有能力為自己辯護。」

「妳想找精神科醫生給他檢查？」

「非找不可。」

「天啊。」蓋瑞說。「我現在就能看見頭條了。」

「隨便他們去寫。這個孩子有點不正常，我說不上來是哪裡，可是你也看見了，他好幾次都變得很不一樣，而且他說不記得強暴的事，我相信他，他應該要接受檢查。」

「誰來付錢呢？」

「我們有基金啊。」她說。

「對，好幾百萬。」

「拜托，我們付得起一位心理醫師的錢吧。」

「去跟法官說吧。」蓋瑞埋怨道。

法庭同意暫緩審判，讓威廉・密利根能夠接受心理醫師的評估。這時蓋瑞轉而處理星期三早晨八點半成人假釋委員會的預審。

「他們會把我送回雷貝嫩。」密利根說。

「只要我們能想辦法阻止。」蓋瑞說。

「他們在我的公寓裡找到了槍，那是我其中一個假釋條件。『不得購買、持有、使用致命武器』。」

「話是這麼說，」蓋瑞說，「可是如果我們要幫你辯護，你就需要待在哥倫布，這樣我們才能跟你會面，而不是在雷貝嫩監獄裡。」

「你們有什麼辦法？」

「你就別管那麼多了。」

蓋瑞看見密利根微笑，眼中閃現他沒見過的興奮。他很放鬆，很隨和，以近乎爽朗活潑的態度說笑話。跟他第一天看見的那個緊張兮兮的傢伙迥然不同，也許為他辯護沒有想像中那麼困難。

「就是這樣。」蓋瑞跟他說。「保持冷靜。」

他把密利根帶到會議室，成人假釋委員會的人已經在分發密利根的假釋官的報告以及鄧普西警佐的證詞影印本了。鄧普西在證詞上說逮捕密利根時找到了一把九釐米史密斯威森手槍以及一把點二五口徑的半自動槍，彈匣內還有五發子彈。

「請問一下，」蓋瑞說，以指關節揉鬍子，「兩把武器都測試過了嗎？」

「沒有，」主席說，「可是是真槍，都有彈匣。」

「如果不能發射子彈，還能說是槍嗎？」

「開槍測試要等到下星期。」

蓋瑞一巴掌拍在桌上。「我堅持要各位今天就針對他的假釋撤銷作出決定，否則就等到開庭之後。到底是真槍還是玩具槍？你們還沒證明是真槍。」他環顧每一個人。

主席點頭。「各位，我想我們別無選擇，只能把假釋撤銷延後到槍枝判定的結果出爐。」

隔天早晨十點五十分，密利根的假釋官送來通知，假釋撤銷庭會在一九七七年十二月十二日舉行，地點是雷貝嫩矯正機構，密利根無須出席。

茱迪去找密利根，討論犯罪現場蒐證組在他的公寓裡找到的證物。

他說：「妳覺得是我做的，對不對？」她看出了他眼中的絕望。

「我怎麼看並不重要，比利。我們要處理的是證物。我們必須核對一下你的解釋，為什麼這些東西會在你的公寓裡。」

她看見了那種無神的瞪視。他似乎縮回到自己的保護殼裡，躲避她。

「沒關係。」他說。「什麼都沒關係了。」

第二天她接到一封手寫的信，用的是黃色橫紋紙：

親愛的茱迪小姐：

我寫這封信，是因為有時候我沒辦法說出我的感覺，可是我非常想讓妳了解。

首先，我要謝謝妳為我做的一切。妳是個親切善良的人，也盡力了，我也不能再奢求什麼了。現在妳可以把我忘了，不必良心不安。跟妳的辦公室說我不要律師了，我一個也不需要。

妳相信我有罪，那我一定有罪。我只是想確保，我這一生只會給我愛的人帶來痛苦和傷害。最糟糕的一點是我阻止不了，因為我無能為力。把我關進監獄只會讓我變得更壞，就像上一次。心理醫生不知道該怎麼辦，因為他們弄不清楚究竟是哪裡有毛病。

我現在必須要阻止我自己。我放棄了，我不在乎了。

妳願意為我做最後一件事嗎？打電話給媽或是凱西，叫她們不要再來了，我誰也不想見，所以叫她們不要浪費汽油了，可是我真的愛她們，我很抱歉。

妳是我見過最好的律師，我會永遠記得妳對我的善意，再見。

比利

當晚，值班的獄警打電話到史維卡家裡，說：「你的委託人又自殺了。」

「我的天！他做了什麼？」

「說出來你也不信，可是我們必須控告他毀壞本郡財產。他打碎了牢房的馬桶，用碎瓷片割腕。」

「我的媽！」

「我還要跟你說一件事，律師。你的委託人絕對不正常，他是用拳頭把馬桶砸碎的。」

5

史維卡和史帝文生假裝沒收到密利根說要開除他們的信，每天都到牢房去探視他。公設律師辦公室批准了心理評估的費用，一九七八年一月八日及十三日，一位臨床心理學家維里斯．德瑞斯柯醫師做了一連串的測試。密利根的智商測驗得分是六十八，可是德瑞斯柯說密利根的抑鬱影響了他的成績，他在報告中診斷是精神分裂症。

他飽受喪失身分之苦，他的自我界限模糊不清，因精神分裂而喪失距離感，分辨自身與環境的能力極其有限……他會聽見有人叫他做什麼事，如果他不服從，就對他又吼又叫。密利根相信這些聲音發自於地獄來的人，是來折磨他的，他也提到有好人會定期侵入他的身體，與這些惡人抗鬥。以我之見，密利根先生目前無法為自己發言，沒有能力與現實建立足夠的聯繫，因為他無法了解目前發生的事。我強烈建議將此人送醫，進一步檢查，接受可能的治療。

第一次的法庭攻防戰在一月十九日登場，蓋瑞和茱迪將報告呈給傑．弗勞爾斯法官，以證明他們的委託人無力為自己辯護。弗勞爾斯說他會命令哥倫布市的西南社區心理健康中心指派刑事精神科醫師來鑑定被告。蓋瑞和茱迪很擔心，因為西南中心經常是站在控方那一邊的。

蓋瑞極力主張無論檢查結果如何，都必須要保密，在任何狀況下都不能用作不利於他的委託人的證據。雪曼與葉維奇反對，兩位公設律師已經放話，要叫密利根拒絕和西南中心的心理醫師及精神科醫師談話。弗勞爾斯法官差一點就要判他們藐視法庭了。

好不容易才達成協議，檢方同意唯有在密利根本人接受詰問時，才會用他對法庭指定的心理學家說過的話來盤問他。部分勝利也總比全盤皆輸好，公設律師最後決定放手一搏，允許西南中心的刑事精神科醫師基於上述的條件，和威廉・密利根面談。

「這一招還不賴。」雪曼笑著說。一行人走出了弗勞爾斯法官的辦公室。「可見你們是狗急跳牆了，可惜是白費力氣，我還是認為你們輸定了。」

為了防止犯人再次自殺，郡保安官下令將密利根移入醫務室的單人牢房，給他穿上了束縛衣。當天下午，醫護人員羅斯・希爾查看犯人，簡直不敢相信自己的眼睛。他找來了維里司警佐，他正在值三點到十一點的班，指著鐵欄杆後的密利根，維里司張大了嘴巴合不攏來。原來密利根竟然脫掉了束縛衣，捲起來當枕頭，睡得正香甜。

第二章

1

一九七八年一月三十一日，西南中心安排第一次的面談。很有賢妻良母模樣的心理學家桃樂絲．透納，身形嬌小，表情害羞到近似膽怯。她抬頭一看，維里司警佐正把密利根帶進會客室。

她只見一名六呎高的英俊青年，穿著藍色連身衣，八字鬍和鬢角很長，可是眼中卻浮現孩子似的恐懼。密利根看見她時，似乎很意外，可是他在對面的椅子上坐下，已經面帶微笑，兩手交握，置於膝頭。

「密利根先生，」她說，「我叫桃樂絲．透納，是西南社區心理健康中心派來的，我有幾個問題要問你，你目前住在哪裡？」

他瞧了瞧四周。「這裡。」

「你的社會安全號碼幾號？」

他皺眉，想了許久，瞪著地板，又瞪著黃色煤渣塊牆壁，再瞪著桌上的菸灰錫罐。他咬著指甲，研究著手指的角質層。

「密利根先生，」她說，「你需要合作，我才能幫你。你必須回答我的問題，我才能了解情況。好，你的社會安全號碼是幾號？」

他聳聳肩。「不知道。」

她俯視筆記，念出了一串號碼。

他搖頭。「那不是我的，那一定是比利的。」

她猛然抬頭。「那，你不是比利嘍？」

「對。」他說。「我不是。」

她皺眉。「等一下，如果你不是比利，那你是誰？」

「我是大衛。」

「那，比利呢？」

「比利在睡覺。」

「在哪裡睡覺？」

他指著自己的胸口。「在這裡，在睡覺。」

桃樂絲．透納嘆了口氣，打起精神，很有耐性地點點頭。「我必須跟比利說話。」

「亞瑟不准。比利在睡覺，亞瑟不肯把他叫醒，因為他如果醒了，他會自殺。」

她細細端詳了他很久，不確定該如何繼續，他的聲音、表情都很孩子氣。「等一下，我要你解釋給我聽。」

「不行，我做錯了，我根本不應該說的。」

「為什麼？」

「其他人會不高興。」稚氣的聲音裡有驚慌。

「你叫大衛？」

他點頭。

「其他人是誰？」

「我不能跟妳說。」

她輕拍桌子。「大衛，你一定要跟我說，這樣我才能幫忙。」

「不行。」他說。「他們會很生氣，就再也不會讓我上場了。」

「可是你總得找個人說啊，因為你很害怕，對不對？」

「對。」他說，眼裡泛起了淚光。

「你一定要相信我，大衛。你一定要讓我知道是怎麼回事，這樣我才能幫忙。」

他想了好久好用心，最後聳聳肩。「我可以跟妳說，可是有一個條件：妳要發誓絕對不會把秘密告訴別人，一個人也不行，絕對、絕對、絕對不行。」

「死也不可以說？」

「好。」她說。「我保證。」

她點頭。

「說『我發誓』。」

「我發誓。」

「好吧。」他說。「我跟妳說，我不是統統知道，只有亞瑟統統知道。妳說得對，我很害怕，因為有好多次，我都不知道是怎麼回事。」

「你多大了，大衛？」

「八歲，快九歲了。」

「為什麼是你來跟我見面？」

「我根本不知道是我要到場子上來。有人在牢裡受傷了，我是來承受痛苦的。」

「你可以說清楚一點嗎？」

「亞瑟說我是痛苦的管理人。只要有痛苦，我就是上場來承受的人。」

「那一定很可怕。」

他點頭，淚珠就要掉下來了。「不公平。」

「大衛，『場子』是什麼？」

「是亞瑟那樣說的。他跟我們說有一個人必須要出來的時候，好像有塊很大很白很亮的地方，每個人都站在周圍，有的在看，有的在床上睡覺。不管是誰站到場子裡，就是跑到這世界上了。亞瑟說：『誰在場子上，誰就具有意識。』」

「『我們』是誰？」

「很多人，我不是每個都認識，我認識幾個人，沒有每個都認識。喔，哎呀。」他倒抽一口氣。

「怎麼了？」

「我把亞瑟的名字說出來了，我一定要倒楣了。」

「沒關係的，大衛，我保證不會說出去。」

他在椅子上瑟縮。「我不能再說了，我好怕。」

「沒關係，大衛，今天就到此為止，可是我明天會再來，我們再多聊一聊。」

出了富蘭克林郡立監獄，她停下來，把大衣拉緊以抵禦寒風。她來的時候，原本以為會看見一名年輕的重刑犯，假裝精神失常，迴避審判，可是她萬萬沒有料到會是這種情況。

2

隔天，密利根一進會客室，桃樂絲．透納就注意到他的表情不一樣。他閃避她的視線，腿收到椅子上，玩著鞋子。她跟他問好。

起初他沒反應，只是東張西望，不時瞄她一眼，卻不像是認得她的樣子。後來，他搖頭，開口時是英國腔。「到處都好吵。」他說。「妳，還有別的聲音，真不曉得是怎麼回事。」

「你的聲音怪怪的，大衛。是什麼口音嗎？」

他頑皮地抬眼注視她。「我不是大衛，我是克里斯多福。」

「那，大衛呢？」

「大衛不聽話。」

「什麼意思？」

「其他人氣死了，誰叫他亂說話。」

「麻煩你說清楚好嗎？」

「沒辦法，我可不想像大衛一樣自討苦吃。」

「他為什麼會自討苦吃呢？」她問道，雙眉微蹙。

「因為他亂說話。」

「他亂說什麼？」

「妳知道的啊，他說了秘密。」

「那麼，克里斯多福，你願意跟我談談你自己嗎？你幾歲了？」

「十三。」

「你喜歡做些什麼？」

「我會打鼓，可是我的口琴吹得比較棒。」

「你是哪裡人啊？」

「英國。」

「有兄弟姐妹嗎？」

「只有克莉絲汀，她才三歲。」

她密切注意他的臉。他開朗、真摯、快樂，跟昨天那一個有天壤之別，密利根一定得要有絕佳的演技才裝得出來。

3

二月四日，桃樂絲・透納第三次去看密利根，她注意到走進會客室的青年和前兩次的那兩個儀態都不同。他散漫地坐著，沒精打采地靠著椅背，驕橫地凝視她。

「你今天好嗎？」她問，幾乎害怕聽到他的回答。

他聳聳肩。「還行。」

「你能不能告訴我大衛和克里斯多福好不好？」

他皺著眉頭，怒視她。「喂，小姐，我們又不認識。」

「喔，我是來幫忙你的，我們必須談談目前的情況。」

「媽的，我哪知道現在是什麼情況。」

「你不記得前天跟我見過面？」

「屁哩，我這輩子沒看過妳。」

「你能告訴我你叫什麼名字嗎？」

「湯米。」

「你姓什麼？」

「我沒有姓，就只是湯米。」

「你幾歲？」

「十六。」

「能不能說點你的事？」

「小姐，我不跟陌生人講話，少煩我。」

接下來的十五分鐘，她想盡辦法要把「湯米」拉出來，可是他就是死不合作，臭著一張臉。離開富蘭克林郡立監獄後，桃樂絲．透納站在獄前街上，半天摸不著頭腦，思索著「克里斯多福」，以及她向「大衛」保證絕不會洩密的事。這會兒，她不禁在心中天人交戰，她答應不說，可也明白必須要讓密利根的律師知道。後來，她打電話到公設律師辦公室找茱迪．史帝文生。

「是這樣的，」她等茱迪接聽之後就說，「我現在還不能跟妳說什麼，可是如果妳沒讀過《變身女郎：西碧兒和她的十六個人格》❸這本書的話，趕快去找一本來看吧。」

透納的來電出乎茱迪．史帝文生的預料，她當天晚上就去買了一本《西碧兒和她的十六個人格》，開始閱讀。一旦了解了書中的內容後，她躺在床上，瞪著天花板，心裡想：拜託！多重人格？透納要說的就是這個？她努力回想那個排隊等人指認，全身發抖的密利根，再回想另外幾次他伶牙俐齒，很有手腕，說笑話，腦筋動得很快。她總是把他的行為改變歸因於沮喪抑鬱，然後她又想起維里司警佐說的那個束縛衣都綁不住的滑溜泥鰍，還有醫護人員羅斯．希爾說有時候他的力氣大得簡直像超人。密利根說過的話在她的腦海中迴響：「我想不起來他們說我做的事，我什麼都不知道。」

她考慮要把她先生叫醒，跟他談一談，可是她知道艾爾會說什麼。她知道，不管是誰聽見了她現在的想法，反應都會一樣。她在公設辯護律師處做了三年多，從沒遇過密利根這樣的人。她決定先不跟蓋瑞說，她必須自己先查清楚。

隔天早上，她打電話給桃樂絲．透納。「前幾週我和密利根見過面，和他說過話，他的確有幾次行為很奇怪。他的心情起伏不定，也很神經質，可是我並沒有看見什麼顯著的不同，可以讓我認定他就像西碧兒的案例一樣。」

「我自己也掙扎了好幾天。」透納說。「我發誓不告訴別人，礙於這一點，我也不能多說什麼，我能請妳去讀那本書，可是我打算讓他同意讓我把秘密告訴你們。」

茱迪提醒自己，她可是西南中心的心理學家，應該是站在檢方那邊的，於是就說：「由妳主導吧，需要我的時候，告訴我一聲。」

桃樂絲．透納第四次去看密利根，遇見的是那個自稱是大衛的膽怯小男孩。

「我知道我發過誓不把秘密說出去，」她說，「可是我一定要告訴茱迪．史帝文生。」

「不行！」他大喊，還跳了起來。「妳發過誓了！如果妳跟茱迪小姐說，她就不會喜歡我了。」

「她不會不喜歡你的。她是你的律師，她需要知道，這樣她才能幫你啊。」

「妳發過誓了。如果妳說話不算話，就是說謊。妳不能說。我已經惹麻煩了。亞瑟跟雷根好生氣，說我洩漏了秘密，還有——」

「誰是雷根？」

「妳發過誓了，那是全世界最重要的。」

「你不懂嗎，大衛？要是我不告訴茱迪，她就沒辦法救你。你可能會坐很久很久的牢啊。」

「我不管，妳發過誓了。」

「可是……」

她看著他的眼睛變得無神，嘴巴開始蠕動，好像在自言自語。然後，他坐直了，指尖相觸，怒視著她。

「女士，」他以上流社會的英國腔說話，下巴幾乎不動，「妳無權打破對一個小孩的承諾。」

❸《變身女郎：西碧兒和她的十六個人格》（Sybil）為弗羅拉．麗塔．史萊柏所著，為治療多重人格患者西碧兒．多西特的實錄小說。

「我們應該沒見過。」她說，緊抓著椅臂，慌張地想要遮掩她的驚訝。

「他跟我提過妳。」

「你是『亞瑟』？」

他略一點頭，表示承認。

她做了個深呼吸。「亞瑟，我必須把情況告訴律師，這點非常重要。」

「不。」他說。「他們不會相信的。」

「何不試試看？我把茱迪·史帝文生帶來跟你見面——」

「不。」

「你或許能夠免去牢獄之災。我必須讓——」

他向前傾，輕蔑地怒視她。「我這麼說吧，透納小姐。如果妳帶人來，其他人只會保持緘默，而妳會像個白癡。」

和亞瑟爭辯了十五分鐘後，她注意到他的眼睛像蒙上了一層釉。他向後靠。等他再傾身，聲音又不同了，表情輕鬆友善。

「妳不能說。」他說。「妳發過誓，那是很神聖的事情。」

「我現在是在跟誰說話？」她低聲說。

「艾倫，跟茱迪和蓋瑞說話的人大概都是我。」

「可是他們只知道比利·密利根。」

「我們都借用比利的名字，秘密才不會外洩，可是比利在睡覺，他睡了很久了。透納太太——妳介意我叫妳桃樂絲嗎？比利的媽媽也叫桃樂絲耶。」

「你說跟茱迪和蓋瑞說話的人大多都是你，那他們還見過誰？」

「咳，他們自己也不知道，因為湯米的聲音跟我很像。妳見過湯米，他就是那個束縛衣跟手銬都綁不住的傢伙。我們兩個有很多地方都很像，只不過我大多負責談話。他那個人有點惡劣，又譏誚，不像我這麼隨和。」

「他們還見過誰？」

他聳聳肩。「他們把我們帶進警局的時候，蓋瑞遇見的是丹尼。他又害怕又迷惘，不太清楚狀況，他才十四歲。」

「你幾歲？」

「十八。」

她嘆氣搖頭。「好吧……『艾倫』，你倒像個聰明的年輕人，你一定能了解我的苦衷，我不能守住誓言。茱迪和蓋瑞必須要知道是怎麼回事，才能好好幫你們辯護。」

「亞瑟和雷根反對。」他說。「他們說大家會以為我們瘋了。」

「就算是這樣，能不坐牢也值得吧？」

他搖頭。「我作不了主，我們這個秘密守了一輩子了。」

「那誰能作主？」

「其實是每個人。亞瑟是老大，可是秘密是我們所有人的，大衛告訴了妳，可是就到此為止了。」

她跟他解釋，她這個心理學家的職責就是要讓他的律師知道這些事，可是艾倫卻指出即便是說了，也不保證會有幫助，況且媒體大幅報導之後，坐牢的日子會像煉獄。

大衛又跑出來了，她能辨認得出，是因為他的小男孩態度，他懇求她要履行承諾。

她要求再和亞瑟談話，他皺著眉頭出來了。「妳可真是不屈不撓啊。」他說。

她和亞瑟爭辯，好不容易感覺到他的態度軟化了。「我不和女士爭執。」他說，嘆口氣向後靠。「如果妳覺得有絕對的必要，如果其他人也同意，我本人允許，可是妳必須要讓每一個人都同意。」

她費了幾小時的唇舌，跟每一個上場的人解釋情況，每次換個人，她仍然忍不住驚異。到了第五天，她面對的是湯米，他還在挖鼻孔。「你能了解我是一定要告訴茱迪小姐不可吧？」

「小姐，我才不甩妳怎麼做哩，少煩我就行了。」

艾倫說：「妳保證只能告訴茱迪一個人，而且妳也要讓她發誓不會告訴別人。」

「同意。」她說。「你不會後悔的。」

當天下午，桃樂絲．透納直接從監獄去同一條街上的公設辯護律師處去找茱迪．史帝文生，向她說明密利根開出的條件。

「妳是說我不能讓蓋瑞．史維卡知道？」

「我不得不同意，能讓妳知道已經是謝天謝地了。」

「我很懷疑。」茱迪說。

透納點頭。「好，我也是。可是我跟妳保證，等妳見到我們的當事人，妳一定會大吃一驚。」

4

維里司警佐將密利根帶入會議室，茱迪．史帝文生注意到她的當事人態度瑟縮，像個害羞的青少年。他好像很怕獄警，彷彿不認識他，一進來立刻就跑到桃樂絲・透納旁邊坐下，一直等維里司離開了才肯開口，而且一直在揉手腕。

透納說：「你可以告訴茱迪・史帝文生你是誰嗎？」

他向後靠，搖搖頭，看著門口，像是要確定獄警真的走了。

「茱迪，」透納只好代為發言，「這是丹尼，我跟他已經滿熟了。」

「嗨，丹尼。」看著他不同的聲音與面部表情，茱迪儘可能掩飾這所帶給她的疑惑。

他抬頭看透納，低聲說：「看吧？她看我的樣子好像我是瘋子。」

「我沒有。」茱迪說。「我只是搞糊塗了，這種情況真的很少見。你幾歲了，丹尼？」

他揉手腕，好像剛才是被綁著，現在想要恢復血液循環，可是他不回應。

「丹尼十四歲。」透納說。「他很會畫圖。」

「你都畫哪種畫？」茱迪問他。

「大部分是靜物。」丹尼說。

「警察在你的公寓裡發現的風景也是你畫的嗎？」

「我不畫風景，我不喜歡土地。」

「為什麼？」

「我不能說，不然他會殺了我。」

「誰會殺你？」她很驚訝，自己居然在盤問他，她知道她一點也不相信，而且決定不要掉進騙局裡，卻又對這種極精采的表演感到讚嘆。

他閉上眼睛，淚珠滾落臉頰。

感覺自己是越來越糊塗了，茱迪密切觀察，他似乎縮進自己的殼裡了，他的嘴巴默默蠕動，眼睛變得無神，然後就飄向兩側。他環顧四周，嚇了一跳，最後認出了兩個女人，也知道了是身在何處，就往後一靠，兩腿交叉，從右腳襪子抽出了一支菸，完全沒動到香菸盒。

「誰有火？」

茱迪幫他點菸。他深吸了一口，把煙向上噴。「現在是怎樣啊？」他說。

「你可以告訴茱迪．史帝文生你是誰嗎？」

他點頭，吹了一個煙圈。「我是艾倫。」

「我們見過嗎？」茱迪問，希望自己聲音裡的顫抖不會太明顯。

「妳或蓋瑞來討論案情的時候，我出現過幾次。」

「可是我們一直都把你當作比利．密利根啊。」

他聳聳肩。「我們都用比利的名字，省得解釋，可是我從來沒說過我是比利。你們只是自行假設，我也覺得糾正你們沒什麼用。」

「我能跟比利談一談嗎？」茱迪問。

「喔，不行，大家讓他睡了。要是讓他在場子裡，他會自殺。」

「為什麼？」

「他還是很怕受傷害，而且他不知道有我們這些人，他只知道他會遺失時間。」

「什麼叫『遺失時間』？」茱迪問。

「我們大家都會。你本來在某個地方做什麼事，突然就又換到了別的地方，你知道時間流逝了，可是你卻不知道發生了什麼事。」

茱迪搖頭。「一定很可怕。」

「這種事怎麼也不會習慣的。」艾倫說。

維里司警佐來把他帶回牢房，艾倫抬頭對他微笑。「這位是維里司警佐。」他對兩個女人說。「我喜歡他。」

茱迪和透納一起離開了富蘭克林監獄。

「妳知道我為什麼打電話給妳了吧。」桃樂絲說。

茱迪嘆氣。「我來之前，很肯定我能看穿一場假把戲，可是現在我相信我是跟兩個不同的人談過話。我總算明白他為什麼有時候那麼不一樣了，我還以為是因為心情不好。我們必須要讓蓋瑞知道。」

「光是要告訴妳，我可是費了好大的力氣才得到允許，我想密利根可能不會再同意了。」

「不同意也不行。」茱迪說。「我不能一個人扛這個包袱。」

茱迪·史帝文生離開了監獄，她發現自己的心裡亂成一團，不僅啞口無言又生氣迷惑，實在是叫人難以置信，太不可能了，可是在心底深處，她知道她其實漸漸相信了。

當天稍晚一點的時候，蓋瑞打電話到她家，告知她郡保安官辦公室打電話來通知，密利根又一次自殺未遂，他用頭去撞牢房牆壁。

「有意思。」蓋瑞說。「看他的紀錄我才知道今天是二月十四日，是他的二十三歲生日，妳知道嗎？今天也是情人節。」

5

第二天，桃樂絲和茱迪跟艾倫談，說他們必須要讓蓋瑞．史維卡知道秘密。

「絕對不行。」

「你一定要允許。」茱迪說。「這樣你才不用坐牢，你必須告訴其他的人。」

「妳答應過的，我們當初說好了啊。」

「我知道。」茱迪說。「可是不說不行啊。」

「亞瑟說不行。」

「讓我跟亞瑟談一談。」桃樂絲說。

亞瑟出來了，怒瞪著她們兩個。「這件事越來越讓人厭煩了。我有很多事要想，有很多書要念，我已經受夠這些煩人的事了。」

「你必須允許我們告訴蓋瑞。」茱迪說。

「絕對不可以，兩個人知道已經太多了。」

「我們如果要幫助你，就非這麼做不可。」透納說。

「我不需要幫助，女士。丹尼和大衛也許需要幫助，不過那與我無關。」

「你難道不在乎比利會不會死？」茱迪問，被亞瑟的優越態度所激怒了。

「我在乎，」他說，「不過也得看代價是什麼，他們會說我們瘋了，現在的情況越來越失控了。自從比利想從學校屋頂跳下去，我們就一直忙著讓他活著。」

「什麼意思？」透納問。「怎麼個活法？」

「讓他一直睡覺。」

「你看不出這樣子對我們的案子影響有多大嗎?」茱迪說。「這件事可以決定是坐牢還是自由,難道在監獄外你不會有更多的時間思考讀書嗎?還是說你想回雷貝嫩?」

亞瑟兩腿交叉,看看茱迪又看看桃樂絲。「我不喜歡和女士爭執,我的條件還是一樣,妳們要讓其他人都同意才行。」

三天之後,茱迪·史帝文生得到了許可,可以告訴蓋瑞·史維卡了。

在二月某個清冷的早晨,她從富蘭克林監獄走路回公設律師辦公室,給自己倒了杯咖啡,就直接走進蓋瑞凌亂的辦公室,坐下來,提起精神。

「跟他們說你暫時不接電話,我有話要跟你說,跟比利有關。」

等她說完了關於她和透納、密利根的會面,蓋瑞看著她的眼神,就好像她發了瘋似的。

「我是親眼看見的。」她信誓旦旦。「我跟他們說過話。」

他站起來,在辦公桌後緩緩踱步,沒梳的頭髮垂在衣領外,寬鬆的襯衫有一半露在皮帶外面。「少來了。」他抗議。「不可能,我知道他心理有問題,我也是站在妳這一邊的,可是這樣子是行不通的。」

「你得親自去看一看,你真的不會知道……我百分之百相信。」

「好吧,可是我醜話先說在前頭——我不相信、檢方不會相信、而法官也不會相信的。我對妳有極大的信心,茱迪,妳是優秀的律師,也很會看人,可是這次是個騙局,我覺得妳上當了。」

隔天下午三點,蓋瑞跟她一起去富蘭克林監獄,只打算待半小時。他完完全全排拒這種想法，只是無稽之談。可是他面對了一個接一個的人格，原先的懷疑也轉為好奇，他看見擔驚害怕的大衛轉變成害羞的丹尼，丹尼還記得被帶到警局的第一天見過他。

「他們衝進公寓裡，逮捕了我，我根本就不知道是怎麼回事。」丹尼說。

「你為什麼說有炸彈？」

「我沒有說有炸彈。」

「是你跟警察說的，『會爆炸。』」

「喔，湯米老是說『別碰我的東西，不然會爆炸。』」

「他為什麼那麼說？」

「問他啊，他是電子專家，老是在玩電線那些東西，那是他愛做的事。」

蓋瑞拉了好幾次鬍子。「脫逃專家，又是電子專家。好吧，我們能跟這個『湯米』談一談嗎？」

「不知道，湯米只跟他想要聊的人講話。」

「難道你不能叫湯米出來？」茱迪問。

「這種事不是我想做就能做的，它會自己發生，我應該可以問他要不要跟你說話。」

「試試看。」蓋瑞說，壓抑住微笑。「盡量試試。」

密利根的身體似乎往裡縮，臉色蒼白，眼珠無神，還似乎向內翻，他的嘴巴蠕動，自言自語，緊繃的專注氣氛瀰漫了小小的房間。蓋瑞屏住呼吸，冷笑漸漸消失。密利根的眼珠左右滾動，掃了四周一眼，像是從沉睡中清醒，伸出一手摸臉頰，彷彿在確認是不是真的，然後他傲慢地向後靠，兇巴巴瞪著兩名律師。

蓋瑞吁了一口氣。他印象深刻。「你是湯米嗎？」

「是誰在問話？」

「我是你的律師。」

「並不是我的律師。」

「不管你是誰，我是那個要協助茱迪．史帝文生的人，幫你身在其中的這個軀殼不必坐牢。」

「屁哩，我才不需要別人來幫我不必坐牢哩。沒有一間監獄關得住我，我想出去隨時都可以出去。」

蓋瑞瞪著他，壓制他的氣燄。「原來你就是那個束縛衣也綁不住的人，你一定是湯米了。」

他一臉無趣。「對啦……對啦。」

「丹尼剛才在跟我們說警察在公寓裡找到的盒子，他說是你的。」

「丹尼就是個大嘴巴。」

「你為什麼要做假炸彈？」

「屁哩，才不是假炸彈哩，是那些警察笨到認不出黑盒子，能怪我嗎？」

「什麼意思？」

「就是那個意思，那是一個黑盒子，用來偷接電話公司線路的。我正在實驗汽車用的新電話。我用紅膠帶把幾個圓筒纏起來，那個笨條子就以為是炸彈。」

「你跟丹尼說會爆炸。」

「喔，拜託！我每次都會跟年紀小的這樣說，他們才不會碰我的東西。」

「你怎麼會電子學的，湯米？」茱迪問。

他聳聳肩。「自己學，看書。從我懂事以來，我就想知道這些東西怎麼運作的。」

「還有脫逃的技術呢？」茱迪問。

「是亞瑟鼓勵我學的。我們被綁在穀倉裡的話，需要有個人來掙脫繩子，我學會了怎麼控制我的手部肌肉和骨頭，後來我又對所有的鎖和門栓感興趣了。」

蓋瑞思索了一會兒。「那槍也是你的了？」

湯米搖頭。「只有雷根可以玩槍。」

「可以？是由誰批准的？」茱迪問。

「那要看我們是在哪裡……喂，我受夠了你們一直從我這裡挖消息，那是亞瑟或是艾倫的事，去問他們兩個，可以嗎？我要走了。」

「等……」

茱迪說得不夠快，他的眼神木然並改變了姿態，指尖互觸，手搭成金字塔，抬高下巴，表情改換。茱迪認出這是亞瑟，就跟蓋瑞介紹。

「請原諒湯米。」亞瑟冷冷地說。「他是個反社會的青年，要不是他對電子設備和開鎖十分擅長，我早在許久以前就驅逐他了，但是他的才華是非常有用的。」

「那麼你有什麼才華？」蓋瑞問。

亞瑟自貶似地揮揮手。「我只是個門外漢，我對生物學和藥學略知一二。」

「蓋瑞剛才問湯米槍枝的事。」茱迪說。「擁有槍枝違反了假釋條例。」

亞瑟點頭。「唯一可以擁有槍枝的是雷根，仇恨的管理人，那是他的專長，但他只能用在保護及求生的時候。一如他只能在為善的前提，使用他過人的力量，絕不能用來傷害他人。你知道的，他能夠控制腎上腺素。」

「他綁架並強暴了四個女人時，就使用了槍枝。」蓋瑞說。

亞瑟的聲音陡地下降，降成冰冷的鎮定。「雷根不會強暴女人，我跟他談過這件案子了。他犯下搶劫罪是因為他擔心還有帳單沒付，他承認在十月搶劫了三名女性，可是他矢口否認跟八月那個女人，或所有的性犯罪有關。」

蓋瑞向前傾，盯著亞瑟的臉，知道他自己的懷疑也逐漸消融。「可是證據——」

「去他的證據！雷根既然說沒做，就不必質疑，他不會說謊。雷根是小偷，但他可不是強暴犯。」

「你說你跟雷根談過，」茱迪說，「怎麼談？你們是大聲說話，還是在你的腦海裡說？是用語言還是思想？」

亞瑟緊握雙手。「兩者都有。有時是內在的，而且沒有人知道正在進行；有時，通常是只有我們單獨一個人的時候，就大聲說出來。我想如果有人在觀察我們，就會覺得我們是瘋子。」

蓋瑞向後坐，掏出手帕，擦拭額頭上的汗。「誰會相信啊？」

亞瑟微笑，很有紆尊降貴的意味。「我說過，雷根和我們其他人都不會說謊。我們這一生中，總是被指控是騙子，但我們共同遵守的原則就是絕不說謊，至於別人相不相信，我們並不十分在乎。」

「可是你們也並不每次都主動說出真相啊。」茱迪說。

「刻意忽略也算說謊。」蓋瑞補上一句。

「得了。」亞瑟說，絲毫不掩飾他的不屑。「身為律師，你們非常清楚證人是不需要在未經詢問的情況下自動提供消息的。你們不都叫當事人只回答是或不是，不要多說什麼，除非是於他有利。如果你們直接問我們，你們會得到誠實的回答，要不就是拒不作答。當然，有時候真相是可以用不同的方法呈現的。英語本身就是模稜兩可的語言。」

蓋瑞若有所思地點頭。「我會記住這句話，可是我們好像離題了。關於槍枝……」

「那三椿罪行發生的早晨，雷根比誰都清楚，你們何不跟他談？」

「現在不要。」蓋瑞說。「再等等。」

「我察覺到你們怕他。」

蓋瑞猛然抬頭。「這不是正中你的下懷？你跟我們說他有多邪惡、多危險，不就是為了這個目的？」

「我沒說他邪惡。」

「效果是一樣的。」蓋瑞說。

「我認為讓你們來認識雷根是非常重要的。」亞瑟說。「你們打開了潘朵拉的盒子，既然如此就該把蓋子整個掀開。不過，除非你們願意，否則他是不會出來的。」

「他想跟我們談嗎？」茱迪問。

「問題應該是，你們想跟他談嗎？」

蓋瑞發現一想到雷根出來，他確實是害怕。

「我覺得應該耶。」茱迪說，看著蓋瑞。

「他不會傷害你們的。」亞瑟說，緊抿著嘴微笑。「他知道兩位是來幫助比利的。我們談過這件事，現在秘密既然洩漏了，我們都了解我們必須對兩位開誠佈公。這是讓我們免除牢獄之災的最後一線希望，誠如史帝文生強調過的。」

蓋瑞嘆口氣，轉過頭來。「好吧，亞瑟，我想見見雷根。」

亞瑟把椅子挪到小會客室的另一端，儘可能拉開距離，然後他再坐下來，眼神變得遙遠，彷彿是在向內看。他的嘴唇蠕動，忽然舉起一手摸著臉頰。下巴緊繃，然後姿態就變了，本來是挺直著背的，忽然轉換成機警的戰士彎腰低頭的樣子，準備採取攻勢。「這樣不對，洩漏秘密不好。」

兩人愕然聽著他的聲音變低變粗，透著自信與敵意，小小的會議室充滿了濃濃的斯拉夫口音。

「我現在跟你們說清楚，」雷根說，狠狠瞪著他們，臉部肌肉緊繃，改變了面貌，眼神犀利如刀，眉毛抖啊抖的，「就算大衛說溜了嘴，把秘密說了出來，我還是反對。」

他不像是在模仿斯拉夫口音，而是真的像在東歐出生長大的，說話帶著自然的絲絲聲，雖然後來學會了英語，還是改不掉天生的口音。

「你為什麼反對讓大家知道真相？」茱迪問。

「誰會相信？」他說，握緊拳頭。「他們只會說我們瘋了，一點好處也沒有。」

「說不定可以讓你們不用坐牢啊。」蓋瑞說。

「怎麼可能？」雷根厲聲說。「我不是笨蛋，史維卡先生。警察能證明我犯了搶劫罪，我也承認在大學附近搶過三次，只有三次，可是其他事他們說是我幹的，他們在說謊。我不強暴女人。我會上法庭承認搶劫，可是如果我們必須要坐牢，我會把小的都宰了、讓他們安樂死，監獄不是小孩子該待的地方。」

「可是你如果……把小的殺了……那你自己不也會死嗎？」茱迪問。

「不見得。」雷根說。「我們都是不同的人。」

蓋瑞不耐煩地抓頭髮。「欸，比利——或是隨便哪一個——上個星期在牢房裡拿頭去撞牆，難道不會損壞你在用的這個腦袋嗎？」

雷根摸額頭。「是沒錯，可是痛的不是我。」

「那誰會感受到痛？」茱迪問。

「大衛是痛苦的管理人。他來承受所有的苦難，大衛有同理心。」

蓋瑞站了起來，想要在房間裡踱步，可是一見雷根全身緊繃，就打消了念頭，又坐了下來。「是大衛想把頭撞扁嗎？」

雷根搖頭。「是比利。」

「嘎，」蓋瑞說，「我還以為比利一直在睡覺。」

「沒錯，但那天是他的生日。小克莉絲汀幫他做了生日卡片，她想送給他，亞瑟就允許比利醒過來過生日，讓他在場子裡。我反對，我是保護者，這是我的責任。或許亞瑟真的比我聰明，但他也是人，亞瑟也會犯錯。」

「比利醒過來之後發生了什麼事？」蓋瑞問。

「他東張西望，看見自己在牢房裡，就覺得自己做了什麼壞事，所以就拿頭去撞牆。」

茱迪縮了縮。

「因為比利不知道有我們。」雷根說。「他有——你們是怎麼說來著？失憶症。我這麼說吧，他還在念書的時候，有一大段時間都記不得，他就爬到屋頂上，想要往下跳。我把他從場子上弄下來，阻止了他。從那天開始他就一直在睡覺，我跟亞瑟讓他睡覺，好保護他。」

「那是幾時的事？」茱迪問。

「他十六歲生日之後。我記得他很鬱悶，因為他父親要他生日那天工作。」

「天啊。」蓋瑞低喃。「睡了七年？」

「現在還在睡。他只醒了幾分鐘。一開始就不該讓他到場子上的。」

「那都是誰在做事情？」蓋瑞問。「工作呢？從那時起跟別人交談呢？跟我們談過的人都沒提到英國或是俄國口音。」

「史維卡先生，不是俄國，是南斯拉夫。」

「抱歉。」

「沒關係，只是要分辨個清楚。回答你的問題：跟別人打交道的話，場子上通常是艾倫和湯米。」

「他們就這樣愛來就來？」茱迪問。

「我這麼說吧，不同的環境下，場子是由我或是亞瑟主管的，看情況。在牢裡，我控制場子——決定誰上誰下——因為那是危險的地方。我是保護者，我有絕對的權力可以作主。如果是沒有危險的情況，理性和邏輯比較重要，就由亞瑟主導。」

「那現在是誰在控制場子？」蓋瑞問，知道他已經失去了應該有的專業超然的態度，變成百分之百的好奇，完全被這個不可思議的現象給迷住了。

雷根聳聳肩，環顧四周。「這裡是監獄。」

會客室的門突然打開了，雷根跳了起來，像貓一樣，立刻就變得警戒防備，擺出了空手道的姿勢。等他發現只是一名律師開門來看房間是否有人，他才放鬆。

雖然蓋瑞預備要花上慣常的十五分鐘或半小時和當事人見面，並且極肯定他會揭穿某個騙局，可是等到五個小時過去後，離開監獄時，他卻深深相信比利．密利根有多重人格。他和茱迪走入寒冷的夜裡，蓋瑞發現他的心思飛轉，竟荒唐地想飛一趟英國或南斯拉夫，去查是否有亞瑟或雷根的紀錄。他倒不是相信什麼轉世投胎或是惡鬼附身，可是迷惘地走在街上，他不得不承認今天在小會客室裡見到的是不同的人。

他瞄了茱迪一眼，她也是默默無言。「好吧，」他說，「我必須承認我現在是處於知性和感性的震驚狀態中。我相信了。而且我想等瓊安問起我為什麼錯過了晚餐，我會有很好的理由能說服她。可是我們到底是要怎麼說服檢察官跟法官呢？」

6

二月二十一日，透納醫師在西南社區健康中心的同事史黛拉．凱若林醫師通知兩位公設律師，說聞名世界的柯內莉雅．魏伯醫師同意在三月十日到肯塔基來看密利根，她治療過那名有十六個人格的西碧兒。

為了替魏伯醫師鋪路，桃樂絲．透納與茱迪．史帝文生又擔負起了說服亞瑟、雷根與其他人的責任，請他們同意再讓一個人知道秘密。兩人又一次不得不耗費數小時，接連說服一個又一個的人格。迄今為止，她們已經知道九個名字——亞瑟、艾倫、湯米、雷根、大衛、丹尼、克里斯多福，可是她們還沒見過克里斯多福三歲的妹妹克莉絲汀，也沒見過原始人格，或稱核心人格的比利，因為他們一直讓他酣睡。好不容易獲得允許讓別人也知道秘密，她們安排了一個小組，包括檢察官，來觀察魏伯醫師與比利在富蘭克林郡立監獄的互動。

茱迪和蓋瑞訪談了密利根的母親桃樂絲、他的妹妹凱西和哥哥吉姆，雖然三人都無法為比利聲稱的虐待提供第一手資料，但是他的母親卻描述了被查默．密利根家暴的經驗。老師、朋友、親戚則敘述了比利．密利根的奇怪行為，他的自殺企圖，以及他的恍惚狀態。

茱迪和蓋瑞很肯定，俄亥俄州所有合法的測試都能證明他們的被告無法接受審判，但是他們也明白眼前還有另一道障礙：如果弗勞爾斯法官接受了西南中心的報告，比利．密利根就會被送進心理機構去評估治療。他們不想讓他送進專門收容精神病罪犯的州立利馬醫院，他們從之前許多的委託人得知，那個機構的惡名遠播，而且他們很肯定他到了裡面絕對撐不下去。

魏伯醫師儘管已排定週五去和密利根會面，但卻因為私人因素而更動了計畫，茱迪只好打電話到蓋瑞家去通知他。

「妳今天下午會到辦公室嗎？」他問。

「我沒打算去。」她說。

「我們需要討論一下。」他說。「西南中心一直說除了利馬之外沒有別的地方，可是我的腦子裡卻一直在想一定還有。」

「嘿，恆溫器調低了，辦公室冷得要死。」她說。「艾爾出去了，我在家裡生了火，過來我這裡，我幫你煮一些愛爾蘭咖啡，我們可以好好討論。」

他笑了。「那我就不負盛情了。」

半小時後，兩人坐在火爐前。

蓋瑞捧著冒熱氣的馬克杯取暖。「我跟妳說，雷根出來的時候，我真的大吃一驚。」他說。「最讓我驚訝的是他還滿討人喜歡的。」

「我也一樣。」茱迪說。

「我是說，亞瑟說他是『仇恨的管理人』，我還以為他頭上會長角呢，可是他真的是一個很有魅力又有趣的傢伙。他否認他犯了那件八月強暴案，我完全相信他不是在全國廣場攻擊那個女人的人。現在我又在納悶，他說他沒有強暴另外三個女人，不知道是不是真的。」

「八月那件案子我也同意你的看法，顯然是模仿犯，模式截然不同，可是後面這三個人確實是被綁架搶劫，又被強暴的。」茱迪說。

「我們目前只有他記得的片段經過，實在是太奇怪了。雷根說他認得他的第二名受害人，還肯定他們其中一個人見過她。」

「現在我們知道，在溫蒂漢堡的得來速時，是湯米在場子裡，跟第三名受害人吃漢堡，可能是其中一個出來跟她約會。」

「波麗・紐頓的說法證實了她在漢堡店，而且她還說那個人的表情很奇怪，幾分鐘後就停止了性侵，說他辦不到，還自言自語說：『比利，你到底是什麼毛病？快振作起來。』然後跟她說他需要沖個冷水澡退火。」

「可是他說什麼是氣象人幫的，還開馬斯拉蒂呢？」

「其中一個在吹牛。」

「好吧，我們就姑且承認我們不知道發生了什麼事，而我們見過的人格也都不知道。」

「雷根承認搶劫。」茱迪說。

「對，卻否認強暴。我是說，整件事情非常奇怪。妳能想像一個星期中有三次不同的時間，雷根喝了酒，吃了安非他命，然後在一大清早慢跑十一哩路到俄大校園？再挑中一名被害人之後，他就昏了過去——」

「就離開場子。」茱迪糾正他。

「我就是這個意思。」他舉杯要續杯。「每一次他都離開了場子，等他再上場，他只知道自己在哥倫布市中心，口袋裡有錢，所以他猜想他是犯了一開始就打算要犯的搶劫罪。可是他不記得自己做了，三次都一樣。他說，有人把之間的時間偷走了。」

「是有一些片段不見了。」茱迪說。「有人把瓶子丟進池塘裡，當作槍靶。」

蓋瑞點頭。「證明並不是雷根。根據證人的說法，他有幾秒鐘開不了槍。我是說，到處亂摸，最後才把保險栓拉開，而且還有兩發子彈打空。像雷根那樣的專家不應該會打不中。」

「可是亞瑟說其他人不准碰雷根的槍。」

「我已經能看到我們向弗勞爾斯法官說明的畫面了。」

「要說嗎？」

「不知道。」他說。「用精神失常來幫多重人格辯護實在很蠢，因為多重人格正式歸類為精神神經病，而不是精神錯亂。我是說，心理醫生自己都說多重人格不是精神失常。」

「好吧，」茱迪說，「何不乾脆訴請無罪，而不說精神失常？我們攻擊行為之故意，就像加州的那件多重人格的案子。」

「那是輕罪。」蓋瑞說。「像我們這種受到大眾矚目的案子，用多重人格來辯護可過不了關，這是不得不接受的現實。」

她嘆口氣，瞪著爐火。

「還不止呢，」蓋瑞說，輕撫鬍子，「就算弗勞爾斯法官同意我們的看法，他還是會把比利送到利馬，而比利之前坐牢的時候就聽過利馬的名聲。妳還記得雷根提到安樂死的事嗎？說被送到那裡的話，要把年紀小的給殺了？我相信他不是空口說白話。」

「那就把他送到別的地方啊！」茱迪說。

「西南中心說只有利馬是審判前治療的地方。」

「送他去利馬，除非是等我死。」她說。

「更正一下。」蓋瑞說，舉起了杯子。「是等我們兩個死。」

兩人舉杯互碰，然後茱迪再為兩人斟滿。「我不能接受我們別無選擇。」

「那就找個選擇。」他說。

「說得好。」她說。「我們會找到選擇的。」

「以前從來沒有過先例。」他說，把鬍子上的奶泡擦掉。

「那又怎樣？俄亥俄也從來沒有過比利．密利根啊。」

她把她那本翻閱多次的《俄亥俄刑法手冊》從架上拿下來，兩人一起瀏覽，輪流大聲讀出來。

「再來一點愛爾蘭咖啡？」她問。

蓋瑞搖頭。「黑咖啡吧，濃一點。」

兩個小時後，他讓茱迪把手冊裡的一段再念一遍。她用手指按著書頁，移到了二九四五條三十八款：

……若法官或陪審團發現其精神失常，該犯將由法官下令入法庭管轄權之內之醫院治療心理疾病或心理遲緩。若法官認為可行，則送該犯至州立利馬醫院，俟其恢復理性，而在恢復理性之後，被告將持續訴訟程序。

「有了！」蓋瑞大喊，還跳了起來。「法庭管轄權之內之醫院，並沒有說只有利馬。」

「我們找到了！」

「要命，」他說，「大家還說除了利馬之外沒有別的關押醫院了。」

「現在我們只需要找另一間在法庭管轄權之內的醫院了。」

蓋瑞一巴掌拍上額頭。「我的天啊，還真巧，我知道有一家，我退伍後在那裡當過精神科助手，哈定醫院。」

「哈定？那在法庭的管轄權之內嗎？」

「當然啦，那在俄亥俄州的沃辛頓。而且，那是國內數一數二的精神病醫院，保守，極有聲望，隸屬於基督復臨安息日教會。我聽過很厲害的檢察官說：『如果喬治．哈定二世醫師說這個人精神錯亂，我就相信，他那個人不會隨便檢查個三十分鐘，就說被告是瘋子。』」

「檢察官說的？」

他舉起了右手。「我親耳聽見的，我甚至還覺得是泰瑞．雪曼說的呢。嘿，我好像記得桃樂絲．透納說她經常幫哈定醫院做測試。」

「那我們就讓他進哈定。」她說。

蓋瑞忽然一屁股坐下來，垂頭喪氣。「還有一件事。哈定醫院是一間很昂貴的私人醫院，可是比利沒有錢。」

「我們不能因為這點小事就卻步。」她說。

「對，那要怎麼把他弄進去？」

「我們讓他們來爭取比利。」

「請問是要怎麼做呢？」他問。

半小時後，蓋瑞抹掉靴子上的雪，按了哈定醫生的門鈴，他突然很清楚地意識到他是個留鬍子又怪裡怪氣的公設律師，跑到人家的豪宅來，要面對的是一位保守的精神科醫師——而且還是華倫．哈定總統的兄弟的孫子。應該叫茱迪來的，她可以留下更好的印象。他拉緊鬆開的領帶，把向上捲的衣領塞進外套裡，前門也正好打開了。

四十九歲的喬治．哈定衣著整齊，瘦削，臉皮光滑，眼神及聲音都很柔和，蓋瑞覺得他倒滿英俊的。「請進，史維卡先生。」

蓋瑞手忙腳亂脫掉靴子，放在玄關，留下了一灘水，再剝掉大衣，掛在架上，這才跟著哈定醫師走入客廳。

「我覺得你的名字很耳熟。」哈定說。「等你掛上電話，我又拿起報紙來看。你在幫密利根辯護，那個在俄大攻擊了四名女性的年輕人。」

蓋瑞搖頭。「是三名，八月發生在全國廣場的強暴案是非常不同的作案模式，一定會剔除掉。這件案子有了非常離奇的轉折，我希望能聽聽您的意見。」

哈定指著一張軟沙發請蓋瑞坐下，自己坐了硬背椅。他十指指尖相觸，細聽蓋瑞詳盡說明他和茱迪發現的事，以及即將在週日在富蘭克林舉行的會談。

哈定若有所思地點頭，等他開口，遣詞用字非常謹慎。「我非常敬重史黛拉．凱若林和桃樂絲．透納。」他沉思，瞪著天花板。「透納也在我們這裡兼職，幫我們做測試，她也跟我談過這件案子了。既然魏伯醫師會來這裡……」他透過十指尖端看著地板。「我看不出什麼理由不能出席，你說是週日嗎？」

蓋瑞點頭，不敢開口。

「我必須告訴你，史維卡先生，我對所謂的多重人格多所保留。儘管一九七五年夏季時，柯內莉雅．魏伯醫師曾來哈定醫院針對西碧兒這個病人發表過演說，我還是不能說我相信。我十分敬重她以及其他醫治過這類病人的醫師……可是像這樣的案子，病人極為可能會假裝失憶，不過，既然透納和凱若林會去……而且魏伯醫師也願意跑這一趟……」

他站了起來。「我本人或是醫院都不能做什麼保證，可是我很樂意能參加會談。」

蓋瑞一回家，就打電話給茱迪。「嘿，律師，」他笑著說，「哈定要來了。」

三月十一日星期六，茱迪到富蘭克林監獄，去告訴密利根計畫更改了，柯內莉雅．魏伯醫師要週日才能來。

「我應該昨天就告訴你的，」她說，「對不起。」

他開始劇烈顫抖，看他的表情，她就知道是在跟丹尼說話。

「桃樂絲．透納不回來了，對不對？」

「她當然會來啊，丹尼，你怎麼會這麼想？」

「大家都先答應了以後又忘記，不要丟下我一個人。」

「我不會的，可是你一定要振作一點。魏伯醫生明天要來，我跟史黛拉・凱若林和桃樂絲・透納也會來……還有別的人。」

他瞪大眼睛。「別的人？」

「還有一位醫師——哈定醫院的喬治・哈定，還有檢察官伯納・葉維奇。」

「男人？」丹尼倒抽一口氣，顫抖得太厲害，牙齒格格響。

「為了幫你辯護，不得不如此。」她說。「可是蓋瑞跟我也會來。嘿，我看還是讓你吃點藥鎮定下來吧。」

丹尼點頭。

她叫了獄警，請他把她的當事人帶到拘留室，她上樓去找醫生。幾分鐘後他們回來，發現密利根縮在房間一角，臉上都是血，鼻子也在流血。他剛才拿頭去撞牆。

他茫然看著她，她立刻知道這一個不是丹尼了，而是痛苦的管理人。「大衛？」她問。

他點頭。「好痛喔，茱迪小姐，好痛，我不想活了。」

她把他拉過來，摟住他。「你不能說這種話，大衛。你還有很多值得活下去的理由。很多人相信你，而且你也會得到幫助。」

「我好怕坐牢喔。」

「他們不會送你去坐牢的，我們要抗爭，大衛。」

「我沒有做壞事。」

「我知道，大衛，我相信你。」

「桃樂絲・透納什麼時候會回來看我？」

「我跟……」才開口她就明白了，她剛才是告訴了丹尼。「明天，大衛，還有另一位叫魏伯醫師的精神病學家。」

「妳不會把秘密告訴她吧？」

她搖頭。「不會，大衛，我相信用不著我們來跟魏伯醫生說。」

7

三月十二日星期日，寒冷晴朗。伯納・葉維奇下了車，走入富蘭克林郡立監獄，心裡的感覺很奇怪。這還是他當檢察官以來，第一次在被告接受精神醫師檢驗時也出席。他看過了史維卡的報告，而且還把警方的報告看了一遍又一遍，可是他仍然心裡沒個底。

他就是不能相信，這些優秀的醫師居然會把這種多重人格的事情當作一回事。柯內莉雅・魏伯老遠下來幫密利根檢查倒沒有讓他多驚訝。她相信那種事，而且也在到處尋找案例。他必須密切觀察的是喬治・哈定醫師的表情。據葉維奇所知，俄亥俄州內再沒有比哈定更受尊敬的精神科醫師了，他也知道哈定醫師說的話不會有人有異議。許多首席檢察官對檢驗精神錯亂案例的精神科醫師都不怎麼尊重，唯一的例外就是喬治・哈定二世。

過了一會兒，其他人也陸續抵達了，安排在樓下的集合廳會談，那個房間大，有折疊椅，黑板，還有一張辦公桌，獄警在交班時都在這裡集合。

葉維奇和史黛拉・凱若林醫師及西南中心的社工席拉・波特寒暄，也被介紹給魏伯醫師與哈定醫師。

然後門打開了，他這還是第一次見到比利．密利根，茱迪．史帝文生陪他進來，還握著他的手。桃樂絲．透納走在前，蓋瑞押後。四人進了集合廳，密利根一看到這麼多人就裹足不前。

桃樂絲．透納一個一個介紹，然後把他帶到最靠近柯內莉雅．魏伯的座位上。「魏伯醫生，」桃樂絲的聲音很低，「這是丹尼。」

「哈囉，丹尼。」魏伯說。「很高興認識你，你好嗎？」

「還好。」他說，緊抓著桃樂絲的胳臂。

「我知道跟一屋子的陌生人在一起，你一定很緊張，可是我們是來幫助你的。」魏伯說。

眾人紛紛就座，史維卡向前傾，跟葉維奇耳語。「等你看完，要是你還不相信，我就把執照繳回去。」

魏伯開始詢問密利根，葉維奇放鬆了下來。她的樣子像個精力充沛的母親，鮮紅色頭髮，鮮紅色口紅。丹尼回答她的問題，還跟她說了亞瑟、雷根、艾倫的事。

她轉向葉維奇。「看到了沒？多重人格的典型就是這樣，他很樂於談別人發生的事，卻不談他自己。」

又問答了一陣之後，她轉向喬治．哈定醫師。「這是很清楚的例子，是歇斯底里性神經官能症的解離狀態。」

丹尼看著茱迪，說：「她離開場子了。」

茱迪微笑，低聲說：「不是的，丹尼，她不是那樣。」

「她裡面一定有很多人。」丹尼不服氣。「她跟我說話是一個樣子，然後就變了，跟亞瑟一樣開始用一大堆術語。」

「可惜弗勞爾斯法官沒有親眼看見。」魏伯說。「我知道這個年輕人的心裡是怎麼回事。我知道他需要什麼。」

丹尼的頭猛然轉動，兇巴巴瞪著桃樂絲・透納。「妳跟她說了！妳答應不說的，可是妳說了。」

「沒有，丹尼。」透納說，「我沒說，魏伯醫生會知道哪裡不對勁，是因為她認識像你一樣的人。」

柯內莉雅・魏伯以堅定卻柔和的語氣讓丹尼輕鬆了下來。她直視他的眼睛，叫他放鬆。她把左手舉到額頭上，鑽戒閃光，反映在他的眼中。

「你現在完全放鬆，覺得很舒服，丹尼。沒有煩惱、放鬆，無論你想做什麼或是說什麼都沒關係，隨便你怎麼樣。」

「我想離開。」丹尼說。「我想離開場子。」

「隨便你做什麼都沒關係，丹尼。我跟你說，等你離開後，我想跟比利談一談，那個出生之後就叫比利的比利。」

他聳聳肩。「我沒辦法讓比利來，他睡了，亞瑟跟雷根才能讓他醒過來。」

「那你跟亞瑟和雷根說我必須和比利談一談，這件事非常重要。」

葉維奇密切觀察丹尼，看見他的眼睛變得一片茫然，心頭是越來越驚愕。丹尼的嘴唇蠕動，身體猛然挺直，然後他環顧四周，表情迷惘，起初他什麼也沒說，後來就要菸抽。

魏伯醫生給了他一根菸，他安頓下來，茱迪向葉維奇低聲說唯一會抽菸的是艾倫。

魏伯再一次自我介紹，也介紹尚未見過艾倫的人，葉維奇忍不住驚訝，密利根的外表改變得還真大，變得很放鬆，很活潑。他面帶微笑，說話很誠懇很流暢，跟害羞又孩子氣的丹尼非常不同。魏伯問他的興趣，艾倫回答了。他會彈鋼琴會打鼓，他說，也會繪畫——多數是肖像。他十八歲，喜歡棒球，不過湯米卻很討厭棒球。

「好吧，艾倫，」魏伯說，「我現在想和亞瑟談一談。」

「喔，好，」艾倫說，「等等，我……」

艾倫很快地吸了兩口菸才離開，葉維奇瞪大了眼睛，那個小動作看似非常自然，在不抽菸的亞瑟出現前趕緊多吸幾口。

再一次，眼神茫然，嘴唇蠕動。他睜開眼睛，向後靠，帶著高傲的神情凝視了眾人一圈，指尖相觸，搭成一個金字塔。他一開口，竟然是上流社會的英國腔。

葉維奇皺著眉頭聽。他發現自己真的看著也聽著一個完全不同的人在和魏伯醫師對話。亞瑟的眼神接觸和肢體語言都和艾倫不同。葉維奇有個朋友住在克利夫蘭，是會計師，他就是英國人，而葉維奇忍不住驚嘆，他們兩人真像，有道地的說話模式。

「我想我沒見過這些人。」亞瑟說。

他被引介給大家，葉維奇覺得跟亞瑟打招呼很蠢，活像他剛走進房間似的。魏伯問亞瑟其他人的事，他描述了他們的角色，也說明了誰能出來，誰不能出來。最後魏伯醫師說：

「我們必須要和比利談一談。」

「叫醒他非常危險。」亞瑟說。「他有自殺傾向。」

「哈定醫師一定要能夠見到他，這件事攸關審判的結果。自由及治療，否則就是坐牢。」

亞瑟考慮了一會兒，嘴唇一抿，說：「這件事由不得我作主。我們現在是在監獄——敵對的環境裡——主導人是雷根，最後還得要由他來決定誰能到場子上來，誰不能。」

「雷根在你們的生活中扮演什麼角色？」她問。

「雷根是保護者，也是仇恨的管理人。」

「那，好吧。」魏伯醫師突兀地說。「我必須見見雷根。」

「女士，我建議——」

「亞瑟，我們沒有多少時間了，許多大忙人捨棄了週日早晨來這裡幫助你們，雷根必須同意讓比利跟我們對話。」

那張臉又一次變得木然，瞪大眼睛，像神遊去了。嘴唇蠕動，好像在心裡交談。接著下巴繃緊，眉毛擰在一塊。

「不可能。」低沉的斯拉夫聲音不悅地說。

「什麼意思？」魏伯問。

「不可能跟比利說話。」

「你是誰？」

「我是雷根．瓦達斯哥維尼茨，這些人是誰？」

魏伯醫師介紹了每一個人，葉維奇對這次的變化以及驚人的斯拉夫口音感到納悶。他真希望自己懂南斯拉夫語或是塞爾維亞克羅地亞語，如此一來就能聽出口音是否是真的，還有雷根究竟懂不懂這種語言。他希望魏伯醫師能追問。他想提出來，可是之前大家都答應除了自我介紹之外，不開口說話。

魏伯醫師問雷根：「你怎麼知道我想跟比利談話？」

雷根點頭，微微覺得好笑。「亞瑟徵求我的意見，而我反對。我是保護者，我有權利決定誰能到場子上。要讓比利出來，門都沒有。」

「為什麼？」

「妳是醫生吧？我這麼說吧，因為比利一醒，他就會自殺。」

「你怎麼能這麼肯定？」

他聳肩。「每次比利到場子上，他就會以為自己又做了什麼壞事，就會想辦法自殺，這是我的責任，我說了不行。」

「你的責任有哪些？」

「保護所有人，尤其是年紀小的。」

「我懂了，你從來沒有失職過嗎？因為你保護了年紀小的，他們就從沒受過傷或是感受到痛苦了嗎？」

「不盡然，大衛會感受痛苦。」

「而你卻讓大衛承受痛苦？」

「那是他的功用。」

「像你這麼雄壯威武的一個大男人，卻讓小孩子來承受所有的苦難？」

「魏伯醫生，我並不是那個——」

「你真應該覺得羞愧，雷根。我覺得你不應該把自己弄得像個權威人物，我是醫生，我治療過這種案例，決定比利能不能出來的人，應該是我，而不是某個讓無辜小孩承受痛苦，自己卻袖手旁觀的人。」

雷根在椅子上動了動，一臉尷尬慚愧，他喃喃說什麼「她根本不了解狀況」。她繼續說話，聲音柔和卻不給人辯駁的機會。

「好啦！」他說。「妳來負責。可是男人都給我離開。比利怕男人，因為他父親對他做過的事。」

蓋瑞、葉維奇和哈定醫師站起來要離開，可是茱迪開口了。

「雷根，哈定醫生一定要留下來見比利。你必須信任我。哈定醫生對這件案子的醫學部分非常有興趣，必須要允許他留下來。」

「我們出去。」蓋瑞說，指著他自己和葉維奇。

雷根環顧室內，評估情況。「我允許。」他說，指著最遠角落的一張椅子。「可是他必須坐在那邊，而且不能亂動。」

哈定醫生的表情不太自在，虛弱地微笑，點點頭，坐到角落去。

「不准動！」雷根說。

「我不會動。」

蓋瑞和葉維奇到走廊外。蓋瑞說：「我還沒見過核心人格比利，我不知道他會不會出來，可是你親眼看見了也親耳聽見了，你作何感想？」

葉維奇嘆氣。「我剛開始也非常懷疑，現在我也不知道該怎麼想了，可是我覺得不像是演戲。」

留在房間裡的人緊盯著密利根的臉。他的面色蒼白，眼睛似乎向裡看，嘴唇扭動，彷彿是在睡夢中說話。

冷不防間，他的眼睛就睜得很大。

「我的天啊！」他大喊。「我以為我死了！」

他在椅子上亂轉，看見很多人盯著他，就從椅子上跳起來，趴在地上，像螃蟹一樣橫著爬到對面的牆邊，離他們越遠越好，硬擠進兩張附寫字檯的椅子的中間，畏畏縮縮地哭了起來。

「我又做了什麼？」

魏伯醫生以溫和卻堅定的語氣說：「你什麼也沒做，年輕人，你不需要這麼難過。」

他在發抖，緊緊貼著牆，彷彿想要穿牆而過。他的頭髮落下來蓋住了眼睛，他透過頭髮向外看，完全沒有把頭髮撥開的意思。

「我明白你並不知道，比利，可是房間裡的每一個人都是來幫你的。我覺得你應該站起來，坐在那張椅子上，我們才能跟你談一談。」

房間內的每一個人都了解，情勢是由魏伯主導，而且她心裡有譜，她按下了正確的心理按鍵，逼他有反應。

他站了起來，坐在椅子上，膝蓋焦慮地抖動，身體也發抖。「我沒死嗎？」

「你活得好好的，比利，我們知道你有問題，你需要協助。你確實需要協助，是不是？」

他點頭，瞪大眼睛。

「告訴我，比利，前幾天你為什麼拿頭去撞牆？」

「我以為我死了，」他說，「後來我醒了，發現在牢裡。」

「在那之前，你記得什麼事？」

「我爬上了學校的屋頂。我不想再看醫生了，蘭卡斯特心理健康中心的布朗醫生治不好我。我以為我跳下去了，我為什麼沒死？妳們都是誰？妳們為什麼這樣看著我？」

「我們是醫生和律師，比利，我們是來幫你的。」

「醫生？要是我跟妳們講話，『查爸』會殺了我。」

「為什麼，比利？」

「他不要我把他對我做的事說出去。」

魏伯詢問地看著茱迪．史帝文生。

「是他的養父。」茱迪說明。「他母親在六年前跟查默．密利根離婚了。」

比利瞪大眼睛看四周，呆呆愣愣的。「離婚了？六年前？」他摸摸臉，彷彿是要確認是真的。「怎麼可能？」

「我們有許多事要談，比利。」魏伯說。「有許多片拼圖要湊起來。」

他慌張地東看西看。「我怎麼會在這裡？發生了什麼事？」他又開始嗚咽，而且前後搖晃。

「我知道你現在很累，比利。」魏伯說。「你可以回去休息了。」

突然之間，哭聲就停止了。他的臉孔立刻轉為機警卻迷惑的表情。他摸了摸流下來的眼淚，皺著眉頭。

「這是怎麼回事？剛才是誰？我聽到有人哭，可是我不知道哭聲是哪裡來的。要命，不管他是誰，他都差一點跑去撞牆了，他是誰？」

「那是比利。」魏伯說。「原始的比利，有時也稱宿主或核心人格，你是誰？」

「我不知道比利可以出來，沒人跟我說。我是湯米。」

蓋瑞和葉維奇獲准回到集合廳裡，湯米被介紹給大家，回答了幾個問題，然後就被帶回牢房了。葉維奇聽說了剛才發生的事，不禁搖頭。一切似乎太不真實了——好像身體被鬼魂或是惡靈給占據了。他跟蓋瑞和茱迪說：「我不知道這是什麼意思，可是我大概是跟大家的看法一致，他不像是在演戲。」

唯有喬治．哈定醫師不置一詞。他暫時不作判斷，他說，他需要思索一番他的所見所聞，隔天他會把他的看法寫下來，呈給弗勞爾斯法官。

8

把湯米帶上樓的醫護人員羅斯．希爾一點也不知道密利根是哪裡不對勁，他只知道有一大堆醫生律師來來去去，探望這名病人，而且他是個變化多端的年輕人，畫了一手好圖。週日會面之後幾天，他經過牢房，看見密利根在畫圖。他從鐵欄杆間看過去，看見了非常幼稚的線條，上面還寫了字。

一名獄警走過來，笑了出來。「嘿，我家的兩歲孩子畫得都比這個天殺的強暴犯要好。」

「別去煩他。」希爾說。

獄警手上拿了一杯水，潑進欄杆裡，弄濕了畫。

「你幹嘛？」希爾說。「你是發什麼神經啊？」

可是潑水的獄警一看見密利根的表情就嚇得退了好幾步，他臉上的憤怒絕對不會錯，他似乎在東張西望找東西來摔。突然間，囚犯抓住了馬桶，把馬桶從牆上扯下來，往鐵欄杆上丟，把馬桶砸碎了。

獄警踉蹌後退，跑去按警鈴。

「要命喔，密利根！」希爾說。

「他朝克莉絲汀的畫潑水，不應該這樣毀了小孩子的畫。」

六名獄警衝進了走廊，可是等他們過來時，只看見密利根表情茫然，坐在地上。

「你要賠，王八蛋！」那名獄警大喊。「那是本郡的財產。」

湯米向後靠著牆，兩手放在腦後，傲慢地說：「本郡財產個屁。」

喬治．哈定二世醫師寫信給弗勞爾斯法官，信上的日期是一九七八年三月十三日。「依照會談的結果，我認為威廉．密利根沒有能力接受審判，因為無法與律師合作，為自己辯護，而且他缺少情感整合，無力為自己作證，或與證人對質，或在法庭中維持心理上的實在，只能有生理上的存在。」

哈定醫生還有一個決定要作。史維卡和葉維奇都要求他不要僅做能力評估，還敦請哈定醫院收容密利根這名病人，進一步評估治療。

哈定很是為難。檢察官葉維奇也參加了會談倒是令他意外——哈定覺得檢察官鮮少會這麼做。史維卡和葉維奇向他擔保將來不會讓他為辯方或檢方擔任對造的角色，而會由雙方事先同意將他的報告「依協定」列入審判紀錄。兩方都如此要求，他又怎麼拒絕？

身為哈定醫院的院長，他將這項請求交給醫院的行政主任及總務長。「我們從來不會因為問題棘手而卻步。」他告訴他們。「哈定醫院不會只接受容易的病例。」

有鑑於喬治．哈定一再強調這是一次讓員工學習的好機會，也是醫院在精神病學上有所貢獻的契機，委員會同意讓威廉·密利根入院，遵照法庭的命令，強制治療三個月。

三月十四日，希爾與另一名獄警來帶密利根。「他們要你下樓，」獄警說，「可是典獄長說你得穿上束縛衣。」

密利根乖乖讓他們給他穿上了束縛衣，再帶出牢房去搭電梯。

蓋瑞和茱迪在樓下的走廊上等，急於告訴他們的委託人有好消息。電梯門打開，他們看見羅斯·希爾和獄警張大嘴巴看著密利根解開束縛衣，而且幾乎快脫掉了。

「不可能。」獄警說。

「我就說過綁不住我，也沒有監獄或是醫院關得住我。」

「湯米？」茱迪問。

「就是本山人！」他輕蔑地說。

「進來這裡。」蓋瑞說，把他拉進了會客室。「我們需要談一談。」

湯米甩開了蓋瑞的手。「什麼事啦？」

「好消息。」茱迪說。

蓋瑞說：「喬治·哈定醫生願意讓你住進哈定醫院做審判前的觀察和治療。」

「什麼意思？」

「會有兩個可能。」茱迪解釋道。「不是將來某一天會宣布你有行為能力，然後決定開庭日期；不然就是過了一陣子你被判定無力接受審判，罪名就會撤銷。檢方同意了，弗勞爾斯法官已經下令，下個星期讓你從這裡轉送到哈定醫院。可是有一個條件。」

湯米說：「什麼都有條件。」

蓋瑞向前傾，以食指戳桌子。「魏伯醫生跟法官說多重人格都言出必行，她知道承諾對你們有多重要。」

「所以呢？」

「弗勞爾斯法官說如果你們保證不從哈定醫院逃跑，就可以立刻把你們送過去。」

湯米交抱雙臂。「屁哩，我才不答應呢。」

「你一定要答應！」蓋瑞吼叫。「要命，我們忙得都快斷氣了，就怕你們被送到利馬，結果你居然還這種態度？」

「反正就是不對。」湯米說。「脫逃是我最拿手的事，也是我在這裡的一個理由，我這樣不就有才華沒地方發揮了。」

蓋瑞氣得抓頭髮，好像是想把頭髮一根根拔掉。

茱迪一手按住湯米的胳臂。「湯米，你一定要跟我們保證。就算不是為你自己，你也要為那些年紀小的幾個孩子著想。你知道這裡很不適合他們，在哈定醫院他們才能得到照顧。」

他放開了胳臂，瞪著桌子，茱迪知道她這著棋下對了。她漸漸領悟到其他的人格對於年紀小的都有很深的愛及責任感。

「好嘛，」他不情願地說，「我保證。」

湯米其實有事瞞著茱迪，在聽說他會被移送到利馬時，他跟一個信得過的人買了刮鬍刀片，此時就用膠帶黏在他的左腳腳底。因為沒人問起，所以他也沒理由說。他很久以前就學會了，從一個機構移送到另一個機構時，一定要攜帶武器。他或許不能脫逃，不能打破自己的承諾，可是萬一有人想強暴他，他起碼可以保護自己。不然他也可以把刀片交給比利，讓他割斷自己的喉嚨。

排定移送哈定醫院的四天前，維里司警佐來到牢房，他想讓湯米示範他是怎麼脫掉束縛衣的。湯米看著精瘦、頭髮漸疏的警佐，他的灰色髮鬢貼著黑色皮膚。他皺著眉說：「我為什麼要？」

「你反正就要離開了，」維里司說，「我想我也還不算老，還能學會新把戲。」

「你對我還不錯，警官，」湯米說，「可是我沒那麼容易就洩漏我的秘密。」

「不如這麼看吧，你可以幫忙救別人的命。」

湯米轉過了頭，這時抬起頭來，很好奇。「怎麼會？」

「你沒病，我知道，可是這裡有些人是真的有病。我們讓他們穿上束縛衣，是為了保護他們，要是讓他們脫掉了，他們可能會自殺。如果你示範給我看，我們就可以阻止別人也脫逃，你就等於是救了別人的命。」

湯米聳聳肩，表示沒興趣。

然而，隔天他還是示範給維里司警佐看如何掙脫束縛衣，接著他又教他怎麼綁束縛衣才不會讓人有機會掙脫。

當天夜深了，茱迪接到桃樂絲．透納的電話。「還有一個。」透納說。

「一個什麼？」

「還有一個我們不知道的人格。十九歲，叫雅德蘭娜。」

「我的天啊！」茱迪低聲說。「那就十個了。」

桃樂絲描述了她深夜到監獄去，看見密利根坐在地上，聽見他用溫柔的聲音說話，說什麼需要愛情。桃樂絲坐在他旁邊，安慰他，幫他拭淚。然後「雅德蘭娜」說起偷偷寫詩的事，她淚眼婆娑地解釋唯有她有能力用念力把其他人擠出場子。目前為止，只有亞瑟和克莉絲汀知道她的存在。

茱迪盡量去想像那個畫面：桃樂絲坐在地板上摟著密利根。

「她為什麼現在露面？」茱迪問。

「雅德蘭娜為男生發生的事責怪自己。」桃樂絲說。「在強暴案發生的時候，是她偷走了雷根的時間。」

「妳說什麼？」

「雅德蘭娜說是她做的，因為她太想要被摟抱、被愛撫、被愛了。」

「是雅德蘭娜強——」

「雅德蘭娜是同性戀。」

茱迪掛斷了電話，仍然瞪著電話機好半天。她先生問她是誰打電話來，她張開嘴巴要告訴他，卻又搖搖頭，關掉了電燈。

第三章

1

比利·密利根比預定時間提前兩天從富蘭克林郡立監獄移送到哈定醫院，日期是三月十六日早晨。喬治·哈定醫師召集了一支治療小組，也為他們做了簡報，可是密利根卻提前抵達，哈定醫師正在芝加哥參加精神病會議。

茱迪·史帝文生和桃樂絲·透納跟著警車到了哈定醫院，兩人深知萬一被迫返回醫院，對丹尼會是多大的打擊。幸好，有一位舒梅克醫生同意由他來負責病人，等待哈定醫師返回，副警長就將犯人移交給他。

茱迪和桃樂絲陪丹尼走到維克菲爾舍，這是一處封閉的精神病病房，容納十四名重症病人，需要二十四小時觀察及注意。院方空出一張床，丹尼被指派到兩間「特殊照顧」病房之一，沉重的橡木門上有窺孔，供二十四小時觀察。一名精神科助手（在哈定醫院稱為『助理』）幫他送上午餐，茱迪和桃樂絲看著他吃。

午餐後，舒梅克醫生及三名護士也過來了。透納覺得讓員工親眼看見多重人格症候群是很重要的事，於是就建議丹尼讓亞瑟出來，見見這些將來要和他合作的人。

愛德麗安·麥坎護士是病房的護理長，也是治療小組的一員，聽過簡報，但是其他兩名護士就真的是大出意外了。

唐娜·埃格是五個孩子的媽，她就覺得和校園之狼會面五味雜陳。她密切觀察這個小男生說話，然後他的眼睛像定住了，陷入恍惚狀態，嘴巴默默移動，在心裡面對話。等他再抬頭，表情嚴肅高傲，而且開口是英國腔。

她很努力才沒有笑出來，並不相信真的有丹尼或亞瑟存在——她認為這是個演技一流的演員為了逃避牢獄之災而在惺惺作態。可是她很好奇比利·密利根是什麼樣的人，她想要知道什麼樣的人才會做出跟他一樣的惡行。

桃樂絲和茱迪向亞瑟說明情況，跟他保證他是在安全的地方。桃樂絲說她過幾天會再來，做些心理測試。茱迪說她和蓋瑞會不時過來跟他討論訴訟的事。

助理提姆·謝波每隔十五分鐘就從窺孔觀察新病人，逐條寫下第一天的紀錄：

五點——盤腿坐在床上，安靜

五點十分——盤腿坐在床上，瞪視

五點三十二分——站立，看著窗外

五點四十五分——送晚餐

六點零二分——坐在床沿，瞪視

六點零七分——移動餐盤，進食正常

七點十五分——密利根開始來回踱步。

八點整時，海倫．葉歌護士進入他的房間，陪了他四十分鐘。她在護士紀錄上的第一筆只有短短數行：

一九七八年三月十六日，密利根先生入特殊照顧房——密切觀察，怕發生特殊狀況。提到他的多重人格，主要說話人是「亞瑟」——他有英國腔。說到某人格——就是比利——有自殺傾向，該意識已沉睡十六年，以免傷及其他人。進食正常。排泄正常。不挑食。愉快、很配合。

葉歌護士離開後，亞瑟默默通知其他人哈定醫院是個安全友善的環境。因為協助醫師治療必須思路敏銳、有邏輯，所以從現在開始由亞瑟完全主導場子。

當天半夜兩點二十五分，助理克里斯．肯恩聽到房間裡有很大的聲音。他過去查看，發現病人坐在地板上。

湯米跌下了床，覺得很沮喪。幾秒鐘後，他聽見腳步聲，看見窺孔裡有眼睛。腳步聲一消失，湯米就把腳底貼著的刀片撕下來，又黏在一片床板下面，仔細藏好。等時候到了，他要知道到哪裡去找刀片。

2

三月十九日喬治．哈定二世醫師由芝加哥返回，一發現移送提早，打亂了他的精心安排，忍不住氣惱，他原本計畫要親自迎接密利根。他費了一番手腳才召集了治療小組：心理學家，藝術治療師，輔導治療師，有心理學學位的社工，醫師，護士，助理，以及維克菲爾舍的護士長。他和他們討論過多重人格，有些人公開表明不相信診斷結果，他耐心地傾聽，也說出自己的懷疑，並且要求他們協助他完成法庭交付的任務。他們全都必須要不持成見，分工合作，洞察威廉·史丹利·密利根的心理狀態。

哈定醫生返回後第二天，培瑞·艾爾斯給密利根做了身體檢查。艾爾斯在病歷表上寫道通常在回答問題之前，密利根的嘴巴會經常蠕動，眼睛向右偏。艾爾斯寫道他問病人為什麼會有那些動作，病人回答是在和別人說話，尤其是在問亞瑟該如何回答。

「可是你要叫我們比利，」密利根說，「這樣才不會有人以為我們瘋了。我是丹尼。填表的人是艾倫。可是我不應該提到其他人的。」艾爾斯醫師把這段話寫了下來，另行補充：

我們早先同意盡量只談到比利，但心裡明白丹尼會給我們所有人的健康狀況。因為他無法遵守協議，所以才提到其他的名字。他唯一記得的疾病是比利九歲時動過疝氣手術——「大衛每一年都九歲」而且動疝氣手術的是大衛。艾倫有管狀視力，但其他人視力都正常……

註：進檢查室之前，我和他討論過檢查的性質，並詳細描述。我強調必須從直腸來檢查他的疝氣修復及攝護腺，後者是因為尿道異常「膿尿症」。他變得非常焦慮，嘴唇與眼睛迅速移動，顯然是在和其他人交談。他緊張卻有禮地告訴我：「那可能會引起比利和大衛的不適，因為我們住在農場時，查默分別雞姦了他們四次。查默是我們的繼父。」他也在此時補充家族史中提及的母親是比利的母親，「可是她不是我母親——我不知道誰是我的母親。」

因為密利根的關係，蘿莎麗．椎克與尼克．西可，這兩位維克菲爾舍的「迷你小組」計畫的治療師每天和他接觸，變成和他關係最密切的人。每天早晨十點和下午三點，維克菲爾舍會有七、八名病人聚在一起，進行團體活動。

三月二十一日，尼克把密利根從特殊照顧病房帶到活動室。他的特殊病房現在只有在晚上才會上鎖。這名二十七歲的助理留著大鬍子，左耳垂上戴兩只耳環（一只是金圈，一只是玉石），聽說了密利根對男性有敵意，因為小時候被性侵。他對多重人格雖然好奇，卻是心存懷疑。

蘿莎麗是二十好幾的職業治療師，金髮藍眼，從來沒有治療過多重人格患者。可是在聽完哈定醫師的簡介後，她很清楚員工立刻分成了兩派：相信密利根是多重人格的，以及認定他是騙子的——假裝得了這種疑難雜症，為了博人注意，以免因強暴罪而入獄。蘿莎麗也很掙扎，儘可能做到不偏不倚。

密利根在桌子的另一頭坐下來，遠離其他人，蘿莎麗．椎克跟他說迷你小組昨天已經說好要做拼貼畫，藉以告訴他們所愛的人一些自己的事。

「我沒有所愛的人。」他說。

「那就做給我們看。」蘿莎麗說。「每個人都要做。」她拿起一張她自己在拼貼的圖畫紙。「尼克跟我也有做。」

蘿莎麗隔著一段距離觀察密利根，看見他拿了一張八乘十一吋的紙，開始從雜誌上剪照片。她聽說過密利根的藝術天分，此時，看著這名羞澀安靜的病人，她很好奇他會貼出什麼樣的作品來。他沉默平靜地忙著。等他做完，她就走過去看。

他的拼貼讓她很訝異。是一個提心吊膽、眼淚汪汪的小孩，從畫紙中央望出來，下方貼著「摩里森」的名字，而俯望著他的是一個憤怒的男人，貼著紅色的「危險」兩個字。右下角則是一個骷髏頭。

簡潔的表達讓她很感動，那是深層的情感。她並未要求要貼出這樣的作品，也沒料到會是這樣的作品。她覺得作品透露了痛苦的歷史。她看著都會發抖，而且就在那一刻她知道自己上鈎了。無論醫院裡其他人對他有什麼懷疑，她都知道這幅畫不是一個無感的極端反社會人格能做得出來的，尼克・西可也和她的看法一致。

喬治醫生（員工和病人都如此稱呼，以區別他和他父親喬治・哈定一世）開始閱讀相關的精神科日誌，發現多重人格這種疾病似乎有日益增加的趨勢。他打電話給各個精神科醫師，每個人說的都大同小異：「我們所知的不多，可是這是一個我們還不了解的領域。你得自己披荊斬棘，殺出一條路來。」

所要花費的時間精力只怕會比喬治醫生的預估還要多，而他也不禁懷疑在為醫院籌募基金，準備擴充的當口，接受這名病人是否是錯誤的決定。他又向自己保證，這麼做對比利・密利根很重要，對行醫這一行很重要，可以幫助精神病學拓展對人心的有限知識。

在向法庭呈上評估報告之前，他必須先了解比利・密利根的過去。可是他的失憶問題嚴重，倒是個極大的障礙。

三月二十三日星期四，蓋瑞・史維卡和茱迪・史帝文生來探視委託人，為時一小時，核對了他模糊的事件記憶，比較他的說法和三名被害人的說法，揣測哈定醫師的呈庭報告而計畫替代的攻防策略。

兩名律師都發現密利根比較放鬆，雖然他抱怨被關在特殊照顧房裡，還必須要穿「特殊防護」衣物。「喬治醫生說我可以治好，跟這裡別的病人一樣，可是這裡誰也不相信我。其他的病人可以離開醫院，坐車去郊遊，只有我不行，我必須留在這裡。而且他們一直叫我比利，氣死我了。」

他們盡量安撫他，跟他解釋喬治醫生為了他孤軍奮戰，他最好不要把醫生的耐性磨光了。茱迪察覺到他是艾倫，可是沒有問，她怕如果認不出來是他，他會覺得受到侮辱。

蓋瑞說：「我覺得你應該盡量跟這裡的員工合作，這是你不必坐牢的唯一機會。」

兩人離開時，都覺得看見他平平安安讓他們鬆了口氣，那種日復一日的責任與擔憂總算可以暫時卸下了。

當天稍後，第一次的治療會談對哈定醫師而言是繃緊神經的五十分鐘。密利根坐在維克菲爾舍的會客室，面對窗戶，可是一開始他並不願意有視線接觸。他似乎對過去沒有多少記憶，雖然他倒是很隨興地說著他養父對他的虐待。

哈定醫師知道他的方法太過小心翼翼。魏伯醫師請他要盡快找出究竟有多少人格，確認每一個的身分。所有的代理人都需要鼓勵，讓他們說出存在的原因，允許他們重溫導致他們出現的特殊情況。

然後需要鼓勵所有的代理人彼此認識，互相溝通，協助彼此解決各人的問題，互助合作而不是各自為政。魏伯說策略就在於把其他人都引出來，最後將比利——核心人格——引入所有事件的記憶中。最後，可以嘗試融合。儘管他極想試試魏伯的方法，畢竟她在監獄中用這個方法帶出了許多人格，可是喬治．哈定早就在多年前就學到了教訓。他自認是個保守的人，必須要自己摸索學習，而且是用他自己的時間，來發掘究竟這是一個什麼人。

日子一天天過去，唐娜．埃格護士發現她差不多是面對面地照顧密利根。他睡得很少，比其他病人少得多，而且很早就起床，所以她必須要常常和他聊天。他會談起住在他身體裡的其他人。

有一天他遞給她一張紙，寫得密密麻麻的，署名是亞瑟。他似乎頗害怕，說：「我不認識誰叫亞瑟，我也不知道紙上寫的是什麼。」

沒多久員工紛紛向喬治醫生抱怨，說要照顧一個老是說「不是我做的，是別人做的」的病人越來越困難，因為他們明明都是親眼看見的。他們說密利根在破壞其他病人的治療，操縱員工，找過這個又找那個，就為了遂行所願。他總是暗示雷根可能會出來掌控情勢，而員工認為這是沒有明說的威脅。

喬治醫生建議由他來處理密利根的代理人格，而且是唯有在治療會談中。員工在病房內不應該提到或談論其他的名字，尤其是不能當著別的病人的面。

在頭一天和亞瑟談話的護士海倫．葉歌在三月二十八日的護理目標單上，寫下了這個治療計畫：

一個月之內，密利根先生將要為他雖否認但證據不容抵賴的行為後果負責。

計畫項目：

一、病人不承認會彈鋼琴——員工報告說曾看見或聽見他彈——員工應以就事論事的態度處理。

二、被觀察到寫紙條卻否認知情——員工應告訴他有人看見他寫。

三、病人自稱是另一人格——員工應提醒他他的名字是比利。

在治療會談時，喬治醫生向艾倫解釋他的方法，他指出其他病人聽到各個人格的名字，都被搞糊塗了。

「有人還自稱是拿破崙或是耶穌基督呢。」艾倫說。

「可是我和員工如果今天叫你丹尼，明天叫你亞瑟或是雷根或是湯米或是艾倫，那可不行。我的建議是對員工和病人，你所有的人格都用比利這個名字，而在——」

「他們不是『人格』，喬治醫生。他們是人。」

「你為什麼要刻意分別？」

「你叫他們人格，就好像你不相信他們是真的似的。」

3

四月八日，距離桃樂絲．透納開始心理測驗計畫之後八天，唐娜．埃格看見密利根在病房裡憤怒地來回踱步。她問他是哪裡不對，他以英國腔回答：「沒有人了解。」

然後她看見他的表情又改變，整個姿勢、步態及語言都變了，她知道現在是丹尼出來了。到了此時，親眼目睹他的前後一致，親眼目睹這些不同的人格有多真實，她不再懷疑他是在演戲了。她不得不承認在所有的護理人員中，唯有她不再心存疑竇了。

幾天之後，他來找她，非常沮喪。她立刻就看出這是丹尼。他瞪著她，可憐兮兮地說：「我為什麼在這裡？」

「你說的是哪裡？」她問。「是在這個房間裡，還是在這棟建築裡？」

他搖頭。「有的病人問我為什麼在這間醫院裡。」

「等桃樂絲・透納來幫你做測驗，也許她能解釋給你聽。」

那天晚上，和桃樂絲・透納的測驗會談結束之後，他不肯跟別人說話。他跑進房間裡，到浴室去洗臉。幾秒鐘後，丹尼聽到房間門開了又關上。他探頭看，發現是一名年輕的女病人，叫朵琳的，雖然他經常同情地聆聽她的問題，也談他自己的問題，可是他並沒有別的意思。

「妳進來幹嘛？」他問。

「我想跟你說話。你今天晚上為什麼心情這麼差？」

「妳知道妳不能進來的，這樣違反規定。」

「可是你好像很鬱悶。」

「我發現了某人做的事。很可怕。我不應該活著。」

就在這時，腳步聲接近，隨即有人敲門。朵琳也跳進了浴室裡，還把門關上了。

「妳怎麼這樣？」他沒好氣地低聲說。「這下子我的麻煩大了，這下子可慘了。」

她吃吃笑。

「好吧，比利和朵琳！」葉歌護士喊。「等你們想出來再出來好了。」

葉歌護士在一九七八年四月九日的護理筆記中寫道：

密利根先生被發現和女性病患躲在浴室裡，關著燈。詢問他時，他回答必須要單獨和朵琳討論他剛發現他做的某事——提到今晚和透納太太做心理測驗時，發現他強暴了三名女性。變得淚汪汪，說他想要「雷根和雅德蘭娜去死」。請喬治醫生過來——解釋本事件。移入特別照顧房，穿上防護衣。幾分鐘後發現病人坐在床上，手上拿著浴袍帶。仍然淚流不止，說想要殺掉他們。跟他談過幾句話，他繳出了浴袍帶，繳出之前浴袍帶掛在頸部。

桃樂絲．透納為比利做的測驗，其中發現不同人格的智商有明顯的不同：

人格	語言智商	表現	總分
艾倫	一〇五	一三〇	一二〇
雷根	一一四	一二〇	一一九
大衛	六十八	七十二	六十九
丹尼	六十九	七十五	七十一
湯米	八十一	九十六	八十七
克里斯多福	九十八	一〇八	一〇二

克莉絲汀年紀太小，未參加測驗，雅德蘭娜不肯出來，而亞瑟則拒絕測智商，說有損他的尊嚴。

從丹尼的羅夏墨漬測驗，透納發現結果可看出隱藏得極差的敵意，此外他也需要外在的支持，方能抵消處處不如人與能力不足的感覺。湯米則比丹尼成熟得多，也更具表演的潛質。他的精神分裂症狀最嚴重，對其他人的關心最少。雷根則最具有表現暴力的可能。

她發現亞瑟極為聰明，她感覺他也是憑藉著這一點來主張由他來指導其他人格，她也覺得他有一種補償心態，自認為比世人優越，但是卻甩不開不安的感覺，對於刺激情緒的情況感到威脅。而艾倫從情緒上來看，則幾乎是一個完全獨立的人格。

她也發現了一些共同點：有女性身分及強烈的超我，可能會被憤怒凌駕。她並沒有發現精神病的過程，也沒發現精神分裂症的思想錯亂。

蘿莎麗·椎克和尼克·西可宣布四月十九日的迷你小組要做信任練習，亞瑟允許丹尼到場子上。員工用桌椅、沙發、板子把交誼廳佈置成了障礙跑道。

知道密利根怕男人，尼克建議由蘿莎麗幫他蒙眼，帶他通過。「你一定要跟我合作，比利。」她說。「只有這樣才能讓其他人有自信，你才能活在真實的世界裡。」

最後他允許她幫他蒙上眼睛。

「來，牽著我的手。」她說，帶他進入房間。「我現在要帶你繞過障礙跑道，我不會害你受傷的。」

蘿莎麗領著他，看得見也感覺得到他的恐懼完全無法控制，因為他分不清東西南北，也不知道會撞上什麼。起初兩人移動得很慢，後來速度增快了一些，繞過椅子，鑽過桌下，爬梯子。親眼看見他的恐慌，蘿莎麗和尼克都很佩服他咬牙撐了過來。

「我沒害你受傷吧，比利？」

丹尼點頭。

「你一定要知道，有些人是可以信任的。當然不是每一個人，可是還是有人可以信任。」

蘿莎麗注意到在她的面前，他越來越常以那個小男孩的角色出現，她逐漸知道這是丹尼，讓她難過的是他的畫有太多都飽含死亡的意象。

下週二，艾倫獲准去參加表現藝術課，這是第一次到隔鄰的治療大樓去，他可以素描也可以畫水彩。

性情溫和的藝術治療師唐．鍾斯對密利根的繪畫天分留下深刻印象，可是鍾斯看得出他加入新的小組，難免會焦躁、難以駕馭。他後來發現怪誕的畫是比利吸引注意、尋求認同的方式。

鍾斯指著一幅素描，畫的是一座墓碑，上面刻著「不要 R.I.P.」。

「你能幫我們說明一下嗎，比利？你畫的時候心裡在想什麼？」

「這是比利的親生父親。」艾倫說。「他是喜劇演員，也在佛羅里達州邁阿密當主持人，後來他自殺了。」

「你何不說說你的感受？我們現在要做的是接觸你的感受而不是細節，比利。」

艾倫丟下了鉛筆，明明是他的作品，卻要歸功於比利，讓他覺得很厭惡。他抬頭看時鐘。「我需要回病房去整理床鋪。」

隔天他跟葉歌護士談起治療，抱怨說沒有一個地方對。葉歌護士跟他說他打擾了員工和病人，他就變得沮喪。「我的其他人做的事不能要我負責。」他說。

「我們不能扯到你的其他的人，」葉歌說，「只能說比利。」

他大喊：「哈定醫生並沒有照魏伯醫生告訴他的方式來治療我，這種治療一點用也沒有。」

他堅持要看他的病歷表，葉歌護士拒絕，他說他知道他能讓醫院允許他看紀錄。他說他很肯定員工並沒有記錄他的行為改變，還說他遺失時間不能要他負責。

當天晚上，喬治醫生來看過他後，湯米向員工宣布他要把醫生開除。後來艾倫出來了，又說要重新雇用喬治醫生。

密利根的母親桃樂絲．摩爾得到了探病許可，幾乎每週都來，而且經常是和女兒凱西一起來。她兒子的反應完全無法預測。有時在她探病之後，他會很開心很活潑；有時則很消沉。

小組會議上，有精神病學背景的社工瓊．溫斯洛報告說桃樂絲每次來探病，她都會和她面談。溫斯洛發現桃樂絲是位慷慨熱情的人，但是她推測她害羞依賴的性格使她沒能干預密利根所說的虐待行為。桃樂絲說她總是覺得有兩個比利──一個親切有愛心，另一個一點也不在乎會傷別人的心。

尼克．西可在四月十八日記錄摩爾太太來探病之後，密利根似乎心情很壞，一個人在房間裡，拿枕頭蓋著頭。

到四月底，十二週已經過了一半，喬治醫生覺得進展太緩慢。他需要別的方法來建立各人格與原始人格間的溝通管道。可是首先他必須突破，找到比利。那個星期天魏伯醫師說服雷根讓比利出來一次，從此之後他就沒見過比利了。

喬治醫生想到或許可以錄下那些他我的言行舉止，來和核心人格做對比。喬治醫生把他的想法告訴了艾倫，也說明各人格能夠彼此溝通，也和比利溝通是非常重要的。艾倫同意了。稍後，艾倫告訴蘿莎麗他很高興即將要錄的錄影帶。他有點緊張，可是喬治醫生讓他相信他可以藉此更了解自己。

喬治醫生在五月一日開始第一次的錄影會談。桃樂絲．透納也出席了，因為喬治醫生知道有她在場會讓比利心安，也因為他想要找雅德蘭娜出來。雖然剛開始他反對把新的人格帶出來，可是他也領悟到有必要了解密利根人格中的這個女性角色。

他反覆說明了幾次如果雅德蘭娜肯出來和他們談話，會極有幫助。好不容易，轉換了幾次人格之後，密利根的臉換上了柔和、淚汪汪的表情。他的聲音像是咽住了，而且有鼻音。他的臉孔幾乎變得女性化，兩隻眼睛飄來飄去。

「要我談很痛苦的。」雅德蘭娜說。

對於這樣的轉變，喬治醫生竭力掩飾內心的興奮。他一直想要她出來；他一直在期待。可是等到真的發生了，仍然是出乎預料之外。「為什麼會痛苦？」他問。

「因為那些男生。我害他們惹麻煩。」

「妳做了什麼？」他問。

桃樂絲．透納在移送前夕在監獄見過雅德蘭娜，所以只是靜坐一旁，仔細觀察。

「他們不了解愛情是什麼，」雅德蘭娜說，「不了解被擁抱、被喜歡是什麼意思。是我偷了時間。我感覺到雷根的酒精和藥。喔，談這件事太痛苦了……」

「我知道，可是我們需要談，」喬治醫生說，「為了要讓我們了解。」

「是我做的。現在說我很抱歉有點太遲了，對不對？我毀了男生的人生……可是他們就是不懂……」

「不懂什麼？」透納問她。

「愛情是什麼，為什麼需要愛情，被某人擁抱就感覺到溫暖，有人喜歡，我不知道我為什麼會做那種事。」

「在那段時間，」透納問，「妳覺得溫暖，覺得有人喜歡嗎？」

雅德蘭娜欲言又止，然後低聲說：「只有幾分鐘……我偷了時間。亞瑟沒有讓我到場子上，我用念力把雷根趕出場子外……」

她淚汪汪地瞧了瞧四周。「我不喜歡談這件事。我不能上法庭。我不要跟雷根說話……我想要脫離男生的人生。我不想再把他們搞得一團亂了……我覺得好慚愧……我到底為什麼會做那種事？」

「妳第一次到場子上是什麼時候？」喬治醫生問她。

「去年夏天我開始偷時間。還有男生在雷貝嫩被單獨監禁的時候。我偷了一點時間寫詩，我很喜歡寫詩……」她啜泣。「他們會把男生怎麼樣？」

「我們不知道。」喬治醫生柔聲說。「我們也在盡量了解。」

「拜託不要把他們傷得太重。」雅德蘭娜說。

「去年十月發生這些事的時候，妳知道有什麼事是計畫好的嗎？」他問。

「我什麼都知道。連亞瑟不知道的事我都知道……可是我也沒辦法，我感覺到藥力和酒精，我不知道我為什麼會做那種事，我好孤單喔。」

她吸鼻子，問有沒有面紙。

喬治醫生密切注意雅德蘭娜的臉，非常謹慎地問她問題，唯恐會把她嚇走。「有沒有朋友讓妳覺得……在一起滿愉快的？可以讓妳不那麼孤單？」

「我沒跟別人講過話，連男生都沒有……我只跟克莉絲汀講話。」

「妳說是在夏季時以及在雷貝嫩時有時候會在場子上，在那之前，妳有在場子上過嗎？」

「沒有在場子上，可是我在場。我在場很久很久了。」

「那查默——」

「有！」她厲聲說。「不要提他！」

「妳跟比利的母親合得來嗎？」

「不行！她連跟那些男生都合不來。」

「比利的妹妹凱西呢？」

「喔，我跟凱西說話，可是她應該不知道吧，我們還一起逛街。」

「比利的哥哥吉姆呢？」

「沒有……我根本不喜歡他。」

雅德蘭娜擦眼淚，然後向後坐，看著錄影機，嚇了一跳，吸吸鼻子。接著她沉默了很久，喬治醫生知道她走了。他看著無神的那張臉，等著看會是誰上場。

「如果我們能和比利談一談，」他說，聲音溫和勸誘，「會很有幫助。」

表情變換，是一張受驚害怕的臉，比利迅速掃描四周。喬治醫生認出了那個表情就和在富蘭克林郡立監獄魏伯醫師把核心人格比利叫出來時一樣。

喬治醫生的說話口氣很溫和，唯恐尚未接觸到比利，他就又消失了。比利的膝蓋緊張地抖動，眼睛害怕地觀察四處的環境。

「你知道是在哪裡嗎？」喬治醫生問。

「不知道？」他聳聳肩，說得好像是在學校考試答是非題，卻不確定自己的答案是否正確。

「這裡是醫院，我是你的醫生。」

「媽呀，要是我跟醫生講話，他會殺了我。」

「誰會殺了你？」

比利瞧了瞧四周，看見了錄影鏡頭對著他。

「那是什麼東西？」

「是要把這次會談錄下來的，是錄影機；我們覺得把治療錄下來很有用，可以讓你看是怎麼回事。」

可是他走了。

「那玩意嚇到他了。」湯米不屑地說。

「我跟他說明是錄影機——」

湯米冷笑。「他可能根本就不知道你在說什麼。」

會談結束後，湯米回到維克菲爾舍，喬治醫生獨坐在辦公室裡，沉吟良久。他知道他必須要告訴法庭雖然威廉·密利根並不像尋常人以為的那種精神病患（因為解離是視為神經官能症），可是以他的專業判斷，密利根與現實太過脫節，沒有辦法遵守法律規範，因此不能為那些罪行負責。

為今之計是持續治療這名病人，多少讓他能夠有受審能力。

可是法庭限定的三個月只剩下六週的時間了。柯內莉雅．魏伯醫師花了十年以上的時間治療西碧兒，誰有那個本事能在短短的六週之內治好密利根呢？

隔天早晨，亞瑟決定必須要讓雷根知道雅德蘭娜的事。他在特別照護房大聲和雷根說話。「強暴之謎解開了。我知道是誰做的。」

他的聲音立刻換成雷根的。「你怎麼知道的？」

「我知道了一些新事實，把資訊拼湊了起來。」

「那是誰？」

「我想既然你為了沒犯過的罪而背了黑鍋，你有權知道。」

兩人的對話你來我往，時而響亮，時而默然無聲。

「雷根，以前你有沒有不時聽到女性的聲音？」

「有啊，我聽到克莉絲汀。還有——對，別的女人的聲音。」

「去年十月，你出去偷竊三次，我們的一名女性也涉入了。」

「你說什麼？」

「有一個你沒見過的年輕女性，叫雅德蘭娜。」

「聽都沒聽過。」

「她是個非常甜美溫柔的人，她幫我們煮飯打掃。艾倫在花店找到工作時，是她負責插花的。我只是始終沒想到──」

「那跟她有什麼關係？她把錢拿走了嗎？」

「不，雷根，就是她強暴了你的被害人。」

「她強暴女生？亞瑟，她怎麼可能強暴女生？」

「雷根，你聽過女同志嗎？」

「好吧，」雷根說，「女同志是要怎樣強暴另一個女的？」

「這就是你被控的原因了。有男性在場子上，有些在生理上是能夠有性行為的，雖然我們都知道我下了禁慾令。她利用了你的身體。」

「你是說那個臭娘們強暴了別人，我卻一直背黑鍋？」

「是的，可是我要你跟她談一談，讓她解釋。」

「原來你跟我說了那麼一大串就是為了這個？我要宰了她。」

「雷根，理性一點。」

「理性？」

「雅德蘭娜，我要妳來見見雷根。雷根是我們的保護者。他有權知道是怎麼回事。妳必須跟他說明原委，解釋妳的行為。」

一個輕柔細微的聲音在他的心裡響起，彷彿是來自遙遠的黑暗。很像是幻覺或夢中的聲音。「雷根，真對不起惹了大麻煩──」

「對不起！」雷根咆哮，來回踱步。「妳這個賤女人，妳為什麼到處強暴女人？妳知不知道妳把我們害得有多慘？」

他猛地轉身，退出了場子，突然之間，房間裡充滿了女人的哭聲。

海倫·葉歌護士的臉出現在窺孔裡。「我能幫忙嗎，比利？」

「不用妳管，女士！」亞瑟說。「別管我們！」

葉歌離開了，很不高興亞瑟對她疾言厲色。等她走後，雅德蘭娜想為自己辯解：「你要知道，雷根，我的需求跟你們大家都不一樣。」

「妳到底是怎樣，竟然跟女人上床？妳就是女人耶。」

「你們男人根本不懂。至少小孩子知道什麼是愛，什麼是同情，抱著某個人說：『我愛你，我關心你，我對你有感情。』有什麼意義。」

「請容我打岔，」亞瑟說，「我始終覺得生理之愛是毫無章法，過時落伍的，有鑑於科學上最新的發現——」

「你們是瘋子！」雅德蘭娜尖叫道。「你們兩個都是！」然後她的聲音又變小了。「要是你們體驗過擁抱、有人喜歡的滋味，你們就會了解了。」

「喂，臭女人！」雷根不客氣地說。「我不管妳是誰，又是什麼東西。要是妳敢跟這個病房裡的人說話——或是跟隨便哪個人說話——妳就死定了。」

「等等。」亞瑟說。「在哈定不是由你來作決定的。這裡由我主導。你要聽我的。」

「你打算就讓她拍拍屁股了事？」

「當然不是，這件事我會處理。可是輪不到你來告訴她她不能再到場子上，這件事沒有你說話的餘地。是你太白癡，讓她偷走你的時間，你的控制力不夠，你那些伏特加、大麻、安非他命讓你太脆弱，害得比利和每個人的生命都受到威脅。沒錯，是雅德蘭娜做的。可是責任卻是你要扛，因為你是保護者。你一旦出現了弱點，不但你自己，所有人都會置身險境。」

雷根想要說話，又縮了回去。看見窗台上的植物，他手一揮，就把盆栽打到了地板上。

「話雖這麼說，」亞瑟接著說，「我同意，雅德蘭娜從此被歸類為『討厭鬼』。雅德蘭娜，妳不能再到場子上。妳不能再偷走時間了。」

她挪到角落，面對牆壁，痛哭失聲，最後離開了場子。

安靜了很長一段時間，接著大衛出來，擦乾了眼淚。看到地板上的破花盆，他盯著看，知道植物奄奄一息了。看著植物的根暴露，倒在那裡，他好心痛。他能感覺到植物在漸漸枯萎。

葉歌護士回來送飯。「你真的不用我幫忙嗎？」

大衛畏畏縮縮的。「妳是要因為我把盆栽殺了，把我丟進牢裡嗎？」

護士放下了托盤，按住他的肩膀安撫他。「不，比利，沒有人會把你丟進牢裡。我們會照顧你，讓你變好。」

在百忙之中，喬治醫生還到亞特蘭大，參加了美國精神病協會在五月八日星期一的會議。前一個星期五他見過密利根，安排讓他開始密集治療，他不在的期間，由心理學主任瑪琳·柯肯醫師負責。

瑪琳·柯肯是紐約人，她也是哈定醫院裡一開始就懷疑多重人格診斷的人，只不過她從未公開表達過看法。有天下午她在辦公室裡和艾倫談話，葉歌護士和她寒暄：「嗨，瑪琳，最近好嗎？」

艾倫立刻轉頭，脫口而出：「湯米的女朋友也叫瑪琳耶。」

就在那一刻，親眼目睹他的話說得多麼自然，完全不假思索，柯肯醫師斷定他不是在演戲。

「我也叫瑪琳。」柯肯說。「你說她是湯米的女朋友？」

「啊，她不知道是湯米，她都叫我們比利。可是湯米是給她訂婚戒指的人，她一直不知道這個秘密。」

柯肯醫師沉吟道：「等她發現了，一定會很震驚。」

在美國精神病協會的會議上，哈定醫師告訴柯內莉雅．魏伯醫師密利根的進展。他說他現在徹底相信密利根是多重人格。他描述密利根在公開場合拒不回應別的名字，造成了問題。

「他在帕格里斯醫師的團體治療用了這一招，跟其他病人發生了問題。請他說出他的問題時，他只是說：『我的醫生叫我不能說。』妳想也想得到會有什麼後果，而且他還喜歡玩弄資淺的治療師，結果被團體踢了出來。」

「你一定要了解，」魏伯說，「沒有人承認的話，對那些他我人格會有多大的影響，沒錯，他們是習慣了以原始的名字來回應別人，可是秘密一旦公開了，就會讓他們覺得自己是多餘的。」

喬治醫生想了想，又問魏伯她覺得在僅有的時間裡該如何治療密利根。

「我覺得你應該要求法庭至少再給你九十天。」她說。「然後我覺得你要設法讓他融合，才能幫助他的律師，接受審判。」

「俄亥俄州要派一位刑事精神病學家下來看他，大概是兩個星期之後，五月二十六日。不知道妳能不能到醫院來會診，若有妳的支持會更好。」

魏伯同意了。

雖然會議要開到星期五，喬治醫生還是在星期三就離開了亞特蘭大。週四他在維克菲爾召開了小組會議，跟員工說他和魏伯醫師討論過病例，認為不承認那些代理人格反而會給治療帶來反效果。

「我們以為如果忽略多重人格，可能會讓他們整合，可是實際上只是把他們逼入地下。我們必須要繼續強調責任義務的重要，可是我們必須避免壓迫到不同的人格。」

他指出如果想讓密利根有融合的可能，讓他能夠受審，那麼就必須承認所有的人格，把他們當作獨立個體來應對。

蘿莎麗．椎克覺得鬆了口氣。私底下，她還是會回應每一個人，尤其是丹尼。現在大家都可以輕鬆多了，一切都攤開來，而不是假裝沒這回事，只因為還有一些人不相信。

唐娜．埃格微笑著把新計畫載入一九七八年五月十二日的護理目標單：

密利根先生可以自由提及其他人格，讓他可以討論覺得很難表達的感覺，跡象會是他和員工坦率討論。

計畫：

一、不否認他體驗到解離。

二、他相信自己是別的人格時，引導出他在那種情況下的感受。

4

五月中旬，迷你小組開始在花園裡勞動，蘿莎麗．椎克和尼克．西可發現丹尼被手動的旋耕機嚇壞了。他們展開了去制約作用計畫，要丹尼一次靠近機器一點。尼克說早晚有一天他不會再害怕機器，而且甚至還能夠親手操作，丹尼險些昏過去。

幾天之後，蘿莎麗另一名男病人拒絕參加園藝計畫。艾倫注意到這個男人不時會故意跟她找碴。

「做這種事根本是白癡。」那名男病人大吼。「妳根本就對園藝一竅不通。」

「誰是萬事通呢，我們大家也只能盡力而為啊。」蘿莎麗說。

「妳他媽的笨女人。」病人說。「妳對園藝就跟團體治療一樣，屁也不懂一個。」

艾倫看見她快哭出來了，可是他沒吭聲。他讓丹尼出來一會兒和尼克合作。稍後回到房間，艾倫準備要到場子上，卻發現自己被拽了回去，撞上了牆。只有雷根會做這種事，而且唯有在變換的那一剎那。

「哎唷，幹嘛啦？」艾倫低聲說。

「今天早晨在花園，你讓那個大嘴巴侮辱了一位女士。」

「哎唷，又不是我。」

「你知道規矩。你不能袖手旁觀，看著女人或兒童受傷或是受辱，卻不採取行動。」

「那你幹嘛不行動？」

「我不在場子上。是你該負責任。給我好好記住，不然下一次等你上場，我會打破你的腦袋。」

第二天，那個愛欺負人的病人又侮辱蘿莎麗，艾倫揪住了他的衣領，惡狠狠地瞪他。

「你的嘴巴放乾淨一點！」

他希望那個病人可不要挑起戰端。因為如果他真的挑釁，艾倫決定要離開場子，讓雷根上來幹架。他說到做到。

蘿莎麗·椎克發現她隨時都需要幫密利根說話，因為醫院裡有人說他只是個騙子，想逃過牢獄之災；還有人很不高興艾倫要求特殊待遇，亞瑟的高傲和湯米的反社會態度也讓一個又一個員工很難看。她聽到某些護士抱怨說喬治醫生的專寵病人占去了醫院太多時間和設施，不由得大怒。她一而再再而三聽見有人冷冷地說：「他們為那個強暴犯擔心，可不管他對被害人做了什麼。」這種話也害她忍不住瑟縮。可是她有她的信念，如果要幫助心理失調的人，就必須要把報復的感覺都拋開，專心對待那一個個體。

有天早晨，蘿莎麗看著比利·密利根坐在維克菲爾舍的台階上，嘴唇動來動去，自言自語。緊接著他就改變了。他抬頭看，表情愕然，搖搖頭，摸摸臉頰。

然後他注意到一隻蝴蝶，就伸手去捉。他注視捧著的兩隻手，大叫一聲跳了起來。放開了兩隻手，還向上揮，彷彿要幫助蝴蝶脫逃。可是蝴蝶跌在地上，而他痛苦地看著蝴蝶。

蘿莎麗走過去，他轉身，顯然是嚇壞了，眼中帶淚。她也說不上來是為什麼，只覺得這一個和她見過的人格都不同。

他把蝴蝶撿起來。「牠不飛了。」

她露出和煦的微笑，不知是否該用他的原名稱呼他。最後她低聲說：「哈囉，比利。我等了好久，終於見到你了。」

她陪他坐在台階上，他抱著膝蓋，敬畏地看著綠草樹木藍天。

幾天後，亞瑟允許比利再度上場，參加迷你小組，玩黏土。尼克鼓勵他捏塑一個人頭，比利捏了將近一個小時，把黏土揉成球，加上眼睛鼻子，再把兩小丸黏土按上去當瞳孔。

「我做了一個頭。」他得意地說。

「非常好。」尼克說。「這是誰呢？」

「一定要是誰嗎？」

「沒有啦，我只是以為可能是什麼人啦。」

比利別開臉，艾倫上場了，嫌惡地看著手上的黏土頭——只不過是灰灰的一坨，加上兩小丸黏土。他把塑型工具拿起來重新修飾，他要把它變成亞伯拉罕·林肯的半身像，或是喬治醫生的，讓尼克看看什麼叫真正的雕塑。

他正要去雕塑臉部，工具卻滑掉了，而且竟然插進了他自己的手臂，流出血來了。

艾倫張大嘴巴。他知道他沒那麼笨拙。突然間，他感覺自己被摔到牆上。可惡。又是雷根。

「我又怎樣了？」他低聲問。

答覆在他的腦子裡迴響。「絕對不能碰比利的作品。」

「嘿，我只是要——」

「你只是想炫耀，想讓人家知道你是個才華洋溢的藝術家，可是現在讓比利得到治療更重要。」

那天晚上，單獨在病房裡，艾倫向亞瑟抱怨，說他受夠了被雷根頤指氣使。「他既然什麼都要挑毛病，那就讓他或是別的人出面算了。」

「你一直很好辯。」亞瑟說。「或製造衝突。因為你，帕格里斯醫生把我們從團體治療中除名。你的操縱已經讓許多維克菲爾舍的員工對我們有敵意了。」

「那就讓別人出來啊，叫一個不多話的。比利跟年紀小的需要治療。讓他們來跟這些人打交道。」

「我計畫要讓比利更常上場。」亞瑟說。「等他見過喬治醫生，也該是時候讓比利見見我們了。」

5

五月二十四日星期三，密利根走入會談室，喬治醫生注意到他的眼中有驚慌，近似絕望的眼神，彷彿他隨時都會逃走或是崩潰。他瞪著地板，喬治醫生覺得有一條極細的線把他拴在此時此地。兩人默默坐了一會兒，比利的膝蓋緊張地抖動，接著喬治醫生和氣地說：「也許你可以說說看今天早晨上來這裡跟我談話，有什麼感覺。」

「我什麼都不知道。」比利說，聲音帶著鼻音，還有哭音。

「你不知道你要上來這裡找我嗎？你什麼時候到場子上的？」

比利的表情迷糊。「場子上？」

「你什麼時候知道要跟我談話的？」

「那個人來叫我跟他走的時候。」

「你那時覺得是怎麼回事？」

「他說我要去看醫生。我不知道為什麼。」他的膝蓋上下抖動，無法控制。

交談的速度很緩慢，夾雜著令人極度不安的沉默，喬治醫生想方設法要和他確定是核心比利的這個人建立起友好的關係。就像釣客謹慎地握著釣竿，緩緩收線以免折斷，他低聲說：「你現在覺得怎麼樣？」

「還好吧。」

「你一直都有什麼樣的問題？」

「嗯……我不記得做了什麼事……我睡覺了……有人說我做了什麼事。」

「他們說你都做了什麼？」

「壞事……犯罪的事。」

「你想要做的事嗎？大多數人都會在不同的時間裡想做很多不同的事。」

「就每次我醒過來，就有人說我做了壞事。」

「他們說你做了壞事的時候，你有什麼感覺？」

「我只想死……因為我不想傷害別人。」

他顫抖得太厲害了，喬治醫生只好改變話題。「你剛才說你在睡覺。你睡了多久？」

「喔，感覺沒有很久，可是很久。我也一直聽到聲音……有人想跟我說話。」

「他們想說什麼？」

「我真的聽不懂。」

「因為是輕聲細語嗎？還是因為斷章取義？或是模糊不清，所以你聽不懂？」

「是真的很小聲……而且好像是從別的地方傳來的。」

「像別的房間，或是別的國家嗎？」

「對。」比利說。「像別的國家。」

「有特定的國家嗎？」

長長的沉默，他在搜尋記憶，然後說：「好像是〇〇七裡的人在說話，另外的聲音好像是俄國人，他們是不是那位小姐說在我身體裡的人？」

「有可能。」喬治醫生低聲說，聲音幾不可聞，一看比利的臉閃過驚訝的表情，不禁擔心。

比利喊了起來：「他們怎麼會在那裡？」

「他們都跟你說什麼？我們知道的話，也許就能夠理出個頭緒來。他們有沒有給你指示，或是引導，或是諮商？」

「他們好像一直在說：『聽他的、聽他的。』」

「他是指誰？我嗎？」

「大概吧。」

「我沒跟你在一起的時候，你一個人的時候，有沒有聽見他們跟你說話？」

比利嘆氣。「好像他們是在說我。跟別人說。」

「他們是不是像需要保護你的樣子？跟別人說你，可是好像是需要庇護你？」

「我覺得是他們讓我睡覺的。」

「他們什麼時候讓你睡覺的？」

「在我太難過的時候。」

「你覺得是不是在你沒有辦法處理沮喪情緒的時候？因為大家會睡覺也是為了這個原因，為了躲避害他們難過的事情。你有沒有感覺你現在夠堅強了，所以他們就不用那麼保護你了？」

「他們是誰啊？」他喊出來，聲音又拉高了。「這些人是誰啊？他們為什麼不讓我一直醒著？」

喬治醫生有所了悟，他必須採取另一種方式。「你最處理不來的事情有哪些？」

「有人要傷害我。」

「會讓你害怕嗎？」

「會讓我去睡覺。」

「可是你還是會受到傷害啊。」喬治醫生窮追不捨。「即使你並不知道。」

比利兩手按住抖動的膝蓋。「可是如果我去睡覺了，就不會受傷害。」

「然後呢？」

「不知道……每次我醒過來，都沒怎樣。」沉默了好半晌，他又抬頭。「沒有人說為什麼那些人在這裡。」

「那些一直在跟你說話的人嗎？」

「對。」

「可能就是跟你剛說的一樣，在你不知道如何保護自己的時候，你的另一面就會想出一個辦法來保護你，不讓你受到傷害。」

「我的另一面？」

喬治醫生微笑點頭，等待他的反應。比利的聲音顫抖，說：「我怎麼不知道我有另一面？」

「因為你心裡一定有莫大的恐懼，」喬治醫生說，「所以你才沒辦法採取行動來保護自己。不知為什麼，你太害怕，不敢這麼做。所以你必須去睡覺，好讓你的另一面來採取矯正的行動。」

比利似乎在思索，接著抬起頭，彷彿是極力想了解。「我為什麼會那樣？」

「你年紀很小的時候，一定有什麼事嚇壞了你。」

比利沉默許久，然後哽咽著說：「我不想去想那些事。好痛。」

「可是你不是問我為什麼遇到了你害怕會受傷害的情況，你就必須去睡覺。」

比利顧環左右，以咽住的聲音說：「我是怎麼到這間醫院來的？」

「透納太太、凱若林醫師和魏伯醫師覺得如果你來這裡，也許你就不需要去睡覺了。你也許能學會如何面對問題和可怕的經驗，你可以學會怎麼樣處理。」

「你是說你們這些人有辦法？」比利啜泣道。

「我們當然很願意幫你做到，你要我們幫忙嗎？」

比利的聲音又變大了。「你是說，你們可以把這些人弄走嗎？」

喬治醫生向後靠。他得小心，不能承諾太多。「我們願意幫你，讓你不必去睡覺。讓你的另一面可以幫你變成堅強又健康的人。」

「那我不會再聽到他們的聲音了嗎？他們就不會再把我弄去睡覺了嗎？」

喬治醫生謹慎地遣詞用字。「等你變得夠健壯了，就不需要再讓你睡覺了。」

「我還以為沒有人能幫我。我——我不知道……每次我向後轉，我就會醒過來……我被鎖在房間裡——回到盒子裡……」他哽住了，因恐懼而眼珠來回轉動。

「那一定很可怕。」喬治醫生說，盡量安慰他。「非常非常可怕。」

「我每次都被關進盒子裡。」比利說，聲音拉高。「他知道我在這裡嗎？」

「誰？」

「我爸。」

「我沒有跟他聯絡。我不知道他是不是知道你在這裡。」

「我——我不能說出來。要是他知道你跟我講話，他會……喔！……他會殺了我……然後把我埋在穀倉裡……」

比利臉上的痛苦讓人不忍卒睹，他全身瑟縮，看著地面。線斷了。喬治醫生知道失去他了。艾倫的聲音輕柔地冒出來。「比利睡了。和亞瑟根本就沒關係。他就這樣睡了，因為他又慢慢想起來了。」

「談那些往事實在是太難了，是吧？」

「你在說什麼？」

「查默。」

「喔，那個嘛——」他瞄了瞄錄影機。「這個機器開著幹嘛？」

「我剛才跟比利說我想錄影。我跟他說明過了，他說沒關係。你怎麼會現在出來？」

「亞瑟叫我上場。我猜是你讓比利回憶嚇到他了，他有點感覺陷住了。」

喬治醫生正要說明他和比利都談了什麼，忽然有了個點子。「請問，有沒有可能我跟你和亞瑟同時說話？我們三個一起談一談剛才的情況？」

「我問問亞瑟。」

「我想問你，也想聽聽亞瑟的意見，看比利現在是不是比較堅強了，不會有自殺傾向了，可以面對更多事——」

「他沒有自殺傾向。」

聲音是清晰溫和的英國上流社會口音，喬治醫生立刻就知道亞瑟決定出來，為自己發言。從那天在監獄魏伯醫師一干人會診之後，他就沒見過亞瑟。他盡量保持平靜，不露出驚訝的神色，接著往下說：「可是他仍然需要小心呵護嗎？他仍然很脆弱嗎？」

「是的。」亞瑟說，指尖相觸。「容易受害，非常神經質。」

喬治醫生指出他並無意在此時此刻提起查默，可是比利似乎需要談這件事。

「你碰觸了過去的一段記憶，」亞瑟說，小心遣詞用字，「而他想起的第一件事就是那個。共同的畏懼也凌駕了他，所以他又睡著了。我也沒有辦法控制。我會讓他醒來，在他——」

「他醒著的時候說的話，你都知道嗎？」

「部分知道，而且並不是每次都知道。我沒辦法每次都能說出他心裡的想法，可是他在思索的時候，我能感受到恐懼。不知為了什麼，他並不能清楚聽到我和他說的話。可是聽起來他像是知道有時是我們讓他睡著的，而且他也能自行睡著了。」

喬治醫生和亞瑟核對了一些他我人格的背景，可是亞瑟正要回憶，突然就停下了，頭一歪，結束了討論。

「門口有人。」他說，就消失了。

是助理傑夫．賈納塔，他說過十一點四十五分會回來。

亞瑟讓湯米跟著傑夫回維克菲爾舍。

第二天，也是魏伯醫生來訪的前兩天，喬治醫生從抖動的膝蓋知道又是核心比利出來治療。比利聽過亞瑟和雷根的名字，現在他想知道他們是誰。

他要如何告訴他呢？哈定自問。他腦中有個恐怖的想像畫面：比利得知真相之後就自殺了。他在巴的摩爾有個同事的病人在得知自己是多重人格之後，就在牢裡上吊了。喬治醫生做了個深呼吸，說：「那個聽起來像〇〇七電影的是亞瑟，亞瑟是你的一個名字。」

膝蓋不抖了。比利瞪大眼睛。

「你有一部分是亞瑟，你想跟他見面嗎？」

比利開始發抖，膝蓋震得太厲害，他自己也注意到了，還用手去按住。「不要。會讓我想睡覺。」

「比利，我覺得要是你夠努力，你可以在亞瑟出來的時候保持清醒，你可以聽聽他怎麼說，然後你就了解你的問題在哪裡了。」

「很恐怖耶。」

「你願意信任我嗎？」

比利點頭。

「那好。你就坐在這裡，亞瑟會到場子上來，跟我說話，你不會睡著。你會聽見他說的每一句話，而且你會記住，就跟別的人一樣，你會到場子下，可是你會一直有意識。」

「什麼『場子』？上次你也說過，可是你沒跟我說是什麼。」

「那是亞瑟的說法，就是你體內的一個人跑到現實世界來，由他當家作主。就像有一盞很大的聚光燈，無論是誰上場都擁有意識。你閉上眼睛就會看到。」

哈定屏住呼吸，看著比利閉上眼睛。

「我看見了！我好像在黑漆漆的舞台上，聚光燈照著我。」

「好，比利。你現在走向一邊，離開光圈，我相信亞瑟就會出來跟我們談話。」

「我離開光圈了。」比利說，膝蓋也不抖了。

「亞瑟，比利需要跟你談一談。」哈定說。「很抱歉打擾你，叫你出來，可是這對比利的治療至關重要，他必須要認識你和其他人。」

哈定覺得掌心濕了。他的病人睜開了眼睛，表情從比利的蹙眉換成亞瑟眼瞼下垂的高傲凝視。同時昨天聽見的聲音也出現了：爽利的上流社會英國腔從緊繃的下巴裡溜出來，嘴唇幾乎不動。

「威廉，這位是亞瑟。我要你知道這裡是安全的地方，這裡的人都想幫你。」

比利的面部表情瞬間改變，眼睛瞪得很大，東看西看，吃了一驚，開口問道：「我為什麼以前不認識你？」

他再變回亞瑟。「我認為除非你準備好了，否則讓你知道並沒有好處。你有很強的自殺傾向。我們必須等到時機恰當了才讓你知道秘密。」

喬治醫生留神觀察聆聽，雖驚愕卻愉快地看著亞瑟和比利聊了將近十分鐘，告訴他雷根以及另外八個人，也說明喬治醫生的工作就是要讓這些心靈結合成一個，讓他再次完整。

「你做得到？」比利問，轉頭看喬治醫生。

「我們稱為融合，比利，這種事急不來。首先，是艾倫和湯米，因為他們倆有許多共同點；然後是丹尼和大衛，他們兩個都需要大量的治療，然後我們再融合其他人，一個一個來，最後你就會又完整了。」

「你為什麼要把他們跟我融合在一起？為什麼不能把他們除掉？」

喬治醫生的指尖相觸。「因為別的治療師也遇過像你這樣的病例，比利。除掉似乎沒有用。要想讓你的情況改善，最好的辦法就是把你的各個面貌合併起來，首先是和每一個人溝通，然後是回憶起每一個人做的事，擺脫掉失憶的問題。我們稱為共同意識。最後，由你來把不同的人合併在一起。這就是融合。」

「你什麼時候要開始？」

「魏伯醫生後天要來看你，我們要跟醫院裡和你合作的人員做簡報，開會討論。我們會把錄影帶拿給一些員工看——他們從來沒碰過這種心理狀況——幫他們了解你，他們才能幫助你。」

比利點頭。接著他的眼睛瞪大，注意力轉向內部。他點了幾次頭，再抬頭震驚地看著喬治醫生。

「怎麼了，比利？」

「亞瑟叫我告訴你，他要篩選後天開會要來看我的人。」

6

哈定醫院瀰漫著一股興奮的氣氛。柯內莉雅．魏伯醫生在一九五五年的夏天曾來演講，可是這一次造訪不一樣。目前他們有個惡名昭彰的病人，第一名在心理醫院受到二十四小時觀察的多重人格患者。員工依然是信者恆信，不信者恆不信，可是人人都想進去聽魏伯醫生談比利．密利根。

維克菲爾舍的員工聽說有十或十五人會出席，結果行政人樓的地下室房間擠了將近一百人。醫師和行政人員還攜眷參加；醫院其他部門的員工，跟密利根的治療根本沾不上邊的，也擠進了後面，有的坐地板，有的貼著牆站，連附近的休息室也站滿了人。

喬治醫生讓聽眾看了最近他和桃樂絲．透納與不同人格會談的錄影帶。亞瑟和雷根引起了討論，因為維克菲爾舍以外的員工誰也沒見過他們。唯有桃樂絲．透納見過的雅德蘭娜則是讓某些人畏懼，某些人冷笑。可是核心比利一出現在錄影畫面上，眾人都鴉雀無聲。看到他大喊：「這些人是誰？他們為什麼不讓我一直醒著？」蘿莎麗．椎克和許多人都忍不住想掉淚。

錄影帶放映結束之後，魏伯醫生把比利帶進房間，簡短地會談。她和亞瑟、雷根、丹尼、大衛談話。他們回答問題，可是蘿莎麗看得出來他們有多沮喪。會談結束後，蘿莎麗從吱吱喳喳的談話聲中領悟到維克菲爾舍的員工每一個都很不高興。愛德麗安．麥坎護士和蘿拉．費雪護士埋怨又讓密利根覺得自己很特別，又給了他成為眾人焦點的機會，而蘿莎麗、尼克．西可、唐娜．埃格則很氣憤把比利當成了展示品。

魏伯醫師造訪之後，治療策略又做了改變，喬治醫生專心忙著融合各人格。瑪琳．柯肯醫師定下了定期的療程，各人格開始回憶凌虐事件，解開心結，重新經歷導致他在八歲時大解離的痛苦。

柯肯醫師不贊成融合的計畫。她說她知道那是魏伯醫師治療西碧兒的方法，換成別的環境可能也是正確的方法。可是有一點他們必須要考慮：萬一雷根和其他人融合了，密利根會去坐牢。在敵對的環境中，他沒有別的辦法自衛，而移除了他唯一的防衛機制，他或許會被殺。

「他以前坐牢也沒死啊。」有人說。

「對，可是雷根總是會出面保護他。要是他再一次惡劣的男性強暴——你也知道監獄裡常有那種事——他很可能會自殺。」

「我們的責任是讓他融合。」哈定說。「這是法庭交給我們的任務。」

醫師們鼓勵核心比利要傾聽回應他的其他人格，承認他們的存在，慢慢了解他們。經由不斷的建議，比利現在留在場子上的時間越來越長。融合必須要一個階段一個階段進行。那些有類似特性或有相容特質的人格會先融合，配對進行，接著再用配對的結果再融合，方法是密集的建議，最後所有人格都會融入核心比利。

艾倫和湯米的共同點最多，因此由他們開始。據艾倫說，在和喬治醫生爭辯分析了數小時後，他又和亞瑟、雷根討論了更久。艾倫和湯米盡力和喬治醫生合作，可是實在很困難，因為湯米的恐懼是艾倫沒有的。比方說艾倫喜歡棒球，可是湯米不敢打棒球，因為小時候他守二壘，犯了錯，為此還挨打。喬治醫生建議尼克．西可和艾倫以及其他人應該幫助湯米，跟他討論他的恐懼，鼓勵他打棒球。藝術治療仍會繼續，包括油畫。

艾倫說年紀小的不了解什麼是融合，後來亞瑟用類比來跟他們解釋。亞瑟把融合比作酷雷飲料，這是孩子們知道的東西，他說果汁粉是由各自的結晶組合而成的，每一顆都是分開的。等加上了水，就都溶解了。可是如果讓溶液靜置，水會蒸發，留下一塊固體。並沒有添加什麼或減少什麼，只是形狀不一樣了。

「現在大家都懂了。」艾倫說。「融合就是把酷雷❹加水攪一攪。」

南・桂夫斯護士在六月五日寫道：「密利根先生說他以『湯米』及『艾倫』的身分融合了一個小時，感覺很『詭異』。」

依據唐娜・埃格的記載，密利根跟她說他很擔心融合的事，因為他不想要其他人死，或是失去他們的才華或削弱了他們的力量。「不過我們在想辦法。」艾倫如此向她擔保。

隔天，蓋瑞・史維卡和茱迪・史帝文生來訪，帶來了好消息。法庭同意讓比利在哈定醫院的觀察及治療期延長，又給了他至少三個月的時間來完全融合。

六月十四日星期三傍晚，在音樂樓蘿莎麗・椎克看著湯米打鼓。她只知道艾倫以前打過鼓。在融合的狀態，他顯然沒有艾倫獨自一人的時候打得好。

「我覺得我把艾倫的才藝偷走了。」他跟她說。

「你還是湯米嗎？」

❹Kool-Aid，原為品牌名稱，泛指果汁口味的粉末，通常用來泡成冷飲來飲用。

「我是合體，而且現在還沒有名字。讓我很困擾。」

「可是別人叫你比利你會回應。」

「我以前就會啊。」他說，緩緩即興敲擊。

「有什麼理由不能繼續下去嗎？」

他聳聳肩。「這樣對每個人應該比較不複雜吧。好吧。」他一邊打鼓。「妳可以繼續叫我比利。」

融合並沒有一蹴而成，而是分成了許多次，時間長度也不同。七個其他人格融為一體，唯有亞瑟、雷根、比利除外。為了避免混亂，亞瑟給了融合人格一個新名字——「肯尼」。可是這名字沒人接受，大家還是繼續叫他比利。

有天晚上有一名病人拿了一張紙給葉歌護士，是她在密利根的廢紙簍裡發現的，內容看起來很像是遺書，於是又立即對他採取了特別的預防措施。這一週往後幾天，葉歌護士的報告說他似乎一會兒融合一會兒未融合，而且融合的時間似乎越來越長。到七月十四日，他一整天幾乎都是融合的，態度也似乎很平靜。

日子一天天過去，主要仍然是部分融合，可是卻有短暫的時間他會變得茫然，無法控制場子。

茱迪和蓋瑞在八月二十八日又來探望委託人，同時指出大約再三週，喬治醫生就要呈上給法官的報告了。如果喬治醫生判斷融合完成，比利有受審能力，那麼何時開庭就完全要看弗勞爾斯法官了。

「我覺得我們應該討論訴訟策略。」亞瑟說。「我們想要更改我們的抗辯。雷根願意承認有罪，為三件搶劫案接受懲罰，但是他沒有意願要承認強暴罪。」

「可是十條起訴的罪名裡有三項包括強暴罪啊。」

「依照雅德蘭娜的說法，三個女人都沒有抵抗。」亞瑟說。「也沒有一個人受傷。每一個都有機會逃走。而且雅德蘭娜說她還了一部分錢給她們，保險公司應該會優先理賠她們。」

「那些女人的說法可不是這樣的。」茱迪說。

「妳要相信誰？」亞瑟噴著鼻息說。「她們還是我？」

「如果只有一個人的說法和雅德蘭娜的牴觸，我們倒是可以質疑。可是三個人都牴觸，而且你也知道這些女人彼此不認識，也沒有接觸過。」

「她們仍然有可能不願意承認真相。」

「你怎麼知道實際上發生了什麼事？」茱迪問。「你又不在場。」

「可是雅德蘭娜在。」亞瑟說。

茱迪或是蓋瑞都不接受被害人沒有抵抗這種說法，可是他們也明白亞瑟說的是雅德蘭娜的觀點。

「我們能跟她談一談嗎？」蓋瑞問。

亞瑟搖頭。「她被驅逐了，因為她的所作所為，她永遠不能到場子上。不能破例。」

「那恐怕我們還是要維持原來的抗辯了。」蓋瑞說。「無罪，還有因精神失常而無罪。」

亞瑟冷冷地看著他，嘴唇幾乎不動。「你絕不可以代表我以精神失常為抗辯理由。」

「這是我們唯一的希望。」茱迪說。

「我沒有精神失常，」亞瑟仍不讓步，「討論到此結束。」

隔天，茱迪和蓋瑞收到另一張以黃色橫紋紙寫的信，信上說威廉・密利根不希望再委任他們，他打算要自己為自己辯護。

「他又開除我們了。」蓋瑞說。「妳覺得呢？」

「我覺得我沒看見這張紙。」茱迪說，將信收入檔案夾。「可能是寄丟了，或是亂放不見了。你看嘛，誰叫我們的歸檔系統這麼井井有條呢，要找到信大概要花上六、七個禮拜吧。」

接下來的日子裡，又有四封開除律師的信放錯了地方，因為他們拒不答覆，亞瑟也只好不再設法開除他們了。

「用精神失常來抗辯，贏得了嗎？」茱迪問。

蓋瑞點燃菸斗，吸了好幾口。「要是凱若林、透納、柯肯、哈定、魏伯這些醫生願意作證，說比利在犯罪時照俄亥俄州的法律定義是精神失常，那我覺得贏面會很大。」

「可是你自己不是說過，在重大犯罪上，沒有一個多重人格用精神失常為理由能脫罪的？」

「這樣的話，」蓋瑞說，鬍子裡閃現了牙齒，「威廉・史丹利・密利根就會是第一個。」

7

喬治・哈定二世醫師現在發現自己在和良心掙扎。他心中毫不懷疑比利現在融合了，至少也是接近融合了，說不定可以到受審的程度。但問題不在這裡。八月底，喬治醫師夜不成眠，核對要送給弗勞爾斯法官的報告，心裡不禁懷疑用多重人格這樣的診斷來辯護這些重罪，是否合乎道德。

他非常關切犯罪責任的議題。他很煩惱，唯恐他的話會被誤用，會損及多重人格的診斷，損及其他有這種病症的病人，損及醫師這一行，也損及精神病學上的證據。倘若弗勞爾斯法官接受了他的判斷，認為這種解離症，目前歸類為神經官能症，可以判定病人因神智失常而無罪，他知道這會在俄亥俄州創下先例，說不定也是國內的首例。

喬治醫生相信去年十月的那三天，比利．密利根無法控制他的行動。他的責任在於更深入了解，推展到新的領域。他有義務了解這一件病例，了解比利，將來再處理類似的問題，可供社會借鏡。他這次也打電話給別的專家請益求教，和自己的員工商議，接著在一九七八年九月十二日，他坐下來，寫了長達九頁的報告，其中描述了比利．密利根在醫學、社交、精神病三方面的歷史。

「病人自訴，」他寫道，「母親與孩子都是肢體凌虐的被害人，他遭受密利根先生的性侵與凌虐，包括肛交。根據病人的說法，這件事發生在他八、九歲時，為期一年，主要在農場上，只有他一人與繼父相處時。他指出他很怕繼父會殺害他，也同樣害怕他威脅要『把他埋在穀倉裡，再告訴他母親他逃家。』」

哈定在分析本病例的心理動力上指出，密利根的親生父親自殺，使他缺少了父親的參與及注意，因而懷有「一種感覺，兼具不理性的力量以及無可抵禦的內疚，導致焦慮衝突，以幻想為表達機制則增加。」因此他「易受繼父查默．密利根的剝削，他看出該病人需要親近關愛，以性交及凌虐來發洩自己的挫敗……」

由於年幼的密利根與母親認同，她被丈夫毒打，使得年幼的密利根「體會她的恐懼與痛苦……，也導致了某種分離焦慮，讓他沉浸在不穩定的幻想世界中，這個世界有和夢境一樣的不可預測、不可理解的特性。再加上繼父的挑剔批評、虐待性侵，導致了一再復發的解離……」

喬治．哈定醫師最後的結論是：「本人的看法是病人完成了多重人格的融合，現在已有受審能力……本人也認為病人有心理疾病，基於他的心理疾病，一九七七年十月下旬犯罪行為發生的當時，他無法為他的罪行負責。」

九月十九日，茱迪．史帝文生將一張申請書歸檔，申請書上將被告的抗辯修正為「無罪，而且是因精神失常而無罪。」

8

密利根案到這個階段還沒有公開多重人格的診斷。唯有治療他的人、檢察官、法官知情。公設辯護律師仍舊主張不能讓診斷曝光，唯恐一旦變成新聞，會妨礙他的治療與審判。伯納．葉維奇也同意，覺得身為檢察官也該遵守職業道德，不洩漏嫌犯的情況，反正在法庭上也沒有什麼證據。

可是九月二十七日早晨的《哥倫布公民報》卻以顯著的大字標題報導了這個消息：

強暴嫌犯「存在」十個人
人格「融合了」，準備受審

早報的新聞在哈定醫院傳開來，員工鼓勵比利把事實告訴其他的病人，以免他們從外面的消息來源知道。他跟迷你小組說他被控這些罪，可是他不確定有沒有犯罪，因為他那個時候還沒有融合。

晚間電視新聞也報導了這則消息，比利淚汪汪地回到房間。

幾天之後，比利畫了一個漂亮的年輕女郎，眼神痛苦。南・桂夫斯護士在紀錄中寫道他說那是雅德蘭娜。

蓋瑞・史維卡在十月三日去看密利根，開著他的休旅車去，方便把比利的畫帶回來。他向密利根說明茱迪和先生到義大利度假，受審能力庭不能出席，不過會及時回來準備審判。兩人一邊散步一邊談話，蓋瑞想幫比利做心理建設，因為在等待受審能力庭期間，他必須移送到富蘭克林郡立監獄，而且他們也可能會輸掉官司。

喬治醫生很確定比利融合了。觀察得出的解離一時發作並沒有出現，而且比利似乎具有各人格的特性。起初他會看見一部分這個，一部分那個，但漸漸有了融合，均質化。員工也看見了。各個人格的不同風貌現在都出現在一個人身上，就是比利・密利根。喬治醫生說他的病人準備好了。

十月四日，就在比利要返回富蘭克林郡立監獄的前兩天，《公民報》的哈利・法蘭肯報導了密利根的第二件重大新聞。他從匿名的來源處得到了哈定的報告複本，跑去找蓋瑞和茱迪，詢問他們的看法，跟他們說他要讓消息上報。蓋瑞和茱迪通知了弗勞爾斯法官，法官裁定應該也讓《哥倫布快報》知道這個消息。公設律師同意表達他們的看法，因為報告內容反正也已走漏了。他們允許攝影師為蓋瑞從醫院拿回來的圖畫拍照——摩西要打碎十誡碑，一名猶太音樂家吹喇叭，一幅風景畫，以及雅德蘭娜的肖像。

報紙的報導令比利難過，和柯肯醫生的最後一次療程也很沮喪。他很怕別的病人會對他怎麼樣，因為大家都知道了他有一個女同志人格。

他跟她說：「要是他們判我有罪，把我送回雷貝嫩，我知道我一定會死。」

「那查默不就贏了。」

「不然我還能怎麼辦？我心裡裝了這麼多的仇恨，我沒辦法控制。」

儘管柯肯醫生極少給予忠告或指令，寧可用這種不具指示性的方法來讓病人主導，可是她知道現在不是運用這種療法的時候。

「你可以把仇恨用到好的方面。」她建議道。「你小時候受到凌虐，你可以打敗那些可怕的回憶，以及那個施虐的人，你可以把這一生奉獻給受虐兒，為他們而戰。活著，你可以活出一個理想，而且勝利。要是死了，那個虐待你的人就贏了，你就輸了。」

當天稍晚，唐娜．埃格到比利的病房去跟他說話，比利從床底下拉出了大約在七個月前湯米貼在床板下的刀片。

「拿去。」他說，遞給了她。「我不需要這個了。我要活下去。」

她擁抱比利，眼中帶淚。

他告訴蘿莎麗：「我不想參加迷你小組了。我已經可以一個人了。我必須要變強悍。不再說再見了。」

可是迷你小組還是為他製作了道別卡，蘿莎麗把卡片送給他，他哭了。

「我這輩子第一次，」他說，「覺得有正常人的反應。我以前都聽人家說什麼『五味雜陳』，現在我也感覺到了。以前我從來都沒有感覺過。」

十月六日星期五，他移送的那一天，蘿莎麗不用上班，可是她仍然到醫院來陪他。她知道有些維克菲爾舍的員工會對她挑眉，還會冷嘲熱諷幾句，可是她不在乎。她走進交誼廳，看見了他，穿著藍色三件式套裝，來回踱步，等待著，外表平靜自制。

她和唐娜．埃格陪他走向行政大樓，有名副警長戴著深色眼鏡，在櫃台等候。

副警長亮出了手銬，蘿莎麗擋在比利身前，質問副警長是否真有必要把他像動物一樣銬起來。

「是的，女士。」副警長說。「法律規定。」

「喔，拜託，」唐娜叫嚷道。「他來的時候是由兩名女性護送的，而現在你卻要當個大壞蛋警察，銬住他？」

「規定就是規定，很抱歉。」

比利伸出了雙手，手腕一銬住，蘿莎麗就看見他畏縮了一下。他爬進了囚車，車子緩緩沿著彎曲的馬路前進，駛向石橋，她們倆走在汽車旁邊，揮手道別，再回到病房，痛哭了一場。

第四章

1

伯納・葉維奇和泰瑞・雪曼看過喬治・哈定醫師的報告，一致認為是他們讀過少數幾篇最詳盡的心理檢查報告。以檢察官的訓練，所有可以挑剔的證詞，所有一般可以反對的立場，遇上哈定的報告都無用武之地。這不是三、四小時就完成的檢驗，而是醫院以超過七個月的時間做的研究。而且還不僅是哈定一個人的看法，他還請教過大量的心理學家與精神科醫生。

一九七八年十月六日，弗勞爾斯法官舉行了極短暫的受審能力聽證會，之後就根據哈定的報告裁決密利根目前已能接受審判。開庭日定在十二月四日。

史維卡認為可以接受，但是有一個附帶條件：審判必須以犯罪發生當時的法律為依歸。（俄亥俄州法律將在十一月一日改變，屆時必須由被告，而不是由檢方，來提供精神失常的證明。）

葉維奇卻不同意。

「我會考慮，」弗勞爾斯法官說。「我知道修正過的法案有過類似的申請——尤其是新的刑法。我知道在大部分的案子裡，幾乎毫無例外，都主張被告有權採用對他們有利的法律條文，但是在這方面我卻沒有看過什麼可以援引為例的裁決或案件。」

一出法庭，史維卡就跟葉維奇和雪曼說他打算要代表當事人申請延後開庭，並且要求弗勞爾斯法官來審理。

史維卡走掉後，葉維奇說：「煮熟的鴨子飛了。」

「不像剛開始的時候那麼十拿九穩了。」雪曼說。

弗勞爾斯法官事後說他感覺到檢察官接受了哈定醫師的報告，卻不認為密利根精神失常，這下子倒把「燙手山芋丟給了我」。

回到富蘭克林郡立監獄，蓋瑞和茱迪又注意到比利變得鬱鬱寡歡。大部分時間都在繪畫或冥思。輿論越來越多，讓他深受困擾。日子一天天過去，他睡覺的時間更長，躲開冰冷光禿的環境。

「我為什麼不能在哈定醫院等開庭？」他問茱迪。

「那是不可能的事。」她跟他說。「我們很幸運了，法院讓你在那裡七個月。再忍一忍。不到兩個月就開庭了。」

「你一定要振作起來。」蓋瑞說。「我有很強的預感，你會無罪開釋。要是你崩潰了，不能受審，他們就會把你送到利馬。」

可是有天下午，一名警員看著密利根躺在床上，用鉛筆畫圖。他從鐵欄杆間看過去，看到了素描——是一個安妮布娃娃脖子上套了繩環，吊在破碎的鏡子前。

「嘿，你怎麼會畫那個，密利根？」

「因為我很生氣。」傳來的聲音是深沉的斯拉夫口音。「該有人死了。」

警員一聽見這種口音，就按下了警報鈴。雷根只是帶著淡淡的好笑表情看著他。

「不管你是誰，慢慢向後退。」警員說。「把畫放在床上，靠牆站好。」

雷根乖乖聽命。他看著其他警員擠在牢房外。他們把門打開，快速進來，抓起畫就走，再把牢門關上。

「媽呀，」一名警員說，「好變態喔。」

「找他的律師。」有人說。「他又抓狂了。」

蓋瑞和茱迪抵達後，見到的是亞瑟，他說明比利一直沒有完全融合。

「不過，他融合的程度可以受審了。」亞瑟向他們保證。「比利現在了解他的罪名了，他可以跟你們合作。可是雷根和我意見不合。你們也看得出來，這裡是充滿敵意的地方，由雷根主導。可是如果不把比利從這裡送到醫院，只怕他是不是能維持部分融合都會是個問題。」

富蘭克林郡行政司法官哈利．柏克默告訴《哥倫布快報》的記者說他的副手親眼見識到密利根變成雷根之後展示的驚人力量與韌性。雷根被帶到囚犯的休閒區，他選擇打大沙袋。「他用力打了十九分鐘半。」柏克默說。「一般人打不了三分鐘就累壞了。他的力道之大，我們都以為他可能會折斷手臂，所以就帶他去讓醫生檢查。」可是雷根並沒有受傷。

十月二十四日，弗勞爾斯法官再一次下令西南社區心理健康中心來為密利根檢查，評估他的受審能力。喬治．哈定二世醫師可自行決定是否為被告作證。法官也下令立刻將密利根移送到中俄亥俄精神病院。

十一月十五日，西南刑事精神病學中心法庭協助計畫的主任馬里恩．J．柯洛斯基在報告中說，史黛拉．凱若林醫師與桃樂絲．透納上次去看密利根，發現他有受審能力，能夠協助律師訴訟，但是也補充了一段話：「不過他的心理狀態十分脆弱，而且目前融合的人格隨時都可能會解離，之前見過的各人格又會出現。」

十一月二十九日，《岱頓每日新聞報》和《哥倫布快報》都刊登了一則新聞：查默．密利根性侵繼子一事雖然廣為人知，當事人卻一概否認。《哥倫布快報》隨後轉載了美聯社的報導：

繼父說沒有虐待小密利根

查默．密利根說報上說他凌虐又性侵他的繼子威廉．密利根使他「非常難過」。該繼子據醫師說有十個人格。

「也沒人來問我。」密利根如此抱怨，他堅稱繼子宣稱的虐待「完全是假的……」由喬治．哈定醫師署名的一份報告上說，多名精神病學家也認為密利根展現多重人格的行為，而且他的人格並不知道別人的行為。他們說他的情況部分要歸咎於兒童時受到的虐待……

查默．密利根說報紙的報導為他帶來了許多困擾。

「你們老是亂報一通，實在很叫人洩氣。」他說。

他說他尤其不高興的，是媒體的報導從不說虐待是威廉或精神病學家捏造的。

「都是那個孩子。」密利根說。「他們（意指媒體）就是一直重複他們（意指精神病學家與小密利根）說的話。」他又補充提到。

他不肯說是否要為被控虐待一事採取法律行動。

茱迪和蓋瑞越來越有信心比利會因精神失常而獲判無罪，但是他們也明白還有一道障礙。截至目前為止，這一類的裁決都是將被告移送到利馬。可是三天之後，也就是十二月一日，一條有關心理疾病患者的新法就要實施，凡是以精神失常而獲判無罪之人必須視為心理疾病患者，而非罪犯。新法規定他必須送入限制最低的機構，對他本人及他人都沒有安全之虞，而他在心理機構期間必須由假釋庭管轄。

開庭日定在十二月四日，所以比利會是第一個以俄亥俄州新法審判的人，而在審判後，有很大的機會假釋庭會同意讓比利不去利馬，只要辯方能夠找出一處讓他能得到適當治療的機構。

哈定醫院無法列入考慮，因為費用太高。必須是州立的醫院，而且有熟悉多重人格，並且懂得治療方法的醫師。

柯內莉雅．魏伯醫生提到過一處州立心理醫院，距離哥倫布市不到七十五哩，院內有位醫師治療過幾件多重人格病例，也是公認的高手。她推薦艾森斯心理健康中心的醫療部主任大衛．考爾醫生。

檢察官辦公室要求開庭前和假釋法官理查．B．麥特凱夫開會，澄清新法的程序。弗勞爾斯法官同意了，也安排了會議。可是茱迪和蓋瑞知道會議的目的不止於此。弗勞爾斯法官也會列席，屆時檢方與辯方會協議，決定週一可以採用哪些證據，同時決定萬一比利．密利根獲判無罪將送入哪個機構治療。

蓋瑞和茱迪認為必須先知道考爾醫生是否願意讓比利到艾森斯心理健康中心治療。茱迪雖然聽過考爾的名字，也在七月寫信請教他多重人格的問題，可是她沒有提到比利的名字。她現在才打電話去詢問他是否願意治療比利．密利根，是否能夠在週五到哥倫布來開會。

考爾說他必須問過蘇．佛斯特院長，院長也必須和州政府的心理健康局討論。考爾說他願意接受密利根這個病人，也同意週五駕車到哥倫布來開會。

十二月一日，茱迪不耐煩地等著考爾醫生。麥特凱夫法官的辦公室外擠滿了與本案有關的人士，包括喬治．哈定醫生，史黛拉．凱若林醫生，桃樂絲．透納，伯納．葉維奇。十點剛過，她就看到接待員指著她。客人是一位矮胖的中年人。皮膚是橄欖色的，肉肉的臉，灰色頭髮。但那一雙犀利的眼睛卻像是鷹眼。

她向蓋瑞與其他人介紹了考爾醫師，引他進入麥特凱夫法官的辦公室。

考爾醫師坐在第二排，聆聽律師討論新法如何適用密利根案。過了一會兒，弗勞爾斯法官也進入辦公室，與麥特凱夫法官一起撮述了案子以及到目前為止的程序。葉維奇提到目前蒐集到的專業資料，也認為由種種證據來看，密利根在犯行當時的心理狀態是很難推翻的。他不會質疑由西南與哈定醫生提出的報告。蓋瑞指出辯方也無意推翻檢方對密利根實際犯罪的證據。

考爾這時才明白過來，他們是在討論週一的審判。他總覺得這是各方智囊在為審判定腳本。蓋瑞和茱迪同意將被害人的姓名從紀錄中刪除。剩下來就是決定比利何去何從，如果弗勞爾斯法官判定他因精神失常而無罪的話。

蓋瑞起身說：「我們從艾森斯把考爾醫生請了過來。他在艾森斯心理健康中心有治療多重人格患者的經驗，那是一家州立機關，而且加州的洛夫．埃里森醫生和肯塔基州的柯內莉雅．魏伯醫生都極力推薦，這兩位醫師都是在精神病學這個領域上公認的專家。」

瞬間，考爾發現每個人的眼睛都盯著他看。弗勞爾斯法官問道：「考爾醫生，你願意治療他嗎？」

他不知怎地，心中突然警鈴大作。他認為這些人是要把燙手山芋丟給他，所以他最好趕緊澄清自己的立場。

「是的，我願意。」考爾說。「可是如果他來艾森斯，我要用我治療其他多重人格病患的方式治療他，也就是在最開放——也是最具療效的空間裡。」他環顧盯著他看的人，再回望弗勞爾斯和麥特凱夫，再強調說：「如果這點辦不到，那就別把他送來。」

他正掃視眾人，只看見大家紛紛點頭。

考爾醫生開車回艾森斯，一路沉吟著他在會議上的所見所聞，忽然想到與會人士幾乎人人都相信密利根是多重人格，就連檢察官葉維奇都沒有異議。他知道法庭上如果就照剛才的會議一樣，那麼密利根就會是第一個被控重罪卻因為精神錯亂而獲判無罪的多重人格患者。他這才穎悟，週一的法庭會在司法史與精神病學史上創下先例，而今天的會議就是序曲。

2

十二月四日早晨是預定將比利．密利根從哥倫布市的中俄亥俄精神病院送回富蘭克林郡立監獄的日子。比利清醒之後，一照鏡子，看見八字鬍沒有了，不禁嚇了一跳。可是他不記得有刮啊，忍不住亂猜是誰刮的。八字鬍是在第一次和第二次強暴案之間剃掉的，後來他又留了起來。現在他又遺失時間了。他又有了過去幾天在哈定和富蘭克林郡立監獄的那種古怪感覺——總覺得雷根和亞瑟分立兩邊，不能融合或是不願融合，除非等他們確定他不會坐牢。唉，反正他部分融合了，足可受審了。

他會繼續使用比利這個名字，雖然他知道他既不是核心比利也不是完全融合的比利。他是介於兩者之間。他們走向警車，他不禁猜想如果他真的有完全融合的一天，不知道是什麼感覺。

他在醫院門口坐上了警車，看見警官神情怪異地看著他。到法院途中，囚車特意繞了五哩路，甩掉可能尾隨的報社或電視記者。可是囚車開上獄前路，進了富蘭克林郡立監獄的警車入口，一名年輕女人和一名扛著攝影機的男人卻在棧橋門關上的那一刻跑了進來。

「到了，密利根。」司機說，一面開門。

「我不要下去。」比利說。「外面有攝影機，還有記者。要是你們在監獄裡不能保護我，等我一進去我就要告訴我的律師。」

司機轉頭看見了他們。「你們是誰？」

「第四頻道新聞。我們有許可證。」

司機看著比利，比利搖頭反抗。「我的律師叫我不要靠近記者。我不要出去。」

「你們不走，他就不出來。」警察向記者說。

「我們有權利——」女人開口說。

「我也有不受侵犯的權利。」比利在囚車裡喊。

「這裡是怎麼回事？」另一名警官在安全門裡面喊。

司機說：「密利根說這些人在這裡，他就不下車。」

「兩位，」維里司警官說，「恐怕得請你們離開，我們才能讓他進去。」

攝影師和記者退出了棧橋，鋼門鏘一聲關上，比利才讓維里司帶他進去。監獄裡，穿黑襯衫的警員都聚攏過來看密利根進來，維里司幫比利開路讓他通過。

維里司警官把他帶到三樓。「你還記得我嗎，孩子？」

比利點頭，兩人走出電梯。「你對我很好。」

「咳，因為你沒給我找麻煩，除了打碎馬桶之外。」維里司給了他一支菸。「你現在是個名人了。」

「我不覺得有名。」比利說。「我覺得大家都恨我。」

「外面有第四頻道，還有第十頻道，還有ABC、NBC、CBS。外面的攝影機和記者之多，連很多重大的兇殺案都比不上。」

兩人停在一間小接待室的門口，通過這道鐵柵門，再通過法院出入口的柵門，他就會進入富蘭克林郡司法廳。

值勤的警衛跟他點頭。「少了八字鬍，差一點就認不出你來了。」然後他按下按鈕，呼叫中央控制室，告訴他們準備好，把法院柵門打開，放密利根進去。

法院出入口的門打開了。法警要他貼牆上，仔細地搜身。

「好，」那人說，「走在我前面，通過門口到法院去。」

他們上了司法廳的七樓，茱迪和蓋瑞過來找他們，注意到比利的八字鬍沒有了。

「沒鬍子比較好。」茱迪說。「比較整潔乾淨。」

比利一隻手放在嘴唇上，蓋瑞忽然感覺有什麼不對勁。他正要開口，一名拿著對講機、戴耳機的警官走了過來，握住比利的胳臂，說行政司法官要密利根到二樓。

「等一等。」蓋瑞說。「審判是在這一樓啊。」

「我也不知道是怎麼回事，先生，」警官說，「可是行政司法官要他立刻下去。」

「妳在這裡等，」蓋瑞跟茱迪說，「我跟他下去看看是怎麼回事。」

他和比利、警官一起搭電梯，可是二樓的門一打開，他剛踏出去，就恍然大悟了。閃光燈大作。是《哥倫布快報》的攝影師和記者。

「這是怎麼回事？」蓋瑞大吼。「你們當我是笨蛋嗎？我絕不會坐視不管。」

記者解釋說他們想拍幾張照片，希望能拍到不戴手銬的密利根。還說行政司法官也同意了。

「莫名其妙。」蓋瑞厲聲說。「你們沒有權利對我的當事人做這種事。」他要比利向後轉，帶他進入電梯。

警官帶他們上樓，要他們待在刑事法庭外的等候室裡。

桃樂絲．透納和史黛拉．凱若林也到等候室來，擁抱比利，安慰他。可是他們離開房間到法庭之後，只剩下比利和警官在一起，他就開始發抖，死命抓著椅子兩邊。

「好了，密利根。」警官說。「你可以進法庭了。」

蓋瑞注意到比利一進來，素描師就全盯著他看。然後一個接一個拿起橡皮擦，來回地擦。他忍不住微笑。他們是在把八字鬍擦掉。

「庭上，」蓋瑞・史維卡說，向法官席走過去，「檢方與辯方都同意不需要傳喚證人，也不需要讓密利根先生作證。雙方都同意，本案的事實會依照協定宣讀以茲紀錄。」

弗勞爾斯法官參照筆記。「你不辯駁起訴罪名，也不否認當事人犯下了被控的罪，只除了第一件的性侵案。」

「是的，庭上，可是我們要以精神錯亂的理由抗辯無罪。」

「葉維奇先生，你是否計畫要反駁西南社區心理健康中心及哈定醫院的精神病學家的發現？」

葉維奇起立。「沒有，庭上。檢方相信哈定醫師、透納醫師、凱若林醫師、魏伯醫師提出的證據可以證實被告犯罪當時的心理狀態。」

茱迪・史帝文生宣讀，取自被告口供書的證詞，當庭載入紀錄。她對著鴉雀無聲的法庭宣讀，不時偷瞄比利一眼，發現他的臉色好蒼白。她希望聽見這些事不會痛苦到讓他又解離了。

瑪格麗・錢吉特太太能證實有幾次曾見過比利的母親被密利根先生痛打後的樣子。她願作證有一次比利打電話給她，說他母親被毒打。錢吉特太太趕到密利根家，發現摩爾太太臥床不起。她說摩爾太太在床上全身發抖，鼻青臉腫。錢吉特說她找了醫師和牧師來；陪了摩爾太太一整天。

被告的母親桃樂絲・摩爾如被傳喚願意指證她的前夫查默・密利根對她非常殘暴，經常一喝酒就打她。打她時通常會把孩子鎖在房間裡。她願指證在打人之後「查默經常會變得性欲高漲」。摩爾太太說密利根先生很嫉妒比利，經常「為了懲罰」而打他。有一次他把比利綁在犁上，後來又把他綁在穀倉門上，想要「讓他守規矩」。摩爾太太願指證她一直不知道責打的嚴重程度，以及對比利雞姦一事……

蓋瑞看見比利兩手捂著眼睛聽證詞。「有面紙嗎？」比利問。

蓋瑞轉身，看見十來個人掏出面紙，遞了過來。

摩爾太太願指證有一次比利幫她做早餐，表現出女性化的一面。她說比利走路像女孩子，甚至說話都很像女生。摩爾太太願指證她發現比利在蘭卡斯特市中心一棟大樓的防火梯上，像「精神恍惚」。他未經許可離校，校長打電話給她說比利逃學。摩爾太太說她發現比利有幾次都「恍惚無神」。她願指證在比利擺脫「失神狀態」後，他什麼也不記得。

摩爾太太也願意指證她之所以不採取什麼行動來解決她和密利根先生的婚姻是因為她不想拆散這個家。後來還是孩子們給她下了最後通牒，她這才和密利根先生離婚。

西南中心的凱若林和透納寫的報告也宣讀，載入法庭紀錄。

然後是比利的哥哥吉姆的口供：

如果吉姆．密利根被傳喚作證，他會陳述有許多次查默．密利根將吉姆和比利帶到他們家的土地，那裡有一座穀倉。他會被派去獵兔子，而比利則總是奉命陪在繼父查默身邊。每一次吉姆回到穀倉都會發現比利在哭。有許多次，比利告訴吉姆他的繼父傷害他。只要查默看見比利向吉姆說這些事，查默就會對比利說：「唉呀，穀倉裡沒怎麼樣嘛，對不對啊？」

比利很怕繼父，就會說對。查默還會說我們可不想讓你媽難過，是不是啊？在回家前，他會帶吉姆和比利到冰淇淋店。

他也願意指證一切針對比利的家庭生活創傷。

十二點半，弗勞爾斯法官詢問雙方是否要結辯。雙方都放棄。

法官撤銷了第一件的強暴罪，指出缺乏確實的證據，也缺少類似手法。

「至於精神錯亂的抗辯，」弗勞爾斯法官說，「所有證據都是有明文記載的醫學證據，而所有醫師也都指證被告被控所犯的罪行當時，被告有心理疾病。由於被告的心理疾病，他無法分辨是非，也沒有能力抑制自己。」

蓋瑞屏住呼吸。

「由於缺少相反的證據，」弗勞爾斯接著說，「本庭只能以現有的證據裁定，第二項到第十項的罪名，被告因精神錯亂而無罪。」

弗勞爾斯法官把比利．密利根交由富蘭克林郡的假釋法庭管轄，敲了三次法槌，宣布退庭。

茱迪好想哭，卻忍住了。她捏了捏比利，把他拉到等待室，躲開人群。桃樂絲．透納也進來恭喜他，史黛拉．凱若林和其他人也一樣，茱迪看出她們都哭了。

只有蓋瑞站在一邊，靠著牆壁，雙手抱胸，若有所思。這是漫長的一仗，他經歷了無數個失眠的夜晚，婚姻也岌岌可危，不過就快結束了。

「好了，比利。」他說。「我們得下去假釋庭找麥特凱夫法官了。不過我們得走大廳，應付那些記者和攝影機。」

「我們不能走後面嗎？」

蓋瑞搖頭。「我們贏了。我不要你跟媒體的關係弄得不好。他們等了幾個小時了，你必須要面對鏡頭，回答一些問題。我不要他們說我們從後面開溜。」

蓋瑞帶著比利到大廳去，記者和攝影師圍住了他們，一面拍攝一面尾隨。

「你現在的心情如何，密利根先生？」

「還好。」

「審判結束了，你很樂觀嗎？」

「沒。」

「這是什麼意思？」

「還有很多事呢。」比利說。

「你現在有什麼目標？」

「我想要再成為公民。我想從頭再學一次人生。」

蓋瑞輕推他的背部，比利向前走。兩人上了八樓的假釋庭，到麥特凱夫法官的辦公室，可是他去吃午餐了。他們必須一點再回來。

伯納．葉維奇打電話給每一位受害人，履行他的承諾。他把開庭的情形告訴了她們。「依據證據和法條，」他說，「我一點也不懷疑弗勞爾斯法官的裁決。」泰瑞．雪曼也贊成他的看法。

午餐後，麥特凱夫法官審查了精神病學家的建議，下令將密利根送到艾森斯心理健康中心，由大衛．考爾醫師監護。

比利又被帶到了會議室，第六頻道的珍·萊恩問了他幾個問題，拍攝了一些畫面，她在為受虐兒基金會製做紀錄片。茱迪和蓋瑞有事離開，還沒回來，就有警官敲門，說比利必須要前往艾森斯了。

他覺得很難過，就這麼走了，連和茱迪、蓋瑞說聲再見都沒有，可是警官已經銬住了他的手，而且還弄得很緊，催著他下樓，坐上警車。另一名警官把一杯熱咖啡塞進他手裡，摔上了門。

警車轉彎，熱咖啡潑在他的新套裝上，他把杯子丟在座位後。他覺得很討厭，而且感覺越來越糟。

他完全不知道艾森斯心理健康中心是什麼樣子。很可能是監獄。他必須記得折磨還沒有結束呢，有許多人仍然想要把他關進牢裡。他知道成人假釋委員會通知過蓋瑞，因為擁槍的關係，他已經違反了假釋條例，一等他的病痊癒，他們就會把他關進牢裡。可不要是雷貝嫩啊，他自己亂猜。由於他的暴力行為，也可能是到路卡斯維那個地獄。亞瑟呢？雷根呢？他們會有和他融合的一天嗎？

警車沿著白雪覆蓋的三十三號公路前進，經過了蘭卡斯特，他長大、上學、企圖自殺的地方，情何以堪啊。他好累，不能不放手。他閉上了眼睛，隨一切流逝……

幾秒鐘後，丹尼環顧四周，不知道自己要被帶到哪裡。他好冷，好孤獨，也好害怕。

第五章

1

快天黑了才抵達艾森斯，下了高速公路。心理醫院是維多利亞式的建築，坐落在白雪皚皚的山丘上，俯瞰俄亥俄大學校園。警車穿過大馬路，轉入狹窄的彎路，丹尼開始發抖。兩名警官把他帶到警車外，上了台階；這是一棟古老的紅磚樓，還有白色的細柱。

他們直接把他帶進古老的入口走廊，進了電梯，上到三樓。電梯門一打開，警官就說：

「你他媽的運氣還真好，先生。」

丹尼想要向後縮，可是警官把他推過了沉重的金屬門，上面標示著「住院暨密集治療」。病房不像監獄，也不像醫院，反倒像是飯店式住宅的長形大廳，有地毯、大吊燈、繡帷、皮椅，兩邊牆上都有門，護理站則像個接待櫃台。

「哎唷喂呀，」警官說，「度假村耶。」

右手邊的辦公室有位體型龐大的年長女士站在門口，友善的大臉被黑色鬈髮圍住，好像剛染頭髮，而且永不褪色。他們進入辦理住院的小辦公室，她笑臉相迎，輕聲對警官說：

「請問尊姓大名？」

「不是我要住院，女士。」

「我從你這裡接到病人，我需要你的名字才能記錄下來是誰把病人送來的。」

警官粗聲粗氣地報上姓名。丹尼彆扭地站在一旁，伸展麻痺的手指，因為手銬太緊了。大衛．考爾醫師看見警察把密利根推進辦公室，就氣沖沖地瞪眼，厲聲說：「把手銬解開！」

警察忙著找鑰匙，解除了手銬。丹尼揉著手腕，看著皮膚上深深的印子。「我會怎麼樣？」他帶著哭音說。

「你叫什麼名字，年輕人？」考爾醫生問。

「丹尼。」

解開手銬的警察哈哈笑，說：「耶穌基督！」

考爾醫師跳了起來，當著他的面把門關上。他並不意外發生了解離。哈定醫師跟他說過比利只是最勉強的融合。他自己治療多重人格的經驗也教會了他壓力極大的情況，比方說是審判，可能導致分裂。目前最重要的課題是取得丹尼的信任。

「很高興認識你，丹尼。」他說。「你多大了？」

「十四。」

「你是在哪裡出生的？」

他聳聳肩。「我不記得了，蘭卡斯特吧。」

考爾想了幾分鐘，他看出密利根有多累，就放下了筆。「這些問題我們可以下次再問，今晚就好好休息吧。這位是凱瑟琳．基洛特太太，我們的心理健康助理。她會帶你到房間去，你可以把行李箱收起來，把外套掛起來。」

考爾醫生離開後，基洛特太太帶他穿過大廳，到左手邊的第一扇門，門是打開的。

「我的房間？不可能是給我的。」

「來吧，年輕人。」基洛特太太說，走了進去，把窗戶打開。「這裡可以看到艾森斯市和俄亥俄大學。現在天黑了，明天早上就看得到了。不用拘束。」

可是等她離開後，他就坐在房間外的椅子上，不敢亂動，後來另一名助理來關掉走廊的電燈，他才進房間。

他坐在床上，身體顫抖，眼中含淚。他知道只要別人對你好，你早晚要付出代價，天下沒有白吃的午餐。

他躺在床上，胡思亂想接下來會怎麼樣。他想保持清醒，可是今天實在很漫長，最後他終於逃不過睡魔之手。

2

一九七八年十二月五日早晨，丹尼睜開眼睛，看見陽光從窗戶灑進來。他看著窗外，看到了河流和對岸的大學建築。他站在窗前，忽然有人敲門。是一個滿俏麗的成熟女人，留著短髮，兩隻眼睛分得很開。

「我叫諾瑪·狄雄，是你的早班專案經理。你要不要一起來，我帶你熟悉一下環境，讓你知道去哪裡用早餐。」

他跟著她走，她帶他參觀了電視間，撞球間，點心區。推開一扇對開門就是小自助餐廳，中央有一張長桌，牆邊有四張方桌，和牌桌的大小一樣，另一頭則是供應餐點的櫃台。

「拿個托盤和刀叉，就可以自己取餐了。」

他拿了個托盤，再伸手拿叉子，可是從罐子裡抽出來一看竟然是刀子，就連忙把它甩開。刀子撞在牆上，鏗鏘一聲掉在地板上，而人人都抬起頭來。

「怎麼了？」狄雄問。

「我——我怕刀子，我不喜歡刀子。」

她把刀子撿起來，再幫他抽出叉子，放在他的托盤上。「去吧，」她說，「去吃東西。」早餐後，他走過護理站，狄雄跟他打招呼。「對了，如果你想在大樓裡散步，就在牆上的那張紙簽名，我們就知道你不在病房了。」

他瞪著她，啞口無言。「妳是說我可以離開這裡？」

「這裡是開放的病房。只要你不到醫院外面去，隨時可以進來出去。等考爾醫生覺得你可以了，你就可以走出這棟大樓，到庭院去散步。」

他愕然看著她。「庭院？沒有圍牆籬笆？」

她微笑。「沒錯。這裡是醫院，又不是監獄。」

那天下午，考爾醫生到比利的病房來看他。「你覺得怎麼樣？」

「很好，可是我覺得，你不會讓像我這樣的人隨便出入而不用監視，在哈定醫院他們就有監視我。」

「那是在審判前。」考爾說。「我要你記住這一點，你已經審判過了，而且裁定無罪。你對我們來說並不是罪犯。無論你過去做了什麼，無論你裡面的人做了什麼，都過去了。這是全新的生活。你在這裡做的事，你進步的程度，你接受事物的程度——你和比利合作的程度，還有根據你自己的進度融合——這些事都會讓你變痊癒。你自己必須要想要痊癒，這裡沒有人會看輕你。」

那天稍晚的《哥倫布快報》刊載了密利根移送艾森斯的報導，撮述了案情，包括查默・密利根凌虐妻兒的呈堂證據。另外也刊登了查默・密利根與律師交給《快報》經過發誓的證詞：

本人查默・密利根於一九六三年十月與威廉・史丹利・密利根之母結婚，不久後領養了威廉以及他的哥哥和妹妹。

威廉指控我威嚇、虐待、雞姦他，尤其是在他八、九歲之時。他的指控完全不實。況且，為威廉檢查並將報告交給弗勞爾斯法官的精神病學家或心理學家，在撰寫報告及交出報告之前，都沒有來訪談過我。

我毫不懷疑威廉向那些檢查過他的人反覆說謊。我和他母親十年的婚姻中，威廉就總是謊話連篇。我覺得威廉是在持續運用他許多年前建立的說謊模式。

威廉的指控以及各家報章雜誌的報導使我極為難堪，造成我心理上的痛苦。我作此聲明是為了要一正視聽，捍衛我自己的名聲。

密利根住院後一個星期，有天早晨，考爾醫生又來到他的病房。「我覺得你跟我今天應該開始治療了，到我的辦公室去吧。」

丹尼跟著他走，心裡慌成了一團。考爾指著一張舒服的椅子，坐在他對面。緊握雙手，擺在他的啤酒肚上。

「我要你明白，我看過你的檔案，知道許多你的事，檔案還真是厚厚的一大疊呢。我們現在要做的事就像魏伯醫生做的一樣，我跟她談過，我知道她讓你放鬆下來，而且她還能跟亞瑟、雷根等人說話，現在我們也要這麼做。」

「怎麼做？我又不能叫他們出來。」

「你只要舒舒服服坐著，聽我的聲音。我很肯定亞瑟會了解魏伯醫生和我是朋友。她建議把你送到這裡來治療，因為她對我有信心，而我希望你也能對我有信心。」

丹尼在座位上蠕動，忽然向後坐，放鬆下來，眼睛飄來飄去。幾秒鐘之後，他抬起頭，瞬間變得機警。

「是的，考爾醫生，」他說，指尖搭在一起，「我很感激魏伯醫生推薦了你。你會得到我的充分合作。」

考爾本就在等這個英國人出現，所以並沒有因為這樣的變化而吃驚。他見過太多多重人格，不會因為某個他我出現就嚇一跳。

「嗯哼……呃……好。可以麻煩你說出你的名字嗎？為了記錄。」

「我是亞瑟，你想跟我談話？」

「對，亞瑟，我當然知道是你，因為你的英國口音很明顯，可是我相信你也明白我不能隨意假設——」

「我沒有口音，考爾醫生，是你才有。」

考爾茫然瞪著他一會兒。「呃，對。」他說。「對不起，希望你不介意回答一些問題。」

「當然，我就是為這個來的，盡全力幫忙。」

「我想跟你核對一下各人格的重要事實——」

「是人，考爾醫生，不是人格。艾倫向哈定醫生解釋過，你叫我們『人格』，會讓我們覺得你不接受我們是真實的。如此一來，治療就會很困難。」

考爾端詳著亞瑟，最後決定他不怎麼喜歡他那種傲慢的勢利態度。「多謝指教。」他說。「我想知道其他人的事。」

「我會知無不言，言無不盡。」

考爾發問，亞瑟則核實了哈定醫生記錄的九個人的年齡、外貌、特徵、才藝及出現的理由。

「為什麼會有幼兒出現呢？克莉絲汀，她是什麼角色？」

「她是孤單孩子的同伴。」

「她的個性呢？」

「害羞，可是如果雷根做了什麼卑鄙或暴力的事，她也會發脾氣。雷根非常寵愛她，她通常可以靠發脾氣、跺腳，讓雷根忘了他原本想要採取的暴力行為。」

「她為什麼一直是三歲？」

亞瑟會心一笑。「有一個人知道得很少，或是什麼都不知道，是越來越重要了。她什麼都不知道變成了很重要的保護機制。要是威廉有什麼要隱藏，她會到場子上來，畫圖或是玩踢房子，或是抱著雅德蘭娜幫她做的安妮布娃娃。她是個可愛的孩子，我對她也特別喜歡。她是英國人，你知道。」

「我倒不曉得。」

「喔，沒錯。她是克里斯多福的妹妹。」

考爾凝視了他一會兒。「亞瑟，你知道每一個人嗎？」

「是的。」

「你是一直都知道嗎？」

「不。」

「你是怎麼知道他們的存在的？」

「靠演繹。我發覺自己會遺失時間，就開始密切注意其他人。我發現他們並不一樣，我就開始思考。後來，問了一些問題——在我的腦海之內以及之外——我才恍然大悟。許多年下來，我漸漸和每一個人都聯繫上了。」

「那我真高興我們見面了，如果我要能幫上比利、幫助你們每一個人，我就需要你的協助。」

「你隨時可以找我。」

「還有一個重要的問題我要請教你。」

「請說。」

「蓋瑞．史維卡說，媒體一直在提某件事。他說犯罪情節以及你們大家的口供有矛盾，還有被害人的說法，像是說髒話，說什麼犯罪活動，還有『菲爾』這個名字，除了這十個已知的人格之外，他相信還有別的人格，你對這件事有什麼了解嗎？」

亞瑟不回答他，反而眼神無光，嘴唇移動。他慢慢地縮了回去，幾乎無法察覺到。過了幾秒，他眨眨眼，東看西看。「我的天啊！不要又來了！」

「哈囉。」考爾說。「我是考爾醫生。你願意告訴我你的名字嗎，我好做紀錄。」

「比利。」

「比利啊，哈囉，比利，我是你的醫生。你被送到這裡來，由我來照顧。」

比利一手摸頭，仍然有些暈眩。「我從法庭出來，上了警車……」他立刻看了看手腕，再看看自己的衣服。

「你還記得什麼，比利？」

「警察把手銬弄得很緊。然後他塞了一杯熱咖啡到我手裡，就把門摔上了。等汽車發動，熱咖啡都灑在我的新套裝上了，我只記得這些。我的衣服呢？」

「在你的衣櫃裡，比利。我們可以拿出去乾洗，污漬應該能洗掉。」

「我覺得好奇怪。」他說。

「你可以描述給我聽嗎？」

「好像腦袋少了一塊。」

「回憶嗎？」

「不是。像是審判以前我跟其他的人比較湊在一起，你知道？可是現在好像這裡有更多塊不見了。」他敲敲腦袋。

「嗐，比利，也許在未來幾天或幾週，我們可以找找那些東西，再拼湊回來。」

「這裡是哪裡？」

「這裡是俄亥俄州艾森斯市的艾森斯心理健康中心。」

他放鬆下來。「就是麥特凱大法官說的地方。我記得他說我必須送到這裡來。」

察覺到他現在面對的是部分融合的核心比利，主要人格，所以考爾說話很輕柔，問的問題也很平常。他注意到人格改變，比利的面貌也隨之改變。亞瑟繃著下巴，抿著嘴，眼瞼半垂，給他一副傲慢的神氣，而比利一出現就變成了瞪大眼睛、猶豫不決的表情。他似乎既軟弱又容易受傷害。丹尼是恐懼加驚駭，比利則是茫然不知所措。儘管他回答問題很熱切，想要讓醫生高興，可是很顯然他並不知道或是不記得該回答什麼。

「對不起，考爾醫生。有時候你問我，我還以為我知道答案，可是我在腦子裡找，卻找不到答案。我的亞瑟或是雷根會知道。他們比我聰明，而且記性也很好。可是我不知道他們到哪裡去了。」

「沒關係，比利。你的記性會越來越好，最後你會發現你知道的其實很多。」

「哈定醫生也是這樣說的。他說等我融合後就會這樣，而且真的是。可是後來，在審判以後，我又分裂了。為什麼？」

「我沒辦法回答，比利，你覺得為什麼會發生呢？」

比利搖頭。「我只知道亞瑟和雷根現在沒跟我在一起，只要他們沒跟我在一起，我就不太記得事情。我的人生錯過了一大堆事，因為他們讓我睡了很久。是亞瑟說的。」

「亞瑟常跟你談話嗎？」

比利點頭。「自從在哈定醫院喬治醫生介紹我跟他認識以後。現在亞瑟都會告訴我要做什麼。」

「我覺得你應該聽亞瑟的。有多重人格的人通常都有一個會認識其他的人格，而且盡量想幫忙。我們稱為『內在的自助者』，或是簡稱『內助者』。」

「亞瑟？他是內助者？」

「我想是的，比利。他符合各種特徵：聰明、認識其他人、高度道德——」
「亞瑟很有道德，規矩都是他訂的。」
「什麼規矩？」
「怎麼行動、該做些什麼，不做什麼。」
「我想，在把你治療好的這個層面上，只要亞瑟願意跟我們合作，他會帶來很多幫助。」
「我相信他一定會的，」比利說，「因為亞瑟老是說我們大家湊在一起有多重要，我才能做一個有用的公民，對社會有所貢獻。可是我不知道他到哪裡去了。」
兩人談話間，考爾醫師覺得比利對他的信心漸漸增加。考爾帶他回病房，把房間看了一遍，再次向他介紹他的專案經理以及病房的一些人員。
「諾瑪，這位是比利。」考爾說。「他剛來。我們應該找人帶他去參觀一下AIT。」
「好的，考爾醫生。」
可是她帶他回房間時，只是穩穩地看著他。「你現在對這裡也很熟了，比利，所以我們就不必再走一遍了。」
「AIT是什麼？」他問。
她帶他到病房的主入口，打開了沉重的門，指著招牌說：「入院暨密集治療，簡稱為AIT。」說完她轉身就走了。
比利忍不住納悶是不是他做了什麼，才讓她這麼不客氣，可是他想破了腦袋也想不出是怎麼回事。
他知道晚上他的母親和妹妹要來看他，整個人就變得很緊張。他在法庭上看到他妹妹凱西，赫然發現十四歲的妹妹竟已蛻變為二十一歲的漂亮女郎，不過等到震驚過去，跟她在一起就非常自在。可是他母親沒有到法庭去，因為他的堅持。雖然凱西跟他說母親經常到哈定醫院去看他，之前也常去雷貝嫩探監，他卻一點也不記得。

他最後一次看到他媽媽是在十六歲那年，在他們讓他沉睡之前。可是他心中的印象卻是更早之前：她美麗的臉上都是血，頭髮扯掉了一大塊，露出頭皮……他記得的是那張臉，那年他十四歲。

她們一到密集治療部，比利就吃了一驚，他母親好衰老啊。她的臉上都是皺紋。暗色頭髮一捲一捲的，很像假髮，可是那雙藍眸和噘起的嘴唇依舊美麗。

她和凱西回憶過去，兩人競相回想他童年時一些莫名其妙的小事，不過現在她們知道是某個人格造成的。

「我一直就知道有兩個。」他母親說。「我老是說我的比利跟另一個。我想跟他們說你需要幫助，可是沒有人聽。我跟醫生說，也跟那個要你認罪結果害你進了雷貝嫩的律師說，可是沒有一個人要聽。」

凱西向後坐，兇巴巴看著她母親。「可是如果妳跟他們說查默的事，就一定會有人聽。」

「不見得吧。」桃樂絲．摩爾說。「凱西，上帝在上，要是我知道他對比利做了什麼，我會把他的心挖出來。我就絕不會把你的刀子拿走，比利。」

比利皺眉。「什麼刀子？」

「我記得好清楚，就像昨天發生的事，」他母親說，撫平裙子，遮好曬成褐色的長腿。

「你大概十四歲。我發現你把菜刀放在枕頭底下，我就問你是怎麼回事。你知道你是怎麼回答我的嗎？我覺得是另一個說的。『夫人，我認為妳先生活不到天亮了。』上帝作證，我一個字也沒改。」

他母親看著地板。

「嘉樂好嗎？」比利問，改變了話題。

「出事了嗎？」比利說。

「她很好。」他母親說。

「我覺得不太對。」

「她懷孕了。」凱西說。「她離開她老公了，要搬回來跟媽住，等到把孩子生下來再說。」

比利兩手在眼睛前揮舞，彷彿是在驅散煙霧。「我就知道有什麼不對。我感覺到了。」

他母親點頭。「你常常都會有預感。他們說這叫什麼來著？」

「第六感。」凱西說。

「妳也是。」他母親說。「就你們兩個，你們常常會知道一些事。而且你們兩個也都知道彼此的腦袋裡在想什麼，連問都不用問。我每次都覺得毛毛的，我跟你們說。」

她們待了一個多小時，等她們離開後，比利躺在床上，瞪著窗外艾森斯市的萬家燈火。

3

接下來的日子裡，比利在醫院院區慢跑、閱讀、看電視、治療會談。哥倫布的報紙固定會報導他的消息，《時人》雜誌也刊登了長篇報導，他的照片也出現在《哥倫布月刊》的封面上。醫院總機開始應接不暇，許多看過報導或是看見他的圖畫照片的人想要跟他買畫。經過考爾醫生的許可後，他請人帶美術用品，在房間裡架起了畫架，畫了數十幅肖像、靜物及風景。

比利告訴考爾醫生有許多人聯絡了茱迪和蓋瑞，想要買他的傳記，還有人想叫他去上《菲爾．唐納修秀》、《黛娜有約》和《六十分鐘》等節目。

「你想讓人寫你的故事嗎，比利？」考爾問。

「有這筆錢應該很有用。等我好了，進入社會，我會需要資金。誰會雇用我？」

「撇開錢不談，全世界的人都在讀你的故事，你作何感想？」

比利皺眉。「我覺得應該讓大家知道，可以幫他們了解受虐兒可能會有什麼結果。」

「如果你真的決定要找人來寫你的故事，那我認識一位作家，我也很信任他，你也許想跟他見個面。他在這裡的俄亥俄大學教書，他有一本書拍成了電影。我提出來，只是讓你考慮考慮各種的可能。」

「你覺得真正的作家會想要寫我的事嗎？」

「見見他，問問他怎麼想也無妨啊。」

「好，好主意。我想跟他見面。」

當晚比利極力想像跟作家見面會是什麼情況。他在心裡描畫那個人的樣子，可能是穿著花格呢外套，抽菸斗，跟亞瑟一樣。既然他還得在大學教書，那他這種作家會有多厲害？作家嘛就是應該住在紐約或是比佛利山莊。考爾醫生又為什麼要推薦他？他可得小心了。蓋瑞說寫成書可以賺很多錢。還有拍電影也是。不知道會是由誰來演他？

那晚他輾轉難眠，想到要跟一位作品改編成電影的作家見面，既興奮又害怕。一直到黎明他才終於入睡，而亞瑟也斷定比利無法處理與作家的會面，必須由艾倫上場。

「幹嘛叫我？」艾倫問。

「你最擅長操縱別人，還有誰更有資格警戒待命，確保比利不會上當？」

「老是拿我當擋箭牌。」艾倫抱怨道。

「這是你的專長啊。」亞瑟說。

隔天，艾倫和作家會面，既驚訝又失望。他原以為會看到一名高大光鮮的大作家，結果見到的卻是一個又矮又瘦的男人，一臉落腮鬍，戴眼鏡，穿著卡其色燈芯絨運動外套。

考爾醫生為他們介紹，三人到他的辦公室去談話。艾倫坐在單人皮沙發上，點了一支菸。作家坐在他對面，點燃菸斗，就跟亞瑟一樣。他們聊了一會兒，然後艾倫提出了寫書的事。

「考爾醫生說你也許有興趣寫我的事。」艾倫說。「你覺得能賣多少錢？」

作家微笑，吞雲吐霧。「看情況，我得先多了解你一點，才能確定真的有出版商會感興趣的東西。有沒有什麼是報紙和《時代》雜誌、《新聞週刊》沒刊登過的東西？」

考爾微笑，十指交纏，置於胃部。「這點不用擔心。」

艾倫向前傾，手肘支著膝蓋。「確實有，而且還很多，可是我不會平白說出來。我在哥倫布的律師跟我說有很多人想要版權。好萊塢有人要買電視和電影版權，還有個作家這個星期要飛過來找我簽約。」

「這倒是好消息啊。」作家說。「有了媒體對你的大幅報導，我相信有許多人會想要看看你的人生故事。」

艾倫點頭微笑。他決定要再探探這個人的底子。

「我想看看你寫的東西，了解一下你的作品。考爾醫生說你有一本書拍成了電影。」

「我會送一本小說給你。」作家說。「等你讀完了，如果你還有興趣，我們再談吧。」

作家離開後，考爾醫師建議在更進一步之前，比利應該要找個當地的律師來維護他的權益。哥倫布市公設辯護律師不能再代表他了。

那一個星期，艾倫、亞瑟、比利三個人輪流讀作家送的小說。讀完之後，比利跟亞瑟說：「我覺得應該由他來寫。」

「我同意。」亞瑟說。「我也願意讓他用描寫他角色內心的手法來寫我們的故事。如果有人想要了解比利的問題，就一定要從內部說起。作家必須要設身處地，以比利的角度來看。」

雷根說話了：「我反對，我覺得不應該寫書。」

「為什麼？」亞瑟問。

「我就這麼說好了。比利會跟這個人談，你也是，其他人也是。你們可能會跟他說一些我仍然被控有罪的事——其他的罪行。」

亞瑟思考了一會兒。「我們不必告訴他那些事情。」

「再說了，」艾倫說，「我們有個好藉口，隨時都可以用。萬一說了什麼話會被拿來對付我們，比利可以把書毀了。」

「怎麼可能？」

「就矢口否認啊。」艾倫說。「我可以說我只是假裝成多重人格。只要我說是假的，就不會有人買書了。」

「誰會相信？」雷根說。

艾倫聳肩。「管他的。如果主角說整本書都是捏造的，哪個出版商還願意冒險出版這本書呢？」

「艾倫說的有理。」亞瑟說。

「比利可能會簽的所有合約也都比照辦理。」艾倫又加上一句。

「你的意思是，假裝他沒有簽合約的能力？」雷根問。

艾倫微笑。「『因精神錯亂而無罪』，不是嗎？我跟蓋瑞．史維卡在電話上談過，他說我隨時都可以說我是瘋子，不能簽合約，說我是被考爾醫生逼迫的，那就全部都是廢紙了。」

亞瑟點頭。「那麼我想這樣子就萬無一失了，我們就可以叫作家去找願意出版這本書的出版商了。」

「我還是不覺得應該這麼做。」雷根說。

「我相信這是非常重要的，」亞瑟說，「把這個故事說給世人聽。也有別的書寫多重人格，可是沒有一個跟比利的一樣。如果能讓大眾了解這些事情是如何產生的，我們在心理健康方面也許能有些貢獻。」

「再說了，」艾倫說，「我們還能賺一大堆錢呢。」

「這一點倒是我今天聽到的最佳論點，聰明到一個不行。」雷根說。

「我就覺得錢最合你的胃口了。」艾倫說。

「這是雷根比較有趣的矛盾之處。」亞瑟說。「他是忠誠的共產黨員，卻愛錢如命，愛到願意去偷。」

「我總是把付完帳單以後剩下的錢拿去救濟貧困的人，」雷根說，「這一點你們可不能否認。」

「所以哩？」艾倫笑著說。「是不是要把做善事的支出拿去抵稅？」

4

十二月十九日，《艾森斯通訊》的編輯打電話到醫院，說要訪問比利．密利根，比利和考爾醫生同意了。

考爾將比利帶入會議室，介紹他認識編輯赫伯．阿密、記者巴伯．艾奇、攝影師蓋爾．費雪。考爾展示比利的畫作，比利回答他們的問題，有關他的過去、受虐的經過、企圖自殺的事，以及被其他人格主宰的時刻。

「那些暴力的傳聞呢？」阿密問。「如果你可以離開院區，像這個開放病房裡許多病人一樣，社會要如何放心？社會大眾如何確定你對他們或是他們的孩子不會構成威脅？」

「我認為，」考爾說，「有關暴力的問題不應該由比利回答，而應該由他的其他人格來回答。」

他將比利帶出會議室，進入對面他的辦公室，要他坐下。「比利，我認為你和艾森斯的媒體必須要打好關係，社會大眾必須認定你並不危險。將來有一天你會希望能獲准獨自到市區去，去買美術用品或是看電影或是吃個漢堡，這些記者顯然能同情你的處境，而我認為我們應該讓他們和雷根談一談。」

比利默默坐著，嘴唇移動。過了幾分鐘，他向前傾，怒瞪著雙眼。「考爾醫生，你是不是瘋了啊？」

考爾一聽見粗嘎的聲音，呼吸就頓住。「你為什麼會這麼說，雷根？」

「這樣做不對，我們費了好大的勁才讓比利醒著。」

「我如果不是覺得很重要，就不會叫你出來。」

「一點也不重要，這是在幫報紙剝削。我反對，我很生氣。」

「你說得對，」考爾說，機警地打量他，「可是社會大眾必須要相信你真的就是法院說的那樣。」

「我才不管社會大眾怎麼樣。我不想被剝削，也不想讓報社的頭條給我難堪。」

「可是和艾森斯的媒體打好關係是很重要的事。這個城市的居民怎麼想，對你的治療和你的權益是會有影響的。」

雷根思考了一下。他察覺到，考爾是要利用他來加重他對媒體說話的分量，可是考爾的論點卻無可反駁。「你覺得這樣子可以？」他問道。

「不可以我就不會建議了。」

「好吧。」雷根說。「我去跟記者談。」

考爾帶他回會議室，記者緊張地抬頭。

「我會回答問題。」雷根說。

被他的口音嚇了一跳，阿密結結巴巴。「我——我是說我們——我們要請——我們想讓社會大眾相信你——相信比利並不暴力。」

「我只有在有人想傷害比利，或是在他面前傷害婦女、兒童的時候才會變得暴力。」雷根說。「只有在這種情況下我才會介入。我這麼說吧，你會允許別人傷害你的孩子嗎？不會，你會保護妻子兒女，還有別的女性。要是有人想傷害比利，我就會保護他。可是莫名其妙攻擊別人是野蠻的行為，我不是野蠻人。」

再問了幾個問題之後，記者又想和亞瑟談話。考爾傳達了他們的要求，記者親眼目睹雷根的敵對表情改變了，就像融冰一樣。瞬間，那張臉露出了高傲的神氣，薄唇緊抿著，眉頭微蹙。亞瑟環顧眾人，心有所思，從口袋掏出了菸斗，點燃，吹出一道很長的煙。「這麼做相當不智。」他說。

「怎麼做？」考爾醫生問。

「讓威廉入睡，把我們叫出來展示。為了讓他保持清醒，我一直在竭盡全力，他必須要能夠自制。不過呢，」——他轉而注意三名記者——「回答你們有關暴力的問題，我可以向這個社區的諸位母親保證，她們不需要大門深鎖。威廉正在進步。他從我這裡獲得邏輯，從雷根那裡學習表達憤怒的能力。我們在教他，他在吸收我們。等威廉把我們必須教他的事情都學會了，我們就會消失。」

記者們振筆疾書。

考爾把比利帶回來，他出來後，一抽菸斗就嗆到。「要命！味道真噁心！」他說，把菸斗丟在桌上。「我不抽菸。」

比利回答了更多問題，說考爾醫生把他帶到另一個房間之後，他就不記得發生了什麼事。

他吞吞吐吐談著他的渴望。他希望能賣掉一些畫，把部分的錢捐給防止虐待兒童的機構。

《通訊報》的人離開會議室時，考爾注意到三個人都有些頭暈眼花的樣子。「我認為，」他說，陪比利走回病房，「我們爭取到更多盟友了。」

茱迪．史帝文生忙著一件案子，所以蓋瑞．史維卡就帶著公設辯護律師處的主管去艾森斯探望比利。蓋瑞想多了解一些要幫忙寫書的那位作家，也想了解一下比利剛雇用的民事律師亞藍．果斯貝里是什麼樣的人。他們十一點在會議室見面，作陪的有考爾醫生、比利的妹妹和她的未婚夫羅伯。比利堅稱是他自己決定的，他想要這位作家幫他寫書。史維卡交給果斯貝里一份名單，有出版商、可聯絡的作家、一名想買下版權的製片。

會議結束之後，蓋瑞和比利單獨聊了幾句。「我現在又有一件案子上了頭條。」他說。

比利很嚴肅地看著他，說：「你一定要答應我一件事。」

「什麼事？」

「叫二二口徑殺人犯。」

「如果是他做的，」比利說，「別為他辯護。」

蓋瑞微笑。「由你說出口，比利，還真是夠分量呢。」

蓋瑞離開艾森斯心理健康中心，心裡面就像打翻了調味罐，比利換別人照顧了，讓他忍不住感慨萬千。那十四個月實在是不可思議，殫精竭慮，終日矻矻。

結果是他和瓊安的婚姻告終。那段日子剝奪了他的家庭生活，而案子的惡名遠播，流毒無窮——深夜的電話騷擾，怪他為一個強暴犯開脫——也成了無法忍受的重擔。他的一個孩子在學校裡挨了打，因為他的爸爸幫密利根辯護。

辦理這件案子的期間，他也忍不住懷疑辜負了多少其他的委託人，因為比利．密利根太複雜，列為優先，他和茱迪都沒能為其他人付出時間與精神。誠如茱迪所說：「因為怕會冷落了別人，所以你就更努力十倍，以免虧待了其他人。結果是我們自己的家和家人付出了代價。」

蓋瑞仰望著龐大醜陋的維多利亞式大樓，坐進汽車，點點頭。現在比利．密利根是別人的責任了。

5

比利在十二月二十三日醒來，一想到要和作家談話，就覺得緊張。關於他的早年生活，他記得的實在不多，就算記得也只是瑣碎的片段，都是他從其他人那裡聽來的。他要如何把自己一生的故事告訴作家呢？

早餐後，他走到大廳盡頭，再倒了一杯咖啡，坐在單人沙發上等作家。上一週他的新律師亞藍．果斯貝里代表他洽談寫書的事，已經簽定了作家和出版商。那就已經夠困難了。可是現在他又慌了起來。

「比利，你有客人。」諾瑪．狄雄的聲音嚇了他一跳，他一躍而起，咖啡灑在牛仔褲上。他看見作家走過了病房門，下了階梯，上了走廊。天啊，他給自己找了什麼麻煩啊？

「嗨，」作家面帶微笑說，「要開始了嗎？」

比利帶路到他的房間，然後看著矮瘦留鬍子的作家拿出錄音機、筆記本、鉛筆、菸斗和菸草，舒服地坐在椅子上。「我們這麼做好了，每一次都先報上你的名字。為了方便記錄，我現在是在跟誰說話？」

「比利。」

「好。我們第一次在考爾醫師的辦公室見面的時候，他提到什麼『場子』，你說你跟我不夠熟，不能告訴我。那麼現在呢？」

比利向下看，一臉尷尬。「你第一次不是遇見我。我太害羞了，不敢跟你說話。」

「喔？那是誰？」

「艾倫。」

作家皺起了眉頭，若有所思地抽菸斗。「好吧。」他說，在筆記本上記下一筆。「你能說說場子的事嗎？」

「我也是聽來的，就像我一生中大部分的事一樣，那時候在哈定醫院，我部分融合了。那是亞瑟跟年紀小的那些說明在現實世界的情況。」

「場子是什麼樣子？你實際上看見了什麼？」

「是地板上很大很亮的一塊地方。每個人都站在四周，不然就是躺在附近暗處的床上，有的在旁邊看，有的在睡覺，有的忙著做自己的事。可是無論是誰站到場子上，就具有意識。」

「你的所有人格都用『比利』這個名字嗎？」

「我睡覺的時候，如果有外人叫比利，我的那些人就會回應這個名字。魏伯醫生有一次解釋給我聽，其他的人都會盡一切可能隱瞞他們是多重人格。我的事會曝光，就是因為大衛受到驚嚇說溜了嘴，桃樂絲・透納才知道的。」

「你知道你的那些人是什麼時候開始存在的嗎？」

他點頭，向後靠，動著腦筋。「克莉絲汀是在我很小的時候出現的，我不記得是幾時。大部分的是在我八歲、快滿九歲的時候出現的。在查默……在查爸……」

他開始言詞閃爍。

「如果你不方便說，就不用說。」

「沒關係。」他說。「醫生都說我需要把它排除掉。」

他閉上眼睛。「我記得是愚人節過後的那個星期，我念四年級。他把我帶到農場上，幫他整理菜園，準備種菜。他把我帶進了穀倉，把我綁在旋耕機上，然後……然後……」淚水湧上了他的眼睛，他的聲音粗重，變得吞吞吐吐，像小男孩。

「也許你不應該——」

「他打我。」他說，揉著手腕。「他發動了引擎，我以為我會被捲進去，攪成肉醬。他說如果我敢告訴我母親，他會把我埋在穀倉裡，然後跟我媽說我逃家了，因為我恨我媽。」

比利說著說著眼淚就滴下來了。「第二次又發生的時候，我只是閉上眼睛，走掉了。我現在知道了，是在哈定醫院喬治醫生幫我想起來的，被綁在機器上的是丹尼，然後大衛出來承受痛苦。」

作家發現自己憤怒地全身發抖。「天啊，你還能活下來真是奇蹟了。」

「我現在明白了，」比利低聲說，「警察到查寧威來找我，我並沒有真的被捕，我是獲救了。我很遺憾必須先傷害到別人，可是我覺得在過了二十二年之後，上帝終於對我微笑了。」

第六章

1

十二月二十六日，作家駛上前往艾森斯心理健康中心又長又彎的馬路，去第二次訪談比利．密利根。他有個感覺，比利在醫院過節，心情一定很鬱悶。

後來作家發現在耶誕節前，比利就一直纏著考爾醫生，要他准許他到俄亥俄州洛根市他妹妹家過節，考爾說他操之過急——他才住院兩週。可是比利死纏爛打。密集治療部的其他病人都可以暫時回家過節，既然他的醫生說要像治療其他病人一樣治療他，那他就應該允許他也回家過節。

考爾知道他的病人在測試他，也知道贏得比利的信任、培養他的信心有多重要，所以他答應了。他很確定這項申請會被打回票。這件事果然在成人假釋委員會，在心理健康局，在哥倫布的地檢署掀起了大風浪。葉維奇打電話給蓋瑞．史維卡，問艾森斯那邊究竟是怎麼回事，蓋瑞說他會想辦法查出來。「可是我現在不是他的律師了。」他不忘加上這一句。

「我如果是你，就會打給他在艾森斯的醫生，」葉維奇說，「叫他們稍安勿躁。如果說在俄亥俄州有什麼事能刺激輿論，呼籲立法控制精神失常的罪犯的話，那密利根剛入院兩週就要回家度假，管保能讓議員都動起來。」

不出考爾所料，申請遭到駁回。

作家推開沉重的金屬門，走向比利的房間，注意到密集治療部幾乎沒有人。他敲了比利的房門。

「等一下。」愛睏的聲音。

門打開了，作家看見比利像是剛下床的樣子。他看著手上的數字錶，一臉的迷惑。「我不記得有這個。」他說。

他走向書桌，瞧了一張紙一眼，就拿給作家看。那是醫院福利社開出的二十六元收據。

「我不記得有買手錶。」他說。「有人在花我的錢——我賣畫賺來的錢，我覺得這樣不對。」

「也許福利社願意退款。」作家說。

比利打量手錶。「我看我還是留著吧，我現在正需要手錶，雖然不是什麼名錶，可是就再說吧。」

「既然不是你買的，那你覺得會是誰買的？」

他環顧四周，灰藍色眼珠掃描房間，彷彿以為會看見別人。「我一直聽見陌生的名字。」

「像什麼？」

「凱文。還有菲利普。」

作家盡量不顯露他的驚訝。他讀過十個人格的報告，可是沒有一個人提到過比利剛才說的那個名字。作家檢查錄音機，確定已經開了。「你跟考爾醫生說過了嗎？」

「還沒有。」他說。「我應該會說。可是我不懂那是什麼意思。他們是誰啊？我為什麼會想到他們？」

比利說話時，作家想起了十二月十八日《新聞週刊》的一篇文章的最後一段話：「然而，有些問題仍沒有答案……他和強暴受害人的對話中，他聲稱一個是『游擊隊』，一個是『職業殺手』？醫師認為密利根或許仍有別的人格有待發掘——而且有些人格還可能犯了罪卻逍遙法外。」

「在你繼續說之前，比利，我想我們應該先劃一些底線。我要確定你說的話不會被用來傷害你。如果你要說什麼你覺得可能會被用來對付你的話，那就說：『這個不要列入紀錄，』我就會關掉錄音機。我的檔案裡不會有東西可以陷你入罪。要是你忘了說，我會阻止你，而且關掉錄音機。這樣清楚嗎？」

比利點頭。

「還有一件事。要是你計畫要犯法，不管是什麼事，都不要告訴我。如果你說了，我就必須報警。否則我就成了共犯了。」

他一臉震驚。「我不會再計畫什麼犯罪了。」

「那就好。好，再來談那兩個名字吧。」

「凱文跟菲利普。」

「這兩個名字對你有什麼意義？」

比利看著書桌上方的鏡子。「什麼也沒有，我想不起來，可是我的腦子裡卻一直跑進一句話——『討厭鬼』。跟亞瑟有關係，可是我不知道是什麼關係。」

作家向前傾。「跟我說說亞瑟，他是什麼樣的人？」

「他沒有七情六慾，他讓我想起《星際爭霸戰》裡面的史巴克先生。他那種人遇到服務不好的餐廳絕對不怕抱怨。他不喜歡跟別人解釋他的意思，可是別人要是不懂他在說什麼，他就會生氣，反正他一點也沒有包容別人的耐性，說他的行程排得很滿——要安排事情，要計畫，要組織。」

「他從來不休息嗎？」

「有時候他會下棋——通常是跟雷根下，由艾倫來移動棋子——可是他這個人是絕對不肯浪費時間的。」

「聽起來你好像並不喜歡他。」

比利聳肩。「亞瑟不是會讓你喜歡或不喜歡的人。他是讓你尊敬的人。」

「亞瑟的外貌和你不一樣嗎？」

「他的身高體重跟我差不多——六呎高，一百九十磅，但他戴金屬框眼鏡。」

這一次的訪談為時三小時，涵蓋了報紙提到的幾個人格，比利的原生家庭，他的童年回憶。作家發現自己在尋找一種方法來處理累積起來的資料。他最大的問題會是失憶。比利的回憶中有太多的斷層，實在沒有辦法獲知多少他的童年往事，以及比利沉睡而由其他人格為他而活的那關鍵的七年。作家決定了，他可能會將一些經驗以戲劇手法處理，可是他絕不會變動比利自己的事實。除了仍是懸案的罪行之外，他筆下所寫的絕對是比利所說的。問題是，如此一來，這篇故事可能會佈滿了令人無法接受的漏洞。到頭來，只怕就不會有書出版了。

2

考爾醫生抬起頭來，辦公室外的洪亮聲音分散了他的注意力。他的秘書在跟一個有濃重布魯克林口音的男人說話。

「考爾醫生在忙，現在不能見你。」

「哼，小姐，我才不鳥他有多忙。我非見他不可。我有話要跟他說。」

考爾正要站起來，辦公室的門就開了，比利．密利根站在門口。

「你是比利的醫生？」

「我是考爾醫生。」

「那好，我是菲利普。我們有的人覺得一定要給你這個。」他把一張黃色橫紋紙拍在桌上，然後轉身就走了。考爾看了一眼，立刻看出是一張名單：比利的十個人格，還有其他的。最後一個其實不是名字，只寫了「老師」。

他想要跟上去，轉念一想，又決定不要。他拿起了電話，找醫療微波部的技術師。

「喬治，」他說，「我今天有治療比利．密利根和大偉．馬拉維斯塔的會談，我要你把它錄下來。」

說完他掛上了電話，研究名單。許多不熟悉的名字，一共有二十四個之多。考爾完全不肯去深思閃過腦海的想法，單憑一個人要如何處理這種事？還有，這個「老師」，究竟是何方神聖？

午餐後考爾到樓上的密集治療部，敲了密利根的門。幾秒鐘後，比利打開了門，睡眼惺忪，頭髮亂七八糟。「誰啊？」

「我們今天下午有會談，比利。清醒一點。」

「喔，好。來了，考爾醫生。」

比利跟著精力充沛的矮個子醫生上了階梯，通過了密集治療部的門。

他們順著走廊前往現代老年病學樓，經過了飲料糖果販賣機，穿過門到醫療微波部。

喬治在會議室裡，架設攝影機，他看見比利和考爾醫生走進來，就對他們點頭。右手邊的椅子排列得像是坐了隱形的觀眾；左手邊，就在打開的折疊門前，立著攝影機以及一排的監視儀器。比利在考爾指定的椅子上坐下，喬治幫比利把麥克風線掛在頸子上。這時，一名黑髮年輕男子進了房間，考爾轉身和大偉・馬拉維斯塔打招呼，他是資深的心理學家。

喬治以手勢告知攝影機已就緒，考爾就開始了療程。「請你先說你的名字，以便紀錄。」

「比利。」

「好，比利。我需要一些資料。我們知道你稱作『你的那些人』的裡面不時出現新的名字。據你所知，還有別的人嗎？」

比利一臉驚訝，瞧了瞧考爾，又瞧了瞧馬拉維斯塔。「哥倫布有一位心理學家問過我一個叫『菲利普』的。」

考爾注意到比利的膝蓋緊張地上下抖動。

「蕭恩、馬克、羅伯特，你聽過這幾個名字嗎？」

比利思索了一會兒，神情遙遠，嘴唇移動，在進行內部對話。然後他喃喃說：「我剛才聽到我的腦子裡有聲音。亞瑟跟某人在爭辯。名字就跑出來了。我不知道是什麼意思。」他頓了頓。「亞瑟說蕭恩不是智障，心理上不是。他一出生就是聾子，而且發展遲緩。以他的年紀來說，他不正常……自從魏伯醫生把我叫醒以後，還有我去睡覺以前，我的腦袋瓜裡就好像一直在打架。」
他的嘴唇又移動，考爾以眼神示意喬治將攝影機靠近一些，以便拍下比利的面部表情。
「你要找人來解釋嗎？」比利緊張地問。
「你覺得我該跟誰談？」
「我也不知道。這幾天常常都亂七八糟的，我也不知道你能從誰那邊問出來。」
「比利，你能自己退出場子嗎？」
比利露出詫異的神色，也有點受傷，彷彿覺得考爾醫生是嫌他礙事。
「比利，我的意思不是——」
比利的眼神無光，僵硬地坐了幾秒。接著他環顧四周，像是突然清醒，而且疑心重重。
他把指關節扳得喀喀響，眼神很兇。
「你可跟不少人結了梁子了，考爾醫生。」
「你能說明一下嗎？」
「這次不是我，是亞瑟。」
「為什麼？」
「有討厭鬼滲透。」
「誰是討厭鬼？」
「是被亞瑟壓制住的人，因為不再需要他們的作用了。」
「既然不再需要他們了，為什麼他們還會在？」
雷根怒視他。「不然你要我們怎麼辦，宰了他們嗎？」

「我懂了。」考爾說。「請繼續。」
「我對亞瑟的決定並不滿意。他應該也是保護者，跟我一樣。我一個人哪可能照顧得過來。」
「你能多說一些討厭鬼的事嗎？他們暴戾嗎？是罪犯嗎？」
「暴戾的只有我，而且我是有特定原因的。」他突然注意到腕上的錶，愣了一下。
「是你的錶嗎？」考爾問。
「我不知道是哪兒弄來的，一定是比利趁著我沒注意的時候買的。我說過，其他人並不是小偷。」他微笑。「就是亞瑟死腦筋，叫其他人不准提到討厭鬼。他們必須是秘密。」
「為什麼之前不說還有其他人？」
「又沒人問。」
「沒人問過？」
他聳聳肩。「可能問過比利或是大衛，可是他們不知道有討厭鬼存在，除非是遇到可以徹底信任的人，否則是不能透露討厭鬼的事的。」
「那他們為什麼跟我說？」
「亞瑟的主導力變弱了，討厭鬼現在要造反，我決定跟你說，名單是凱文寫的，是非常必要的一個步驟，可是現在還缺乏信任，一下子說太多了不好。我們失去了防禦機制，我發誓過不能洩漏秘密，可是我不願說謊。」
「那麼會發生什麼事，雷根？」
「我們會凝聚起來，全部的人。完全自制。不會再有失憶了，只有一個人會主導。」
「那會是誰？」

「老師。」

「誰是老師？」

「他是個很讓人喜歡的人，跟大多數的人一樣，他有優點有缺點。你認識的比利是現在的比利，他的情緒會隨環境改變。老師隱瞞他的真名，可是我知道老師是誰。要是你知道老師是誰，你一定會把我們都歸類成瘋子。」

「怎麼說？」

「你見過部分的老師，考爾醫生。我就這麼說吧，最重要的問題是，我們這些人會的東西是怎麼學來的？從老師那兒。他教湯米電子學和脫逃術，他教亞瑟生物、物理、化學。他教我武器以及如何控制腎上腺素；他教我們大家繪畫。老師無所不知。」

「雷根，誰是老師？」

「老師是融為一體的比利，只是比利不知道。」

「為什麼是你到場子上來告訴我，雷根？」

「因為亞瑟在生氣。他放鬆了控制，讓凱文和菲利普把討厭鬼給洩漏了出來，他犯了錯。亞瑟很聰明，可是再聰明也是人。現在裡面在造反了。」

考爾示意馬拉維斯塔將椅子拉近。「你介意讓大偉．馬拉維斯塔也加入嗎？」

「比利在你們兩個面前很緊張，我可不怕。」雷根瞧了瞧纏捲的電線和電子設備，搖搖頭。「這裡倒像是湯米的遊戲間。」

「你能多說一些老師的事嗎？」馬拉維斯塔問道。

「我這麼說吧。比利小時候是個神童。他是我們大家的合體。他現在還不知道。」

「那他為什麼會需要你？」馬拉維斯塔問道。

「會創造我出來是為了生理上的保護。」

「可是你也知道吧，你其實只是比利的想像力虛構出來的？」

雷根向後靠，面帶笑容。「有人跟我說過。我承認，我是比利的想像力虛構出來的，可是比利自己沒有接受這件事。比利有很多事都失敗，所以才會有討厭鬼出現。」

「你覺得應該讓比利知道他就是老師嗎？」馬拉維斯塔問他。

「他知道會很難過。可是如果你們跟老師說話，就等於是跟合體的比利說話。」雷根又看了看手錶。「不告訴比利就花他的錢，這樣不公平，可是這樣可以讓他知道他失掉了多少時間。」

考爾說：「雷根，你不覺得你們大家也該要面對現實，處理自己的問題了嗎？」

「我沒有問題，我就是問題的一部分。」

「如果比利知道他是老師，你覺得他會有什麼反應？」

「如果他知道，他就毀了。」

下一次的會談，雷根告訴考爾醫生他和亞瑟經過了漫長又激烈的討論之後，同意讓比利知道他就是「老師」。亞瑟起初是覺得比利可能會太過震驚，承受不起，讓他知道會把他逼瘋。現在他們兩人都認為如果要讓比利好起來，就必須讓他知道真相。

考爾對他們的決定很滿意，雷根說他和亞瑟起衝突，還有討厭鬼造反，在在都表示事情已經到了臨界點。他覺得時機成熟了，該讓比利見見其他人，了解他就是那個積聚了所有知識，學會所有才藝並且傳授給他們的人。這樣可以勉勵他去了解他就是「老師」。

考爾要求和比利說話，等他看到膝蓋上下抖動，就知道是誰出來了，他跟比利說了亞瑟和雷根的決定。比利點頭說他準備好了，考爾看得出他的表情混合了興奮與恐懼。考爾醫生把錄影帶放入放影機，調整音量，然後就靠著椅背，仔細觀察病人的反應。

比利緊張地微笑，看著螢幕上的自己。他看到螢幕上的人在抖腿，注意到現在他也在抖腿，就用雙手按住膝蓋。螢幕上他的嘴唇移動，他就一手摸嘴巴，睜大眼睛，並不了解是什麼情況。接著出現了雷根的臉孔，和他自己的臉一模一樣，還有雷根的聲音，第一次不是來自於他的腦袋，而是來自於螢幕。還有他說的話：「你可跟不少人結了梁子了，考爾醫生。」

截至目前為止，比利是聽信別人說的話——說他有多重人格——即使他心裡一點也不覺得是真的。他只知道偶爾他會聽見說話聲，而且他會遺失時間。他一直相信醫生說的話，可是卻從未感覺到。現在是他第一次親眼目睹，也是他第一次的領悟。

他雖害怕，卻也著迷地看著雷根談論名單上的二十四個名字，以及那些討厭鬼。他張大著嘴看雷根談到「老師」，那教會所有人一切才藝的人，可是這個老師是誰呢？

「老師是融為一體的比利，只是比利不知道。」雷根在螢幕上說。

考爾看著比利的姿勢變軟。他看來虛弱，而且在出汗。

比利走出了醫療微波室，走樓梯到三樓。迎面看見的人跟他打招呼，他卻視而不見。他直接穿過幾乎沒有人的密集治療部大廳，忽然覺得沒有力氣，全身發抖，就噗通一聲坐在安樂椅上。

他就是「老師」。

他是那個聰明，有藝術天分，有力量，懂脫逃術的人。

他努力理解。起初只有核心比利，那個呱呱落地，有出生證明的人。後來他碎裂成許多部分，可是冷不防間，在這許多的部分之後又冒出來一個存在，沒有名字——據雷根說叫「老師」。從某方面來看，這個看不見的、分裂的、鬼魂一樣的東西叫做「老師」，而這個「老師」創造了所有的人，無論是兒童還是怪物——所以他們的罪行全部都應該怪他一個人。

如果二十四個人融合為一個人，就是「老師」了。也就是完整的比利了。那會是什麼感覺？他會知道嗎？考爾醫生必須要見見「老師」，對治療很重要。而作家也需要「老師」，才能知道過去發生的事情……

他閉上眼睛，覺得有股奇怪的暖流從雙腿湧上了軀幹，貫入了胳臂，衝上肩膀和頭。他覺得自己在震動搏跳。他低頭，看到了場子，明亮的白光照得他眼花。往下看，他知道他們必須占住場子，全部的人，一次全上，等他們上了場，他也在場子上，而且在場子裡……而且穿過了場子……墜落……在內在的空間裡急墜……所有的人都一起流動……一起滑動……交纏連結……

接著他從另一邊出來了。

他握緊雙手，擺在面前，盯著看。現在他知道他之前為什麼沒有徹底融合了。其他人並沒有見天日。他所創造的那些人，他們的行動思想回憶，從比利的早年到這一刻，現在都回來了。他知道成功的以及失敗的——亞瑟一直在控制的討厭鬼，最後終於藏不住了。他現在知道他的過去了：他們的荒謬、他們的悲劇、他們未揭發的罪行。他也知道如果他想到什麼或是回憶什麼，而且告訴了作家，其他二十三個人都會知道，也會從而了解他們自己的人生。一旦知道了，失憶症就會消失，他們不會再和從前一樣了。這點讓他難過，彷彿是失去了什麼，但這情形又能維持多久呢？

他察覺到有人走進大廳，就轉頭去看是誰過來了。他知道部分的他見過矮小的醫師了。

考爾醫生穿過密集治療部大廳要到護理站，不經意看見比利坐在電視間外的椅子上。原本他以為是比利，可是他一站起來一轉身，考爾就知道這不是比利，也不是他之前見過的人格。他的姿態透著輕鬆自在，眼神坦率，讓人一見就有好感。考爾猜測是發生了什麼，他覺得一定要讓病人知道他的醫生夠敏銳，不用問也不用病人說，他就知道有異。他必須要冒這個險。考爾雙手抱胸，筆直看著那雙犀利的眼睛。

「你是『老師』吧？我一直在等你。」

「老師」低頭看著他，點點頭，淡然的笑容中有著沉靜的力量。「你把我的防衛一層層剝開了，考爾醫生。」

「不是我。你也知道，是時間。」

「以後再也不會一樣了。」

「你想要一樣嗎？」

「應該不吧。」

「那麼你現在可以把整個故事說給作家聽了。你能追溯到多久以前？」

「老師」穩穩地看著他。「從頭到尾。我記得比利滿月的時候被帶到佛羅里達的醫院，差一點送命，因為他的喉嚨堵住了。我記得他的生父強尼・摩里森，他是猶太人，喜劇演員兼主持人，後來自殺了。我記得比利的第一個想像的玩伴。」

考爾點頭微笑，拍拍他的手臂。「很高興跟你合作，『老師』。我們還有很多事不知道呢。」

第二部

成為老師

第七章

1

桃樂絲．珊茲回憶一九五五年的三月，她餵過一個月大的寶寶吃藥，將他抱在懷中，猝然發現嬰兒的臉紅通通的，嘴巴四周有一圈白色。

「強尼！」她高聲叫道。「我們需要帶比利到醫院去！」

強尼．摩里森衝進了廚房。

「他什麼都吞不下。」桃樂絲說。「一直吐出來。你看這個藥把他害的！」

強尼大喊管家咪咪，要她照應吉姆，就衝出去發動汽車。桃樂絲抱著比利坐上了車，汽車馳向邁阿密海灘的西奈山醫院。

急診室的年輕實習醫生看了嬰兒一眼就說：「太太，來不及了。」

「他沒死！」她大喊。「王八蛋，快點想辦法救我的寶貝！」

被做母親的一罵，實習醫生趕緊把孩子抱過去，結結巴巴地說：「我們——我們會盡力。」

櫃台的護士填好了住院單。

「孩子的姓名和地址？」

「威廉．史丹利．摩里森。」強尼說。「北邁阿密海灘東北一五四街一三一一號。」

「宗教信仰？」

他頓住，看著桃樂絲。她知道他是要說猶太教，可是一見她的神色，他就遲疑了。

「天主教。」她說。

強尼・摩里森轉身走向等待室。桃樂絲跟上去，癱坐在塑膠皮沙發上，看著他香菸一根接一根抽個沒完。她猜他大概仍在懷疑比利是不是他的孩子。比利和髮色膚色都深的吉姆完全不一樣，吉姆大他一歲半。出生的時候強尼樂翻天，直嚷嚷著要找到他的老婆，跟她離婚。可是他只是光說不練。不過他還是買下了那棟粉紅色的房子，後院還有棕櫚樹，他說是因為演藝圈的人必須要有家庭生活。這次的家庭生活比起她和前夫迪克・喬納斯在俄亥俄州塞口維爾的生活是要好多了。

可是她也了解強尼目前的日子並不好過，他的笑話不受歡迎。年輕的喜劇演員挑大樑，強尼只能串場跑龍套。他以前是頂尖的主持人，也是音樂家，可是現在他卻沉溺在賭博和酗酒中。他酗酒的程度已經到了在第一場的夜總會表演前喝一杯，「算是暖場」，卻無法做最後一場表演。雖然他仍自誇他是「百分之五十的音樂加百分之五十的詼諧」，其實現在他還應該說「再加上五分之一的波本酒」。

他不再是那個幫她安排演唱，平安送她回家，「保護我這個臉頰像玫瑰的二十歲俄亥俄村姑」的強尼・摩里森了。也不再能像以前那樣讓她覺得安全，遇上了登徒子會警告他們說：「嘿，小心點，我可是強尼・摩里森的女人。」

她覺得三十六歲的強尼，左眼瞎了，矮胖結實，體型像拳擊手，更像是她的父親。

「你不應該抽這麼兇。」她說。

他把菸蒂在菸灰缸裡捻熄，兩隻手插進口袋裡。「我今晚不想表演了。」

「你這個月錯過太多次了，強尼。」

他兇惡的眼神堵住了她的話。他張口要說話，桃樂絲硬著頭皮，準備聽他說什麼俏皮話，幸好醫生進來了。「摩里森先生、摩里森太太，你們的孩子應該沒事了。他的食道被贅瘤堵住了，我們將它控制住了，他現在的狀況穩定了。你們兩位現在可以回家了，有什麼變化的話，我們會通知你們的。」

比利撐過來了。頭一年他在邁阿密的幾家醫院裡進進出出，桃樂絲和強尼如果兩人都到外地表演，比利和吉姆就會由咪咪照顧，否則就是到托兒中心。

比利出生一年後，桃樂絲又懷孕了，這是第三次。強尼提議到古巴墮胎，她拒絕了。多年後她和孩子們說墮胎是罪惡。凱西．喬在一九五六年十二月三十一日夜晚出生，醫療花費實在讓強尼招架不住。他東借西借，賭得更兇，也喝得更兇；桃樂絲發現他向地下錢莊借了六千元，她跟他大吵了一架，而他打了她。

強尼因為急性酒精中毒及憂鬱症而在一九五六年秋天住院，但是他在十月十九日出院，為了慶祝隔天吉姆的五歲生日。桃樂絲很晚才下班回來，發現強尼倒在桌上，還有半瓶威士忌和一個空的安眠藥瓶掉在地板上。

2

「老師」記得，比利的第一個內心假想的朋友並沒有名字。距離他四歲生日還有四個月，有一天吉姆不肯跟他玩，凱西又太小了，而爹地忙著看書，比利一個人坐在房間裡玩玩具，覺得又孤單又無聊。那時他看見了一個黑髮黑眼的小男孩坐在他對面，瞪著眼睛。比利把一個玩具兵推給他。小男孩拿了起來，放到卡車上，推來推去。兩人都沒說話，但是就算不說話，也比孤單一個人要強。

那晚，比利和無名小男孩看見他父親到藥櫃拿出一瓶藥。鏡子反映出爹地的臉，他把一瓶黃色膠囊都倒在掌心裡，吞了下去。然後爹地坐在桌上，比利躺在小床裡，無名小男孩消失了。半夜三更，他母親的尖叫聲吵醒了比利。他看著她衝向電話，打電話報警。吉姆跟他站在窗前，比利看著他們把擔架推出去，閃著燈的汽車把爹地帶走了。

往後幾天，爹地沒有回來陪他玩，媽咪太難過也太忙，而吉姆不在，凱西又太小。比利想跟凱西玩，想跟她說話，可是媽咪說她是小女孩，他必須非常非常小心。所以他又覺得孤單無聊，就閉上眼睛睡覺了。

「克莉絲汀」睜開眼睛，走向凱西的小床。凱西哭了，克莉絲汀看她的表情就知道她要什麼，所以她去告訴那位漂亮的太太凱西餓了。

「謝謝你，比利。」桃樂絲說。「你真是個好孩子。你去看著小妹妹，我來弄晚餐。我去上班以前，會來念一篇床邊故事給你聽。」

克莉絲汀不知道誰是比利，也不知道為什麼要叫她比利，可是她很高興可以和凱西玩。她拿了枝紅色蠟筆，走到小床邊的牆壁，給凱西畫了一個娃娃。

克莉絲汀聽見有人來了，抬頭就看到那位漂亮的太太兇巴巴地瞪著牆壁和她手上的紅蠟筆。

「不聽話！不乖！不乖！」桃樂絲大喊大叫。
克莉絲汀閉上眼睛，走掉了。
比利睜開眼睛，看見母親臉上的怒氣。她抓住他搖晃，他嚇壞了，哭了起來。他不知道為什麼受罰。接著他看到了牆上的畫，很奇怪是誰那麼不乖。
「我沒有不乖！」他哭道。
「是你畫在牆壁上的！」她大吼。
他搖頭。「不是比利，是凱西。」他說，指著小床。
「不可以說謊。」桃樂絲說，食指戳著他的小胸脯。「說謊……是……壞小孩。說謊會下地獄。回房間去。」
吉姆不肯跟他說話。比利覺得會不會是吉姆畫的。他哭了一會兒，就閉上眼睛睡了……
克莉絲汀睜開眼睛，看見一個大一點的男生睡在房間另一邊。她東找西找，想找個娃娃來玩，可是只看到玩具兵和卡車。她不想要這些玩具。她想要娃娃和奶瓶，還有凱西的可愛的安妮布娃娃。
她溜出房間去找凱西的床，找了三個房間才找到。凱西在睡覺，所以克莉絲汀就把布娃娃帶回床上。
早上，比利因為拿了凱西的娃娃而受罰。桃樂絲發現娃娃在他床上，就一直搖晃他，搖得他還以為自己的頭快掉下來了。
「不准你再這麼做。」她說。「那是凱西的娃娃。」
克莉絲汀漸漸學乖了，和凱西玩的時候如果比利的母親在旁邊，她必須要很小心。起先她以為另一張床上的男生是比利，可是大家都叫他吉姆，所以她知道他是那個哥哥。她自己的名字是克莉絲汀，可是大家都叫她比利，她也就學會了回應這個名字。她非常愛凱西，一個月一個月過去，她跟她玩，教她認字，看著她學走路。她知道凱西什麼時候肚子餓，喜歡吃什麼東西。她知道凱西什麼時候不舒服，如果有什麼不對，她也會告訴桃樂絲。

兩人都一起玩家家酒，而凱西的媽媽不在家時，她很喜歡跟凱西玩穿衣服。她們會換上桃樂絲的衣服、鞋子、帽子，假裝她們在夜總會演唱。克莉絲汀最喜歡的活動就是幫凱西畫圖，不過她不會再畫在牆上了。桃樂絲給她買了許多紙和蠟筆，大家都誇獎比利很會畫圖。

強尼出院回家了，桃樂絲很擔心。他和孩子們玩或是為表演寫歌、想新點子，這些時候倒很正常，可是只要她一轉過去，他就打電話給組頭。她想阻止他，卻反而成了出氣筒，又挨罵又挨打。後來他搬了出去，住進「小豪邸」飯店，錯過了耶誕節，也錯過了凱西的三歲生日。

一月十八日，桃樂絲被警察的電話吵醒了。強尼的屍體在他的休旅車裡被發現了，車子停在汽車旅館外，排氣管上套了水管，從後車窗牽進汽車。他留下了長達八頁的遺書，指責桃樂絲，同時也指示她拿保險理賠金付一些個人債務。

桃樂絲跟孩子們說強尼上天堂了，吉姆和比利都到窗前去看天空。

隔週，地下錢莊放話要桃樂絲趕緊付清強尼欠的六千元，否則就讓她和孩子好看。她帶著孩子逃走，先到拉哥礁找她妹妹喬安．布西，然後就回到俄亥俄州塞口維爾。她又遇到了前夫迪克．喬納斯。他們約會了幾次，喬納斯滿口承諾會改變自己，於是她又嫁給了他。

3

比利快滿五歲了。有一天他走進廚房，踮著腳去拿流理台上的抹布。忽然間放在抹布上的餅乾罐掉了下來。他想把餅乾罐的碎片拼回去，可是碎片就是黏不起來。聽到有人來了，他開始發抖。他不想被懲罰，他不想被傷害。

他知道是自己做錯了事，可是他不想知道會有什麼下場，不想聽媽咪對他吼叫。他就閉上眼睛睡覺……

「蕭恩」睜開眼，東張西望。他看到地板上的破罐子，瞪著看。那是什麼啊？為什麼破了？他又怎麼會在這裡？

一位漂亮的太太進來了，兇巴巴瞪著他，嘴唇移動，可是他什麼聲音也聽不到。她用力搖他，一次又一次，還用食指戳他的胸脯，她的臉發紅，嘴巴動個不停。他一點也不知道她幹嘛要生他的氣。她把他拖到一個房間，把他推了進去，關上了門。他坐在完全的寂靜中，不知道接下來會發生什麼事。然後他就睡了。

比利睜開眼睛，立刻縮了縮，怕會因為打破了餅乾罐而挨打，可是等了半天也沒人打他。他是怎麼回自己房間的？唉，他也快要習慣這種事了：本來在一個地方，閉上眼睛，再睜開的時候就會發現自己在另一個地方。他猜大家都是這樣子的。到目前為止，他發現自己被罵說謊，還為了他沒做過的事受罰。這還是第一次他做錯了什麼，醒過來卻發現沒怎樣。

他在心裡亂猜他媽媽不知道什麼時候要處罰他打破了餅乾罐，弄得他很緊張，結果這一天都待在房間裡。他希望吉姆會放學回家，不然可以看見那個跟他一起玩玩具兵和卡車的黑髮男生也好。比利緊緊閉上眼睛，希望小男生在這裡。可是什麼也沒有。

奇怪的是，他再也不覺得孤單了。每次他剛剛覺得孤單或是無聊或是難過，他就會閉上眼睛。等他再睜開眼睛，他就會在另一個地方，而且每一件事情都變了。有時候外面陽光太強，他會閉上眼睛，等他再睜開來，就變成晚上了。有時候剛好相反。有時候他在跟凱西或吉姆玩，眨眨眼睛，卻變成一個人坐在地板上。有時候發生這種情形他的胳臂上會有紅印子，不然就是屁股痛，好像是挨過打。可是他再也沒有挨打或是被抓起來搖晃了。

他很高興沒有人再處罰他了。

4

桃樂絲和迪克．喬納斯的婚姻只維持了一年，之後情況變得太惡劣，她只好第二次離開他。她在蘭卡斯特鄉村俱樂部當服務生，也在「北美大陸」或「高帽子」這些酒吧演唱，養活自己和孩子。她讓孩子進當地的聖約瑟學校。

比利的一年級過得很愉快。修女誇獎他有繪畫天分。他素描的速度很快，運用光影的能力遠遠超過六歲兒童的程度。可是二年級時，珍．史迪芬斯修女規定他只能用右手寫字繪畫。「你的左手有惡魔，威廉。我們必須把他逼出來。」他看見她拿起戒尺，趕緊閉上眼睛……

蕭恩東張西望，看見了穿黑衣的女士，還有隨著戒尺一起來的漿挺的白圍兜。他知道他來是要接受處罰的。可是為了什麼呢？她的嘴巴移動，可是他聽不到她說什麼。他就只是瑟縮，瞪著她又紅又生氣的臉。她揪住他的左手，舉起戒尺，打在他的手心，一遍又一遍。眼淚從他的臉頰滾落，他又一次納悶為什麼要為了他沒做的事受罰。太不公平了。

蕭恩離開後，比利睜開眼睛，看見史迪芬斯修女走開。他看著左手，看到了紅色的鞭痕，感覺又痛又熱。他覺得臉上也有東西，就伸右手去摸，是眼淚？

吉姆永遠不會忘記，儘管他比弟弟大了一年四個月，卻是比利在七歲那年的夏天提議要離家出走的。比利說他們要裝一些食物，帶一把刀和一些衣服，他們可以逃家去探險，等他們回來會名利雙收。弟弟的計畫和決心讓吉姆很佩服，同意按照計畫而行。

兩人帶著包袱溜出了屋子，從塞口維爾鎮的外圍離開，經過了屋舍林立的區域，抵達了覆滿三葉草的荒地。比利指著中央有五、六棵蘋果樹的地方，說要在那裡吃午餐。吉姆跟著他走。

兄弟倆靠著樹坐，吃蘋果，談著他們會做的冒險。吉姆感覺到強風吹了起來，樹上的蘋果紛紛落在四周。

「嘿，」吉姆說，「暴風雨要來了。」

比利四下張望。「你看蜜蜂！」

吉姆發現整片荒地似乎都佈滿了一群群的蜜蜂。「到處都是蜜蜂，我們會被叮死。我們完蛋了。救命！救命啊！」他大嚷大叫。「誰來救我們啊！」

比利立刻收拾好東西。「我們進來的時候沒有被叮，所以最好是從我們進來的地方出去

——可是我們要用跑的。快點！」

吉姆不再大叫，立刻跟上去。

他們拔腿就跑，衝過荒地，回到了馬路上，毫髮無傷。

「你的腦筋動得真快。」吉姆說。

比利看著逐漸變暗的天空。「看起來不太妙。我們不能走了，那今天就這樣吧。我們回家去，可是誰也不能說。我們可以下一次再來。」

回家路上，吉姆一直在自問他怎麼會讓自己的弟弟牽著鼻子走。

那年夏天他們到塞口維爾四周的樹林探險。有一次到了哈爾吉斯溪，他們看見水面上有一條繩索綁在樹枝上。

「我們可以盪過去。」比利說。

「我先檢查一下。」吉姆說。「我是最大的，我先。如果安全，你再盪過來。」

吉姆拉扯繩索，再向後退了一段路，開始助跑，盪了出去。在四分之三的地方，他就落了下去，掉進泥濘裡，立刻就向下陷。

「流沙！」他大喊。

比利的動作很快。他找到了一根長棍子，丟過去給哥哥。然後比利爬上樹，順著樹枝向外爬，再抓著繩索爬下來，把他哥哥拉向安全的地方。等兩人回到岸上，吉姆仰天躺著，看著弟弟。

比利什麼也沒說，但是吉姆摟住小弟的肩膀。「你救了我的命，比利，我欠你一次。」

凱西和比利、吉姆不一樣，她很喜歡天主教學校，也喜歡修女，她還決定長大以後一定要當修女。她極珍惜對父親的回憶，盡力去找出強尼．摩里森的資料。她母親告訴孩子們說他們的父親病了，送到醫院，在醫院過世了。現在凱西五歲了，上學讀書了，無論做什麼事都會先問她母親：「強尼爸爸會希望我做嗎？」這個習慣她一直持續到成年。

桃樂絲的演唱生涯讓她存了點錢，買下了高帽子酒吧的部分股份。她遇見了一個甜言蜜語的英俊青年，這人提議他們兩個到佛羅里達去開一家夜總會。他說他們必須立刻就搬。她應該把孩子帶到佛羅里達，去看幾個地方。他會留在塞口維爾，賣掉她的酒吧股份，再過去找她。她只需要簽名把股份讓給他。

她果真照他的建議行事，帶著孩子到佛羅里達去找她妹妹，看了幾家待售的夜總會。等了一個月，那個人始終沒出現，她才知道是遇上了騙子，只好再回塞口維爾——這一次身無分文。

一九六二年，桃樂絲在保齡球館駐唱，遇見了鰥夫查默．密利根。他現在和女兒嘉樂一起生活，嘉樂的年紀和比利一樣大，另外他還有個已成年的女兒，在當護士。他開始和桃樂絲約會，幫她在他工作的電話零件鑄模公司找到了工作，他在那裡擔任工會代表。

打從一開始，比利就不喜歡他，他跟吉姆說：「我不相信他。」

塞口維爾的南瓜節是中西部有名的慶典，也是小城的年度盛事。除了有遊行和花車之外，街道也都成了南瓜市集，攤販叫賣著南瓜甜甜圈，南瓜糖，甚至還有南瓜漢堡。整個小城搖身變為南瓜遊樂場，五光十色，旗幟飄揚，還有各種遊樂設施，一九六三年十月的南瓜節真稱得上是歡欣愉快的時光。

桃樂絲覺得人生有了美好的轉變。她遇見了一個男人，有穩定的工作，能夠照顧她，而且還願意領養她的三個孩子。她覺得他會是個好父親，她也會是嘉樂的好母親。一九六三年十月二十七日，桃樂絲嫁給了查默．密利根。

結婚三週後，十一月中旬某個星期天，查默帶他們去俄亥俄州布萊曼鎮，只有十五分鐘的車程，他父親在那裡有座小農場。孩子們在白色的農舍裡穿梭，在門廊上盪鞦韆，在引泉屋裡東看西看，也到山坡下的紅色舊穀倉探險，玩得不亦樂乎。查默說男孩子得在週末到這裡來幫忙，要把菜園整理好，有許多工作得做。

比利看著田裡腐爛的南瓜，在心裡默默記下穀倉和風景。他決定回家之後要畫一幅畫，當作禮物送給他的新查爸。

下一個星期，修道院院長和梅生神父來到三年級的教室，向珍．史迪芬斯修女低聲說了幾句話。

「麻煩大家都起立，低頭默哀。」史迪芬斯修女說，淚珠從臉上流了下來。

莫名其妙的孩子們聽著梅生神父以嚴肅卻發抖的聲音說：「孩子們，你們也許不了解世界的情況，我也不覺得你們會了解。可是我必須告訴你們，我們的約翰．甘迺迪總統今天早上被刺殺了，我們現在一起來禱告。」

他念完主禱文後，今天的課就結束了，孩子們都到外面去等公車來載他們回家。察覺到大人極為傷心，孩子們都靜悄悄的。

那個週末，一家人看電視新聞和葬禮轉播，比利看見他母親在哭。他也覺得很痛苦。他受不了看她這個樣子，或是聽她哭泣，所以他就閉上了眼睛……

蕭恩出來了，瞪著電視上沉默的畫面，看到大家都盯著電視看。他走向電視機，把臉貼上去，感覺震動。嘉樂把他推開。蕭恩回房間去坐在床上，他發現如果他用嘴巴慢慢吐氣，而且咬著牙齒，就會發出和他腦子裡一樣的好笑震動聲——就像「滋滋滋滋」……他就這麼一個人坐在房間玩了很久，滋滋滋滋……

查默把三個孩子從聖約瑟轉學到塞口維爾市立學校。他是愛爾蘭清教徒，不肯讓家裡的人上天主教學校；他們家的人都必須念美以美教會學校。

孩子們很氣憤必須把祈禱文從萬福瑪利亞和主禱文（這是他們已經很習慣的大人的祈禱文）變成嘉樂說的小孩子的祈禱文，尤其不喜歡「現在我讓自己躺下睡覺」。

比利決定如果他要改變宗教信仰，那他就要像他的父親強尼·摩里森一樣，信猶太教。

第八章

1

結婚後不久，一家人搬到附近的蘭卡斯特，桃樂絲就發覺查默對四個孩子極為嚴格。吃飯不准說話、不准笑、遞鹽罐時必須順時鐘方向。有客人時，孩子們必須正襟危坐，兩腳貼地，把雙手放在膝蓋上。

凱西不准坐在母親的大腿上。「妳太大了，不能再坐了。」查默對七歲的孩子這麼說。有一次吉姆要比利把鹽遞給他，比利的手不夠長，就用滑的，查默立刻就大吼：「你什麼都做不好是不是？都九歲了，還像小貝比一樣。」

孩子們變得很怕查爸。而等他啤酒下肚，情況就更糟。

唯恐會表露出憤怒來，比利像蝸牛一樣縮進了殼裡。他不懂為什麼要這麼嚴厲、這麼敵對、這麼多處罰。有一次查默對比利吼叫，他筆直看著他的臉，查默的聲音變得冷冰冰的：「我跟你說話的時候眼睛向下。」

他的聲音嚇得比利瑟縮，趕緊向下看……

蕭恩常常睜開眼睛來一看，就會發現有人在看著他，嘴巴移動，臉色憤怒。有時候是那位漂亮的太太。有時候是那兩個女生或是那個比他大一點的男生，他會推他，或是把他的玩具搶走。他們移動嘴巴，他也移動嘴巴，咬著牙發出滋滋聲，他們發現後就會哈哈笑，可是那個生氣的大男人不會。那個人會狠狠瞪著他。蕭恩就會哭，然後他的頭就會覺得怪怪的，蕭恩就會閉上眼睛離開。

凱西日後回憶起比利童年時最喜歡的遊戲。

「學蜜蜂，比利。」凱西說。「學給嘉樂看。」

比利看著她們，摸不著頭腦。「什麼蜜蜂？」

「你模仿蜜蜂啊。就滋滋滋滋啊！」

比利不清楚是怎麼回事，還是模仿了。

「好好笑喔。」凱西說。

「你幹嘛晚上也滋滋滋地叫？」後來在房間裡吉姆問他。他們一起睡一張古董雙人木床，吉姆有好幾次因為弟弟發出那種震動的聲音而被吵醒。

連吉姆都提起這件事，比利雖然一無所知，但難堪之餘，他的腦筋轉得很快。「是我發明的遊戲啦。」

「哪種遊戲？」

「叫『小蜜蜂』，我學給你看。」他把雙手放在被子下，繞圈移動。「滋滋滋滋……看，這裡有一個蜜蜂家族。」

在吉姆聽來，滋滋聲確實像是被子底下傳來的。比利伸出一隻手，五指彎曲，滋滋聲像是從他的腦袋裡發出來的。然後他用手在枕頭上和被子上到處爬。他做了幾次，每次都是不同的蜜蜂，突然間，吉姆感覺胳臂好痛。

「哎唷！幹嘛啦？」

「有一隻蜜蜂叮了你。你一定要抓住牠，把牠打死，不然就用手按住。」

吉姆有好幾次拍死或是困住了螫他的蜜蜂。有一次，他困住了一隻蜜蜂，滋滋聲變得越來越大、越來越憤怒，充斥了整個幽黑的房間，又有一隻手跑出來用力捏他。

「噢！噢！嘿，很痛耶。」

「跟我沒關係。」比利說。「你抓住了小蜜蜂，牠的爸爸和哥哥來處罰你。」

吉姆放開了小蜜蜂，結果整個蜜蜂家族都繞著枕頭上的小蜜蜂轉。

「還滿好玩的。」吉姆說。「明天晚上再來玩。」

比利躺在黑暗中，心裡想搞不好滋滋叫真的就是這樣子，是他在腦子裡發明的遊戲——發出滋滋聲卻不知道屋子裡的其他人也會聽見。別人大概也是這樣。就跟遺失時間一樣。他猜大家可能都會忘了時間。他常常聽到他母親或是鄰居說：「唉呀，真不知道時間都跑哪裡去了？」或是「已經這麼晚了嗎？」或是「怎麼這麼快就晚上了？」

2

「老師」格外記得某個星期日，是愚人節後的一個星期。在七個星期前，比利剛滿九歲，他注意到查爸總是盯著他看。比利拿起一本雜誌翻閱，一抬頭就看到查默瞪著他，表情嚴厲，一手支頤，空洞的藍綠色眼睛盯著他的一舉一動。比利站起來，把雜誌放回咖啡桌上，正經八百坐在沙發上，兩腳貼地，兩手放在膝蓋上。可是查默仍然盯著他看，所以他就站起來，到後面門廊上。他很不安，不知道該做什麼，就想乾脆和黑傑克玩。大家都說黑傑克是一隻邪惡的狗，可是比利跟牠處得很好。玩著玩著，一抬頭，又發現查默透過浴室的窗子瞪著他。

這下子他可害怕了，只想逃避查默的目光，他跑到前院，坐在那裡發抖，雖然這天傍晚並不冷。報童把《公報》丟給他，他站起來，要拿進屋子裡，可是查默又從前面窗戶瞪著他。

接下來的時間，比利總覺得查默的眼睛快在他身上燒出洞來了。他開始發抖，不知道查默是想怎樣。查默沒說什麼，連一句話也沒說，可是那雙眼睛卻是無所不在，盯著他的每個動作。

一家人觀賞「迪士尼頻道」的電視節目，比利在地板上伸懶腰。他不時會回頭，每次都會看到查默冰冷空洞的眼神。他嚇得挪過去靠近他母親坐，查默就站了起來，走出了房間，腳步很重。

那晚比利沒睡多少。

隔天早晨，早餐之前查默就進到廚房來，一副也沒睡多少的樣子，他說要帶比利到農場去，還有許多的事要做。

查默從後面繞遠路到農場，整段路都一言不發。他打開了車庫門，把耕耘機開進穀倉，然後比利閉上了眼睛，他感受到痛……

喬治．哈定醫師的呈堂報告記述了這件事：「病人說……他遭受密利根先生的性侵與凌虐，包括肛交。根據病人的說法，這件事發生在他八、九歲時，為期一年，主要在農場上，只有他一人與繼父相處。他指出他很怕繼父會殺害他，也同樣害怕他威脅要『把他埋在穀倉裡，再告訴他母親他逃家。』」

……就在那一刻，他的心，他的感受，他的靈魂粉碎成二十四片。

3

凱西、吉姆、嘉樂日後都證實了「老師」對他們的母親第一次挨打的回憶。桃樂絲說查默看見她和隔壁的一名黑人同事說話，變得怒不可遏。她那時在操作打孔機，發現那名生產線上的同事在打瞌睡，就走過去搖醒他，告訴他這樣很危險。他微笑，向她道謝。

她回到自己的工作檯，就看見查默惡狠狠地瞪著她。回家路上他一言不發，一個人生悶氣。回到屋子裡她終於說：「怎麼了？你要談一談嗎？」

「妳跟那個黑鬼。」查默說。「是怎麼回事？」

「什麼怎麼回事？你到底在說什麼啊？」

他打了她。孩子們都在客廳裡看著他打人。比利站在那裡，嚇呆了，很想幫忙，很想阻止查默。可是他聞到了酒味，很怕查默會殺了他，把他埋起來，再告訴他母親他逃家了。

比利跑進房間，砰地關上門，用背抵住，兩手捂住耳朵。可是卻擋不住他母親的尖叫聲。他哭著慢慢滑坐到地上，緊緊閉著眼睛，然後在蕭恩的耳聾中一切都歸於寂靜……

據「老師」回憶，那是第一次的混亂期。生活變成一團亂麻，而比利則如遊魂，忘記時間，不知今夕何夕。他的四年級老師注意到他的行為古怪，他的某個人格因為不了解情況，會說出奇怪的話，或是站起來走出教室，比利就會被罰到角落去罰站。而面壁的那一個總是

「怎麼了，比利？」她問，看見了他臉上迷糊的表情。

他看著她，再看看四周和另一個男生，他也瞪著他看。他完全不知道這兩人是誰，也不知道自己怎麼會在這裡，又是為什麼會在這裡的。他也不認識叫比利的人。他只知道他的名字是亞瑟，是倫敦人。

他低頭，看見自己穿的襪子，一隻黑一隻紫。「喔，這兩隻絕對不是同一雙。」女生咯咯笑，另一個男生也是。「喔，你真好笑，比利。很厲害嘛。你真的很像你一天到晚在看的福爾摩斯裡面的華生醫生，對不對，吉姆？」

說完她就跑掉了，叫吉姆的男生也衝了出去，一邊大喊：「最好快點，不然要遲到了。」

他明明就叫亞瑟，他們為什麼要叫他比利？他在心裡納悶。

他在冒名頂替誰嗎？他到這個家來是來當間諜的嗎？還是偵探？需要一點邏輯思考才能把謎團拆解開來。他為什麼會穿著不同色的襪子？是誰穿上的？這裡是怎麼回事？

「你來不來啊，比利？你如果又遲到，小心查爸修理你。」

亞瑟決定既然要冒名頂替，那他索性就入戲一點好了。他陪著嘉樂和凱西走路到尼克拉斯路的學校，可是一路上他都不說話。他們經過了一個房間，凱西說：「你要去哪裡啊，比利？你最好快點進去。」

他逡巡不前，要確定坐在哪裡才安全，一直到教室只剩下一張空桌椅，他才走過去，頭抬得很高，絕不左顧右盼，不敢開口說話；他已經推論出別人會笑是因為他說話不一樣。

老師發下了油印的數學考卷。「做完以後，」她說，「把考卷夾在書裡，可以先下課。回來以後，再來檢查。然後把考卷交給我，我會打成績。」

亞瑟看了看考卷，對卷上的乘法和多位數除法嗤之以鼻。他拿起鉛筆，振筆疾書，在腦中心算，寫下答案。做完之後，他把考卷夾進書裡，雙手抱胸，瞪著前方。

這些實在是太基本了。

教室外的小孩太吵鬧了，他覺得很煩，於是閉上了眼睛……

上課之後老師說：「好，把考卷拿出來吧。」

比利猛抬頭，吃了一驚。

他怎麼會在教室裡？他是怎麼來的？他記得早晨起床，卻不記得換衣服上學。他一點也不記得在家裡起床後發生了什麼事。

「把數學考卷交過來之前可以先檢查。」

什麼數學考卷？

他完全搞不清楚狀況，不過他決定了，如果老師問起來，他會說他忘了帶來，或是在外面弄丟了。他總得想個藉口。他翻開書，驚訝地瞪大眼睛。考卷就在書裡面，而且答案都寫好了——整整五十題。他發覺筆跡不是他的，很類似，只是寫得飛快。他常常在他的東西裡面發現作業，就假設是他的。可是他知道像他數學這麼差的人是絕不可能做得出這些問題的。他偷看了隔壁一眼，看見有個女生也在寫同一張考卷。他聳聳肩，拿起鉛筆，在上面簽上「比利·密利根」。他一點也不想檢查。他根本就不知道如何解題，又哪裡會知道答案對不對。

「你做完了嗎？」

他抬頭看到老師站在前面。

「嗯。」

「你沒有檢查嗎？」

「沒有。」

「你這麼有信心會過嗎？」

「不知道。」比利說。「看成績才知道。」

老師把他的考卷拿走了，幾秒鐘後，他看見她皺起了眉頭。她走來他的座位。「把你的書拿給我，比利。」

他把書交過去，老師翻了翻。

「兩手伸出來。」

他把雙手攤給老師看。然後老師又檢查了他的袖口、口袋，以及課桌。

「怪了，」她終於說，「我真不懂。你不可能會有答案，因為考卷是我今天早晨才印好的，答案還在我的皮包裡。」

「我過了嗎？」比利問。

老師勉為其難把考卷還給他。「你考了一百分。」

比利的老師們罵他愛逃學，愛找麻煩，愛說謊。從四年級到八年級，他就在導師、校長、校內諮商師的辦公室進進出出。成長的過程中他需要不斷地編造故事、扭曲真相、運用藉口，就是不能承認大多數時間他不知道幾天前、幾小時前，甚至幾分鐘前發生的事。人人都注意到他常常恍神，大家都說他很奇怪。

他漸漸了解他和別人不一樣，並不是每個人都會遺失時間，他四周的人都咬定他說了什麼或是做了什麼，唯有他一個人不記得，這時，他只能假定是他瘋了。於是他想盡辦法遮掩。

而竟然也守住了秘密。

一九六九年春，據「老師」回憶，比利十四歲，念八年級，查默把他帶到農場，到玉米田之外，給了他一把鏟子，叫他挖洞……

史黛拉．凱若林醫生也在她交給法庭當堂宣讀的證詞上描述了這一個事件：「他繼父性侵比利，威脅說他敢告訴他母親，就要活埋他。而他真的活埋過這孩子，只留給他一根管子呼吸……在他把孩子身上的土鏟開之前，他還小便在管子裡，尿水流在孩子臉上。」（《新聞週刊》一九七八年十二月十八日號）

……從那天開始，丹尼就很怕土。他死也不肯躺在草地上，不肯摸土，也不肯畫風景。

5

幾天後，比利進入房間，伸手去打開床頭燈，燈卻不亮。他開開關關了幾次，燈仍舊不亮。他拖著腳到廚房去，拿了新燈泡，回來要照著他母親的方法換燈泡，結果觸電了，還倒飛撞向牆壁……

「湯米」睜開眼睛，東張西望，不清楚是什麼狀況。他看到床上的電燈泡，就拿了起來，看了看燈罩下，動手把燈泡轉上去。他一碰金屬環就觸電。靠！是怎麼回事？他把燈罩拆下來，凝視著那個洞，伸手去摸，又觸電。他坐在那裡，想要解開謎團。這個可惡的電是從哪裡來的？他順著電線找到了牆上的插座。他把插頭拔掉，再去摸金屬環。什麼事也沒有。原來可惡的電流是從牆上來的。他瞪著那兩個小洞，然後跳起來就跑到樓下，順著天花板上的電線找到了保箱險，再循著屋外保險箱的電纜走，最後驚異地停下腳步，看到電線牽到馬路旁的電線杆上。原來這些東西是這個用途啊！

湯米循著電線杆走，看會走到哪裡去。天快黑了，他站在一棟建築外，建築有鐵絲網籬笆，還有招牌寫著「俄亥俄電力公司」。他心裡想，那他們又是從哪裡弄來那個可以點亮電燈，又可以把你電得屁滾尿流的東西的呢？

回家後，他拿出電話簿，尋找俄亥俄電力公司，抄下了地址。現在時間太晚了，不過明天早晨他會再去，看看電是從哪裡來的。

隔天湯米跑到俄亥俄電力公司。他走進去，瞪大眼睛，看得目眩神迷。就一堆人坐在桌子前面，接電話，打字。是一間商業辦公室嘛！可惡，又三振出局了！他沿著大街走，努力想弄懂要如何明白電是怎麼來的，這時他正好經過了市政大樓前面的圖書館。

好，他就上去查書好了。他上了二樓，在「電」這一項下找書卡，找到了很多書，就讀了起來。他發現了水壩、水力發電、燒煤炭以及其他的燃料都可以用來製造能源，讓機器運轉，讓電燈發光，他有如發現了新大陸。

他一直讀到天黑，然後就在蘭卡斯特街上漫遊，看著每一盞點亮的燈，心情激盪，因為現在他知道電是哪裡來的了。他要把所有的機器和電力有關的東西都弄懂。他停在一家商店前，看著陳列的電子設備。有一群人擠在電視機的前面，看著一名穿太空裝的人爬上梯子。

「你能相信嗎？」有人說。「親眼看到月球上發生的事？」

「……人類的一大步。」電視上的人說。

湯米抬頭看月亮，又回頭看電視螢幕。這也是他需要學的東西。就在這裡，他在窗子裡看見了一個女人的倒影。

桃樂絲說：「比利，你最好現在就回家。」

他抬頭看著比利漂亮的母親，想跟她說他的名字是湯米，可是她已經按著他的肩膀，帶他走向汽車了。

「你不能再跑到市區來亂晃了，比利。你一定要在查默下班以前回家，否則你也知道會有什麼下場。」

回家途中，桃樂絲一直偏頭看他，彷彿是在打量他，可是他一言不發。她給了湯米一些東西吃，然後又說：「你何不進去畫圖，比利？你也知道畫圖總是能讓你安靜下來。你的樣子好像有點激動。」

他聳聳肩，走進放美術用品的房間。迅速的幾筆，他就畫出了一條排滿電線杆的馬路夜景。畫完之後，他向後退，看著畫。對初學者而言，畫得還真不錯。隔天早晨，他很早就起床了，畫了一幅風景，雖然畫的是白天，卻有一輪皎潔的月亮。

6

比利喜歡花和詩，會幫忙母親做家務，可是他知道查默罵他娘娘腔、怪胎。所以他就不再幫他母親，也不寫詩了。改由「雅德蘭娜」來偷偷幫他做。

有天傍晚，查默坐下來看二次大戰的電影，電影中蓋世太保用水管鞭打被害人。電影結束後，查默到院子裡，割了一段四呎長的澆花水管，對折，用黑膠帶把兩端黏起來，當作把手。

他進屋後就看見比利在洗碗。

雅德蘭娜根本不知道是怎麼回事，就感覺到屁股挨了一下，打得她跌在地板上。

查默把水管掛在臥室門上，就上床睡覺了。

雅德蘭娜學會了男人都很暴戾，很可恨，絕對不能相信。她希望桃樂絲或是哪個姐妹（凱西或嘉樂）會擁抱她，吻她，讓她的恐懼和不好的感覺消失。可是她知道這麼做會惹上麻煩，所以她就上床哭著睡著了。

查默經常使用水管，大多數都是用在比利身上。據桃樂絲回憶，她會把浴袍或睡衣掛在臥室門後，希望能遮住水管，查默就不會使用。他有很長一段時間沒有使用，有一天她就把水管丟掉了。他一直都不知道水管跑哪去了。

除了偷偷玩馬達和電子儀器之外，湯米也開始學習脫逃術。他在書上看過脫逃大師胡迪尼和席維思特的故事，發現他們有些偉大的脫逃術只是騙術，很是失望。

吉姆後來回憶，有時候弟弟要他用繩子緊緊綁住他，然後丟下他一個人不管。湯米獨自一人時，就會研究繩結，琢磨出扭轉手腕最容易的方法，讓繩子鬆脫。他練習綁住一隻手，伸到背後，以另一隻手解開繩子。

讀過非洲的捕猴陷阱後（猴子把手伸入狹窄的口子拿食物，因為不肯放手，所以拳頭收不回來），湯米開始思索人手的結構。他研究百科全書上的骨骼構造圖，忽然想到如果能把手縮得比手腕更小，就能夠隨時掙脫。他測量雙手和手腕的大小，開始了一系列的練習，擠壓調節骨骼和關節。等他終於能夠把雙手壓縮成比手腕更小，他就知道什麼也綁不住他了。

湯米決定要學習如何從上鎖的房間逃出去，利用比利的母親不在家，家裡只有他一個人的時候。他拿了螺絲起子，把門上的鎖卸下來，研究它的機制。他畫了一張鎖的內部圖，記下形狀。每次看見了不同的鎖，他就會把它拆開來，仔細研究，再裝回去。

有一天他晃到市區，走進鎖匠店。老鎖匠讓他看了不同種類的鎖，他把每個鎖的運作模式都記住了。鎖匠甚至借給湯米一本書，書上說的是以磁性來啟動的制動栓，旋轉式制動栓，各式各樣的保險箱。湯米很認真研究，不時測試自己。他在運動用品店看到手銬，就決定等他有錢就要買一副來研究如何開手銬。

有天晚上查默在吃飯時的心情特別壞，湯米就動腦筋要想一個整他卻不會被逮到的辦法，後來他有了點子。他從工具箱拿了一把剉刀，把查默的電動刮鬍刀的蓋子卸下來，謹慎地把三排刮鬍刀都磨鈍了，然後再把蓋子裝回去。隔天早晨查默在刮鬍子，他就站在浴室外面。他聽到打開電動刮鬍刀的聲音，緊接著就是慘叫聲。磨鈍的刀片猛扯鬍子，而不是把鬍子剃掉。

查默衝出浴室。「看什麼看，白癡雜種！別像個智障一樣杵在那兒！」

湯米兩手插口袋，走開了，順便把頭轉過去，以免查默看到他在笑。

「艾倫」第一次出現，是因為鄰居有些兇悍的傢伙想把他丟進工地的地基大洞裡。他鼓動如簧之舌，想讓他們打消念頭，可惜失敗了。他們還是把他丟進了洞裡，而且還朝他丟石頭。唉，留下來也沒有用……

丹尼聽見面前有石頭落地的聲音，然後一塊接一塊。他一抬頭就看見那幫男生站在洞口向他丟石頭。有一塊打中他的腿，另一塊打中他的側面。丹尼跑向另一邊，繞著圈子跑，想要找到出路。最後，發現每一邊都太陡峭，爬不上去，他就坐了下來，盤起腿……

湯米抬頭，正好有塊石頭打中他的背。他立刻衡量了情況，知道現在需要脫逃。他一直在練習開鎖解繩，可是這種脫逃不一樣，需要的是力氣……

雷根站了起來，掏出折疊刀，大步爬上了陡坡，向那群男生逼進，亮出了小刀，把每一個霸凌的男生都瞅了一遍，控制自己的怒火，等著看哪一個會先攻擊。如果要白刀子進紅刀子出，他絕不會遲疑。他們欺負一個比他們矮了一呎的人，可是萬萬想不到他敢反擊，所以四散逃開，雷根就走路回家了。

後來吉姆回憶那些男孩的父母來指責比利用刀子威脅他們的兒子，查默聽信了他們的一面之詞，把比利帶到後面去毒打了一頓。

7

桃樂絲知道小兒子變了，而且舉止怪異。

「有時候比利不是比利。」她後來回顧道。「他陰晴不定，活在他一個人的世界裡。我跟他說話，他不理我，好像整個人跑到很遠的地方去了，腦子不知道在想什麼，瞪著眼睛。他會到市區去閒晃，跟以前夢遊一樣。連在學校裡也會。有時候他們在他走出學校以前就阻止了他，就會打電話叫我把他帶回家。有時候他就這麼走掉了，學校就會打電話給我。我就到處找他，發現他在市區遊蕩，就把他帶回家，我會跟他說：『好了，比利，你去躺一躺吧。』可是那孩子連自己的臥室在哪裡都不知道。我會進房間去，心裡想：『我的天啊！』等他醒過來我會問他：『你覺得怎麼樣？』他都一臉茫然，說：『我今天沒去上學嗎？』」

我就說：「有啊，比利，你今天有去上學，你不記得我去找你嗎？你在學校裡，楊老師打電話給我，我就到學校去接你。你不記得有跟我一起回家嗎？」

他會一臉迷糊，點頭說：「喔。」

「你記不記得？」

「我今天大概不太舒服吧。」

「他們都跟我說是吸毒的關係，」桃樂絲說，「可是我知道不是。這孩子從來沒吸過毒，他連阿斯匹靈都不肯吃。每次要讓他吃藥，都好像打仗一樣。有時候他會一個人回家來，迷迷糊糊的，等他睡過一覺之後才會跟我講話。等他從臥室出來，他又變回我的比利了。我跟他們說，我跟每一個人說：『這孩子需要協助。』」

8

亞瑟偶爾會出現在學校裡，在他們上世界史時糾正老師，尤其是上英國與殖民地這一部分。他大多數時間都待在蘭卡斯特公立圖書館裡閱讀，從書籍和第一手經驗中可以學到的東西，遠比這些心胸狹窄的鄉下老師能教得多。

學校老師對波士頓茶黨的說明讓亞瑟很是憤慨。他在一本加拿大出版的書《赤裸裸的真相》讀到過真相，書中揭穿了所謂的愛國行為不過是一群醉醺醺的水手在胡鬧。可是亞瑟一說，全班就哈哈大笑，所以他就走出教室，不理會背後的嘻笑聲。他回到圖書館，他知道漂亮的圖書館員不會嘲笑他的口音。

亞瑟非常清楚還有其他人存在，因為他只要查看日曆就會知道不對勁。根據他讀到的東西以及他的觀察，他發覺每次好像都是他入睡了，而其他人則都醒著。

他開始詢問別人。「我昨天做了什麼？」他會問凱西、吉姆、嘉樂、桃樂絲。他們描述的事在他聽來是全然的陌生，他必須以邏輯推理來分析。

有一天他正要就寢，卻感覺到還有一個人在他的心裡，於是他硬是撐著不睡。

「你是誰？」他問。「我要知道你是誰。」

他聽到那個人說：「你又是誰？」

「我叫亞瑟，你是誰？」

「湯米。」

「你在這裡做什麼，湯米？」

「你又在這裡做什麼？」

兩個人就在他的腦海裡這麼你來我往。

「你是怎麼來的？」亞瑟問。

「不知道，你呢？」

「也不知道，可是我絕對會找出答案來。」

「怎麼找？」

「我們必須合乎邏輯。我有個主意。你跟我都把清醒的時間記錄下來，看看是不是剛好二十四小時。」

「嘿，這點子真棒耶。」

亞瑟說：「把你記得的每個小時都在衣櫃門後做記號，我也一樣然後我們再加總，核對日曆，看是不是每一天都記錄到了。」

結果並沒有。

一定還有其他人。

亞瑟每一個有意識的時刻都用在解謎上，尋找遺失的時間，以及其他那些共用他的心智和身體的人。見過湯米之後，他又發現了一個又一個的人，總共是二十三個人，包括他本身以及那個外在的人所說的比利。他藉由邏輯推理知道了他們是誰，他們有什麼行為，又做了什麼事。

在亞瑟之前，似乎只有克莉絲汀這個孩子知道有其他人存在。

他後來發覺她能夠在他們有意識時體會到他們腦子裡的想法。亞瑟忍不住好奇這樣的才能是否可以再多加發揮。

他把這個想法告訴了那個叫艾倫的，他最擅長操縱別人，總是以花言巧語來脫困。

「艾倫，下一次你具有意識，我要你用力想，然後告訴我四周發生的事。」

艾倫同意一試。下一次他發現自己上場，就把看見的事都告訴了亞瑟。亞瑟運用想像力，把事情放入焦點，經過了極大的努力，終於能夠透過艾倫的眼睛看。不過他發現只有在他專心而且清醒時（即使並不具有意識）才做得到。他第一次以心智戰勝了物質。

亞瑟也有了領悟，由於他了解箇中的情況，他變成了一個龐大分歧的家族的負責人。他們都在一具身體裡，必須要理出一個秩序來，方能整頓目前這種混沌的情況。而既然他是唯一能夠不偏不倚處理這項工作的人，他會專心一志，擬出公平，可行，而且最重要的是合乎邏輯的一套辦法來。

9

比利在走廊間遊蕩，別的學生就嘲笑他。他們看見他自言自語，有時候還像小女生，就找他麻煩。有天下午天氣很冷，下課時有些男生就在校園裡嘲笑他。

有人對他扔石頭，打中了他側面。起初他不知道是怎麼回事，可是他知道不可以表露憤怒，否則查默就會懲罰他。

雷根轉身，怒瞪著那些嘲笑他的男生。又有一個男生撿石頭打他，卻被雷根接住，順手就丟回去，打中了他的頭。

驚訝之餘，男生步步倒退，而雷根則亮出了折疊刀，向他們逼進。他們嚇得逃走。雷根站在那裡左看右看，想弄清楚他是在哪裡，又是怎麼來的。他收起了刀子，放進口袋裡，走掉了。完全不知道是怎麼回事。

可是亞瑟觀察他，看出了他的矯捷、他的憤怒，歸納出了雷根會出現的理由。他知道雷根突如其來的情緒爆發需要處理，可是在他自我介紹之前，必須先研究雷根，了解雷根。最讓他驚訝的是雷根是以斯拉夫口音在思考。亞瑟覺得斯拉夫人曾是最早的野蠻人。應付雷根就是在應付野蠻人。危險是危險，可是這類人在危險關頭卻可能很有用，只是這樣的力量需要羈勒。亞瑟不會操之過急，他會等到恰當時機再接近他。

幾週之後「凱文」和一些粗野的男生跟另一個社區的小孩打泥巴仗。戰場是一處住宅區的工地，有個大坑後堆了一堆土。凱文覺得粗野強悍，擲土塊打人，沒打中就哈哈笑，看著土塊像炸彈一樣爆破成粉塵。

正玩得高興，他忽然聽到旁邊有陌生的聲音說：「低一點。瞄低一點！」

他停下來，東張西望，可是沒看到有人。然後他又聽到了聲音：「低一點……低一點……瞄低一點。」說話的人很像電視上演的戰爭電影裡的布魯克林區阿兵哥。「你應該把土塊丟低一點！」

凱文完全糊塗了。他索性不丟了，在土堆上坐下來，想要弄清楚是誰在跟他說話。

「你在哪裡？」凱文問他。

「你又在哪裡？」那個人說。

「我站在大坑後面的土堆上。」

「嗄？我也是。」

「你叫什麼名字？」凱文問。

「菲利普。你呢？」

「凱文。」

「笑死人的名字。」

「是嗎？有種你出來，我扁你。」

「你住在哪裡？」菲利普問。

「春天街。你呢？」

「我是紐約布魯克林區的人，可是我現在也住在春天街。」

「春天街九三三號，白色的房子。是一個叫查默・密利根的傢伙的。」凱文說。「他叫我比利。」

「啊哩，我也住在那裡啊。我也認識那個傢伙，他也叫我比利。我怎麼沒看過你？」

「我也沒看過你。」凱文說。

「啊，管他的啦，兄弟！」菲利普說。「我們去學校砸窗子。」

「酷喔。」凱文說，兩人一起跑到學校去，砸破了十幾扇窗戶。

亞瑟聆聽觀察，斷定這兩個人絕對是壞胚子，將來會是很大的麻煩。

雷根知道有些人和他共用身體。他知道比利，他從有意識開始就認識他了；大衛，他是承受痛苦的人；丹尼，永遠都在擔驚受怕；還有三歲的克莉絲汀，他非常寵愛她。可是他知道還有別人——許多他不曾見過的人。那些說話聲和發生的事並都不僅僅是他們五個人造成的。

雷根知道他的姓是瓦達斯哥維尼茨，他的家鄉是南斯拉夫，而他存在的理由是求生以及利用各種方法來保護其他人——尤其是兒童。他很清楚他有驚人的力量，而且他能夠察覺危險，就如同蜘蛛靜坐網中，只要輕微的顫動，牠就知道有入侵者了。他能夠吸收所有人的恐懼，化為行動。他發誓要訓練自己，讓體能保持完美，研習武術。可是在這個敵對的世界中，這些訓練都還不夠。

他到市區的運動用品店，買了一把飛刀，再到樹林裡去練習從靴子裡抽出刀子，擲中樹木。一直練到天黑，他才回家。他把刀子塞回靴子裡，心裡決定再也不要手無寸鐵。回家路上，他聽到一個奇怪的英國口音，立刻轉身，一彎腰就抽出了刀子，可是附近並沒有人。

「我在你的腦海裡，雷根．瓦達斯哥維尼茨。我們共用同一具身體。」

他們一面走，亞瑟一面跟他說話，說明他所發現的其他人。

「你真的在我的腦子裡？」雷根問他。

「沒錯。」

「你知道我在做什麼？」

「我最近一直在觀察你。我認為你很會用刀，可是你不應該局限在一種武器上。除了武術之外，你還應該學用槍和炸彈。」

「我對炸彈是門外漢，我搞不懂那些電線接頭的。」

「這方面可以交給湯米。那小子對電子和機械方面很行。」

「誰是湯米？」

「過幾天我再為你介紹。如果我們要在這個世界上活下去，就需要在這一團混亂中制定一些規則。」

「你說『一團混亂』是什麼意思？」

「比利四處遊蕩，在大眾面前變成一個又一個的人，開始做什麼事，卻不做完，闖了禍卻要讓其他人絞盡腦汁來收場，這就是一團混亂。必須要有一個法子來控制情況。」

「我不喜歡太多控制。」雷根說。

「重點是，」亞瑟說，「要學習控制事件和人，我們才能生存。我認為，這是最優先的考量。」

「第二考量呢？」

「提升自我。」

「同意。」雷根說。

「我來跟你說說我讀過的一本書，書上教我們如何控制腎上腺素，如何能讓它發揮最大的力量。」

雷根聽著亞瑟敘述他從閱讀中學習到的生物學知識，他對於控制恐懼，利用腎上腺素及甲狀腺分泌將恐懼化為能量尤其感興趣。亞瑟自視甚高，讓雷根覺得惱火，可是他不能否認這個英國人知道許多他聽都沒聽過的知識。

「你下棋嗎？」亞瑟問。

「下啊。」雷根說。

「那好，卒子向國王移動四步。」

雷根想了一會兒才說：「騎士向皇后的主教三步。」

亞瑟讓棋盤在眼前出現，說：「啊，印度式防守。很好。」

這盤棋是亞瑟贏了，往後的每一盤棋也都是他贏。雷根不得不承認在心理專注上，亞瑟確實是比他優越。不過他也安慰自己說萬一需要打架才能生存，亞瑟是一點轍也沒有的。

「我們會需要你來保護我們。」亞瑟說。

「你怎麼會知道我在想什麼？」

「很簡單。改天你也能學會。」

「比利知道我們嗎？」

「不。他不時會聽見聲音，也會看見東西，可是他不知道我們。」

「難道不用告訴他嗎？」

「我看不必。我相信他知道了只會瘋掉。」

第九章

1

一九七〇年三月，史丹貝利中學的心理輔導師羅勃・馬丁記下了這段話：

有好幾次，比利記不得他在哪裡，也記不得自己的物品在哪裡，無人攙扶就無法行走。這些時候，他的瞳孔都收縮成一個小點。最近比利與教師及同學經常發生口角，最後是以他離開教室收場。在這幾次發作中，他很沮喪，哭個不停，最後變得無法溝通。在最近的一次發作中，有人看到比利想站在一輛移動的汽車前，比利因而就醫。據說診斷結果是「精神恍惚」。

在我評估的期間，比利雖然抑鬱，卻能控制自己的行為。由評估結果可看出他非常討厭他的繼父，也因此對他的家庭非常反感。比利認為他的繼父是個極端嚴酷的暴君，對他人少有感情。這個印象也在懇親會上從比利的母親口中得到證明。她說比利的生父自殺，比利的繼父經常將比利和他的生父相提並論。他經常說比利的生父自殺都是比利和他母親害的（母親的說法）。

2

史丹貝利中學校長約翰・楊發現比利・密利根經常蹺課，坐在校長辦公室外的台階上，或是在禮堂後面。校長總會陪他坐一會兒，和他聊天。

有時比利會談到過世的父親，說長大後也想當演藝人員。他談到家裡的情況很糟糕。但楊校長經常發覺他是在恍惚狀態，他就會把比利帶到他的車上，載他回家。類似的情況發生過太多次，後來楊校長將他的情形報告了費爾菲郡立輔導暨心理健康診所。

所長哈洛·T·布朗是精神科醫師，第一次看見比利·密利根是在一九七〇年三月六日。他的身形瘦小，留著灰色的落腮鬍，下巴好像會倒縮，戴著黑框眼鏡。他凝視著比利，看見的是一名乾淨瘦長的十五歲少年，顯然身體很健康，乖乖坐著，既不緊張也不焦慮，卻迴避他的視線。

「他的聲音柔和，」布朗醫師在筆記中寫道，「抑揚變化很少，幾乎是在出神狀態。」

比利瞪著他。

「你有什麼感覺？」布朗問他。

「好像有個夢來來去去。我爸恨我，我聽到他大叫。我的房間裡有紅燈。我看到花園和馬路——有花，有水，有樹，那裡沒有人對我大吼大叫。我看到很多不是真實的東西。有一扇門，上面有一堆鎖，有人在捶門，想要出來。我看到一個女人摔下來，忽然間她變成了一堆金屬，我沒辦法摸到她。嘿，我不用吃迷幻藥就可以天馬行空了耶。」

「你對你的父母有什麼感覺？」布朗問。

「我很怕他會殺掉她，都是因為我。他們為我吵架，因為他討厭我討厭得要死。我會作惡夢，我不會描述。有時候我的身體怪怪的，好像我真的很輕，像空氣。有時候我覺得我會飛。」

布朗的第一份報告記載道：「除了他說的經歷之外，他似乎知道現實，也看不出有什麼清楚的精神病心理作用。他能夠專心，也能維持注意力。他有定力、記憶力很好，而判斷力因為上述的心理作用以及他似乎愛言過其實而嚴重削弱，洞察力不足以節制行為。診斷意見：嚴重歇斯底里性神經官能症，有轉化反應——心理學會規範三〇〇條十八款。」

「老師」後來回憶這次的會談，說布朗醫生訪談的不是比利，而是艾倫在描述大衛的想法與幻視。

五天後，密利根沒有預約就跑來診所，可是布朗醫生注意到他陷入恍惚狀態，同意見他，他觀察到這孩子似乎知道身在何處，而且對指示有反應。

「我們得打電話給你母親，」布朗說，「跟她說你在診所這裡。」

「好。」大衛說，站起來就走了。

幾分鐘後回來的人是艾倫，在外面等叫他進去。布朗看著他靜靜坐著，瞪著房間另一端。

「今天發生了什麼事？」布朗問。

「我在學校裡。」艾倫說。「大概是十一點半，我就開始作夢。等我醒過來，我發現我站在夕科樓的樓頂向下看，好像要往下跳。我下來以後就去警察局，請他們打電話給學校，叫他們不用擔心。然後我就來這裡了。」

布朗端詳了他許久，一面輕撫灰色的落腮鬍。「比利，你有沒有吸毒？」

艾倫搖頭。

「你現在瞪著眼睛。你看到了什麼？」

「我看到臉，可是只有眼睛鼻子和奇奇怪怪的顏色。我看到別人發生了不好的事。他們跌倒在汽車前面，跌到懸崖下面，快淹死了。」

布朗觀察著密利根，他靜靜坐著，彷彿在看心裡面的螢幕。「跟我說說家裡的事，比利。你的家人。」

「查默喜歡吉姆，他討厭我。他老是對我大吼大叫。他把兩個人害得快活不下去了。我的雜貨店工作沒了，我不想做了，我想留在家裡陪我媽，所以我就假裝偷酒，他們就把我開除了。」

三月十九日，布朗注意到病人穿了高領襯衫、藍外套，讓他幾乎像個女性。「我的看法是，」在會談之後他寫道，「這名病人不應該繼續門診，而應該到哥倫布州立醫院青少年部去住院治療。我已聯絡羅耶醫生安排他入院。最後的診斷是歇斯底里性神經官能症，帶有許多被動攻擊型特徵。」

比利．密利根過完十五歲生日之後五週，桃樂絲和查默讓他以「自願」病人的身分，住進了哥倫布州立醫院的兒童病房。比利相信是因為他愛抱怨又行為不良，所以他母親決定要捨棄他而留下查默。

3

哥倫布州立醫院病歷——機密文件：

三月二十四日——下午四點。病人與另一名病人丹尼爾打架而受傷。右眼下方割傷。下午四點左右，在RV3寢室外的走廊上打架受傷。威廉和丹尼爾顯然在玩，威廉玩出氣來，打了丹尼爾，丹尼爾也還手。病人隔離。

三月二十五日——發現病人身上有切蛋糕刀。也在病房發現一把小剉刀，是他從木工工房拿出來的。羅耶醫生與病人會談，病人說想自殺。換入隔離病房，採取預防自殺措施。

三月二十六日——病人相當合作。時常抱怨看見奇怪的東西。病人不參加休閒活動。多數時間都獨坐。

四月一日——病人尖叫，說牆壁向他收攏，他不想死。羅耶醫生將他換入隔離病房，警告他不得吸菸玩火柴。

四月十二日——前幾晚就寢時間病人開始表演他做過的事，問我們他是否在恍惚狀態。今晚病人要求額外藥物。我向病人說明他應該上床躺下，病人變得既不友善又挑釁。

4

「傑森」大發脾氣。他是安全閥，藉由尖叫嘶吼來發洩掉過多的壓力。除非是釋放壓力的時間到了，否則他都很內向。在哥倫布州立醫院被關進「安靜房」的人就是傑森。傑森在八歲時出現，隨時可以情緒爆發，但卻從來不曾獲准上場——如果他上場，比利就會受懲罰。而在哥倫布州立醫院裡，只要恐懼和壓力變得太大，傑森就會又哭又喊，宣洩他的情緒。

他在電視上聽到肯特州立大學有四名學生被殺，就又哭又叫。看護只好把他關起來。亞瑟發現傑森只要發作就會被關起來，他決定要採取行動。在這裡和在家裡並沒有差別。表現憤怒是絕對禁止的行為，若有一個人表現憤怒，全部人都會跟著受處罰，所以亞瑟強迫傑森從意識退出，將他歸類為「討厭鬼」，也通知他從此之後他不能再具有意識。他會留在場子外的陰暗處。

其他人忙著藝術治療。湯米只要不忙著打開門鎖，就是在畫風景。丹尼畫靜物。艾倫畫肖像。即便是雷根也都小試身手，不過他限定自己只畫黑白素描。亞瑟就是在這時發現了雷根有色盲，想起了那兩隻不同色的襪子，從而推論出襪子是雷根穿的。克莉絲汀為她哥哥克里斯多福畫了花和蝴蝶。

看護報告說比利．密利根似乎比較平靜，也比較合作了，所以院方給他多所通融，天氣變暖後，他可以到外面散步寫生。

有些人格會出來，左顧右盼，若不喜歡看見的景象，就離開。唯有雷根，因為喜歡羅耶醫生的斯拉夫姓氏與口音，會服用「所樂靜」，並且聽從醫囑。丹尼和大衛本來就是乖孩子，也會按時服用治療精神病的藥物。但是湯米會把藥丸含在嘴裡再吐掉，亞瑟和其他人也是。

丹尼跟一個黑人男孩交上了朋友，兩人一起聊天遊戲。他們會坐到深夜，描述兩人長大後想做的事情。丹尼有生以來還是第一次笑。

有一天羅耶醫生把丹尼從ＲＢ３換到ＲＢ４，這一區的病人都比較大。丹尼一個人也不認識，也沒有人可以說話，就回到房間哭，因為他好孤單。

忽然，丹尼聽到有人說：「你為什麼哭啊？」

「走開啦，別煩我。」丹尼說。

「叫我走到哪裡去？」

丹尼東張西望，看到房間沒有別人。「誰在說話？」

「我啦。我叫大衛。」

「你在哪裡？」

「不知道，我好像就在你在的地方。」

丹尼找了床底下，衣櫃裡，可是說話的人卻到處都找不到。「我聽得到你的聲音，」他說，「可是你在哪裡？」

「我就在這裡啊。」

「我看不到你。你到底是在哪裡？」

「閉上眼睛。」大衛說。「我現在能看到你了。」

兩人悄悄談著過去發生的事，談了好幾個小時，彼此熟稔了起來，卻始終不知道亞瑟從頭到尾都在聽。

5

菲利普遇見了一個十四歲的金髮女病人，她既可愛又漂亮，人見人愛。她會跟他一起散步，陪他聊天，在性方面撩撥他，雖然他從來沒有跟她表示過什麼。她看著他拿著素描簿坐在水池附近的野餐桌上。通常這裡都不會有人來。

六月初有一天天氣暖和，她坐在他身邊，看他畫花。「嘿，你畫得很棒耶，比利。」

「沒什麼啦。」

「你是大畫家呢。」

「喔，少來了。」

「我是說真的。你跟這裡的其他人不一樣，我喜歡不會滿腦子只想著一件事的男生。」

她一隻手放在他的大腿上。

菲利普嚇得跳了起來。「嘿，幹嘛啦？」

「你不喜歡女生嗎，比利？」

「當然喜歡啊，我又不是同志。只是我——我不——我——」

「你好像很不高興，比利。有什麼不對嗎？」

他又坐了下來。「我對性那種事不是很有興趣。」

「為什麼？」

「就，」他說。「我們——我是說我啦，我小時候被男人強暴過。」

她看著他，極震驚。「我還以為只有女生會被強暴耶。」

菲利普搖頭。「妳想錯了。我被打又被強暴。而且還影響了我的腦子，我告訴妳。我常常夢到，一部分的我常夢到。我這一輩子都覺得性是又痛又髒的東西。」

「你是說你從來沒有跟女生有過正常的性？」

「我才不會跟誰有正常的性哩。」

「不痛的，比利。」

他紅著臉躲開了。

「我們去游泳。」她說。

「好啊，好主意。」他說，一躍而起，率先衝向水池，跳了進去。

他冒出水面，吐出嘴裡的水，卻發現她把衣服丟在岸上，全身赤裸。

「我的媽！」他說，連忙潛到水池底。

等他再浮上來，她伸手去抱住他。他感覺到她的腿在水裡纏住他，感覺到她用乳房在摩挲他的胸膛，還伸手到下面摸他。

「不會痛的，比利。」她說。「我保證。」

她以單手游泳，把他帶向水中一塊又大又平的岩石。他跟著她爬上去，她把他的短褲脫下來。他知道他摸她時動作很笨拙，他很怕一閉上眼睛這一切就會消失。她是這麼美。他不想要在別的地方，記不住發生了什麼事。他想要記住這一刻。他覺得很好。她擁抱他，擠捏他，他也一樣；結束後，他好想要跳起來大吼大叫。他從她身上滾下來，失去了平衡，從濕滑的岩石上噗通一聲掉入水裡。

她哈哈笑。他覺得像傻瓜，可是他很開心。他不再是在室男了，而且他也不是同志。他是男人。

6

六月十九日，應比利·密利根母親的要求，羅耶醫生准許比利出院。社工在出院摘要上寫道：

出院之前，比利操弄員工與病人。他會惡意說謊以求脫身，傷害別人的名譽與感受而毫無悔意。他與病友的關係很膚淺，病友不相信他因為他時常說謊。

員工建議：病人的行為對病房計畫越來越具破壞性，因此病人出院後建議他繼續門診治療，病人父母也應參加諮詢輔導。

出院時用藥：二十五毫克所樂靜，每日三次。

回家後，丹尼極度消沉，畫了一幅九乘十二吋的靜物——枯萎的黃花插在有裂痕的玻璃杯裡，背景是黑色與深藍色。他把畫帶上樓給比利的母親看，卻僵在那裡。查默也在，他把畫拿了過去，看了一眼，就丟在地板上。

「大騙子。」他說。「才不是你畫的。」

丹尼把畫撿起來，忍住了眼淚，把畫拿到樓下畫室。然後，有史以來第一次，他簽上了名：「丹尼，一九七〇」。在畫板後面，他又寫上了詳細的資料：

作者：丹尼

標題：獨自死去

日期：一九七〇

從那時起，丹尼就和湯米和艾倫不一樣，他們兩人始終為自己的畫作尋求認可，丹尼卻從來不會自動出示自己的靜物畫。

一九七〇年秋，比利進入了蘭卡斯特中學，學校位在蘭卡斯特的北區，是不整齊的玻璃水泥現代複合式建築。比利的功課並不好，他討厭老師也討厭學校。

亞瑟蹺了許多課，自己到圖書館去看醫學類叢書，對血液學尤其著迷。

湯米利用空閒時間修理電器，練習脫逃技術。到這個時候，沒有繩子綁得住他了。他能掙脫所有的繩結，兩隻手能從任何綁住他的繩索鬆脫。他買了一副手銬，用裂成兩半的原子筆筆蓋來當鑰匙開鎖。他在心裡寫下了備忘錄：身上要隨時都準備兩把開手銬的鑰匙——一把放在前面的口袋裡，另一把在後面的口袋裡——如此一來，無論手是銬在身前背後，都能拿到鑰匙。

一九七一年一月，比利在ＩＧＡ雜貨店工讀送貨。他決定要拿出第一筆薪水的一部分幫查默買牛排。耶誕節假期過得相當愉快。他覺得如果他現在讓繼父知道他喜歡他，也許查默就不會老是挑他的毛病。

他從後門台階上來，看到廚房門被踹歪了，密利根爺爺和奶奶在裡面，凱西、嘉樂、吉姆也在。媽拿著毛巾按著頭，毛巾上都是血。她的臉又青又紫。

「查默把她打得連門都撞壞了。」吉姆說。

「把她的頭髮拔掉了。」凱西說。

比利什麼也沒說，只是看著母親，把牛排丟在桌上，走進房間裡，關上了門。他坐在黑暗中許久，閉著眼睛，極力想了解他的家庭為什麼有這麼多的痛苦和傷害。要是查默死了，就能解決一切的問題了。

空洞的感覺淹沒了他……

雷根睜開眼睛，感覺到憤怒再也管制不住了。查默對丹尼和比利做了那些禽獸不如的事，現在又對比利的母親這樣，那個人非死不可。

他緩緩起身，走進廚房，聽見了客廳壓低的說話聲。他打開放刀子的抽屜，拿了一把六吋長的牛排刀，塞進襯衫裡，回到房間。他把刀子放在枕頭下，躺下來等待。等到大家都就寢之後，他會出來，一刀插入查默的心臟。也許他會割斷他的喉嚨。他躺在床上在心裡排練動手的過程，等待整個家安靜下來。十二點大家仍然醒著，在談話。他等著等著竟睡著了。

晨光叫醒了艾倫，他跳下床，不確定身在何處或發生了何事。他快步到浴室裡，雷根跟他說了他的計畫。等他出來，卻發現桃樂絲在他房裡，是來幫他整理床鋪的，可是現在她手上卻拿著牛排刀。

「比利，這是什麼？」

他鎮定地看著刀子，以毫無起伏的聲調說：「我要殺了他。」

她聞言抬頭，驚於低沉、毫無感情的聲音。「你說什麼？」

艾倫瞪著她。「妳先生今天早晨就應該死了。」

她臉色發白，抓住喉嚨。「我的天啊，比利，你在說什麼？」她攫住他的手臂，搖晃他，壓低聲音說話，以免別人聽見。「你不可以說這種話。你不可以這麼想。想想看你會怎麼樣。你會怎麼樣？」

艾倫凝視她，平靜地說：「妳看看妳現在的樣子。」說完他轉身就走出去了。

坐在教室裡，比利盡力不理會其他學生的竊笑和嘲弄。學生間都在流傳他是心理健康診所的門診病人。有人笑著，還以食指在太陽穴畫圈，女生還對他吐舌頭。

下課時間，幾個女生在女廁附近的走廊上圍著他。

「來，比利，我們有東西要給你看。」

他知道她們是在捉弄他，可是他太害羞了，不敢開口拒絕女生。她們把他推進了廁所，以人牆擋住他，知道他不敢碰她們。

「比利，你真的是處男嗎？」

他臉紅了。

「你從來沒跟女生做過？」

不知道菲利普在醫院和那個女生的事，他搖搖頭。

「他搞不好在農場跟動物做過。」

「比利，你在布萊曼的農場上跟動物玩嗎？」

他還不清楚是怎麼回事，就被推到牆上，好幾隻手在扒他的長褲。他腳一滑，坐到地上，拚命想抓住長褲，可是褲了卻被女生搶走了，她們拿著褲子跑出了廁所，留下只穿著內褲的他在女廁裡，他哭了起來。

有位女老師進來了，一看到他就離開了，過了一會兒帶著他的長褲回來了。

「那些女孩真應該好好打一頓，比利。」她說。

「大概是那些男生慫恿她們的。」比利說。

「你這麼高這麼壯，」女老師說，「怎麼會讓她們欺負你？」

他聳聳肩。「我不能打女生。」

說完，他拖著腳走了，知道再也不敢面對同班的女生了。他在走廊上遊蕩。活下去也沒有什麼意義了。他抬起頭，注意到工友忘了把通往屋頂的門關上。忽然間，他知道了。他緩緩穿過空蕩的走廊，爬上了樓梯，走到屋頂上。天氣很冷。他坐下來，在課本的封面裡寫了遺言：「再見了，對不起，可是我受不了了。」

他把書放在壁架上，然後就向後退，拉開助跑的距離。他準備好，深吸了一口氣，拔腿就跑……

還沒跑到壁架，雷根就把他撞到了地上。

「唉，真是千鈞一髮。」亞瑟低聲說。

「我們要拿他怎麼辦？」雷根問。「讓他這樣子亂晃太危險了。」

「他對我們大家都有害。照他憂鬱的程度來看，他很可能會自殺成功。」

「那怎麼解決？」

「讓他睡覺。」

「怎麼睡？」

「從這一刻起，比利不能再具有意識了。」

「誰能控制？」

「你或是我。我們共擔責任。我會把話傳給其他人，任何情況都不准有人讓他具有意識。如果情況大致正常，也相對安全，就由我來主導。萬一我們身陷危險的環境，就由你接手。我們兩個來決定誰可以或不可以具有意識。」

「同意。」雷根說，低頭看著比利寫的遺書，他把那一頁撕下來，撕成粉碎，撒在空中。「我來當保護者。」他說。「比利危害到孩子們的性命，那是不對的。」

忽然雷根想到了什麼。「那由誰來說話？別人聽到我的口音都會笑，你的也是。」

亞瑟點頭。「這點我想過，艾倫就像愛爾蘭人說的，『吻過布拉尼城的石頭——死的都能說成活的。』他可以代表我們發言。我想只要我們控制一切，不讓世人知道秘密，我們應該能存活下去。」

亞瑟向艾倫說明原委，再向孩子們說明，讓他們了解目前的狀況。

「想想看，」他說，「我們大家——一大堆的人，有很多你們還沒見過——好像在一個黑黑的房間裡。在房間中央有一塊很明亮的地方。誰站到這個明亮的地方，誰就在場子上，也就是在現實世界裡，具有意識。那個人就是別的人看見聽見、有反應的人。我們其他人還是照樣做我們有興趣的事，讀書或睡覺，或是聊天遊戲。可是無論誰出來了，都必須非常小心，不可以讓別人知道其他人的存在。這是家族秘密。」

年紀小的都懂了。

「好，」亞瑟說，「艾倫，回去上課。」

艾倫上場，拿起書本下樓去了。

「可是比利呢？」克莉絲汀問。

其他人豎著耳朵，等著聽亞瑟回答。

亞瑟只是嚴肅地搖頭，一根手指按著嘴唇，低聲地說：「我們絕對不能吵醒他。比利在睡覺。」

第十章

艾倫在蘭卡斯特的一家花店找到工作，日子開始變得很不錯。大部分的工作是愛花的「提摩西」做的，不過雅德蘭娜偶爾也會出來插花。艾倫說服了老闆讓他把他的畫掛在櫥窗裡，如果賣出去一幅，老闆可以抽佣金。湯米很喜歡這個以自己的作品賺錢的主意，在賣出了頭幾幅畫之後，湯米畫得更勤勉，把部分收入投資在購買更多顏料和畫筆上。他交出了幾十幅風景畫，比艾倫的肖像或丹尼的靜物賣得都好。

六月某個星期五的晚上，花店打烊後，中年的老闆把提摩西叫到裡間的辦公室挑逗他。提摩西嚇壞了，退出場子，縮回自己的世界。丹尼抬頭看，明白了那個男人想做什麼。想起了農場上的可怕回憶，丹尼尖叫著逃走。

隔週的星期一，湯米出來工作時，急於看看他的作品會不會賣出去，卻發現花店人去樓空。老闆搬走了，沒有留下聯絡地址，而且還帶走了所有的畫。

「他媽的王八蛋。」湯米對著空蕩蕩的花店櫥窗大吼。「我會找到你的，王八蛋！」他撿起一塊石頭，砸碎了玻璃，這才覺得舒服一點。

「都要怪腐敗的資本主義。」雷根說。

「我看不出邏輯何在。」亞瑟說。「那人顯然是怕大眾知道他是同性戀。一個害怕的男人做出不誠實的事，這和經濟制度有什麼關係？」

「都是追求利益的結果。污染了年輕人的心靈，就像湯米一樣。」

「嘿，我倒不知道你是共產黨呢。」

「早晚有一天，」雷根說，「資本社會都會被摧毀。我知道你是資本主義者，亞瑟，可是我警告你，一切的力量都是屬於人民的。」

「話雖如此，」亞瑟以無聊的語氣說，「花店關門了，總得要有人再找另一份工作。」

艾倫在蘭卡斯特東區的家園護理之家找到工作，當夜班人員。這是一棟現代的紅磚建築，有很寬的玻璃門面大廳，隨時都擠滿了坐在輪椅上、戴著圍兜的年長居民。大部分的工作都很卑微，「馬克」無怨無悔地勞動，掃地拖地，換床單倒便盆。

亞瑟對這個職位的醫療性質最感興趣。他發現有些護士或看護空占著職缺而不做事，打牌的打牌，看書的看書，打盹的打盹，亞瑟就會自己去巡房，照顧病人和垂死的人。他傾聽他們訴苦，清理感染的褥瘡，奉獻給自認是注定要走上的職業。

有一晚他看著馬克跪在地上，刷洗房間地板，房間的主人才剛送走，亞瑟搖頭。「你這一生就只會做這種事——體力勞動，可惡的奴隸工作，連活死人都會做了。」

馬克看著抹布，再看看亞瑟，聳聳肩。「掌握自己的命運需要大師級的智慧，執行計畫卻只需要笨蛋。」

亞瑟揚起了雙眉。他倒沒想到馬克有如此的真知灼見，可是看著這般偶然會靈光一現的心智居然浪費在這種無須動腦的工作上，只是更令人扼腕。

亞瑟搖搖頭，走去看他的病人，他知道托爾佛先生快死了。他走進老人的房間，坐在他床邊，就和這一週的其他夜晚一樣。托爾佛先生談他在故鄉的青春歲月，來到美國的經過，以及在俄亥俄州落腳的故事。眨動著黏液過多、眼瞼下垂的眼睛，他疲憊地說：「我是個老頭子。話太多了。」

「哪兒的話。」亞瑟說。「我一直相信年長的人比較睿智，經驗又多，他們的話應該要聽。你們的知識，雖然沒辦法記載在書裡，卻應該傳給年輕人。」

托爾佛先生微笑了。「你是個好孩子。」

「你很痛嗎？」

「我不愛抱怨，我這一生過得很值得了，隨時都可以嚥氣了。」

亞瑟一手按住老朽的胳臂。「你死得非常優雅，」他說，「非常有尊嚴，我會很樂意有您這樣的父親。」

托爾佛先生咳嗽，指著空水瓶。

亞瑟出去裝水，等他回來，他看見托爾佛先生茫然瞪著天花板。亞瑟默默站在那裡一會兒，凝視那張平靜的老臉，然後他幫他把眼前的頭髮撥開，幫他闔上了眼睛。

「艾倫，」他低聲說，「叫護士來。告訴他們托爾佛先生過世了。」

艾倫到場子上來，按了床頭的按鈕。

亞瑟慢慢後退，低聲說：「那才是恰當的程序。」

好一會兒艾倫覺得亞瑟的聲音沙啞激動，可是他知道是不可能的。艾倫還沒來得及問，亞瑟已經離開了。

家園護理之家的工作持續了三個星期。行政部門發現密利根才十六歲，就通知他他太年輕，不能值夜班，他就被資遣了。

秋天學校開學後幾週，查默說那個週六比利必須到農場去幫忙除草。湯米看著卡車車斗上架了兩片木板，查默把新的黃色鋤草機倒上去。

「你叫我去幹嘛？」湯米問。

「別問蠢問題，叫你來你就來。你想吃飯，就要幹活。我需要有人在我除草之後把葉子耙起來，你反正也只有這麼點用處。」

湯米看著查默把鋤草機打到倒退檔，再插上固定栓，不讓操縱桿跳脫。

「把板子抬起來，放到卡車上。」

屁哩，要搬你自己搬，湯米心裡這麼想，就離開了場子。

丹尼站在那裡，不曉得查默幹嘛惡狠狠地瞪著他。

「把板子搬上來啊，死豬。」

丹尼奮力搬動兩塊木板，木板對十四歲的他來說實在是太大太重了。

「他媽的窩囊廢。」查默罵道，把他打到一邊，自己來搬木板。「上車，省得老子揍你。」

丹尼爬上了車子，筆直看著前方。可是他聽見查默打開了一罐啤酒，他聞到酒味，心裡就竄上了冰冷的恐懼。等到抵達農場，丹尼立刻就去耙草，心裡也鬆了口氣。

查默鋤草，丹尼很怕鋤草機靠他太近，他以前也被農耕機驚嚇過，而查默這台新的黃色鋤草機把他給嚇壞了。他轉換成大衛，又變成蕭恩，來來回回換個不停，最後工作終於完成了，查默大吼：「把木板搬下來。快點！」

丹尼踉蹌前進，仍然很怕鋤草機，他使盡了吃奶的力氣才把沉重的木板搬下了卡車。等木板就位之後，查默就把鋤草機倒上車斗。丹尼把木板再搬上車，然後等著查默又打開一罐啤酒，等他喝完再回家。

湯米目睹了一切，跑到場子上來。這台混蛋鋤草機把丹尼嚇壞了，所以必須除掉。湯米趁著查默轉頭，手腳俐落地爬上了車斗，把固定栓拉掉，再把操縱桿打到空檔。查默繞到駕駛座，湯米跳下來，把固定栓丟到草叢裡，然後爬上前座，瞪著前方，等待著。他知道查默只要像平常一樣猛然一啟動，新的黃色鋤草機就會消失。

誰知查默卻慢慢啟動，一路駛進布萊曼，平安無事。湯米以為等他們停在通用磨坊工廠，鋤草機就會被甩掉。可是查默很輕易地開車，一路駛入蘭卡斯特。沒關係，湯米心裡想，等他停第一個紅燈就有好戲看了。

事情果然在蘭卡斯特發生了。燈號變綠，查默啟動，輪胎吱吱叫，湯米知道鋤草機掉下去了。他盡量板著臉，卻沒辦法，只好別開臉，看著窗外，那個老混蛋才不會看到他在笑。他偷偷向後瞄，看到黃色鋤草機在馬路上翻滾。然後他看見查默看著後照鏡，嘴巴合不攏。猛地踩煞車，把卡車停住，跳下車，向後跑，撿起路上一塊塊的金屬碎片。

湯米捧腹大笑。「活該，」他說。「那玩意再也傷不了丹尼和大衛了。」一石二鳥。他整倒了機器，同時也整倒了查默。

比利寄回家的成績單不是C就是D，不然就是不及格。在他的求學歲月中只拿過一次A，是十年級第三學期的生物課。亞瑟對這門課產生了興趣，就開始認真上課，做作業。

知道開口別人會笑，他就讓艾倫幫他回答問題。他的突然轉變，突然變得這麼傑出，讓老師極為驚訝。儘管亞瑟自始至終都對生物非常有興趣，可是家裡的情況太差，場子上的人變動個不停。所以讓生物老師浩嘆不已的是學習的火焰熄滅了，最後的兩年又都不及格。亞瑟恢復了自學，成績單上的成績是個D。

場子上來來去去的人更多，也更頻繁，亞瑟忙得不可開交。他說這一段心理不穩定的時間叫做「混沌期」。

後來學校因為炸彈威脅而停課，人人都懷疑是比利．密利根放的炸彈，只是沒有證據。湯米否認製造炸彈。反正炸彈也是假的，不過如果扁瓶裡的液體不是水，而是硝化甘油，情況就會不可收拾了。湯米說沒有製造炸彈並沒有說謊，他絕不會說謊。他倒是教了別的男生做炸彈，甚至還畫了草圖，可是他本人卻沒有做。他可沒那麼笨。

湯米很享受緊張刺激的氣氛，也極愛看校長暴怒的臉。穆爾校長就像是一個有很多麻煩的人，像是沒辦法把一直在煩他的事情解決掉的人。

而他解決某個麻煩的辦法就是開除密利根，那個麻煩的根源。

於是在比利．密利根滿十七歲後的五個星期，也就是吉姆要加入空軍前的一個星期，湯米和艾倫去當海軍了。

第十一章

1

一九七二年三月二十三日，桃樂絲陪艾倫去兵役科，他和湯米簽署了當兵的文件。小兒子加入海軍，桃樂絲可以說是憂喜參半，可是她知道讓他離開家，離開查默是非常重要的事，被學校開除只是讓情況更壞。

募兵官處理文件以及發問的速度飛快，大部分都由桃樂絲回答。

「你曾住過精神病院或是診斷出有心理疾病嗎？」

「沒有。」湯米說。「我沒有。」

「等等。」桃樂絲說。「你確實在哥倫布州立醫院住過三個月。布朗醫師說是歇斯底里性神經官能症。」

募兵官抬頭，筆也停住了。「啊，這點不必列入紀錄。」他說。「每個人都有點神經神經的。」

湯米投給桃樂絲勝利的眼神。

舉行一般教育及發展測驗時，艾倫和湯米都看了一遍。發現測驗用得上湯米的能力或知識，艾倫就決定由他來考試。結果卻是丹尼出來，看著考卷，一籌莫展。

監考官看見了他困惑的表情，就低聲說：「寫啊，就把那些小小的格子塗黑就好了。」

丹尼聳聳肩，根本也不看題目，就一欄一欄地塗。

他通過了。

不到一星期，艾倫就上路前往伊利諾州大湖區的海軍訓練中心了，分派到二十一營一〇九連，開始基礎訓練。

密利根高中時加入過民防空中巡邏隊，所以他被指派為新兵士官，負責一百六十名新兵。他執行訓練非常嚴格。

後來艾倫發現步槍操作最卓越的連隊可以獲頒為榮譽連，他和湯米就開始研究是否能夠從早晨的訓練表裡抽出時間來。

「把洗澡時間縮短。」湯米建議。

「按照規定，」艾倫說，「就算不打肥皂，還是得進淋浴間。」

湯米坐下來思索一個集結隊伍的洗澡方法。

第二天傍晚，艾倫給新兵下令：「毛巾捲起來，放在左手。右手拿肥皂。這一邊有十六個蓮蓬頭，對面有十二個，這邊有十六個。都是溫水，免得你們燙傷或凍傷。你們要做的動作是走過去，一面走一面洗左邊身體，到了角落，肥皂換手，繼續移動，倒退回來洗另一邊身體，同時洗頭。等你們走到最後一個蓮蓬頭，就沖洗，準備擦乾。」

新兵愕然看著他示範，他穿著制服走過每個蓮蓬頭，一面看錶。「這樣每個人只要花四十五秒就洗好澡了。全部一百六十個人應該可以在十分鐘之內走過去，離開蓮蓬頭，擦乾著裝。明天早晨我要我們是第一個連到操場上。我們一定要拿下榮譽連。」

隔天早晨，密利根的連隊是第一批到操場上的。艾倫很高興，湯米跟他說他還在研究更多省時的方法。他因為表現良好而獲得服務獎章。

可是兩週後情況卻起了變化。艾倫打電話回家，發現查默又打了桃樂絲。雷根很憤怒，亞瑟當然是不太關心。可是湯米、丹尼、艾倫卻很煩惱，他們變得憂鬱，導致了另一次的混沌期。

蕭恩開始把鞋子穿錯腳，也不繫鞋帶。大衛變得邋遢。菲利普發現自己在軍隊裡，一點也不在乎。一〇九連的弟兄很快就發現他們的士官不對勁。前一天他還是個優秀的領導人，第二天他卻只坐在那裡聊天，任由文書堆積如山。

他們也觀察到他開始夢遊。有人跟他說了，於是湯米就在晚上把自己綁在床上。後來士官長的職務被解除了，湯米變得抑鬱，而丹尼只要可能就往醫務室跑。

亞瑟對血液學實驗室產生了興趣。

有一天海軍派了一名調查員來觀察他，調查員發現菲利普穿著制服躺在床上，白帽子戴在腳上，一面以指頭彈掉一疊牌。

「這是怎麼回事？」賽門斯上尉質問道。

「站起來，先生。」他的副官說。

「去死啦！」菲利普說。

「我是上尉。你好大膽——」

「你就算是他媽的耶穌基督也一樣！滾出去。你害我沒彈中。」

藍金上士進來後，菲利普還是那幾句話。

一九七二年四月十二日，湯米加入海軍兩週又四天後，菲利普被送到了新兵評估單位。

他的連長在報告上寫道：「該員起初是我的新兵士官長，可是後來他除了整天耍老大之外，什麼也不做。在我解除了他的士官長職務之後，他又開始請病假。每天的情況都更壞，每堂課他都會找理由不上。該員遠遠落後連隊中其他的弟兄，而且是直落谷底，需要觀察。」

一名精神科醫師和大衛會談，他完全不清楚狀況。海軍核對了俄亥俄州的紀錄，發現他曾住過心理醫院，而且在募兵文件上偽造文書。精神科醫師的報告中寫道：「他缺乏應有的成熟與穩定性，無法在海軍服役，建議以暫時不適合進一步訓練為由讓他退伍。」

五月一日，也就是當兵一個月零一天後，威廉．史丹利．密利根從美國海軍「光榮退伍」。他拿到了薪餉以及一張回哥倫布的機票。可是從大湖區回芝加哥奧海爾機場途中，菲利普發現另外有兩名放假回家的新兵要到紐約市去。所以菲利普並沒有使用他的聯合航空機票，反而跟他們一起搭巴士。他要去見識見識紐約，那個他知道是家鄉卻從沒見過的地方。

2

到了紐約巴士站，菲利普和旅行同伴道再見，把大背包往肩上一扛，邁步就走。他在服務台拿了地圖和旅遊手冊，朝時代廣場出發。他覺得自己回到了家，馬路和聽來非常自然的說話聲都讓他很確定這裡是他的歸宿。

菲利普利用兩天的時間在紐約市參觀。他搭了斯塔田島渡輪，也去看過自由女神像，接著從砲台公園開始，在小街上漫步，繞過華爾街，走到格林威治村。他在一家希臘餐館用餐，在廉價旅舍過夜。隔天，他到第五大道和三十四街，瞪著帝國大廈看，還搭電梯到最頂樓，一覽紐約市風光。

「布魯克林要怎麼走？」他問導遊。

她指出方向。「那邊。有三條橋：威廉斯堡橋，曼哈頓橋，布魯克林橋。」

「接下來我就要去那裡。」他說。

他搭電梯下去，叫了計程車，說：「到布魯克林橋。」

「布魯克林橋？」

菲利普把大背包丟進車裡。「沒錯。」

「你是要往下跳，還是要買下來？」司機問。

「幹，開你的車就是了，把你的笑話留給外地人吧。」

司機讓他在橋上下車，菲利普就走路過橋。河面上吹來一陣涼風，他覺得很舒服，可是才走到中間，他就停下來，向下看，四周都是水。哇，真漂亮。冷不防間，他覺得心情好低落。他也不知道是為什麼，可是在這條美麗的橋的中心點，他卻覺得好沮喪，沒辦法再繼續走了。他把大背包甩上肩，轉頭往曼哈頓走。

他的心情越來越壞，他現在在紐約市，卻一點也不開心。他有東西必須要看，有地方必須要去，可是他不知道是什麼東西、什麼地方。他搭上巴士，儘可能走遠，再改搭另一班，看著屋宇和人群，卻不知道自己是何去何從，是在尋覓什麼。

他在某個商場下車，晃了進去。商場中央有座許願池，他丟了兩枚硬幣進去。正要再丟一枚，忽然感覺到有人扯他的衣袖，一個黑人小男孩抬頭看他，眼神哀求。

「喔，媽的。」菲利普說，把硬幣丟給了他。小男孩嘻嘻一笑，跑掉了。

菲利普把大背包拎起來。憂鬱開始啃噬他的內臟，感覺好痛，他站在那裡一會兒，打個哆嗦，離開了場子……

大衛被大背包的重量壓得腳步不穩，就放了下來。八歲、將近九歲的孩子實在是提不動。他拖著背包走，看著商店櫥窗，不知道自己是在哪裡，又是怎麼來的。他找了張長椅坐下，環顧四周，看著小孩遊戲。他好希望能跟他們一起玩。休息過後他又站起來，又開始拖大背包，可是實在太重了，他就把背包丟下，自己走開了。

他進了一間陸海軍用品店，看著共用電池組和警笛這些剩餘物資。他拿起一個很大的塑膠球，按了開關，警笛聲大作，紅燈閃爍。嚇得他丟下球就跑，還撞倒了停在外面的一輛賣冰淇淋的腳踏車，擦傷了手肘。他拚命地跑。

發現沒有人追上來，大衛就停下來，在馬路上走，不知道要如何才能回家。桃樂絲可能在擔心了。而且他的肚子也越來越餓。他真希望有冰淇淋吃。要是能找到警察，就能問他怎麼回家了。亞瑟總是說迷路的話應該要請警察伯伯幫忙……

艾倫眨了眨眼睛。

他跟小販買了支雪糕，拿掉包裝紙，可是他看見一個臉很髒的小女孩看著他。

「真要命。」他說，把雪糕拿給了小女孩。他最沒辦法拒絕小孩了，尤其是有一雙又大又餓的眼睛的。

他又走回小販那裡。「再給我一根。」

「嘿，你一定很餓喔。」

「少囉嗦，把雪糕給我。」

他邊走邊吃，決定要想點辦法，不能讓小孩子對他予取予求。如果讓小孩子吃定了他，他算什麼詐騙大師啊？

他四處亂走，看著高樓大廈，然後搭巴士進市中心，他還以為這裡是芝加哥。他知道今晚要到奧海爾機場是來不及了，他必須在芝加哥這裡過夜，早上再搭飛機回哥倫布。

忽然他看見某棟大樓閃出電子訊號：五月五日，目前氣溫攝氏二十度。

五月五日？他掏出皮夾，翻來找去。裡面大約有五百元的薪餉。他在五月一日退伍，機票也是五月一日的，這怎麼回事？他退伍後竟然在芝加哥晃了四天，他卻完全不知道。他的大背包呢？他的胃空空的。他低頭看見自己穿著藍色軍服，很髒，手肘處破了，左臂也有擦傷。

好吧。他會找點東西吃，睡一覺，早晨再搭機回哥倫布。他買了兩個漢堡，找到一家小客棧，花九元租了一個房間。

隔天早上他叫了計程車，要司機開到機場。

「瓜爾迪亞機場？」

他搖頭，他不知道芝加哥有瓜爾迪亞機場。

「不是，是另一個，那個大的。」

到機場途中，他設法了解狀況。他閉上眼睛，想找亞瑟。沒反應。雷根？也找不到人。那又是混沌期了。

到了機場，他到聯合航空的櫃台，把機票交給櫃台人員。

「我什麼時候能離開這裡？」他問。

她看看機票，再看著他。「這是芝加哥飛往哥倫布的機票，不能從這裡飛到俄亥俄。」

「妳說什麼？」

「芝加哥。」她說。

「是啊，所以哩？」

有位督察走過來，看了機票，艾倫不明白問題出在哪裡。

「這位海軍弟兄，你還好吧？」督察說。「你不能用這張票從紐約飛到哥倫布。」

艾倫揉了揉沒刮鬍子的臉。「紐約？」

「沒錯。這裡是甘迺迪機場。」

「天啊！」

艾倫做個深呼吸，一開口就像連珠砲一樣。「喂，事情是這樣的，不知道是誰弄錯了，我退伍了。」他掏出了文件。「我坐錯了飛機，你看。我是應該要回哥倫布的，一定是有人在我的咖啡裡下了藥，因為我失去了意識，等我清醒以後，我竟然在紐約。我的行李都在飛機上，你們得要想想辦法，這都是航空公司的錯。」

「要改機票需要額外付費。」櫃台人員說。

「妳就打電話給大湖區的海軍，他們有責任把我送回哥倫布。錢去跟他們要。我是個為國服務的軍人，有權利好好地被送回家，我不必忍受這些亂七八糟的事。你趕緊打電話去給海軍。」

督察看著他，說：「好吧，你何不等一下，我去看看我們是否能為捍衛國家的軍人做什麼安排。」

「男廁在哪裡？」艾倫問。

她指了方向，艾倫快步走過去。

進了廁所後，發現裡面沒人，他就從壁架上抓起一捲衛生紙，用力擲了出去。「媽的！媽的！媽的！」他大吼。「他媽的，我受夠了！」

等他冷靜下來，他才洗臉，梳了梳頭，歪戴白色軍帽，再出去面對櫃台的人。

「好了。」櫃台人員說。「都安排好了。我馬上幫你開一張機票，你可以搭下一班飛機。飛機兩個小時後起飛。」

飛回哥倫布途中，艾倫悶悶不樂，很氣惱自己在紐約五天卻什麼也沒看見，只看到一輛計程車內部和甘迺迪機場。他完全不知道是怎麼來到紐約的，也不知道是誰偷了時間，又發生了什麼事。他猜想恐怕永遠也不會有查出真相的一天。搭上了回蘭卡斯特的巴士，他小睡片刻，嘴裡喃喃說：「一定是有誰搞砸了。」希望亞瑟或雷根會聽到。

3

艾倫找到了工作，為跨州工程公司挨家挨戶販賣吸塵器及垃圾壓縮機。頭一個月，能言善道的艾倫做得有聲有色。他觀察同事山姆・蓋瑞森，他會和女服務生、秘書以及客人約會，艾倫很佩服他的幹勁。

一九七二年七月四日，兩人坐著聊天，蓋瑞森問他：「你怎麼都不跟這些小妞約會？」

「我沒空。」艾倫說。身體扭來扭去，只要涉及性，就會讓他不自在。「我不是那麼有興趣。」

「你不是同志吧？」

「當然不是。」

「十七歲，卻對女孩子沒興趣？」

「嘿，」艾倫說，「我還有別的事要想。」

「我的天啊，」蓋瑞森說，「難道你沒上過床？」

「我不想討論這件事。」艾倫不知道菲利普在精神病醫院的經驗。只覺得自己的臉紅了，就轉過頭去。

「你可不要說你還是個處男啊。」

艾倫一聲不吭。

「唉呀，孩子。」蓋瑞森說。「我們得想想辦法，交給山姆好了。今天晚上七點我去你家接你。」

那天晚上艾倫沐浴更衣，用了一點比利哥哥的古龍水。古姆目前在空軍服役，古龍水反正也用不著。

蓋瑞森準時抵達，帶他進城。他們在布洛德街的「熱點」前停車，蓋瑞森說：「在車裡等。我馬上就出來。」

幾分鐘後蓋瑞森帶著兩個一臉無趣的年輕女性回來，艾倫嚇了一跳。

「嗨，甜心。」金髮女郎靠向車窗說。「我叫崔娜，她是朵麗，你長得還滿好看的嘛。」朵麗把黑色長髮撥到後面，跟蓋瑞森一起坐在前座。崔娜和艾倫坐後面。

他們開車到鄉間，一路聊天，嘻嘻哈哈的。崔娜一直把手放在艾倫的腿上，玩弄他的褲襠拉鍊。後來到了一個荒涼的地方，蓋瑞森把車駛離馬路。「來吧，比利。」他說。「後車廂裡有毯子，幫我拿出來。」

艾倫跟著他走向後車廂，蓋瑞森交給他兩個又小又薄的錫箔紙包。「你知道該怎麼用吧？」

「知道。」艾倫說。「不過我不必兩個都套上吧？」

蓋瑞森輕輕捶了他的胳臂一下。「你這傢伙就是愛耍寶。一個給崔娜，另一個給朵麗。我跟她們說我們會交換，我們會每個都上。」

艾倫低頭看著後車廂，竟看見一把獵槍。他迅速抬頭，可是山姆給了他一條毯子，自己也拿了一條，就把後車廂關上了，然後他和朵麗走到一棵樹後。

「來吧，最好趕快開始。」崔娜說，解開了艾倫的腰帶。

「嘿，妳不必這樣。」艾倫說。

「甜心，既然你沒興趣——」

不久之後，山姆叫崔娜，朵麗過來艾倫這邊。「怎麼樣？」朵麗問。

「什麼怎麼樣？」

「能不能再做啊？」

「喂，」艾倫說，「我跟妳的朋友也是這樣說的，妳不必這樣，我們還是朋友。」

「甜心，你想怎樣就怎樣，可是我可不想惹山姆生氣，你這個人還滿好的。他現在忙著搞崔娜，應該不會注意。」

等山姆完事了，他就走到汽車後面，從後車廂裡的小冰箱拿了幾罐啤酒，給了艾倫一罐。

「怎麼樣，」他說，「喜不喜歡啊？」

「我什麼也沒做，山姆。」

「是你什麼也沒做，還是她們什麼也沒做？」

「我跟她們說她們不必做，等我準備好了，我就會結婚。」

「媽的。」

「嘿，別發火啊。」艾倫說。「又沒有什麼關係。」

「放屁！」他怒沖沖向兩個女孩走過去。「我跟妳們說過這個傢伙還是個在室男，妳們兩個要負責挑逗他。」

朵麗走向汽車後面，蓋瑞森也站在那裡，她看見了後車廂裡的獵槍。「你的麻煩大了，老兄。」

「媽的。上車。」蓋瑞森說。「我們送妳們回去。」

「我才不要坐你的車呢。」

「哼，隨便妳去死！」

蓋瑞森把後車廂關上，跳進駕駛座。「走了，比利，讓這兩個臭娘們自己走回去。」

「妳們為什麼不上車？」艾倫問她們。「這麼晚了兩個人在這裡不安全。」

「我們不會不安全，」崔娜說。「倒是你們兩個傢伙會付出代價。」

蓋瑞森轉動了引擎，艾倫也坐上了汽車。

「我們不應該把她們丟下來。」

「媽的，反正只是兩個婊子。」
「又不能怪她們，是我自己不要的。」
「哼，至少沒花錢。」

四天後，也就是一九七二年七月八日，山姆．蓋瑞森和艾倫到塞口維爾的警局去回答一些問題，兩人因為綁架、強暴、以致命武器攻擊等罪名而被逮捕。

預審時，匹克維郡法官聽取了事實，撤銷了綁架罪，判定兩千元保釋金。桃樂絲籌了兩千元，就把兒子帶回了家。

查默吵著要把他送回監獄，可是桃樂絲請她妹妹來把比利帶到佛羅里達州邁阿密，住到十月再回匹克維郡少年法庭聽審。

比利和吉姆都不在家，兩個女兒開始對桃樂絲下工夫。凱西和嘉樂給了她最後通牒：如果她不辦理離婚，她們兩個都要離家出走。桃樂絲終於讓步了，而查默必須離開。

艾倫在佛羅里達上學，表現良好。他在美術用品店找到工作，老闆對他的組織能力非常滿意。山繆知道比利的父親也是猶太人；身為正統派的猶太人，他也和許多居住在邁阿密的猶太人一樣，對十一名以色列運動員在慕尼黑奧運村慘遭殺害一事感到極為憤慨。山繆週五晚上去做禮拜，為他們的靈魂以及比利父親的靈魂祈禱。他也求上帝讓艾倫獲判無罪。

十月二十日，密利根返回匹克維郡，就被交給俄亥俄州青年犯罪委員會評審。他被關在匹克維郡立監獄，從一九七二年十一月關到一九七三年二月十六日——也就是他十八歲生日後兩天。雖然在羈押期間他年滿十八，法官卻同意讓他以少年犯的身分受審。他母親的律師喬治·凱納向法官說無論法庭的判決為何，依他看來，萬萬不能把這名年輕人送回具有毀滅性的家庭環境中。

法官判決他有罪，於是威廉·密利根就被送進了俄亥俄州青年犯罪委員會的一處機構，刑期不確定。三月十二日，艾倫被送到俄亥俄州占茲維青年營，同一天，桃樂絲與查默·密利根的離婚判決也確定了。雷根嘲笑山繆，跟他說根本就沒有上帝。

第十二章

1

亞瑟決定，在占茲維青年營中，應該要讓年紀小的到場子上來。畢竟，這裡可以讓他們體驗每一個兒童都應該有的經驗：健行，游泳，騎馬，露營，運動。

他對娛樂指導員狄恩．修斯表示滿意。修斯是名高大的黑人，理個小平頭，下巴上留著一撮山羊鬍，似乎是個有同情心、很可靠的青年。從各種跡象來看，這裡似乎沒有危險。

雷根也同意了。

可是湯米卻嘮嘮叨叨地埋怨規矩太多。他不喜歡剪頭髮，不喜歡穿州政府發的衣服。他不喜歡跟三十個少年罪犯關在這裡。

社工查理．瓊斯向新來的人說明了此地的情況。營區分成四小區，每個人都應該會每個月晉級到另一區。一區和二區在丁字形建築的左側，是宿舍。三區和四區在右側。

他不諱言一區是「地獄」。人人都會欺負你，你的頭髮必須理得很短。二區的男生可以把頭髮留長一點。三區的人在每天的作業完成之後就可以穿自己的衣服，而不是州政府的制服。四區的人不需要住在宿舍裡，可以有私人的隔間。也不必按表操課。大部分都可以享受優待，甚至不必到賽多村女子營去參加舞會。

男生一聽都哈哈大笑。

瓊斯先生說明他們會根據一套獎懲制從一區移到四區。每一個人第一個月都有一百二十分，要換到下一區必須要一百三十分。特殊的工作和表現良好可以加分，不服從或是有反社會行為就會扣分。員工或是四區的優待生都可以扣除你的分數。

如果有人說「嘿」，就要扣一分；如果有人說「嘿，冷靜點」，就扣兩分。「嘿，冷靜點，上床去。」這句話的意思不僅僅是扣兩分，你還必須在床上待兩個小時。要是他下了床，有人說：「嘿，冷靜點，上床去！嘿，冷靜點！」那就要扣掉三分。可是如果有人說：「嘿，冷靜點，上床去！嘿，冷靜點！郡政府。」那就扣四分。「郡政府」的意思是犯錯的人要到郡立監獄去冷靜下來。

湯米覺得想吐。

查理．瓊斯說這裡有許多事情可以做。他希望大家都能順利晉級，表現良好。「如果有誰覺得自己太優秀太聰明，不應該在這裡，或是想逃走，俄亥俄州政府還有另外一個地方讓你去：中俄亥俄訓練機構，簡稱中俄訓練所。如果你被送到中俄訓練所，你一定會巴不得可以回來這裡。好了，到儲藏室去領床具，然後到食堂去吃飯。」

當晚，湯米坐在床上，思索是誰害他被關到這個鬼地方來的，他又是為什麼來的。他才不甩什麼積點、規則、四個區的。只要一逮著機會，他就要逃走。進來時他不在場子上，所以他不知道從哪裡出去，可是他注意到營地四周並沒有鐵絲網或圍牆，只有樹林。逃走應該不難。

他經過了食堂，聞到飯菜香。哼，除非知道鍋裡有什麼，不然不用急著往火裡跳。

一區有個小男孩，戴眼鏡，不會超過十四、五歲。排隊時湯米就注意到他了，還很好奇他會不會一陣風就吹倒了。床墊和床具的重量讓他應付不過來，這時一個留著長髮、全身肌肉像舉重選手的高個子絆了他一下。小男孩從地上彈起來，對準高個子的肚子就頂過去，把他撞翻了。

大肌肉驚訝地看著握緊兩隻小拳頭的小個子。「好吧，小混蛋。」大肌肉說。「嘿！」

「嘿你的頭！」男孩說。

「嘿，冷靜點！」大肌肉兇巴巴地說，站了起來，撣一撣衣服。

小男孩的眼中有淚。「來打啊，王八蛋。」

「嘿，冷靜點，上床去！」

另一個瘦巴巴的男孩，個子比較高，也大個兩、三歲，把小男孩拖走了。

「算了，東尼。」他說。「你已經扣兩分了，現在你還得在床上待兩個小時。」

東尼冷靜了下來，把床墊撿起來。「反正我也不餓。」

湯米在食堂裡默默進食。食物並不壞，可是他開始擔心這個地方了。既然他們允許大男生欺負你，扣你的點數，那他知道他必須要非常小心控制自己的脾氣。

回到宿舍，他注意到那個瘦巴巴的小子叫高帝，就睡在他的隔壁，而且他還帶了一點晚餐來給那個小男生。兩人坐著在講話。

湯米坐在自己的床上觀察。他知道有條規則是不准在宿舍裡吃東西。他從眼角看見大肌肉走進了門口。

「小心！」他低聲說。「那個王八蛋來了。」

叫東尼的男生把盤子藏到床底下，向後靠著。大肌肉檢查了一遍，看見小男生在床上，他就走了。

「謝謝。」小男生說。「我叫東尼．維托，你叫什麼名字？」

湯米看著他的眼睛。「大家都叫我比利．密利根。」

「他是高帝．肯恩。」他說，指著瘦巴巴的男生。「他因為販賣毒品進來的，你呢？」

「強暴，」湯米說，「可是我根本就沒做。」

湯米從他們的笑容看得出來他們並不相信。哼，他也不在乎。「那個惡霸是誰？」他問道。

「喬登，四區的。」

「我們早晚會給那個王八蛋好看。」湯米說。

最常在場子上的是湯米，比利的母親來探望他，也是他出面說話。湯米喜歡她，為她感到難過。所以聽說她已經和查默離婚了，湯米很高興。

「他也會傷害我。」湯米說。

「我知道，他老是拿你出氣，比利。可是我能怎麼辦？我需要房子住。我自己有三個孩子，嘉樂也就像我的女兒一樣，幸好現在查默走了。你要乖乖的，聽他們的話，很快就可以回家了。」

湯米看著她離開，心中認定她是世界上最美麗的母親。他真希望她是他的母親。他不禁猜想他的母親是誰，長得什麼樣子。

2

年輕的娛樂指導狄恩・修斯注意到密利根大多數時間都躺著，不是看書就是瞪著眼出神。有天下午，他直接來找他。

「你在這裡。」修斯說。「你一定要全力以赴、快樂一點，做些什麼事才行，你喜歡做什麼？」

「我喜歡繪畫。」艾倫說。

下一週，修斯自掏腰包，幫密利根買了顏料、畫筆、畫布。

「要不要我幫你畫一幅？」艾倫問，一面把畫布鋪在桌上。「你要我幫你畫什麼？」

「畫個舊穀倉吧。」修斯說。「窗子破了。有一棵老樹，掛著一個輪胎鞦韆。舊的鄉下馬路。剛下過雨的樣子。」

艾倫畫了一天一夜，隔天他把畫交給修斯。

「哇，畫得真好。」修斯說。「你可以靠賣畫賺很多錢耶。」

「那樣當然好啦。」艾倫說。「我就是喜歡畫而已。」

修斯明白，他必須要設法讓密利根擺脫掉恍恍惚惚的行為。某個星期六早晨，他帶他去藍岩州立公園。修斯監督密利根作畫。經過的遊客會停下來看，修斯就把一些畫賣給他們。星期日修斯又把密利根帶出來，當天晚上，他們已經賣出了價值四百元的畫。

星期一早晨營區主管把修斯叫進辦公室，通知他密利根是州政府的受監護人，讓他賣畫有違政策。他必須要聯絡那些買主，退回他們的錢，把畫收回來。

修斯壓根不知道有這一種政策，不過他同意退錢。出去時，他問：「你怎麼知道賣畫的事的？」

「很多人打電話進來。」主管說。「他們想買密利根的畫。」

四月過得很快。天氣變暖後，克莉絲汀在花園裡玩。大衛追逐蝴蝶。雷根在健身房運動。丹尼因為曾被活埋而仍然懼怕戶外，就待在室內畫靜物。十三歲的克里斯多福騎馬。亞瑟大部分時間都在圖書館裡讀《俄亥俄州修定法》，說唯有打馬球他才會騎馬。他們都很開心能移入二區。

密利根和高帝．肯恩被派到洗衣房工作，湯米很愛修理老舊的洗衣機和使用煤氣的烘乾機。他很期待能進到三區，那時他就可以晚上自己洗衣服了。

有天下午，法蘭克．喬登（那個大肌肉的惡霸）捧著一人堆衣服進來。「這些要馬上洗，明天早上我有客人。」

「很好啊。」湯米說，仍忙著自己的事。

「我說現在就洗。」喬登說。

湯米不理他。

「我是四區的優待生，小混蛋。我可以扣你的分數，你就休想晉級到三區了。」

「喂，」湯米說，「就算你是在曙光區的，我也不在乎，我不必洗你個人的衣服。」

「嘿！」

湯米氣憤地看著他。這個普普通通的小偷憑什麼扣他的分數？「嘿你個頭。」湯米說。

「嘿，冷靜點！」

湯米握著拳頭，可是喬登已經走掉去報告負責的人他扣了密利根分數。湯米回到宿舍，發現喬登也扣了肯恩和維托一樣的分數。只因為他知道他們三個是朋友。

「我們一定得想點辦法。」肯恩說。

「我來。」湯米說。

「怎樣？」維托問他。

「不用管，」湯米說，「我會想出點子的。」

湯米躺在床上動腦筋，想得越多，他就越生氣。最後他下了床，跑到後面去，找到了一塊二乘四寬的木頭，就開始朝四區走。

亞瑟向艾倫說明了情況，叫他最好在湯米惹麻煩之前接手。

「不要，湯米。」艾倫說。

「靠，我才不要讓那個王八蛋扣我的分數，害我不能晉級到三區哩。」

「你這樣一時衝動，只會壞事。」

「我會讓那個王八蛋腦袋開花。」

「嘿，湯米，冷靜一點。」

「不要跟我說那種話！」湯米大吼。

「對不起。可是你這樣子根本就做錯了，讓我來處理。」

「靠。」湯米說，把木頭丟掉了。「你連擦屁股都處理不了。」

「你這張狗嘴真的吐不出象牙來。」艾倫說。「走啦。」

湯米離開了場子。艾倫走回二區宿舍，和肯恩、維托坐在一起。

「我們要這麼做。」艾倫說。

「我知道應該怎麼做，」肯恩說，「我們把辦公室炸了。」

「不。」艾倫說。「我們蒐集事實和數據，然後明天我們走進瓊斯先生的辦公室，跟他說讓我們自己的同輩——大家都是普通刑事犯，比我們好不到哪裡去——來評判我們，根本就不公平。」

肯恩和維托都張口結舌看著艾倫，他們從來沒聽過他講話這麼圓滑。

「給我紙筆，」艾倫說，「我們仔細地整理整理。」

隔天早晨，三個人去找社工查理．瓊斯，由艾倫擔任發言人。

「瓊斯先生，」艾倫說，「我們當初來的時候，你說過我們可以說出我們的感受，不會因此而惹上麻煩。」

「沒錯。」

「那，我們要投訴，我們覺得讓我們的同輩扣我們的分數，這種制度不對。請看看我做的這張表，你就會看出有多不公平了。」

艾倫把法蘭克．喬登施加於他們身上的「嘿，冷靜點」懲罰複述了一遍，也描述了每次的來龍去脈，不是因為私怨，就是因為拒絕幫他打雜跑腿。

「我們這套制度使用很久了，比利。」瓊斯說。

「用得久不見得就是對的。這樣的地方用意是讓我們能融入社會。如果我們學到的，只是社會是多麼的不公平，我們是要怎麼融入社會？讓維托這樣的人備受法蘭克．喬登那種霸凌的欺負，這樣子對嗎？」

瓊斯扯著耳朵，一面思考。艾倫繼續抨擊制度的不公，而肯恩和維托則保持沉默，很佩服他們的發言人的口才。

「這樣吧。」瓊斯說。「我再想一想。星期一你們再來，我再告訴你們結果。」

週日晚上肯恩和維托在肯恩的床上玩牌，湯米躺在床上，想要根據肯恩和維托的說法拼湊出瓊斯先生辦公室裡發生的事。

肯恩抬頭，說：「看貓把什麼偷拿進來了。」

法蘭克．喬登走向維托，把一雙沾滿泥巴的鞋丟在紙牌上。「今天晚上把鞋刷乾淨。」

「你可以自己刷。」維托說。「我才不要幫你刷臭鞋。」

法蘭克一拳就擊中他的太陽穴，把他從床上打到地下。維托哭了起來。法蘭克拔腳就走，湯米的動作很快，在走道一半的地方，拍了法蘭克的肩膀。法蘭克轉過來，湯米用力揮出一拳，打中他的鼻子，他砰的一聲撞到牆上。

「我會讓你們去坐牢，王八蛋！」法蘭克大吼。

肯恩也過來了，踢出一腳，從下方踹中法蘭克的腿，踹得他摔在兩張床之間。湯米和肯恩撲上去就是一頓亂揍。

雷根盯著湯米打架，以免他有危險。萬一真有什麼好歹，他就會干預。他是不會像湯米一樣在氣頭上亂揮亂打的。他會欺近，事先想好攻擊哪裡，打斷哪幾根骨頭。不過這件事與他無關，也不需要他出頭。

第二天早上艾倫決定最好在法蘭克．喬登亂說話之前，先向瓊斯先生報告。

「你可以看看維托的頭，他並沒有惹法蘭克，就被他打了，都腫起來了。」艾倫向社工說。「他是在利用一個給他權力的制度來欺負像維托這樣的孩子。我們前天就說過，把權力放入罪犯手中是錯誤的，而且相當危險。」

週三，瓊斯先生宣布從今以後只能由專業的員工來扣分。被法蘭克．喬登扣除的分數，只要是不公平的，都會從喬登的分數裡扣除，歸還給大家。喬登被打回一區，維托、肯恩、密利根也有了足夠的分數晉級到三區了。

3

四區有個特權，就是可以回家探親，湯米很期待可以輪到他。時間到了之後，他收拾好行李，等著桃樂絲來接他。可是越是想到要離開，他就越疑惑。他喜歡這個地方，可是他又想回春天街，知道查默再也不會在了。只有他和嘉樂、凱西，家裡氣象一新，一定很愉快。

桃樂絲來接他，駕車回蘭卡斯特的路上，兩人沒說什麼。才到家不過幾分鐘，湯米就看到有個素不相識的男人來拜訪，他很意外。他長得高頭大馬，一臉橫肉，胸膛有水桶那麼粗，而且還是個老菸槍。

桃樂絲說：「比利，這位是戴爾．摩爾，我以前在塞口維爾駐唱的那家保齡球館，就是他開的，他會留在這兒吃飯。」

湯米從兩人互望的眼神看得出他們有一段情，靠！查默才滾蛋不到兩個月，馬上就又有男人賴在這裡了。

當晚吃飯時，湯米宣布：「我不回占茲維了。」

「你胡說什麼啊？」桃樂絲問他。

「我受不了那個地方了。」

「這樣不對，比利。」戴爾．摩爾說。「你媽跟我說你只剩一個月而已。」

「那是我的事。」

「比利！」桃樂絲說。

「我現在也是你們家的朋友了。」戴爾說。「讓你媽這麼操心是不對的，你只剩下一點點刑期，忍一忍也就過了，否則你就得問問我答不答應。」

湯米低頭瞪著盤子，默默進食。

稍後他問凱西：「這傢伙是誰啊？」

「媽的新男朋友。」

「哼，他倒好像是一家之主，還敢支使我。他常常來嗎？」

「他在鎮上有房間，」凱西說，「應該沒有人可以說他們同居了，可是我又不是瞎子。」

下一週，湯米見到了戴爾的兒子史都華，立刻就喜歡上他。史都華大概和比利一樣大，會打橄欖球，而且是全能運動員。可是湯米最喜歡他的一點是他騎摩托車的技術，他可以藉由摩托車做出各種湯米見都沒見過的特技。

艾倫也喜歡史都華，雷根則因為他的運動才華、技術與膽識而尊敬他。這個週末非常刺激，大家都很期待能和這位新朋友有更多的相處時間，他絲毫不質疑他們的奇異行為，全盤接納了他們。史都華從來不會說他們心不在焉，或罵他們騙了，湯米覺得將來也想要跟史都華一樣。

湯米跟史都華說等他從青年營出來後，他覺得沒辦法再繼續住在家裡。他覺得不太對，因為戴爾在他家裡的時間那麼多。史都華跟他說到時候他們可以合住一間公寓。

「你是說真的嗎？」湯米問他。

「我跟戴爾說過了，」史都華說，「他也覺得是好主意，他覺得我們可以彼此照顧。」

可是就在他從占茲維獲釋的幾週之前，湯米得知桃樂絲不能來探望他。

一九七三年八月五日，史都華．摩爾在塞口維爾騎摩托車，因為轉彎太快，撞上了拖車上的船；撞擊過於猛烈，船和摩托車都起火燃燒。史都華當場斃命。

聽說了這個消息，湯米驚呆了。他大膽勇敢、總是面帶笑容的朋友，將來要征服世界的，卻葬身火海。湯米再也受不了了，他不想要在這裡了，於是大衛就出來感受史都華的痛苦，幫湯米哭出眼淚……

第十三章

1

史都華死後一個月，比利·密利根也獲准離開了占茲維。回家後幾天，艾倫在房間看書，戴爾·摩爾進來問他要不要去釣魚。他知道戴爾是想給桃樂絲好印象——凱西說他們可能會結婚。「好啊，」艾倫說，「我喜歡釣魚。」

戴爾把一切都安排好了，隔天還請假，過來載比利。

湯米厭惡地看著他。「釣魚？靠，我不要去。」

湯米從房間出來，桃樂絲為他的不知好歹責問他——先答應要跟戴爾去釣魚，又改變主意——湯米震驚地看著他們兩個。「哎唷！他又沒問過我。」

戴爾氣沖沖離開屋子，一面咒罵比利是全天下最不要臉的騙子。

「我受不了了。」艾倫獨自在房間時就和亞瑟說。「我們一定要離開這裡。戴爾一天到晚在這裡晃，我覺得我反而好像是外人了。」

「我也一樣。」湯米說。「桃樂絲一直就像我的媽媽一樣，可是如果她要嫁給戴爾，那我也要走。」

「好吧。」亞瑟說。「我們就找個工作，存點錢，找個自己的公寓。」

其他人都鼓掌贊成。

一九七三年九月十一日，艾倫在蘭卡斯特電鍍廠找到了工作。工資不高，工作也很累，並不是亞瑟心目中的理想工作。

無聊的工作由湯米接手，負責操作鋅槽，把懸在上方移動鍊上的籠子降下來浸入酸液，為電鍍做準備。他從一個方槽移到下一個方槽；全部的方槽排起來有一條保齡球道那麼長。降下，等待，舉高，移動，降下，等待。

如此簡單低下的工作讓亞瑟極其不屑，他的注意力就轉移到其他的事務上。他必須要讓大家都準備好，搬出去自力更生。

在占茲維期間，他都在研究那些他准許上場的人的行為，而且他逐漸明白，在社會上求生的關鍵是自制，沒有規範就會是一團混亂，危及他們全部。他想到青年營的規則確實是有它的優點。隨時都可能會被丟回一、二區，讓那些難以駕馭的小子戰戰兢兢的。等他們搬出去獨居，也需要比照辦理。

他向雷根說明了他的行為準則。「因為某人沾上了聲名狼藉的女人，」亞瑟說，「所以我們被匹克維郡的那兩個女人控告強暴，我們根本沒犯罪，就被送進了監獄，這種事不可以再發生了。」

「那你要怎麼預防？」

亞瑟踱方步。「我通常可以阻止某人站到場子上。我觀察過你，你能夠在緊要關頭把別人撞開，我們兩個人應該來控制意識。我已經決定某些惹人厭的個人應該要永遠被逐出場子之外，其他的人必須要遵守行為準則。我們就像一家人，我們必須要紀律嚴明，違反規則一次，就會被歸類為惹人厭。」

雷根同意了，亞瑟就把規則通知所有人：

一、不准說謊。他們這一生中總是受到不公的指控，被罵是有病的騙子，只因他們不知道其他人做過的事。

二、對婦孺要行為得體，包括不可言語粗俗，遵守禮節，比如說為女士開門。兒童在飯桌上必須坐姿端正，餐巾置於大腿。婦女與兒童必須要時時保護，若事關婦孺，每個人都必須見義勇為。如果任何人看見婦女或兒童被男人傷害，必須立刻退出場子，交給雷根處理。（如果他們自己遭遇身體上的傷害，不必退場，因為雷根會自動上場處理。）

三、禁慾。男性絕不可再落入被控強暴的地步。

四、所有時間都要用來進修。不准浪費時間看漫畫和電視，每個人都應該要研究自己的專長。

五、尊重家族成員的個人物品，尤其是在販售畫作上，這條規則要嚴格實施。未簽名的畫，或是簽上「比利」或「密利根」的畫都可以販賣，可是由湯米、丹尼、艾倫簽名的畫屬於私人物品，沒有人可以出售不屬於自己的東西。

違反規則者會遭到驅逐，永遠不能再到場子上，而且會被貶黜到陰暗處，和其他討厭鬼在一起。

雷根思索後說：「這些叫討厭鬼的都是什麼人？」

「菲利普和凱文——兩個都是反社會的罪犯型——被驅逐出場子了。」

「那湯米呢？他有時候也是反社會。」

「對，」亞瑟同意道，「可是湯米的好鬥是需要的。有些年紀小的太服從了，萬一有陌生人叫他們自殘，他們就會聽話。只要湯米不違反規則或是把脫逃技巧和開鎖的本領用在犯罪上，他就可以到場子上。不過我會不時搖晃他的籠子，讓他知道我們在盯著他。」

「那我呢？」雷根問。「我是罪犯，我暴戾又反社會。」

「絕不可以違法犯罪，」亞瑟說，「即使是不會有受害人的犯罪也不行。」

「你得明白，」雷根說，「只要是為了自保，為了求生，我就可能會犯罪，性命攸關的時候可是不講法律的。」

亞瑟十指指尖點在一起，琢磨雷根的論點，過了半晌才點頭。「你是唯一的例外。因為你的不凡力量，唯有你有權傷害別人，可是只能在自衛或是保護婦孺時才可以。身為家族的保護者，只有你可以因為求生的需要而犯下沒有人受害的罪。」

「那我接受這些規則。」雷根輕聲說。「可是制度不會永遠成功，混沌期就有人偷走時間。那時候我們根本就不知道發生了什麼事——你、我、艾倫，都不知道。」

「沒錯，」亞瑟說，「可是我們也只能盡力而為，部分的困難就在讓家族保持穩定，防止混沌期出現。」

「很難。你得跟其他人說。我還不認識——你怎麼說來著？——家族全部的人，他們來來去去的。我有時候連這一個是外面的人還是我們的人都分不清楚。」

「很簡單。就像在醫院或是青年營一樣。你得去弄清楚四周的人的名字，而且漸漸知覺到別人的存在。不過即使是外面的人彼此住得很近，也常常不會彼此溝通。我會和我們的人溝通，把他們應該知道的事告訴他們。」

雷根沉吟。「我很強壯，可是你知道的事很多，讓你得到了很多力量。」

亞瑟點頭。「所以你下棋才贏不了我。」

亞瑟一個一個和其他人接觸，告訴他們日後的行為守則。除了這些之外，那些在場子上的人也有別的責任。

克莉絲汀始終是三歲，總是害他們難堪。可是雷根堅持，大家也只好同意了，誰叫她是第一個出現的，又仍然是家族中的「小寶貝」，不會被驅逐或歸類為討厭鬼。她其實還滿有用的，有時候需要有個無法溝通，也不清楚情況的人到場子上。可是她也必須要進修，亞瑟會教導她，讓她學會讀寫，克服她的閱讀困難症。

湯米要鑽研電子學上的學問，也需增強他的機械本領。雖然他會開鎖，開保險箱，這種本事只能用在一個用途上——脫逃，而不是入侵，他不可以協助別人偷竊，他不可以當小偷。空閒時間他必須練習薩克斯風，精進他的風景畫。他必須控制好鬥的態度，但在必要時可以拿來對付其他人。

雷根必須學空手道和柔道，也要慢跑，讓體能保持在最佳狀態。亞瑟會協助指導他，讓他能學會控制腎上腺素，才能在壓力過大或危險的時候將能量凝聚在一起。他必須持續學習武器與炸藥的知識。下一次的工資會拿出一部分來幫他買槍，練習準頭。

艾倫需要練習他的口才，專心研究肖像畫，他要用打鼓來釋放緊繃情緒。一般會由他來打頭陣，在需要時操弄別人，既然他是最善於交際的人，他必須出去和世人打交道。

雅德蘭娜要繼續寫詩，在廚藝上精益求精，為將來他們離家自立做準備。

丹尼可以專心畫靜物，學習使用噴槍。他是青少年，所以要照顧年紀比較小的孩子。

亞瑟會鑽研他的科學學問，尤其是醫學。他已經申請了基礎血液學的函授課程。此外他也會善加利用他的邏輯觀以及清晰的推理來研究法律。

其他人也都了解了他們需要利用每一分鐘來進修，拓展知識。亞瑟警告他們絕不可靜止不動，不可浪費時間，不可讓心智停滯。家族的每一分子都必須努力達成目標，同時也必須受教育、有教養。不在場子上也必須時時想著這些事，而在具有意識時廣泛地練習。

年紀小的絕不可以開車。如果有人發現在場子上時是坐在駕駛座上，就要改坐到乘客座，等別的年紀比較大的來開車。

大家都認為亞瑟想得很周到，也很合邏輯。

「山繆」讀舊約聖經，只吃猶太食物，喜歡雕沙岩和木頭。他在九月二十七日，也就是猶太新年，到場子上來，為比利的猶太父親說了一段祈禱文。

山繆知道亞瑟對賣畫有嚴格的規定，可是有一天他需要錢，家族裡又找不到人可以商量，他就賣了一幅艾倫簽名的裸體畫。裸體畫違犯了他的宗教觀，他不想在看得到的地方看到。他跟買畫的人說：「我不是畫家，可是我認識畫家。」

之後他又賣了湯米畫的穀倉，那幅畫裡有很明顯的恐懼。

亞瑟知道了山繆的行為，勃然大怒。山繆應該知道他賣的畫是其他人非常珍視的，是極私人的畫，不應該展示給外人看。他命令湯米找出山繆最愛的創作——披著衣服的維納斯，四周有丘比特環繞，是以塑膠雕塑的。

「毀了它。」亞瑟說。

湯米把雕像拿出去，用錘子砸碎了。

「山繆犯下了可怕罪行，就是販賣他人畫作，從此被歸類為討厭鬼，永遠不准再到場子上來。」

山繆據理力爭。他向亞瑟說明他不應該被驅逐，因為他是所有人裡面唯一信仰上帝的。

「上帝是那些懼怕未知的人創造出來的。」亞瑟說。「人會崇拜像耶穌基督這樣的人完全是因為他們對於死後感到恐懼。」

「一點也沒錯，」山繆說，「可是有一點點保障也不壞啊。萬一我們死了以後，發現真的有上帝，那有一個真正信仰祂的人，也不會有什麼壞處吧？起碼我們有一個人有機會可以讓靈魂上天堂。」

「如果有靈魂的話。」亞瑟說。

「何必急著賭這一把呢？再給我一次機會也不會怎麼樣啊。」

「我定了規矩，」亞瑟說，「就不會動搖。十月六日是你最神聖的一天，贖罪日。你可以到場子上，為你的贖罪日齋戒，之後你就被驅逐了。」

事後，他向湯米坦承在盛怒下做裁判，他犯了一個錯。他不能肯定有沒有上帝，實在不應該太倉卒行事，把唯一信仰上帝的人給驅逐出場子外。

「你可以收回命令啊，」湯米說，「偶爾讓山繆到場子上嘛。」

「只要由我主宰意識就不行。」亞瑟說。「我承認我讓情緒影響了決定，這是我的錯。可是一旦決定了，我就不會更改。」

天堂和地獄這種事讓湯米越想越煩。他發現自己在心裡反覆思索這件事，而且還在想萬一他們真的被打入地獄，不曉得有沒有辦法可以脫逃。

2

幾天後，艾倫在市區巧遇以前同校的人。他隱約記得貝利．哈特是他認識的人的朋友。現在，他的頭髮留長了，樣子像嬉皮。哈特邀請他到他家去喝杯啤酒，聊聊天。

那是一棟破破爛爛的大公寓。艾倫坐在廚房裡和哈特聊天，不時有人進進出出，艾倫覺得這裡是販毒的大本營，就起身要離開。哈特說星期六晚上他要找朋友過來開派對，也邀請了艾倫。

艾倫接受了，亞瑟不是叫他出來交際應酬嗎？還有什麼更好的方式呢？

可是星期六晚上艾倫一到那裡就很不高興。派對充斥著毒品，大家喝得醉醺醺的，抽大麻，吃毒品。他覺得大部分的人都在丟臉出醜，他打算只待一會兒，喝罐啤酒，可是過了幾分鐘，他覺得不舒服，就從場子上退下來了。

亞瑟環顧四周，很是厭煩，可是他決定坐在後面，觀察這一類的低級生活。看到不同的人因為不同的毒品而出醜露乖，倒也有趣。有人喝了酒就愛吵架，有的抽了大麻不斷傻笑，有的吃安非他命而精神恍惚，有的吃迷幻藥腳步踉蹌，他認為這裡就是濫用毒品的實驗室。

亞瑟注意到有一對情侶也像他一樣離群獨坐。女的高瘦，留黑色長髮，嘴唇飽滿，眼睛像畫了煙燻妝，一直往他這邊看。他有種預感，她馬上就要來跟他說話了，光是想到，就讓他覺得厭煩。

結果先說話的是跟她一起的年輕男人。「常來哈特的派對嗎？」他問。

亞瑟讓艾倫再上場。他東看西看，有些茫然。「你說什麼？」

「我朋友說她覺得以前好像在派對上看過你。」年輕人說。「我也覺得見過你，你叫什麼名字？」

「大家都叫我比利．密利根。」

「嘉樂的哥哥？嘿，我是華特．史丹利，我見過你妹妹。」

年輕女人走過來，史丹利說：「瑪琳，這是比利．密利根。」

史丹利走開了，瑪琳和艾倫聊了將近一個小時，輪流將室內的人品頭論足一番。艾倫覺得她風趣又熱情。他看得出她受他吸引，她那雙黑色的貓眼給他一種奇異的感覺，令他著迷。可是他知道亞瑟的規矩，他們兩人是不會有結果的。

「嘿，瑪琳！」史丹利在房間另一頭喊。「要不要走了？」

她不理他。

「妳男朋友在叫妳。」艾倫說。

「喔，」她微笑道，「他不是我男朋友。」

她害他緊張，他才因為莫名其妙的強暴指控而在占茲維服完刑，這個女生就在跟他示好了。

「對不起，瑪琳，」他說，「我得走了。」

她似乎很意外。「那，說不定改天會再遇到？」

艾倫匆匆離開。

星期天艾倫決定去打高爾夫球，天氣正合適。他把球桿丟進汽車裡，開到蘭卡斯特鄉村俱樂部，租了一輛電動車。他打了幾洞，成績很差，第三球打進了沙坑裡，他實在太生氣了，就離開了場子。

「馬丁」睜開眼，很訝異手上拿著十號桿，站在沙坑裡準備擊球。他把球打出去，結束了這一洞。他也不知道這一洞他打了幾桿，就逕自記錄為低於標準桿一桿。

馬丁發現下一個開球區很擁擠，心裡就一把火，他大聲埋怨那些慢吞吞的人壞了像他這樣的高手的興致。「我是紐約來的，」他跟前面一組四人裡一名中年男子說，「我習慣的私人俱樂部都是會員制的，尤其對可以進去打球的人篩選得很嚴格。」

那人顯得驚慌失措，馬丁就挺身向前。「你不介意我先打吧？」也不等人回答，他就向前站，開球，打向右側的亂草區，開著球車就走了。

接下來的三洞他也是這麼打的，後來把球打進了水坑。他把球車停在水坑邊，看是否能把球拿回來，卻找不到球。於是他又拿了個球，擊過水池，回到球車，跳上車時卻不慎撞到了膝蓋側面。

大衛出來承受痛苦，完全不知道身在何處，為什麼會坐在這個小小的車子裡。等到痛苦減退了，大衛就坐在那裡玩方向盤，口中發出引擎聲，踢著踏板。沒想到煞車放開了，球車向下滾，前輪陷入了水池。一驚之下，大衛連忙下場，馬丁又回來了，搞不清楚是怎麼回事。他前後搖晃球車，花了將近半個小時才讓前輪從泥濘中鬆脫，一組又一組的人超越了他，他氣死了。

球車回到乾硬的土地上，亞瑟到場子上來，跟雷根說要把馬丁列為討厭鬼。

「不過是球車滑進水池裡，罰得太重了吧。」

「不是因為這個。」亞瑟說。「馬丁一無是處，只會吹牛。在占茲維開始，他就滿腦子想著穿華麗的衣服、開大車。他裝腔作勢，從來沒想到要進修或是創作。他是個騙子，繡花枕頭，最壞的是他太勢利。」

雷根微笑。「原來勢利也是討厭鬼的一條罪名啊。」

「我的兄弟，」亞瑟淡淡地說，知道雷根是在指桑罵槐，「除非你極聰明，否則就沒有權利可以勢利。我有權利，馬丁沒有。」

亞瑟以平標準桿的成績打完了最後的四洞。

一九七三年十月二十七日，也就是嫁給查默．密利根大約十年後，桃樂絲嫁給了第四任丈夫戴爾．摩爾。

他努力當比利和兩個女孩的父親，可是他們都討厭他，他開始訂下一些規矩，亞瑟很不屑。桃樂絲禁止小兒子做的一件事就是騎摩托車。湯米知道是因為史都華，可是他覺得因為別人發生了意外就剝奪了他的權利，這樣是不對的。

有一天他跟朋友借了一輛山葉三五〇，從家門口呼嘯而過。他又從春天街騎回來，低頭一看，發現排氣管鬆脫了。萬一掉到馬路上……

雷根從摩托車上跳下來。

他爬起來，撢了撢牛仔褲，把摩托車牽回院子裡，然後進屋去把額頭上的血洗掉。

剛出浴室就沒頭沒腦地被桃樂絲罵了一頓。「我說過我不准你騎摩托車！你是故意跟我唱反調！」

戴爾從院子進來，也大吼：「你是故意的！你明知道我對摩托車的看法，自從……」

雷根搖頭，離開了場子，讓湯米去解釋排氣管的事。

湯米一抬頭就發現桃樂絲和戴爾兇巴巴瞪著他。

「你是故意的，」戴爾說，「是不是？」

「才沒有。」湯米說，檢查身上的瘀傷。「是排氣管掉下來了——」

「又說謊。」戴爾說。「我出去看過了。如果排氣管掉下來，害車子翻觔斗，排氣管一定會斷成兩半。根本就沒有斷。」

「不准你再罵我說謊！」湯米吼叫。

「你就是個他媽的騙子！」戴爾也吼回去。

湯米氣沖沖離開房間。就算跟他們說是雷根預見可能會發生什麼狀況，及時跳下了摩托車，才避開更可怕的後果，又有什麼用？無論他如何解釋，他們都會說是他說謊。

感覺怒火逐漸竄燒，強到他控制不了，湯米就離開了場子……

桃樂絲察覺到兒子的憤怒，跟著他進了車庫。她站在外面觀察他，躲在窗外，沒讓他看見。她看見他走向柴堆，臉上掛著殺人的怒容，撿了一根二乘四的木頭，折成兩截。他折斷了一根又一根的木頭，發洩深沉暴烈的怒氣。

亞瑟作了決定，他們必須搬出去。

幾天後，艾倫找到了一間便宜的兩房半公寓，在布洛德街八〇八號，是一棟白色房屋，在桃樂絲家的東方，開車只要短短的距離。房子很破舊，但有冰箱和爐子。他加了床墊、兩把椅子、一張桌子。桃樂絲讓他以她的名義買了龐帝克「大賞」，條件是他要自己付錢。

雷根買了一把點三〇卡賓槍，有九發子彈的彈匣，以及一把點二五半自動槍。起初，可以自己一個人住讓大家欣喜若狂，想什麼時候繪畫就什麼時候畫，不會有人來騷擾。

亞瑟確保所購買的阿斯匹靈和其他藥物都裝在兒童打不開的瓶子裡，以免年紀小的亂拿。他甚至堅持要雷根找一個兒童打不開的瓶蓋，裝在他的伏特加酒瓶上，還提醒他槍隨時要鎖在櫃子裡。

廚房裡漸漸由雅德蘭娜和愛波輪值，雖然亞瑟察覺到會有麻煩，卻決定放手不管。他自己忙著讀書、研究、為將來計畫，時間都不夠用了，也就盡量不去理會兩個女人在他的背後吵架爭辯。後來實在是吵得不可開交，他才建議由雅德蘭娜負責煮飯，愛波負責縫補洗衣。

亞瑟剛發現黑髮褐眸、身形單薄的愛波，倒是頗有好感。她比幾乎可以說不好看的雅德蘭娜有魅力，而且絕對是更聰明。幾乎和湯米或艾倫一樣聰明，甚至和亞瑟一樣聰明。而且起初他很迷她的波士頓口音。可是後來漸漸知道她的想法之後，亞瑟對她就了無興趣了。愛波滿腦子只想著如何折磨查默，殺死查默。

她在心裡計畫，要是她能把查默引誘到公寓來，她要把他綁在椅子上，用噴燈燒死他，一點一點地燒。她會餵他吃安非他命，讓他醒著，她要用噴燈燒斷他的每一根腳趾和手指，而且噴燈只會灼烙傷口，不會流血。她要他在這裡吃盡苦頭，然後才送他下地獄。

愛波開始慫恿雷根。

她跟他咬耳朵。「你必須殺掉查默，你必須拿你的槍去射殺他。」

「我不是殺人兇手。」

「那樣又不是殺人，那是叫做惡有惡報。」

「我不是法律，懲兇罰惡是法院的事，我的力量只用在保護兒童和婦女上面。」

「我就是女人啊。」

「妳是瘋女人。」

「你只需要把你的來福槍拿出來，藏在他現在跟新老婆住的地方的對面山上，就可以撂倒他。誰也不會知道是誰幹的。」

「卡賓槍沒有瞄準望遠鏡，太遠了。我們沒錢買瞄準器。」

「你真是天才，雷根。」她低聲說。「我們有望遠鏡。你可以把它改一改，用頭髮做交叉線就行了。」

雷根搖頭拒絕了。

可是愛波仍不死心，時時提醒雷根關於查默的那些惡行——尤其是對兒童的虐待。她知道雷根很喜歡克莉絲汀，就故意提起克莉絲汀受到的凌虐。

「好，我做。」

他拔了兩根頭髮，仔細弄濕，貼在接目鏡的內側。然後爬到屋頂，以自製的望遠鏡瞭望，以ＢＢ彈射擊地面一個小黑點。等他覺得夠精準了，他就把頭髮黏在定位上，把接目鏡裝在卡賓槍上，拿到樹林裡去測試。他能夠從查默新家對面的山頭擊中他。

隔天早晨，在查默去哥倫布市當工頭前的一個小時，雷根開車到他家附近，把車停好，溜進房屋對面樹木茂密的地區。他在一棵樹後就位，等著查默出來，他瞄準了門，知道查默會從那裡走出來去開車。

「住手。」亞瑟大聲說。

「他必須死。」雷根說。

「這件事不在為求生而不得不為的條件下。」

「是在保護婦孺的條件下。他傷害了兒童，就必須付出代價。」

亞瑟知道爭辯無濟於事，就把克莉絲汀帶到場子邊緣，讓她看雷根在做什麼。她又哭又跺腳，懇求雷根不要做壞事。

雷根咬緊牙關。查默就要出來了，不過他還是伸手把彈匣拆掉了，仍然盯著望遠鏡，看著查默走入交叉線中心點，輕輕扣動扳機，然後他把槍扛在肩上，走回去開車，回到公寓。

當天亞瑟說：「愛波瘋了，威脅到我們大家。」於是他驅逐了她。

3

門鈴響時只有「凱文」在公寓裡。他打開門，看見一名漂亮的女郎對著他微笑。

「我打電話給貝利・哈特，」瑪琳說，「他跟我說你自己租了間公寓。我們在他的派對上聊得很開心，我就想說來看看你怎麼樣。」

凱文完全聽不懂她在說什麼，還是請她進來坐。「我本來心情很不好，」他說，「開了門就不一樣了。」

瑪琳和他共度晚上，看他的畫，聊兩人認識的人。她很高興主動出擊，過來看他，讓她覺得跟他很親密。

等她起身告辭，凱文問她是否還會來看他。她說只要他不嫌煩，她就會來。

一九七三年十一月十六日，俄亥俄州青年犯罪委員會正式解除了他的監護，凱文坐在附近的酒吧裡，回想離開占茲維前夕高帝．肯恩說的話：「如果你想弄毒品，就來找我。」

嗯，他正好就是在打這個算盤。

近黃昏時，他開車到哥倫布東邊的雷諾茲堡，肯恩給他的住址是一處高級的農場主屋，占據了一片角落的土地。

高帝．肯恩和他母親親切地歡迎他，茱莉亞．肯恩以性感沙啞的聲音說他們家隨時都歡迎他來。

趁茱莉亞忙著泡茶，凱文就問高帝能不能借他錢來買貨，開始做生意。他現在破產了，可是他會還錢給他的。

肯恩把他帶到附近的一棟屋子去，有個他認識的人賣給他價值三百五十元的大麻。

「這些至少能賣到一千塊。」肯恩說。「等你賣完了以後就可以把錢還我了。」

肯恩的兩隻手都在發抖，而且眼神渙散。

「你用哪一種毒品？」凱文問。

「嗎啡，弄得到的話。」

那個星期凱文把大麻賣給了幾個哈特在蘭卡斯特的朋友，淨賺七百元。凱文回到公寓，抽了一根大麻菸，打電話給瑪琳。

她過來了，跟他說她從貝利那裡聽到的一件事讓她很擔心，就是他在賣大麻。

「我自己知道，不用妳擔心。」他說。然後吻了她，關上燈，把她拉倒在床墊上。可是兩人身體一接觸，雅德蘭娜就以念力把凱文趕下場子。這正是她需要的東西。擁抱與柔情。

雅德蘭娜知道亞瑟的禁慾令。她聽見他向男生說只要違反一次就會列入討厭鬼。可是亞瑟那個正經的英國紳士卻忘了跟她談性交的事。她可從來沒同意要遵守他的清教徒規矩，再說他可能永遠也不會起疑。

艾倫隔天早晨起床，一點也不知道發生了什麼。他看見抽屜裡有錢，不免擔心起來，可是他找不到湯米、雷根或亞瑟，也找不到人來說明。

貝利．哈特的幾個朋友下午過來買毒品，艾倫根本不知道他們在說什麼。有的個性很衝，直接把錢塞到他的臉上來，艾倫不禁懷疑家族裡有人在販毒。

下次他到哈特家，有個人亮出一把點三八史密斯威森槍給他看。他不確定為什麼會需要，卻還是開價五十元，那人接受了，還送了他一些子彈。

艾倫把槍拿到汽車上，藏在座位底下……

雷根伸手握住了點三八，是他要艾倫買下的。不是他最喜歡的武器，他寧可要一把九釐米，不過這一把加入他的武器收藏裡，也是不賴。

艾倫決定要搬出這間低廉的公寓。他買了《蘭卡斯特鷹報》，找出租公寓的廣告，看到了一個熟悉的電話號碼。

他找自己的通訊錄，最後找到了號碼的所有人：喬治・凱納，那一個用認罪讓他進占茲維的律師。艾倫請桃樂絲打電話給他，請他把房子租給她兒子。凱納同意租給他，房租是八十元。

位於羅斯福大道八〇三之一號是一棟白色的公寓，和街道之間還隔著另一棟建築，有一間臥室，位在二樓。一週之後艾倫就搬了進去，把地方弄得很舒適。不能再沾毒品了，他如此決定，我們必須離那些人遠一點。

有天瑪琳來了，而且一點也不拘束，艾倫很是詫異。那天在貝利・哈特的派對上見過後，他就沒跟她聯絡。他不知道是哪一個人在跟她約會，可是他斷定她不是他的菜，不想和她有瓜葛。

她都下班後過來，幫他煮飯，消磨一段時間，再回她父母家。她簡直就像是住在這裡，把事情變得很複雜，艾倫可不喜歡。

每次她變得款款柔情，艾倫就會離開場子，他不知道誰會出來，不過他反正也不在乎。

瑪琳覺得公寓實在很棒。比利總會一段時間就變得言語粗鄙，脾氣火爆，起初她很吃驚，後來對他的陰晴不定也習慣了——上一分鐘溫柔體貼，下一分鐘又怒火中燒，不停踱步，隨後又風趣聰明、伶牙俐齒。有時他莫名其妙得會變得很笨拙、可憐兮兮的，像個小男生不知道鞋子該穿哪一腳。她知道他絕對需要有個人來照顧他。都怪他吸毒，還有他那些狐群狗黨。要是她能讓他相信貝利・哈特的朋友只是在利用他，說不定他會大徹大悟，知道根本就不需要那些人。

有時他做的事讓她很害怕。他說什麼很擔心別人會出現，萬一發現她在這裡，就會惹出麻煩來。他隱約說什麼「家族」，所以她就假設他是個什麼重要角色，跟黑道有關係。後來他不嫌麻煩，設計了什麼信號，她才相信他真的和黑道有牽扯。每次她到公寓來，他就會在窗口放幅畫，他說是要通知「其他人」她在這裡，他們就不會過來。

每次和她做愛，他經常都是先滿口髒話，再變成溫柔的愛撫，可是他的做愛方式總讓她覺得不對勁。雖然他身強體健又有男人味，她卻老覺得他的熱情是裝出來的，他從來沒有真正高潮過。她雖然有疑竇，卻知道她愛他，也認定時間以及理解能夠解決一切的問題。

有天晚上雅德蘭娜溜走了，大衛發現自己在場子上，滿心恐懼，嗚嗚咽咽地哭。

「我還沒看過男人哭呢。」瑪琳低聲說。「怎麼了？」

大衛縮得像個小嬰兒，淚珠潸潸而下。眼看他如此脆弱，她覺得好感動，跟他好親密，就把他抱進懷中。

「你一定要告訴我，比利，如果你不讓我知道是怎麼回事，我就幫不了你。」

大衛不知道該跟她說什麼，就離開了場子。湯米發現他在一個漂亮女人的懷抱裡，連忙掙脫。

「你如果要這樣子，那我乾脆回家好了。」她說，很生氣他把她當傻瓜耍。

湯米看著她走向浴室。

「我的媽唷！」他低聲說，驚慌地四下張望。「亞瑟會剝了我的皮！」

他跳下床，把牛仔褲穿上，來回踱步，努力想通是怎麼回事。「她到底是誰啊？」

他看到她的皮包在客廳，就去翻了一遍。看到駕照上的名字是瑪琳，趕緊又塞回皮包裡。

「亞瑟？」他低聲喚。「你聽得到的話，這件事跟我一點關係也沒有。我沒碰她，我發誓。我是不會明知故犯的。」

他走向畫架，拿起畫筆，繼續畫他已經開始的一幅風景畫。亞瑟會知道他做了該做的事，精進他的才藝。

「我覺得你關心畫比關心我還多。」

湯米轉過去，看到瑪琳穿好了衣服，正在梳頭髮。他一言不發，只是畫畫。

「畫，畫，你滿腦子就只知道畫。跟我說話，比利。」

不敢忘記亞瑟說對女性要有禮貌的規則，湯米把畫筆放下來，坐在她對面的椅子上。她很美。儘管現在衣著整齊，他仍然看得見她苗條的身體，每一道曲線，每一處凹陷。他從來沒畫過裸體，可是他很樂意畫她。不過他知道他不會畫，畫人像的是艾倫。

他跟她聊了一會兒，被她的黑眸，飽滿的嘴唇，長長的喉頸迷住了。他知道無論她是誰，無論她是為什麼而來的，他都拜倒在她的裙下了。

4

誰也不明白為什麼比利．密利根會開始白天上班曠職，或是變得手腳笨拙、頭腦不靈光。有一次他爬上去修理酸液槽上方的鍊子，竟然摔了進去，他們不得不把他送回家，有一次上班上到一半就走了。一九七三年十二月二十一日，他被蘭卡斯特電鍍廠開除了，他一個人在家裡畫了幾天畫。有一天雷根拿出槍來，開車到樹林去打靶。

此時雷根已經買了不少槍。除了點三〇卡賓槍、點二五自動手槍，點三八史密斯威森之外，他還有一把點三七五左輪槍，一把M十四，一把點四四左輪槍，以及一把M十六。他喜歡他這把以色列滑脂槍，因為體積小又安靜。他也買了一把點四五湯姆森，他認為這是收藏家的精品。

混沌期達到最高峰時，凱文叫高帝．肯恩幫他介紹他的藥頭。凱文打算要把販賣毒品當職業了。肯恩一個小時後打電話給他，叫他去哥倫布東邊雷諾茲堡附近的黑利克林。

「我跟他說了你的事，他想單獨見見你，掂量一下你這個人。要是他喜歡你，就成了。他用的名字是布萊恩．佛利。」

凱文開車出去，仔細地找路。他沒來過這一區，不過他提早十分鐘抵達了指定會面地點附近的一條陰溝。他停好車，坐在車裡等。差不多半個小時後，一輛賓士開過來，那個男人下了車。一個高個子，臉上坑坑疤疤的，穿著褐色皮外套；另一個中等高度，留鬍子，穿細紋套裝。還有人坐在汽車後座監視。凱文不喜歡這樣子——一點也不喜歡。他坐在方向盤後，汗流浹背，怪自己不知蹚進什麼渾水裡了，同時盤算著是否該離開。

臉上坑坑疤疤的高個子彎下腰，看著他。緊身外套在左腋窩那裡鼓起一團。「你是密利根？」

凱文點頭。

「佛利先生想跟你談一談。」

凱文從駕駛座爬出來，一轉身就看到佛利從賓士車後座下車，正倚著車門。他的年紀不會比他大，大概十八歲。金髮長過肩膀，落在駱駝毛外套上，顏色幾乎難以分辨；他的脖子上也綁了條同色的圍巾。

凱文邁步朝他走過去，沒想到卻被轉了個圈，按在他自己的車上。那個高個子拿自動手槍抵著他的頭，留鬍子的那個伸手要搜他的身。凱文立刻消失……

雷根攫住留鬍子那傢伙的手，一個過肩摔就把他摔向持槍的人，再一躍，過去扭掉了他手上的槍，把他當盾牌用，同時以槍對準佛利，他一直在賓士車那邊看。

「不要輕舉妄動。」他冷靜地說。「我能在你跨出一步之前，射中你的眉心三次。」

佛利舉起了雙手。

「你。」雷根對留鬍子的說。「用兩根指頭把外套下的槍拿出來，放到地上。」

「照他的話做。」佛利下命令。

那人故意放慢動作，雷根說：「快一點，否則你的肚子就要開口笑了。」

那人拉開外套，拿出槍，放在地上。

「好，用腳踢過來給我。」

那人把槍朝他踢過去。雷根放開了俘虜，拿起另一把槍，對準他們三個人。「這是應該有的待客之道嗎？」

他把彈匣清空，再握著槍管，扔回給主人。就背對著他們，走向佛利。

「你這兩個保鑣真差勁，應該再換兩個。」

「把槍收起來。」佛利說。「去站在他的車子旁邊，我有話要和密利根先生說。」

他對雷根點頭，要他坐進賓士車後座，接著也坐進去，按了按鈕，就出現了一個小吧台。

「你喝什麼？」

「伏特加。」

「我從你的口音也猜到了。原來你不是愛爾蘭人，你的名字倒是。」

「我是南斯拉夫人，名字只是名字。」

「你用槍也跟用手一樣厲害嗎？」

「你有槍可以讓我示範嗎？」

佛利從座位下拿出一把點四五，遞給雷根。

「好東西。」雷根說，測試平衡與重量。「我比較喜歡九釐米，不過這也行。挑個靶子吧。」

佛利按下按鈕，車窗降低。「馬路對面的那個啤酒罐，就是——」

話還沒說完，雷根的手就伸了出去，開槍了。罐子鏘一聲，他又開了兩槍，打得罐子一直倒彈。

佛利微笑了。「我用得上你這樣的人……嗯，就叫你密利根先生吧。」

雷根說：「我需要錢。你有活兒給我，我就做。」

「違法的事你做嗎？」

雷根點頭。「只有一件事不行。除非我有生命危險，否則我不傷人，也不傷害女人。」

「可以。好，你回去開你的車，可別跟丟了。我們到我的地方去，到那裡再談生意。」

雷根從兩個保鑣之間通過，要坐進車裡，他們都惡狠狠瞪著他。

「下一次，」高個子說，「我會宰了你。」

雷根一伸手就把他按在汽車上，把他的手臂向上扭，只差一點就折斷了他的骨頭。「那你的動作得更快、更俐落。小心點，我可是非常危險的人。」

佛利從車子裡喊：「莫瑞，給我滾過來。別找密利根麻煩。他現在幫我做事了。」

等他們坐進汽車後，雷根也駕車跟著他們，心裡納悶這是怎麼回事，他又是怎麼來這裡的。

賓士車駛入雷諾茲堡不遠處的一處豪華莊園，倒讓他很詫異。莊園四周有通電的籬笆，籬笆後還有三隻杜賓犬跑來跑去。

這是一幢維多利亞式大宅，鋪著厚地毯，簡單的現代風裝潢，以畫和藝術品裝飾。佛利帶雷根走了一圈，顯然對自己的財產很自豪。接著他帶他到小書房，幫他倒了杯伏特加。

「密利根先生——」

「大家都叫我比利，」雷根說，「我不喜歡密利根這個姓。」

「我了解，我猜這不是你的真名。沒關係，比利，我用得上你這樣的人——動作快，聰明，強壯，而且還是用槍高手。我需要一個能幫我押車的人。」

「『押車』是什麼意思？」

「我做的是運輸這一行，我的司機需要保護。」

雷根點頭，感覺到伏特加的酒力讓胸口變得暖烘烘的。「我是保護者。」他說。

「好。我會需要能找到你的電話號碼。送貨的一、兩天前，你就在這裡睡。我們有很多房間。等你跟司機一起上路，才會知道送的是什麼貨，要送到哪裡去。這樣比較不會走漏風聲。」

「聽起來很不錯。」雷根說，打了個呵欠。回到蘭卡斯特的路上，雷根睡著了，艾倫把車開回家，不知道自己是在哪裡、是在做什麼。

往後幾週，雷根押車運送毒品給哥倫布市或周遭地區的毒販和顧客。他發現大麻和古柯鹼居然還送到許多經常上報的名人手裡，覺得很好笑。

他押車到西維吉尼亞，送一批M-1卡賓槍去給一群黑人，很好奇他們是要用來做什麼。

雷根有好幾次想和亞瑟聯絡，可是亞瑟要不是太頑固，不想跟他有瓜葛，就是混沌期實在是太嚴重了。他知道菲利普和凱文偷時間，因為偶爾他會在公寓裡發現巴比妥酸鹽和安非他命的空盒子。有一次他還發現他的一把槍就放在衣櫃上，他氣瘋了，因為粗心大意很可能會傷到兒童。

他決定，下一次有哪個討厭鬼跑到場子上，他會警覺一點，把他們撞到牆上去，給他們一個教訓。毒品對身體不好；伏特加和大麻是天然成分，適量使用並無妨，可是他不想沾那些易上癮的毒品。他開始懷疑菲利普或是凱文也吃過迷幻藥。

一週之後，雷根去印第安那送大麻給一名車商，回來之後在哥倫布市吃晚飯。下車時，他看見一對年長的男女在散發共產黨傳單，四周圍了幾個人在質問他們，雷根就上前去問是否能幫什麼忙。

「你支持我們的理念嗎？」婦人問他。

「對，」雷根說，「我是共產黨徒。我在血汗商店和工廠看過奴工。」

男人遞給他一疊傳單，上面講述共產黨的理論，也攻擊美國政府支持獨裁政權。雷根在布洛德街上來來回回，把傳單塞進過往行人的手裡。

只剩最後一張傳單了，他決定自己留下來。他左右尋找那對老夫妻，可是他們已經走了。他走了幾條街找他們。要是他能找出集會是在哪裡舉行的，他就會加入共產黨。他在蘭卡斯特電鍍廠看著湯米和艾倫工作，知道要改善窮苦大眾的生活唯有靠人民革命。

接著他看見了自己的汽車保險桿上的貼紙：「世界工人大團結！」

一定是那對老夫妻貼的。幾個字讓他心裡竄過一陣興奮。他跪下來，看到貼紙的右下角有一家哥倫布絹印公司的名字。那個公司的人也許能告訴他當地的共產黨都在哪裡集會。

他從電話簿上找地址，發現那家絹印公司並不遠。他開車到那裡去，坐在車上注視了幾分鐘，然後開到另一條街找電話亭，利用他的電纜剪，偷接了電線。接著他又開了兩條街，找了個電話亭，重施故技，這才回去。

店老闆約莫六十歲，戴的眼鏡鏡片很厚，一頭白髮，否認為共產黨印貼紙。「那是北哥倫布的印刷商訂的。」

雷根一拳打在櫃台上。「地址給我。」

老闆緊張兮兮，遲疑不動。「你有沒有證件？」

「沒有！」雷根說。

「我怎麼知道你不是聯邦調查局的？」

雷根揪住他的襯衫前襟，把他拉過來。「老頭子，我要知道你把貼紙送到哪裡。」

「為什麼？」

雷根掏出了槍。「我在找我的同胞，到處找不到。把地址給我，否則我就讓你的身體開花。」

那人緊張地透過鏡片看。「好、好。」他拿起了鉛筆，寫下了一個住址。

「我要看紀錄，省得你騙我。」雷根說。

那人指著桌上的訂貨簿。「紀錄在那邊，可是——可是——」

「我知道。」雷根說。「共產黨客人的地址不在上面。」他又拿槍指著老闆。「把保險箱打開。」

「你是要搶我嗎？」

「我只要正確的地址。」

老闆打開了保險箱，抽出一張紙，放在櫃台上。雷根看了看，很滿意地址是真的，就把牆上的電話線扯斷了。

「如果你想在我去之前通知他們，用兩條街外的公用電話打。」

雷根走出商店，坐上汽車。他估計印刷店大約是在四哩之外，在那個人找到沒有被剪線的公用電話之前，他應該有足夠的時間趕到那裡。

地址是一棟房屋，前面櫥窗有個小招牌：印刷。進去後他發現外間的客廳是做生意用的，有張長桌，一台小小的手動印刷機，一架滾筒油印機。雷根沒看見鎚子和鐮刀的海報，倒是滿意外的。這裡像一家小工廠，可是腳底的震動讓他知道印刷機是在地下室中運作。

穿過門口的男人大約四十五歲，體格結實，留著整潔的山羊鬍。「我是卡爾·巴托爾夫，有什麼事嗎？」

「我想為革命工作。」

「為什麼？」

「因為我相信『美國政府』是『黑道』的另一個化名，他們剝削勞動人民，拿錢去支持獨裁者。我相信平等。」

「進來，年輕人，我們聊一聊。」

雷根跟著他進廚房，在餐桌後坐下。

「你是哪裡人？」巴托爾夫問他。

「南斯拉夫。」

「我還以為你是斯拉夫人呢。當然，我們得調查你的背景，不過我看不出有什麼原因不讓你加入我們。」

「將來有一天我想到古巴去。」雷根說。「我對卡斯楚博士非常景仰。他把一幫甘蔗田的勞工帶進山裡，創造了革命，而現在的古巴人人平等。」

兩人聊了一會兒，巴托爾夫邀請他在這天下午到當地的共產黨部集會。

「在這裡嗎？」雷根問道。

「不，是在韋斯特維附近，你可以開車跟著我。」

雷根跟著巴托爾夫到了一處外觀富裕的地區。雷根很失望，他原以為是貧民窟的。

巴托爾夫以「南斯拉夫客」的名稱把他介紹給幾個普普通通的人；雷根坐在後面觀察整個集會。可是說話的人只是拉拉雜雜談什麼抽象觀念和口號，聽得他心神渙散，他撐了一會兒，終究不敵睡魔。小小打個盹，他馬上就會生龍活虎。他找到了同胞，他一直就想要在廣大人民和資本制度壓迫者的鬥爭中出一份力，他的頭點啊點的……

亞瑟倏地坐直，提高警覺。剛才雷根跟著另一輛車，後半段的路程他一路觀察，看著看著竟入迷了。可現在他卻覺得驚異，雷根這麼聰明的人居然還吃這一套。共產主義！真是的，他倒是想站起來告訴這些沒腦子的機器人蘇聯就是鐵板一塊的專制極權國家，從來沒有把權力交給人民過，反而是資本主義把良知自由和機會帶給了全世界的人，這方面共產主義是完全無法企及的。這個南斯拉夫人還真是心口不一，他肯搶銀行，享受販賣毒品的果實，卻還自欺欺人，以為自己是在解放人民。

亞瑟站了起來，以凜冽的眼神掃視了眾人，再以平淡不帶情緒的口吻說：「胡言亂語。」說完就走，其他人紛紛轉頭，愕然瞪著他。

他找到了汽車，坐進去幾分鐘。他最恨開車靠右邊，可是他找了半天，卻找不到人來駕駛。「可惡的混沌期！」他說。他在方向盤後緩緩放鬆，伸長脖子看著中線，離開了路邊。他全身緊繃，以二十哩的時速前進。

亞瑟看了看路標，忽然想到桑伯里路可能是在胡佛水庫附近。他在路邊停車，拿出高速公路地圖，測算座標。果不其然，他就在水庫附近，他早就想來這裡參觀一下了。

他聽說自從工兵團建築了水壩之後，泥沙就一直堆積。他一直在思索一個問題：這個泥沙堆積區會不會含有各種的微生物，說不定會變成蚊蚋繁殖的淵藪？如果讓他發現這裡的確是感染區，他會通知有關單位，採取必要的行動。他必須要採一些泥漿的樣本，回家以顯微鏡檢查。他知道這不是什麼重大計畫，但總得有人做。

他陷入深思，車子開得很慢很謹慎，這時一輛卡車超過了他，又插入車道，逼得他前方的一輛汽車閃出了車道，撞上了護欄，栽進水溝裡。亞瑟迅速開進邊道，鎮定地下車，爬下坡。有個女人從翻覆的車子裡爬出來。

「喂，不要動，」他說，「我來幫妳。」

她在流血，亞瑟壓住傷口幫她止血。她又開始喘不過氣來——亞瑟看得出她的牙齒撞斷了，害她窒息。拋開為她做氣管切開術的念頭，他決定另開一個氣口。他亂掏口袋，找到了一枝原子筆。就把墨水管抽掉，再用打火機把塑膠殼軟化，彎曲，然後插進了她的喉嚨裡，助她呼吸，讓她側躺，讓血液從她口中流出來。

快速檢查後，他知道她的下巴碎了，手腕也斷了。身體一側有撕裂傷，他懷疑是肋骨碎了，她必定是在向前衝時撞上了方向盤。

救護車抵達後，他告訴司機車禍經過以及他的急救措施，就走進圍觀的人群中了。

他不去胡佛水壩了，時間不夠了，他應該在天黑前回到家。他可不願意在晚上開錯了邊。

第十四章

1

亞瑟發現他對現況是越來越不滿了。艾倫的上一個工作（在潘尼物流中心填發票，搬貨上卡車）又丟了，因為大衛莫名其妙跑到場子上，把堆高機開去撞鋼柱。湯米在蘭卡斯特和哥倫布遊蕩，尋找工作，卻鎩羽而歸。雷根固定為佛利做事（押送槍枝和毒品）而且喝太多伏特加，抽太多大麻。雷根有一次到印第安那波里去追蹤一批被沒收的槍枝，結果卻跑到了岱頓。不知是哪一個吃了太多鎮靜劑，害得湯米發現自己在七十號州際公路上，頭暈眼花，煩惡欲嘔，只好把場子讓給大衛，他卻被汽車旅館的老闆投訴而被捕。大衛被送進醫院灌腸，還被當成用藥過量的病人治療，可是汽車旅館的老闆不願提告，警察只好放大衛走。艾倫回到蘭卡斯特後，瑪琳來陪他，可是某個討厭鬼（從布魯克林口音可知是菲利普）又吞了大量的紅色膠囊。瑪琳叫了救護車，陪他上醫院。灌腸之後，她留下來陪他、安慰他。

她說她知道他和一些壞人來往，她很怕他最後會引火燒身，但即便如此，她也會不離不棄。亞瑟一想到這裡就煩，他知道他們之中某一人在她面前出現無助脆弱的樣子會激發她的母性本能，他完全不能忍受。

瑪琳在公寓的時間越來越多，讓生活變得非常困難。亞瑟必須時時警惕，不讓她發現秘密。遺失的時間越來越多，他也算不清了。他很確定有人在販賣毒品（他在口袋裡找到了一張保釋金收據），而且他也得知某人因販賣未經處方藥物而被捕。他也很確定有人和瑪琳上床。

亞瑟決定該是離開俄亥俄的時候了，現在也正好可以用上他請雷根向黑社會買來的護照。

他檢查雷根從佛利那裡買來的兩本護照，一本的姓名是雷根．瓦達斯哥維尼茨，另一本是亞瑟．史密斯。不是偷來的，就是竄改過的，再不就是極高明的偽造。絕對禁得起細密的檢驗。

他打電話給泛美航空，訂了一張到倫敦的單程機票，他拿了從衣櫃、抽屜、書本裡找到的錢，收拾好行李，他要回家了。

飛到甘迺迪機場，再橫越大西洋，一路順風。到了希斯洛機場，他把行李放在櫃台上，海關人員只揮揮手就讓他通過。

亞瑟住進了倫敦市希望井廣場一家酒館樓上的小旅店，覺得這個地名很可能是個好兆頭。他挑了一家雖小卻整潔的餐廳獨自用餐，再搭計程車到白金漢宮。他錯過了衛兵換崗，但他打算改天再看。他覺得很自在，在街道上溜達，和路過的人以「日安」或「多美的下午」等話寒暄。他決定明天要買一條圍巾和一把雨傘。

就他有記憶以來，這是頭一次四周的人和他說同一種語言。車輛走的是正確的一邊，警察也給他一種安全感。

他去參觀了倫敦塔和大英博物館，吃炸魚薯條，喝溫熱的英國啤酒。當晚他回到旅店，想起了他最愛的福爾摩斯電影，就暗中記下明天要去貝克街二二一號B棟。他會仔細檢查那個地方，確定每個環節都正確無誤，不愧是向偉大的偵探致敬的紀念館。他覺得他終於回家了。

隔天早上，艾倫聽到的第一個聲音就是牆上掛鐘的滴答聲。他睜開眼睛，瞪著四周，一躍下床。這是間舊式的旅店，鐵架床，渦卷形圖案壁紙，露出織線底的地毯，這絕對不是「假日飯店」。他尋找浴室，卻找不到。艾倫套上長褲，打開門張望走廊。

這裡究竟是哪裡？他回到房間，穿好衣服，下樓去看是否能認出是什麼地方。在樓梯上，他遇到一個男人托著盤子上樓來。

「吃早點嗎，先生？」那人問。「陽光燦爛的一天啊。」

艾倫跑下樓，衝出前門，跑到街上，東張西望。他看見黑色的計程車，大大的牌照，酒館的招牌，街上的汽車都跑錯了邊。

「媽的！這是怎麼一回事？我是不是見鬼了？」他來來回回跑，大喊大叫，既驚怕又生氣。行人轉頭來看他，可是他不在乎。他恨透了一直在不同的地方醒過來，恨透了沒辦法控制自己，他再也受不了了，他想死。他跪了下來，以拳頭擊打路緣石，眼淚滾滾而下。

後來他想到萬一有警察過來，他一定會被捉到瘋人院裡，所以就一躍而起，衝回房間，找到了行李箱，裡面有本護照，姓名是「亞瑟．史密斯」，還有一張到倫敦的單程機票收據。艾倫一屁股坐在床上，亞瑟的腦筋是不是燒壞了？失心瘋的王八蛋！

他亂翻口袋，翻出七十五塊錢，他是要怎麼弄到回家的錢？回程的機票恐怕要三、四百塊。「天殺的！耶穌基督！亂七八糟！」

他開始收拾亞瑟的衣服，準備退房，卻又停了下來。「管他的，是他活該。」他丟下衣服行李箱不管了。

他拿了護照，走出旅店，也沒結帳。他招了計程車。「到國際機場。」

「希斯洛還是蓋特威克？」

他翻找護照，看見那張單程票。「希斯洛。」他說。

一路上，他絞盡腦汁要找出解決方案來，七十五塊走不了多遠，可是只要他利用機智，再裝腔作勢，一定會有辦法能搭上回家的飛機。到了機場後，他付了車資，就奔入航廈。

「我的天啊！」他大喊大叫。「我不知道是怎麼回事！我下錯地方了！我被下藥了，我的機票、我的行李，全都掉在飛機上，沒有人告訴我不應該在這裡下飛機。我的餐點裡一定放了東西，我吃過就睡著了，等我醒過來，我就出來伸伸腿。沒有人跟我說我不能下飛機。我的機票、我的旅行支票，全都丟了。」

一名航警想讓他鎮靜下來，就把他帶到查證護照室。

「我下錯地方了！」他大嚷。「我是過境，我應該到巴黎的，可是我下錯了地方。我一直昏昏沉沉地亂晃，我的飲料裡有東西，都是航空公司的錯，我的東西全在飛機上，我的口袋裡只剩幾塊錢。這下子我是要怎麼回美國？我的天啊，這下子完了，我買不起機票回家！我不是無賴，我總不可能大老遠跑到這裡來，只為了在倫敦過一天吧，你一定得幫我回家。」

一名有同情心的年輕女人傾聽他的懇求，跟他說她會想辦法幫忙。他在休息室裡等，來回踱步，香菸一根接一根抽個沒完，看著她打電話。

「我們有一個辦法。」她說。「我們可以讓你補位飛回美國。等你回去後，你需要付機票錢。」

「沒問題！」他說。「我又不是要搭霸王機，我家裡有錢。我只想回去，一回去我就付錢。」

他只要逮到願意聽他說的人，就嘮嘮叨叨說個不停，最後他也看得出他們巴不得趕緊擺脫他。正中他下懷，最後他們讓他搭上了一班七四七飛回美國。

「感謝主！」他低聲說，坐進位子裡，繫好安全帶。他不敢睡覺，所以就把飛機上的雜誌全都看完了。等他回到哥倫布，一名安全官載他到蘭卡斯特。艾倫去找他賣畫的錢，他藏在掃帚間一塊鬆脫的木板後，拿去付清了機票。

「我想謝謝你。」他跟護送他的安全官說。「泛美真的很周到。等我閒下來，我要寫信給你們公司的總裁，跟他說你們實在是非常了不起的員工。」

一個人在公寓裡，艾倫變得非常沮喪。他想和亞瑟聯絡，花了許久的時間，不過亞瑟終於出來了。他環顧四周，發現並不是在倫敦，就死也不肯和任何人溝通。

「你們都是一群討厭的窩囊廢。」他不高興地抱怨。

說完就轉過去，一個人生悶氣。

2

九月底，艾倫在安格．霍金玻璃公司就業，比利的妹妹凱西曾在這家大公司工作過。他負責把女工從輸送帶拿下來的玻璃器皿包裝起來，可是有時他也兼品管，檢查拿下來的產品是否有瑕疵。整天站著那裡實在很累人——轟隆隆的火焰噴射器和送風機吵到耳朵都快聾了——拿起仍然溫熱的玻璃，檢查瑕疵，再堆在托盤上，等包裝人員端走。所以這份工作經常由湯米、艾倫、菲利普、凱文交替上場。

得到亞瑟的認可，艾倫租了一間三房的雙併公寓，地點是雪瑞登路一二七〇號K棟，在蘭卡斯特東北區的索默福廣場。艾倫喜歡有些風霜的灰色圍牆，擋住了停車場和高速公路。湯米自己有房間放他的電子設備，另外還有個房間作畫室。雷根在樓上有衣櫃間，可以放他的手槍，只有那把九釐米自動槍放不下，所以他就藏在冰箱上，推進裡面，不讓年紀小的拿到。

瑪琳每天從海克斯百貨公司下班，就到公寓去。他如果輪第二班，瑪琳就會在公寓一直等到他回來，大約等到午夜。她會在公寓過夜，天亮前一定會回她父母家。

瑪琳發現比利比以前還要陰陽怪氣，還要不可預測。有時他在公寓裡生氣踱步，亂砸東西。不是恍恍惚惚瞪著牆壁，就是到畫架前在盛怒中作畫，不過他始終是個輕聲細語、體貼溫柔的情人。

湯米沒跟她說他越來越不對勁，他不但曠職，還忘記時間，而且發生的頻率越來越高；他們又進入另一次嚴重的混沌期了。應該是由亞瑟來控制的，可是不知為何，他也漸漸失去了主導力，現在家裡沒大人了。

亞瑟將一團混亂歸罪到瑪琳頭上，堅決要斬斷情絲。湯米覺得心臟怦地一跳，他想抗議，可是太怕會聽見亞瑟說他愛上瑪琳了。他知道有幾次他險些違規，差點就被打入討厭鬼之列，正煩惱間，他聽見了雅德蘭娜的聲音。

「不公平。」她說。

「我一向公平。」亞瑟說。

「這樣不對，由你來制定規則，又破壞我們之間跟外人的愛和感情。」

她說得對，湯米心裡想，可是他不敢吭聲。

「瑪琳壓抑了我們大家的才華和技能。」亞瑟說。「她只會指控，以愚蠢的爭吵來浪費時間，還干涉我們拓展我們的心靈。」

「我覺得不應該和她斷絕來往，」她仍不讓步。「她很有愛心。」

「拜託！」亞瑟說。「湯米和艾倫到現在仍然在工廠上班。我原本估計他們最多只做幾個月，以此為基礎，找到一個需要謀略或是技術的工作，讓他們發揮所長，結果現在沒有一個人還在拓展心靈。」

「拓展心靈和表達感情，哪一個比較重要？我這樣問可能問錯了，因為你根本就沒有感情。喔，壓制感情，靠邏輯而活大概是可以變成一個很有創造力、很卓越的人吧，可是你會很孤單，會變得對任何人都一無是處。」

「瑪琳得走。」亞瑟說，認為他和雅德蘭娜爭辯已經太貶低自己了。「我不在乎由誰出面，但是這種關係必須要結束。」

後來瑪琳描述了他們第一次分手的前一晚。他們有爭執，而他的行為很怪異，她認為他是吸了毒。他躺在地板上，非常氣她，她卻不知道是在氣什麼。他手裡握著槍，用手指勾著轉，還拿槍對著自己的腦袋。

他從來沒拿槍對著她，她並不為自己害怕，而是為他害怕。她看見他瞪著一盞漁線燈，那是有天晚上他帶回來的；然後他跳了起來，對燈開槍，燈爆炸了，牆上多了一個洞。

他把槍放在吧台上，等他轉身，她就把槍抓起來，跑出公寓，跑下樓，坐上了車，免得他追來。她剛把車開走，他就跳上了引擎蓋，惡狠狠瞪著她，臉上掛著狂怒。他手上像是拿著一把螺絲起子，用那捶打車窗。她把車停下，下了車，把槍還給他。他接過去，掉頭就走，一句話也沒說。

瑪琳開車回家，認為他們倆個完了。

那天晚一點，艾倫到「格利里」，要外帶一份熱的「斯通波利英雄」三明治——義大利香腸，燻乾酪、大份番茄醬。他看著櫃台人員把熱騰騰的三明治包在鋁箔紙裡，再裝進白紙袋。回到公寓，他把紙袋放在流理台上，進臥室去換衣服。今晚他想畫畫。他把鞋踢掉，走進衣櫃間，彎腰要找拖鞋。才站起來，頭就撞上了架子，摔在地上，又氣又暈。衣櫃門關上了，他想把門推開，卻卡死了。「喔，拜託！」他喃喃咕噥，跳起來又撞到了頭……

雷根睜開眼睛，發現自已抱著頭，坐在地板上，四周是一堆鞋子。他爬起來，把門踢開，左看右看。他很惱火。這些混沌期越來越討厭，越來越混亂了，不過他至少把那個女的甩了。

他在公寓裡亂走，想理清頭腦。只要能找到亞瑟，也許就能知道是怎麼回事。嗯，不過他現在需要喝一杯。他走進廚房，發現流理台上有個白色紙袋，他不記得之前看過，他狐疑地瞪著紙袋，從吧台下拿出一瓶伏特加。他在酒杯裡加冰塊，正在倒酒，卻聽見紙袋裡發出怪聲。他向後退，盯著紙袋，只見紙袋緩緩移動，向一側傾斜。

紙袋又動了，他慢慢吐氣，向後退。他記得有一次他用紙袋裝了一條拔掉毒牙的眼鏡蛇，放在貧民窟房東的門口，以示警告，說不定這一條沒有拔掉毒牙。他把手伸到背後的冰箱上，一摸到槍，就抽下來，瞄準，射擊。

紙袋飛上天撞到牆壁。他躲在吧台後，謹慎地偷窺，槍仍瞄準袋子。紙袋掉在地上。他極其小心地繞過吧台，以槍管把袋子撕開，只見血肉模糊，他立刻向後跳開，再補了一槍，一面大喊：「老子再給你一槍，王八蛋！」

他踢了幾腳，可是紙袋一動不動。他就去把紙袋打開來，瞪著有一個大洞的番茄醬起司三明治，難以置信。

接著他笑了起來。他懂了，是鋁箔紙裡的熱氣讓三明治動的，覺得自己實在很笨，浪費了兩顆子彈在三明治上。他把紙袋放到流理台上，把槍再收回冰箱上，喝他的伏特加。他又倒了一杯，端著酒杯到客廳，打開了電視。現在是新聞時間，他覺得大概可以知道今天是幾號，不過在新聞結束前，他就睡著了……

艾倫醒過來，搞不清楚是怎麼出衣櫃間的。他摸摸頭，只是腫了一點點。咳，管他的，他乾脆來畫比利的妹妹凱西，他計畫很久了。他盯著畫室裡面，這才想起忘了吃飯。

回到吧台，他給自己倒了杯可樂，尋找他的三明治，他很確定是放在吧台上，接著他就看到是在流理台上，紙袋縐巴巴的，怎麼回事？三明治一團模糊，鋁箔紙撕碎了，番茄醬到處都是，這是哪門子的三明治？

他拿起電話，打給格利里，接通經理之後，他劈頭就說：「我買了三明治，結果是糊爛的一團。好像是放進果汁機攪過一樣。」

「對不起，先生。你如果願意拿過來，我們會重新幫你做一份。」

「免了。我只想讓你知道你流失一個客人了。」

他砰地摔下電話，憤恨地走進廚房炒一份炒蛋，他打死也不會再讓格利里賺他的錢了。

兩週後，湯米趁著混沌期，打電話給瑪琳。她的東西還有些放在公寓裡，他跟她說。她應該過來拿。她下班後過來了，兩人聊了一整晚。她又開始定期過來了。

情況又恢復到以前，雷根怪罪亞瑟，說都是因為他控制不了家族。

第十五章

1

十二月八日下午晚一點的時候，「華特」在公寓裡醒來，坐立不安，只想去打獵，渴望著追逐之樂。他最愛一個人帶著槍到樹林裡了。

華特發現自己不常到場子上來，他知道唯有在需要他絕佳的方向感時才會找他上場，這項特殊的技能是在他的家鄉澳洲的樹叢裡打獵學來的。上一次他出來是幾年前的事了，那時比利和他哥哥吉姆跟著民防空中巡邏隊去夏季露營。因為華特的追蹤能力，他硬是被抓去當斥候。

可是他有很久很久沒有打過獵了。所以這個下午他借了雷根放在冰箱上的手槍，雖然不能取代獵槍，不過總比沒有強。他聽了氣象報告，聽到很冷，就決定要帶厚呢短大衣和手套。找不到他那頂帽簷向上釘住的澳洲帽，他只好戴上滑雪面罩。他收拾了午餐，就走六六四公路南下，他憑直覺知道該走哪個方向。南方會有樹林，他可以痛快地打獵。他駛離高速公路，順著路標來到霍金州立公園，很好奇會找到什麼獵物。

他駛入樹林，停好車，開始步行。越深入樹林，腳下的松針就越滑溜。他的每一口呼吸都很深，到場子上來，在荒野上悄然移動，實在很舒服。

他走了將近一個小時，除了偶爾有倉皇的跑步聲，讓他知道附近有松鼠之外，沒看見什麼獵物。天色近黃昏，他也快不耐煩了，這時他看見雲杉樹枝上有一隻很肥的黑烏鴉，他迅速瞄準開槍，烏鴉掉了下來，他忽然覺得頭暈，就離開了場子……

「野蠻人。」亞瑟冷冷地說。「殺動物違犯了規則。」

「他為什麼拿我的槍？」雷根質問。

「你沒收好，」亞瑟說，「這也違反了規則。」

「不對。我們都同意隨時要有一把武器可以使用，以免有人侵入，可是不能讓小孩子拿到。華特沒有權利拿我的槍。」

亞瑟嘆氣。「我真的很喜歡這個傢伙。精力充沛，又可靠。方向感極佳。總是在看澳洲的書，畢竟那也是大英帝國的一部分。他曾建議我去調查袋鼠的進化。現在他恐怕也是討厭鬼了。」

「不過是一隻烏鴉，懲罰太嚴厲了吧。」雷根說。

亞瑟給了他森然的一眼。「有一天或許你為了自衛必須殺人，可是我不能坐視隨便奪走某個可憐動物的性命。」

亞瑟埋了烏鴉，走回停車處。艾倫聽見了後半段的對話，跑到場子上來，把車開回去。

「殺了一隻笨烏鴉，還自以為是專殺大型獵物的獵人，真是個笑死人的白癡！」

2

晚上開車回蘭卡斯特，艾倫覺得頭昏眼花，他把還剩四分之一的百事可樂放下，車燈照亮了路邊休息站的路標，他決定還是休息一下比較好，就把車停在男廁附近，甩甩頭，閉上了眼睛……

丹尼抬頭看，不知道自己坐在方向盤後做什麼。想起了亞瑟的規矩，他就滑到乘客座，等別人來開車。後來他才發現他是在來過許多次的休息站，他注意到還有兩輛車，車裡有人，一輛車裡是位戴軟帽的女士，另一輛上有個男人。他們只是坐在車子裡，可能他們也是在場子上換人，等待別人來開車回家。

他真心希望有人會來。他好累，而且需要上廁所。後來他下車走向男廁，發現那位女士也下了車。

丹尼站在小男孩用的便斗前，拉開拉鍊，十二月的寒風冷得他發抖。他聽見了腳步聲，以及門的吱嘎聲。那位女士進來了。他很驚訝，馬上臉紅，轉過去，免得她看見他在小便。

「嘿，甜心，」那位女士說，「你是同志嗎？」

那不是女人的聲音。而是一個男人打扮成女人的樣子，戴著軟帽，搽了口紅，化了濃妝，下巴還有一塊黑斑，他的樣子就像電影明星梅．魏斯特。

「嘿，大男孩，」這個男扮女裝的人說，「讓我吸你的老二。」

丹尼搖頭，想要擠過去，可是另一個男人也進來了。「嘿，」他說，「這一個長得不賴，我們來玩玩吧。」

那人揪住他的衣領，把他抵在牆上。男扮女裝的人抓住了他的外套前襟，伸手去抓他的褲襠拉鍊。丹尼被他們粗魯的動作嚇到，閉上了眼睛……

雷根抓住那隻手，一轉一扭，就把那人撞上了牆。那人倒地，雷根又用膝蓋賞了他的胸口一下，再以手刀劈他的喉嚨。

他轉身，看到了那個女人，不覺愣了一愣。他不能打女人，可是他聽見她說：「我的天啊，你這個混蛋。」他就知道這是個變裝的男人。他一伸手就把他轉了個圈，以手肘把他壓在牆上，一面注意另一個是否要爬起來。

「跟你的朋友一起趴下！」雷根命令道，用力揍了這個變裝男的胃部，打得他彎下腰，跌在地上。雷根拿了他們的皮夾，正要帶著他們的身分證走出去，變裝男卻跳了起來，揪住他的腰帶。「還給我，王八蛋！」

雷根一個轉身，一腳踢中他的鼠蹊，他跌在地上，雷根又用另一隻腳踢他，想踢爛他的臉，他的鼻子噴出了鮮血，牙齒也斷了，大口大口喘氣。

「你死不了。」雷根平靜地說。「打斷哪裡的骨頭，我都很注意。」

他看著地下的另一個人。雖然他的臉部沒有受傷，鮮血卻從嘴巴流出來。雷根攻擊時都計算過，太陽穴神經叢受到重擊，會厭部位會受到壓迫，血管會破裂，這一個也死不了，雷根搶下了這個人手腕上的精工錶。

到廁所外面，雷根注意到兩輛空車。他拾了塊石頭，砸碎了大燈，沒有燈他們就不會在高速公路上跟蹤他。

雷根開車回家，進入公寓，四處檢查是否安全，然後就離開了場子……

艾倫睜開眼睛，不知道要不要上廁所。他發現自己在家裡，就搖了搖頭。他不需要紓解了，而且他的指關節瘀血了。還有他右腳鞋子上是什麼玩意？他碰了一下，仔細檢查。

「老天爺啊！」他大喊。「是誰的血啊？是誰打架了？我要知道，我有權知道是怎麼回事。」

「雷根必須保護丹尼。」亞瑟說。

「發生了什麼事？」

亞瑟向大家說明：「年紀小的一定要知道，路旁的休息站在晚上是非常危險的地方，大家都知道同性戀經常在天黑後到這類的地方。艾倫讓丹尼陷入了危險的情況，雷根不得不出面救他。」

「哎唷，那可不能怪我，我又沒有要求要下場，而且我也沒叫丹尼出來。遇上了混沌期，誰知道是誰會出來誰會走開，他們又做了什麼事？」

「應該讓我去的。」菲利普說。「我倒想要海扁那些死玻璃一頓。」

「你只會害自己送命。」艾倫說。

「否則就是做出什麼蠢事，」亞瑟說，「比方說殺了他們，害我們又要背上殺人的罪名。」

「啊……」

「再說，你不准到場子上。」亞瑟堅定地說。

「我知道啦，可是我還是滿想去的。」

「我倒是懷疑你一直在偷時間，趁著混沌期從事你的反社會的勾當。」

「誰，我？哪有。」

「我知道你常出去，你有毒癮，一直在濫用你的身體和心智。」

「你是在罵我說謊嗎？」

「那也是你的一個德行之一，你是個有缺陷的機器人，我跟你保證，只要我有能力阻止，我就絕不會讓你再有具有意識的一天。」

菲利普溜回暗處，心裡在納悶什麼是機器人，他不會叫亞瑟解釋，他可不會讓那個天殺的英國佬又拿他來大作文章。只要有機會，他就要偷溜。他知道從占茲維開始，亞瑟的主導力就變弱了。只要有大麻或安非他命或是迷幻藥，他就要偷溜出去，把老頑固亞瑟氣得跳腳。

下一週菲利普在場子上，他跟一個向他買毒的客人韋恩．路弗特說了在蘭卡斯特休息站發生的事。

「呸，」路弗特說，「你不知道休息站都被那些死玻璃污染了嗎？」

「我還真沒聽說過呢。」菲利普說。「那些他媽的死玻璃到處亂釣人，我恨死他們了。」

「我也一樣。」

「我們為什麼不整整他們？」菲利普說。

「怎麼整？」

「我們知道晚上他們都會把車停在休息站，我們可以進去，扁他們一頓，我們可以把被污染的地方清乾淨。」

「還可以搶他們。」路弗特說。「弄點過耶誕節的錢，還可以擺脫全部的同性戀，把那些地方還給正派的人。」

「對啊，」菲利普笑著說，「像我們。」

路弗特拿出了高速公路地圖，把費爾菲和霍金郡的休息站都標了出來。

「開我的車，」菲利普說，「比較快。」

菲利普還帶了一把他在公寓裡發現的裝飾用的劍。

在霍金郡岩橋附近的休息站，他們注意到一輛福斯金龜車，停在男廁前，車內有兩個人。菲利普把龐帝克逆向停在高速公路的另一頭，他吃了兩顆路弗特給他的興奮劑。兩人坐了半個小時，盯著金龜車，沒有人上車或下車。

路弗特說：「那一定就是，不然誰會半夜兩點坐在車子裡，看著廁所。」

「我先進去。」菲利普說。「我帶著刀，要是他們跟著我進去，你就拿這玩意跟上來。」

菲利普穿過高速公路，劍藏在外套下，到男廁去，覺得很得意，果然不出他所料，那兩個男人也跟著他。

他們一接近，他就感覺皮膚泛起雞皮疙瘩，他不確定是因為他們還是毒品的作用，可是他抽出了劍，抓住了一個。跟他在一起的是個大胖子，路弗特上來用槍一戳他的背，他就愣在那裡，抖得像一座果凍山。

「好了，他媽的死玻璃！」路弗特大喊。「給我趴下。」

菲利普搶了大胖子的皮夾、一只戒指和一只手錶，路弗特也搶了另一個。

然後菲利普命令他們坐上車。

「你們要把我們帶到哪裡？」大胖子問，還不停哽咽。

「到樹林裡去轉一轉。」

他們離開了高速公路，轉上一條荒蕪的鄉道，把那兩人丟下了車。

「真簡單。」路弗特說。

「小意思。」菲利普說。「完美的犯罪。」

「我們弄到多少?」

「很多,他們的口袋飽飽的,還有信用卡哩。」

「幹,」路弗特說,「我要辭職,靠這個吃飯。」

「這叫公共服務。」菲利普說,還嘻嘻笑。

回到公寓,菲利普把完美犯罪的事告訴了凱文。他知道他要睡了,他吃了兩顆鎮靜劑,幫助他輕柔地降落……

3

湯米架起了耶誕樹,串起燈泡,擺上他送給瑪琳和家人的禮物,他很期待稍後到春天街去看媽媽和戴爾,還有凱西跟她的男朋友羅伯。

傍晚在春天街一切順利,後來羅伯和凱西進入客廳,凱文發現自己在場子上。

「嘿,那件皮夾克還真帥。」羅伯說。「我發現你還戴了新的精工錶。」

凱文把手舉起來。「最好的錶。」

「我也在覺得奇怪,比利。」凱西說。「你在安格.霍金的薪水沒那麼多,你是哪兒來的錢?」

凱文微笑。「我發現了完美犯罪。」

凱西聞言立即抬頭,她覺得有點怪怪的,那種冷血不屑的態度。「你說什麼?」

「我在休息站搶了一些死玻璃,他們絕對找不出是誰幹的。我也沒留下指紋什麼的,那些貨色絕對不敢去報警，我還弄到了錢和信用卡。」他又把手錶舉高。

凱西簡直不敢相信自己的耳朵，比利絕不會這樣子說話。「你是在開玩笑吧？」

他微笑，聳聳肩。「可能是，也可能不是。」

戴爾和桃樂絲也進來了，凱西編了個藉口，走到玄關的衣帽間，在他的新皮夾克裡找不出什麼，她又到外面去搜他的汽車，果然在手套盒裡找到了一個皮夾，還有幾張信用卡和一張駕照，是一名男護士的，原來他不是在開玩笑。

她坐在車裡一會兒，不知該怎麼辦，她把皮夾放進自己的皮包裡，決定要找個人談一談。

比利離開後，她把找到的東西拿給她母親和戴爾看。

「我的老天，」桃樂絲說，「我不敢相信。」

戴爾看著皮夾。「我就信，這下子我們知道他是怎麼買這些玩意的了。」

「妳得打電話給吉姆。」凱西說。「他一定得回家來，看有沒有辦法讓比利改過自新，我銀行裡有點錢，我會幫他付機票。」

桃樂絲打了長途電話，懇求吉姆請假回來。「你弟弟有麻煩了，他走上歧途了，要是他改不了，我們就得去報警了。」

吉姆向空軍請假，在耶誕節兩天前回到家來。戴爾和桃樂絲把皮夾和剪自《蘭卡斯特鷹報》休息站搶案的新聞拿給他看。

「你得想想能怎麼幫他。」戴爾跟吉姆說。「天知道，我一直努力要當他的父親，我以為去過占茲維以後，比利可以取代我自己的兒子——願他的靈魂安息——可是比利誰的話也不肯聽。」

吉姆檢查了皮夾，拿起電話撥了證件上的號碼，他必須要親自確認。

「你不認識我，」有人接了之後他就說，「可是我這裡有個對你可能很重要的東西。我想請問你一個純屬假設的問題。如果有人從你的身分證知道你是個男護士，你會說什麼？」

過了一會兒，那人回答道：「我會說知道的人拿了我的皮夾。」

「好，」吉姆說，「你能說說你的皮夾是什麼樣子，裡面有什麼嗎？」

那人描述了皮夾以及內容物。

「你是怎麼弄丟的？」

「我跟一個朋友在艾森斯和蘭卡斯特之間的休息站裡，有兩個傢伙進了廁所。一個有手槍，一個有刀。他們搶了我們的皮夾、手錶和戒指，然後就把我們載到樹林裡，趕我們下車。」

「那是輛什麼車？」

「拿劍的那人開的是藍色的龐帝克『大賞』。」他還把牌照號碼念給吉姆聽。

「你很肯定是那輛車，那個車牌號碼？」

「我前天又在市區一家店看到那輛車，我跟那個帶劍的傢伙距離不到五十呎，我盯著他上車。他就是那個人。」

「你為什麼不報警？」

「因為我目前正要應徵一份很重要的新工作，而且我是同性戀，要是我報警了，不但自己的身分曝光，連我幾個朋友也會遭殃。」

「好，」吉姆說，「既然你不想害自己和朋友的身分曝光，我會把你的皮夾和所有物送回去，我們雙方都不要聲張，我會郵寄給你。」

掛斷電話後，吉姆向後靠，做了個深呼吸。他看著母親和戴爾、凱西。「比利有麻煩了。」他說，又拿起了電話。

「你是要打給誰？」凱西問他。

「我要跟比利說我明天想過去看看他住的地方。」

凱西說：「我跟你去。」

隔天晚上，也就是耶誕夜，湯米光著腳在門口歡迎凱西和吉姆。他後面的角落裡立著燈光燦爛的耶誕樹，樹下擺滿了禮物。牆上掛著一塊飾板，裝飾著兩把交叉的劍。

吉姆和湯米聊天，凱西找了個藉口上樓，她要看看能不能找到更多證據，看他都做了什麼。

「嘿，問你一個問題。」吉姆等只有他們兩人時就這麼說。「你哪來的錢買這些東西——這間雙併公寓，那麼多禮物，衣服，那只手錶？」

「是我女朋友的錢。」湯米說。

「這些都是瑪琳買的？」

「喔，還有很多是刷卡的。」

「小心點，別到時候變卡奴，我希望你沒有陷得太深。」

吉姆才剛在空軍上完偵訊技巧課，決定要把所學拿來幫助弟弟。要是能引他談起來，承認他錯了，說不定還有辦法讓他免除牢獄之災。

「到處帶著信用卡很危險。」吉姆說。「有人會偷，把卡刷爆，你卻得付錢——」

「喔，只有五十塊的額度。超過之後，倒楣的是公司，他們花得起。」

「我在報上看到，」吉姆說，「高速公路的休息站有人被搶，信用卡被偷了。我是說，同樣的事也可能發生在你身上。」

吉姆看見比利的眼神怪怪的，像罩上了烏雲，恍恍惚惚的。他想起了查默．密利根每次暴怒之前也有類似的表情。

「嘿，你還好嗎？」

凱文抬頭看他，不曉得吉姆在這裡做什麼，又待了多久。他迅速瞄了新手錶一眼，九點四十五分。「什麼？」凱文反問他。

「我說你還好嗎？」

「好啊，有什麼不好？」

「我在跟你說用信用卡要小心一點，你知道的，休息站搶案那種事。」

「對，我也看過新聞。」

「我聽說有些被搶的人是同性戀。」

「對，他們活該。」

「什麼意思？」

「憑什麼那些死玻璃就那麼有錢？」

「可是無論搶匪是誰都要很小心。那種罪，一旦抓到了，刑期可是判很重的。」

凱文聳聳肩。「他們得先找到那些傢伙，他們還得能證明。」

「比方說吧，你牆上的劍就像某個人描述的一樣。」
「他們不能把那把劍跟這一把牽到一起。」
「也許吧，可是搶案中也用到了槍。」
「嘿，我可沒有槍，他們誣賴不了我。」
「對，可是他們會抓住另一個人，到時無論他的同夥是誰，都會水落石出。」
「他們沒辦法說是我。」凱文仍不改口。「那種事死玻璃才不會去提告呢，而且也沒有指紋什麼的。」
凱西下來了，坐了幾分鐘。後來比利上樓去上洗手間，她就把找到的東西交給吉姆。
「我的天啊。」吉姆喃喃說。「這麼多信用卡，名字都不一樣，這一次我們是要怎麼幫他？」
「我們一定要幫他，吉姆，比利不是這樣的。」
「我知道。也許唯一能做的事就是當面質問他了。」
凱文下樓來，吉姆把信用卡拿給他看。「我說了半天就是在說這件事，比利。搶案是你犯下的，你的公寓裡就有證據。」
凱文變得暴怒，大吼大叫道：「你沒有權利跑到我的房子裡來，搜我的東西！」
凱西說：「比利，我們是想幫你。」
「這裡是我的房子，你們兩個跑進來，沒有搜索令就亂搜。」
「我是你哥，凱西是你妹，我們只是想——」
「沒搜索令所拿到的證據也不能當呈庭物證。」
吉姆要凱西去車上等他，以免出現暴力的場面。吉姆再度質問他，凱文開始在廚房裡踱步。「比利，你用這些信用卡買這些東西，他們早晚會追到你這裡的。」

「他們不會知道的。」凱文依舊嘴硬。「我買一、兩樣東西，就會把信用卡丟了，我只留下死玻璃跟會傷害別人的人的。」

「那是犯罪，比利。」

「那是我家的事。」

「可是你會惹上大麻煩的。」

「喂，你沒有權利從斯波坎跑到這裡來教訓我。我已經獨立了，我夠大了，我不住在家裡了。我做什麼是我自己的事，再說，你在很久以前就離開家了。」

「沒錯，可是我們關心你。」

「我沒有邀請你來，我要你現在就給我出去。」

「比利，我不會走的，除非我們把這件事解決了。」

凱文抓起皮夾克。「幹，你不走我走。」

吉姆擋在門前，他一向就比弟弟壯，又在空軍學了武術，和他扭打起來，把他向後摔了出去。吉姆並不是故意要這麼兇暴的，可是凱文撞上了耶誕樹，把樹撞向了牆壁，自己跌在禮物堆上。盒子壓扁了，燈泡也碎了，電線扯掉了，燈泡也滅了。

凱文爬起來，又要向門口衝。他不會打架，而且也不想和吉姆打鬥，可是他必須要離開這裡。吉姆揪住了他的襯衫，把他往吧台推。

凱文忽地離開了場子……

雷根撞上吧台，立刻就看清了是誰攻擊他，雖然他不知道是為了什麼。他從來就不喜歡吉姆，從來沒有原諒他離家，把女人和比利留下來任查默糟蹋。一見吉姆擋住了門口，雷根伸手就到後面去抽出了吧台上的刀，用力擲了過去，刀子插進了牆壁，離吉姆的頭僅僅幾吋。

吉姆僵住了，他從未在比利的臉上見過這種冰冷的仇恨，也沒見過他有這麼矯捷暴烈的反應。他看著刀子，刀子仍然在抖動，和他的頭僅有幾吋的距離，這才恍然大悟：弟弟對他的恨足以動手殺掉他。

他站到一旁，讓雷根默默走過，光著腳，出了門，走上雪地……

丹尼發現他在室外，不曉得怎麼會沒穿鞋沒戴手套，走在冰冷的馬路上，襯衫還撕破了。他回頭，走進屋子裡，看到吉姆在門口瞪著他，好像他是瘋子，很是震驚。

丹尼看著吉姆後面，發現耶誕樹倒了，禮物破了，突然覺得恐懼。

「我不是故意把你的樹推倒的。」吉姆說，因為弟弟的表情又有極大轉變而吃驚不已。冰冷的憤怒消失了，現在的比利畏畏縮縮，不停發抖。

「你打壞了我的耶誕樹。」丹尼哭著說。

「對不起。」

「我希望你的耶誕節過得很痛快，」丹尼哭著埋怨，「因為你把我的毀了。」

一直在車上等的凱西跑了進來，臉色蒼白。「警察來了。」

幾秒鐘後，有人敲門，凱西看著吉姆，又看看比利，他仍哭得像個小男生。

「我們怎麼辦？」她說。「萬一他們——」

「最好讓他們進來。」吉姆說。打開了門，讓兩名警員進來。

「有人報警說妨礙安寧。」一名警員說，看著客廳。

「你的鄰居打電話來投訴。」另一名警員說。

「對不起，警官。」

「今天是耶誕夜，」第一個警察說，「大家家裡都有孩子，這裡是怎麼回事？」

「只是自己人吵架。」吉姆說。「沒事了，我們不知道我們那麼大聲。」

警察在筆記本上記了一筆。「冷靜一點，各位，聲音別那麼大。」

警察走後，吉姆穿上外套。「好吧，比利，我看我只有說再見了。我只回來住幾天，然後就得回基地了。」

吉姆和凱西離開時，兩人的兄弟仍然在哭。

門關上了，湯米東看西看，嚇了一跳。他有一隻手在流血，他把手掌上的碎玻璃挑出來，清洗了傷口，弄不清楚凱西和吉姆去哪裡了，這地方又為什麼一團糟。他費了很大的心血裝飾耶誕樹，結果看現在成了什麼樣子！他跟其他人親手做的禮物——沒有一樣是花錢買來的，他為吉姆畫了一幅畫，放在樓上，是海景，他知道吉姆一定會喜歡，他一直想送給他。

他把樹扶起來，想讓它再變漂亮，可是大部分的裝飾都壞了，這棵耶誕樹本來多漂亮啊！他才剛把瑪琳的禮物整理好，她就到了，之前他親自打電話給她，請她過來過耶誕夜。

瑪琳一見公寓這麼亂，非常驚訝。「怎麼回事？」

「我也不是很清楚，」湯米說，「而且老實說，我也不在乎，我只知道我愛妳。」

瑪琳吻了他，帶他到臥室。她知道像這種時候，他的心裡很混亂的時候，他是最脆弱的，而且很需要她。

湯米臉紅了，閉上了眼睛，他跟著她進臥室，實在忍不住奇怪，為什麼他從來就沒辦法在穿過臥室門後還待在場子上。

耶誕節當天，艾倫實在想不通客廳是怎麼回事，因為他一點也不知道昨晚發生了什麼狀況。他問遍了腦子裡的每一個人，沒有人回答，天啊，他真恨透了這些混沌期。他儘可能把禮物恢復原狀，重新包裝，搬到車上，包括湯米要送給吉姆的畫。

抵達春天街後，他開始拼湊昨晚發生的事，吉姆很氣他對他擲刀子，而凱西、戴爾、媽都責罵他什麼搶劫的事。

「那些休息站搶案是你幹的，」戴爾大吼，「還開的是登記在你媽名下的車子。」

「我不知道你在說什麼。」艾倫也吼回去，舉高兩手，表示受不了，氣沖沖上樓去了。

等他上樓後，戴爾去搜他的夾克口袋，找到了車鑰匙。他和凱西、吉姆、桃樂絲都到外面去翻後車廂，找到了信用卡、駕照、一張高速公路地圖，三十三號公路沿線的休息站都打了X的記號。

進屋之後，他們看見他站在門口盯著他們。

「就是你。」戴爾說，對著他的臉揮舞證據。

「放心好了啦。」凱文說。「他們抓不到我的，那是完美犯罪。我沒留下指紋什麼的，那些死玻璃也不會報警。」

「你這個天殺的白癡。」戴爾大聲吼他。「吉姆打電話給那個皮夾被你偷了的人，他在城裡看到你了。你把整家人都拖進你天殺的『完美犯罪』裡了。」

他們看見他的表情變化：驚慌取代了淡然。

他們決定幫比利把物證處理掉。吉姆會把「大賞」開回斯波坎，繼續付車貸。比利要遷出桑默福廣場，搬入梅伍德大道的一間小公寓。

丹尼聽著他們訓話，心裡直納悶：他們到底是在說些什麼啊？什麼時候才有人要拆禮物啊？

第十六章

1

一月八日星期三，湯米和瑪琳約了在紀念廣場購物中心吃午餐，他看見一輛貨車停在葛瑞藥局，他們看著送貨員抱著大箱子走進店裡，湯米喃喃說：「送麻藥，藥劑師今晚會加班。」

瑪琳好奇地看著他。他自己也不知道怎麼會說這句話。

凱文一直想要搶這家店。他找了韋恩．路弗特和另一個朋友羅伊．貝利，跟他們說明了計畫。他們負責搶劫，搶到的錢和藥品八成歸他們，而他是幕後策劃，所以拿兩成。

三人按照計畫，開車到樹林裡，把白色的道奇休旅車噴成了黑色，再開去接凱文，回到貝利的住處，凱文幫他們把藥物分類，有利他能、Preludin、配西汀、速可眠、Quaalude、Delaudid等等。

他估計這批藥在街頭上販賣應該可以賺三萬到三萬五，話一出口，他就看見他們的表情從好奇轉變為貪婪。夜色漸深，三個人都嗑藥嗑得茫茫然，路弗特和貝利都悄悄過來找凱文，建議他們來個黑吃黑。到了早晨，貝利和路弗特已昏迷不醒，凱文把錢和藥裝進兩只行李箱裡，獨自前往哥倫布市。他知道那兩個傢伙都不敢來追他，他們怕他，他們經常說他有多瘋狂，說他一拳就把門打穿了，還拿湯姆森機槍掃射某人的車。

他們會向警察告密，這點也在他的預計之中，可是一旦藥品脫手，他們也一籌莫展。藥劑師看見的是他們的臉，可沒看見他的臉，沒有人可以說他和劫案有關。

隔天瑪琳拿起《蘭卡斯特鷹報》，讀到葛瑞藥局被搶，心就涼了半截。

幾天之後，湯米來接她去吃午餐，她看見他把老道奇漆成黑色，而且還漆得很匆促，不禁吃了一驚。

「是你做的，對不對？」她低聲問。

「什麼？噴漆嗎？」湯米無辜地問。

「葛瑞藥局的搶案是你做的。」

「喔，幫幫忙！我這下子又變成罪犯了！瑪琳，那件事我一點也不知道，我發誓！」

她很迷惑，她總覺得他有罪，可是他被指控又似乎真的很難過。除非他是世上最高明的演員，否則他的否認一定是真心的。

「我也只能祈禱跟你無關了。」她說。

兩人分開後，瑪琳的指控讓艾倫越來越不安，他總覺得不對勁。開車回去上班途中，他決定他需要尋求協助。

「喂，各位，」他大聲說，「我們有麻煩了。」

「沒事，艾倫，」亞瑟說，「繼續開車。」

「你不想接手嗎？」

「我寧可不開車，我在美國馬路上不夠沉穩，繼續開就對了。」

「你知道現在是什麼情況嗎？」艾倫問。

「這次的混沌期我忙著做研究，不是很清楚，可是我懷疑有些討厭鬼偷了時間，做了犯法的事。」

「我一直想告訴你。」

「我真的覺得我們需要雷根。」亞瑟說。「你能找到他嗎？」

「我找過了。要命，需要他的時候他老是不在。」

「我來試試，你專心開車就好。」

亞瑟在心裡尋找，凝視著內部場子後面的黑暗處。他看見了其他人，有的在床上睡覺，有的坐在陰影中。討厭鬼不肯看他——亞瑟把他們驅逐出場子，對他們再也沒有控制力。最後他找到了雷根，他在跟克莉絲汀玩。

「需要你了，雷根，我相信有人犯了法，可能不止一次，我們現在也許有危險了。」

「不是我的問題。」雷根說。「又不是我犯法。」

「我相信你，可是容我提醒你，萬一我們有哪一個坐了牢，年紀小的也會坐牢。試想克莉絲汀在那樣的環境裡，一個漂漂亮亮的小女孩跟那些性變態關在一起。」

「好啦。」雷根說。「哪壺不開你提哪壺。」

「我們必須釐清目前的確切情況。」

亞瑟開始普查，他一個接一個詢問內在的人，儘管他很肯定某些討厭鬼說謊，他還是漸漸拼湊出一幅全景來。湯米跟他說瑪琳懷疑他和葛瑞藥局搶案有關，也說了稍早他觀察到有一批藥送抵藥店。

華特說自從他因為射死一隻烏鴉而被驅逐之後，就沒碰過雷根的槍，可是他記得在某個休息站聽到布魯克林口音說什麼完美犯罪。菲利普終於承認是他犯下了休息站的攻擊搶劫案，可是他否認和葛瑞藥局搶案有關。

後來凱文承認是他計畫的。

「可是我不在現場，我只是規劃了這件事，然後再搶了那兩個傢伙。是黑吃黑，就這樣。那兩個人可能跟警察告密了，可是追不到我這裡來。條子不可能會想到是我。」

亞瑟回報給艾倫和雷根：「好，你們兩個，仔細想想：有沒有什麼蛛絲馬跡會指向我們？他們有沒有什麼證據能逮捕我們？」

三人想了半天，什麼也沒有。

幾天後，比利．密利根被哥倫布市一個買賣贓物的人指認了出來。那人欠緝毒組一位警探的人情，他說密利根賣給他的藥物和葛瑞藥局失竊的藥物吻合，消息傳到了蘭卡斯特警局，警局發出了拘捕令。

2

週一瑪琳下班後到公寓去，湯米送了她一枚訂婚戒。

「我要給妳這個，瑪琳兒。」湯米說，以兩人間的暱稱叫她。「萬一我出了什麼事，我要妳知道我是愛妳的。」

她訝異地看著他為她戴上戒指，這一刻她夢想了好久，此時此刻夢想成真，卻是那麼痛苦。他去買戒指是不是因為有預感會出事？她覺得眼淚快流出來了，卻強忍著，不洩漏心底的感覺。無論他做了什麼，無論他們對他如何，她都會支持他。

她在一九七五年一月二十日的日曆上寫道：「訂婚了，想都沒想到。」

隔天警察逮捕了丹尼。

他們把他推上警車，載到費爾菲郡立監獄。他們宣讀了他的權利，就開始偵訊他，他完全聽不懂他們在說什麼。

偵訊持續了數小時，丹尼從警探說的話拼湊出是什麼情況．韋恩．路弗特酒駕被捕，偵訊他時，他說密利根和羅伊．貝利搶劫了藥局。

丹尼抬頭，頭昏腦脹。他們要他自白。他們詰問他時，他聽見了艾倫的聲音，就照著他的指示回答。偵訊結束後，警探要求丹尼在自白書上簽名。丹尼咬著舌頭，很費力地用鉛筆寫下了「威廉．史丹利．密利根」的名字。

「我現在可以回家了嗎？」他問。

「只要你付得出一萬塊保釋金。」

丹尼搖頭，仍然是一頭霧水，他們就把他帶回牢房了。

當天稍後，瑪琳找人來交了保釋金。湯米回到桃樂絲和戴爾家住，他們聯絡了喬治．凱納，也就是兩年前在匹克維郡代表他打強暴案官司的律師。

等待開庭期間，亞瑟獲知密利根又多了幾條罪名，兩名受害人指認他在休息站搶劫他們。一九七五年一月二十七日，高速公路警察又以在費爾菲及霍金兩郡的休息站攻擊駕駛人而以加重搶劫罪起訴密利根。

密利根被帶回費爾菲郡立監獄，和他被送到占茲維青年營只有兩年之隔。

3

艾倫想在法庭上為自己辯護。亞瑟也想要親自上陣，證明他在葛瑞藥局搶案發生當晚根本不在附近。

「那休息站的毆打案呢？」艾倫問。

「是雷根犯的，但那是自衛。」

「他們說還有別的案子，絕對是搶劫。」

「不對，」雷根否認，「我沒有搶在休息站的其他受害人。」

「那是誰搶的？」艾倫問。

「他們能證明嗎？」雷根問。

「我哪知道？」艾倫說。「我又沒看見。」

「那怎麼辦？」雷根問。

「簡直是亂七八糟。」亞瑟說。「我們能信任這個律師嗎？兩年前他就沒能阻止俄亥俄青年犯罪委員會把我們送到占茲維去。」

「他說這一次我們可以認罪減刑。」艾倫說。「據我了解，要是我承認搶了葛瑞藥店，他們會判我震撼緩刑，我們可能不必蹲苦窯。」

「什麼叫『震撼』緩刑？」

「就是把你關起來，不讓你知道要關多久，然後再突然把你放出來，嚇你一大跳，你就會滿心感激，乖乖地不惹麻煩。」

「如果是這個情況的話，」亞瑟說，「那就遵照律師的建議好了，我們付他錢也就是為了這個。」

「好，」艾倫說，「那就這樣了。我們認罪來交換緩刑。」

*

一九七五年三月二十七日，威廉・史丹利・密利根承認犯下了搶劫與加重搶劫罪，並且也被定罪。

兩個月後，艾倫得知法院判的震撼緩刑只針對休息站毆打罪，而不是較輕的罪名，他必須為葛瑞藥局搶劫案服二到五年的有期徒刑。大家知道後，全都呆若木雞。

六月九日，在曼斯菲爾感化院關了四十五天之後，艾倫坐上了俄亥俄州感化院巴士，同車的還有五十九名犯人，都是兩個兩個銬在一起，即將移送到雷貝嫩矯正機構。

他盡量迴避坐在巴士前部籠子裡的武裝警衛。他要如何熬過兩年？巴士漸漸接近雷貝嫩監獄，他看見帶刺鐵絲網圍牆，高牆上的瞭望塔，恐懼在他的心中逐漸擴散。人犯被帶下車，齊步走向入口。

兩道遙控門的第一道打開來，又在他背後關上。嘶嘶聲讓艾倫想起了查默，胃裡的恐懼終於爆發了，他沒能走到第二道門……

雷根聽到嘶嘶聲，第二道門開啟了。他點點頭，拖著腳跟著上銬囚犯的隊伍走向牢房。現在亞瑟不再有主導權了，在這裡，雷根知道，他才是老大。在未來的二至五年間，唯有他能決定誰上場誰下場。雷根・瓦達斯哥維尼茨聽到響亮的金屬撞擊聲，鐵門在他們背後關上了。

第十七章

1

雷根發現，雷貝嫩比曼斯菲爾感化院要好得多，比較新，比較乾淨，比較明亮。第一天的熟悉環境課，他聆聽講師介紹各種規定，描述監獄學校和諸項工作。

有個下巴好幾層、脖子跟橄欖球員一樣粗的大漢站了起來，雙手抱胸，前後搖晃。

「好，」他說，「我是李奇隊長，你們這些小子以為自己了不起是吧？哼，現在你們都是老子的了！你們在街上耍狠，可是你們只要敢在這裡搗蛋，老子就讓你們的腦袋開花。什麼公民權、人權、狗屁權，統統是放屁。在這裡你們只是一塊肉。誰敢壞了規矩，老子就像捏螞蟻一樣……」

他威嚇辱罵了他們十五分鐘，但是雷根斷定他只是撂狠話，想把他們嚇得循規蹈矩，不足為奇。

接著雷根注意到那個心理學家，瘦瘦的，沙色頭髮，戴著眼鏡，他也採取同樣的策略。「你們現在什麼都不是，只是號碼，沒有身分。沒有人在乎你是誰，沒有人在乎你在這裡，你們只是一幫罪犯。」

瘦小的傢伙侮辱他們，新來的囚犯有幾個不高興了，也回罵他。

「你他媽的是什麼東西，敢跟老子這樣說話？」
「你說那是什麼屁話？」
「我才不是號碼哩！」
「你頭殼壞去！」
「聽你在放屁，瘋子！」
雷根觀察獄友對言語攻擊的反應。他懷疑這個心理學家是故意激怒他們的。
「看吧？」心理學家說，食指頻點。「看看你們，你們沒辦法融入社會，就是因為你們一放進壓力環境裡，就不知道要怎麼控制。你們以最直接的敵對和暴力來反擊言語，也許你們現在也看出來為什麼社會想要把你們關進籠子裡，讓你們學會如何調適。」
那些人明白了他是想給他們上一課，又坐回椅子上，彼此不好意思地嘻嘻笑。
在主通道上，有些老囚犯看著新來的人走出簡報室，就嘲笑戲弄。
「嘿，看這裡，鮮肉塊！」
「嘿，小娘們，待會見！」
「那一個可真漂亮，她是我的了。」
「呸，是我先看見的，她是我的。」
雷根知道他們說的是他，就冷冷地瞪回去。
當晚在牢房裡，他和亞瑟討論。
「這裡由你作主，」亞瑟說，「可是我要指出一件事，很多的嘲笑捉弄只是囚犯在高壓環境中釋放壓力的做法，博君一笑。你要分辨誰是牢裡的小丑，誰可能是危險人物，這樣就能相安無事。」

雷根點頭。「我也是這麼想的。」

「我還有一個建議。」

雷根似笑非笑地聽著。聽亞瑟提建議而不是下命令，他覺得很好玩。

「我注意到，穿綠色醫院制服的犯人，就是除了警衛之外唯一能到主通道中心走動的人。等到可以申請工作了，也許可以讓艾倫要求到獄中的醫院去。」

「為什麼？」

「當醫護人員就能夠提供一定的安全，兒童們尤其需要。是這樣的，在監獄裡醫療助手是受尊敬的，因為每個犯人都知早晚會需要急救，工作由我來，利用艾倫來溝通。」

雷根也認為是好主意。

隔天，警衛問起新囚犯有何種工作經驗、哪些專長，艾倫說他想到醫院去工作。

「你受過訓練？」李奇隊長問他。

艾倫照亞瑟教他的話回答：「我在海軍服役的時候，大湖海軍基地有藥劑師學校，我在那邊的醫院服務過。」

不算是謊話。亞瑟是自學自修，無師自通，並沒說他在那裡受過醫療訓練。

隔週，監獄醫院傳話過來，說醫療主任哈里斯．司坦伯格想見密利根。走在寬敞的走道上，艾倫發現雷貝嫩的建築格局就像是一隻巨大的九腳蟹。主通道上兩側都是辦公室，但是隔一段路就有一條通往牢房的走廊，走廊再分出許多通道，向四面八方開展。艾倫到了醫院，在外間等待，這裡用打不破的玻璃隔間。他看著司坦伯格醫生，他是位年長的白髮男士，臉色紅潤，表情親切，掛著溫和的微笑。艾倫注意到牆壁上有許多畫。

最後，司坦伯格醫生揮手要他進去。「我聽說你在實驗室工作過。」

「我這一生的志願就是當醫生。」艾倫說。「我覺得像這裡的犯人這麼多，你可能會用得上一個能做血球計算和驗尿的人。」

「之前做過嗎？」

艾倫點頭。「做過，不過是很久以前了，我可能忘了一大堆，可是我可以學。我學得很快。而且我說過，在這個領域工作是我的志願，等我出去以後，我想行醫。我在家裡有很多醫療書籍，我自己自修。我對血液學格外感興趣，如果你給我一個機會，我會很感激。」

他看得出他的花言巧語司坦伯格並不買帳，所以他又找別的辦法來打動醫生。「牆上的壓克力畫真漂亮。」艾倫說，瞄了牆壁一眼。「我比較喜歡油畫，不過這畫不管是誰畫的，在細節方面都有很獨到的眼光。」

他看見司坦伯格的表情變得熱中。「你也會畫？」

「我畫了一輩子了，醫學是我選擇的職業，可是小時候大家就說我很有繪畫天分。說不定哪天你願意讓我幫你畫肖像，你的臉很有個性。」

「我蒐集藝術品。」司坦伯格說。「自己也畫一點。」

「我一直都覺得藝術和醫學是相輔相成的。」

「你的畫賣過嗎？」

「喔，賣了不少。風景、靜物、肖像，我希望在這裡也能有機會畫。」

司坦伯格玩著筆。「好吧，密利根，我會給你機會在實驗室工作，可以從拖地開始，拖好之後，就把這個地方整理整理。你跟值班的護士史多密一起工作，他會帶你熟悉業務。」

2

亞瑟很開心，他不介意必須要比其他的犯人早起去驗血。他認為醫療紀錄不夠齊全，就開始自己寫病歷，把十四個患有糖尿病的犯人看成是他自己的病人。他大部分時間都待在實驗室裡，看顯微鏡，準備玻璃載片。他在三點半回牢房，雖然累卻很愉快，對於新牢友並不注意，只知他是個瘦小沉默的人。

雅德蘭娜把有圖案的毛巾鋪在地上、掛在牆上，裝飾光禿禿的牢房。艾倫很快就做起了生意——以一條花朵圖案毛巾換一包菸，借人兩根菸加一根的利息，結果到週末他的菸多達兩包。他不斷以物易物，除了他母親和瑪琳送來的東西，他還到福利社去買東西，晚上都不必到食堂去吃飯。他會用實驗室借來的塑膠塞把水槽塞住，裝滿熱水，把一個罐頭放進去熱，有時是雞肉餃，有時是湯，有時是燉牛肉。

他自豪地穿著綠色制服，很高興有特權可以在主通道上走，甚至是跑，而不是像蟑螂一樣貼著牆走。他喜歡聽人家叫他「醫生」，他還寫下一些醫學書名給瑪琳，要她去幫他買，亞瑟在研究醫學方面是很認真的。

湯米聽說很多囚犯都把女朋友登記成普通法上的妻子，讓她們可以來探監，他就跟雷根說他想要把瑪琳也登記成他的太太。亞瑟起初反對，卻遭雷根駁回，她以密利根妻子的身分可以幫他們帶東西進來。

「寫信給她，」雷根說，「要她帶柳橙來，不過先用針管注射伏特加進去，好吃得很呢。」

「李」在雷貝嫩第一次到場子上來。他愛耍寶，耍嘴皮子，惡作劇；他證實了亞瑟的理論，笑聲是安全閥，大多數的犯人都歡迎。起先讓丹尼驚懼、讓雷根火大的揶揄嘲弄現在都由李來負責。雷根聽說過比利的父親，那個脫口秀諧星兼主持人，曾自誇自己是「半音樂、半詼諧」的奇才，雷根決定讓李在監獄裡也扮演一個角色。

可是李卻漸漸地作起怪來了。他惡整艾倫的香菸，把兩根火柴的硫磺刮掉，拿一根火柴棒去浸糖水，再滾上硫磺，埋進菸草裡。他把這樣的菸放進艾倫的香菸裡，有牢友要買菸，李就把加料過的菸給他。等他在走廊上走遠了，或是離開餐廳的時候，他會聽到被害人怒吼，因為香菸燒了起來，還有幾根菸就在艾倫的臉上爆炸。

有天早晨，驗血完成了，亞瑟思索著黑人囚犯的鐮狀細胞性貧血症的發生率，想著想著就離開了場子。李發現自己無事可做，就決定要惡作劇。他開了一罐洋蔥油萃取液，以棉花棒沾了一些，抹在顯微鏡的接目鏡邊緣。

「嘿，史多密，」他說，拿了個載片給他，「司坦伯格醫生說要這個的白血球數，你最好用顯微鏡檢查一下。」

史多密把載片放到台上，調整焦點。突然，他的頭猛地向上抬，眼睛流滿了眼淚。

「怎麼啦？」李故作無辜地問。「有那麼可憐嗎？」

控制不住自己，史多密大聲吼叫，又是哭又是笑。「天殺的狗崽子，你他媽的很幽默是不是？」他到水槽去洗眼睛。

不久之後，李看著一名囚犯進來，給了史多密五塊。史多密從塞滿東西的架子上拿下了11-C燒瓶，拔掉軟木塞，交給那個人，他喝了一大口。

等犯人離開後，李就問：「那是什麼？」

「叫『白色閃電』，我自己釀的，喝一口收五塊。哪天有客人進來了，我不在，你就幫我招呼，我會分你一塊錢紅利。」

李說他很樂意效勞。

「喂，」史多密往下說，「司坦伯格醫生說急救箱要整理出來，你去好不好？我還有別的事要做。」

李重新排列急救器材，而史多密則從架上取下了11-C燒瓶，把酒都倒在大燒杯裡，再把燒瓶裝滿水，瓶口抹上了又苦又甜的濃縮液。

「我得去找司坦伯格醫生。」他跟李說。「看著店，好嗎？」

十分鐘後，有個高頭大馬的黑人囚犯進來實驗室，說：「給我11-C，我付了史多密十塊，喝兩口，他說你知道在哪裡。」

李把燒瓶拿給他，他拿過來就灌，瓶底朝天。突然間，他睜大眼睛，又是吐又是咳。「狗娘養的白人垃圾！你他媽的敢整老子！」他一直嘸著嘴巴，嘴唇做出怪動作，還用袖子擦，想把怪味道擦掉。

他抓住燒瓶的瓶頸，用力摜在桌上，把瓶底敲破了，汁液都潑在李的綠衣綠褲上。接著他揮舞破燒瓶。「老子砍死你！」

李朝門口退。「雷根，」他低聲叫，「嘿，雷根。」

李感覺恐懼逐漸累積，指望雷根出來保護他。可是誰也沒出來。他衝出門，沿著走廊跑，那個黑人在後面追。

雷根正打算要上場，亞瑟卻說：「李需要受點教訓。」

「我不能讓他被砍。」雷根說。

「如果他學不會適當地控制，」亞瑟說，「將來他只怕會是更大的威脅。」

雷根接受了他的建議，不採取干涉行動。李在走廊上奔跑，害怕極了，一面大喊大叫。

「雷根，你是死到哪裡去了？」

等雷根覺得李的教訓夠了，情況也變得太危險了，他才把李撞到場子外。那個黑人跑到一輛推車旁，雷根忽然停步，一轉身就把一張病床向黑人推過去。黑人倒下去，連推車也一起拉倒了，正好跌在碎燒瓶上，割傷了自己的胳臂。

「到此為止！」雷根大吼。

黑人跳起來，氣得發抖。雷根抓住他，把他丟進X光室，把他撞在牆上。

「結束了。」雷根說。「你要是再不停手，老子毀了你！」

突如其來的轉變讓黑人的眼睛瞪得有如銅鈴大。剛才還是一個受驚的白人小子，轉眼間他卻被一個有俄國口音的瘋子給制住了，而且他的眼神還很恐怖。他被他從後面扣住，一條胳臂壓著脖子。

「我們現在就停。」雷根對著他的耳朵低聲說。「現在就把這件事了結。」

「好，好，沒事，沒事……」

雷根放開了他。黑人慢慢退開。「我現在就走，不傷感情、不傷感情，沒事……」他溜之大吉，走得飛快。

「那樣子處理實在是很野蠻。」亞瑟說。

「換你是要怎麼處理?」雷根反問道。

亞瑟聳聳肩。「如果我也有你這樣的體能,可能也一樣。」

雷根點頭。

「李怎麼辦?」亞瑟問。「由你決定。」

「他是討厭鬼。」

「對,一個一輩子只會惡作劇的人有什麼用?他是個一無是處的機器人。」

李遭到驅逐,可是他並沒有住在場子周邊的黑暗地帶,他無法面對失去惡作劇和耍寶行為的人生,所以就徹底消失了。

有好久一陣子,一點笑聲也沒有了。

3

從湯米的信漸漸可看出他的心情變幻不定。他寫信給瑪琳:「我的指關節腫了。」還描述了他和某些犯人打架,因為他們偷了他的郵票。八月六日,他發誓他要自殺。五天後,他寫信給她,要她送壓克力顏料來,讓他可以再開始繪畫。

亞瑟捉了四隻老鼠,當寵物養。他研究老鼠的行為,著手寫一份長篇報告,探討將老鼠皮移植在燙傷患者的可能性。某天下午在實驗室,他正在做筆記,三名囚犯進來了,一個把風,另外兩個對付他。

「把包裹交出來。」一個人說。「我們知道在你這裡。交出來。」

亞瑟搖頭,回頭寫筆記。兩名囚犯繞過桌子,抓住了他……

雷根把兩個人拉下來，踢了一個人，再接著踢另一個。把風的那個帶著刀子撲過來，雷根折斷了他的手腕。三個人拔腿就逃，一個還放話說：「你死定了，密利根，老子操你的屁眼。」

雷根問亞瑟是否知道是怎麼回事。

「是為了包裏。」亞瑟說。「從他們的行為來看，我猜是毒品。」

他搜了實驗室和配藥處，終於找到了一只裝了白粉的塑膠袋，就藏在某個頂層架子上，幾本書和文件的後面。

艾倫問：「是海洛因嗎？」

「我要做幾項測試才能確定。」亞瑟說，把袋子放在秤上。「半公斤重。」

他發現那是古柯鹼。

「你要怎麼處理？」

亞瑟把袋子撕破，把白粉沖進了馬桶裡。

「有人一定會很不高興。」艾倫說。

可是亞瑟已經回頭去思索他的植皮報告了。

*

亞瑟聽說過「州立監獄憂鬱症」，在習慣監禁的過程中，大多數的犯人都會經歷一段焦慮期，犯人面對的是失去獨立、失去身分、不得不接受壓迫，這樣的轉變往往會導致消沉沮喪以及情緒崩潰，而對密利根而言，則是導致了又一次的混沌期。

寫給瑪琳的信變調了。之前菲利普和凱文一直都寫些下流話，畫色情漫畫，這時停止了。

目前的信表露的是他對神經錯亂的恐懼。湯米的信說他會有奇怪的幻覺，他也說他日以繼夜研讀醫療書籍。他說等他假釋之後，他要去學醫，「就算要花上十五年。」他承諾他們會結婚，有個房子，他會做研究，當個專家。「妳覺得怎麼樣？」他寫道。「密利根醫師伉儷。」

十月四日，由於古柯鹼事件，密利根轉入了C區，關進單人牢房，他的醫療書籍和電視都遭到沒收。雷根把鐵床欄杆從牆上給扯斷了，插進門裡，工友必須要把門拆掉，才能讓他出牢房。

他很難入睡，而且經常嘔吐，視線模糊。司坦伯格醫生不時來看他，給他開了溫和的鎮靜劑和治痙攣藥。雖然他覺得密利根的問題主要是心理上的，他仍然在十月十三日下令將密利根從雷貝嫩送到哥倫布的中俄醫學中心去治療。

艾倫在醫學中心時寫信給美國公民自由會請求協助，可是沒有下文。在哥倫布十天之後，他被診斷出消化性潰瘍。他們給他西比氏療法，再把他送回雷貝嫩的單人牢房。他得知要等到一九七七年四月他才能申請假釋，也就是還要再等一年半之久。

4

耶誕節和新年來了又去，一九七六年一月二十七日，艾倫與其他牢友參加絕食抗議。他寫信給他哥哥：

吉姆：

我躺在牢房裡，滿腦子想著你跟我小時候。我自己的刑期一天天過去，我的靈魂對生命充滿了痛恨。我很抱歉害得你的家庭破裂，而那個家庭我幾乎不算是一分子。你有前途，人生還有許多目標，可別像我一樣搞砸了。如果你因此而恨我，我很難過，可是我仍然尊敬你。吉姆，我向上帝發誓，我沒有犯下被控訴的罪行。上帝說人人都有屬於他的地方，有他的命運，我的大概就是這樣吧！很對不起變成了你和我四周每一個人的恥辱。

比利

湯米寫給瑪琳的信：

我的瑪琳兒：

現在正在鬧絕食抗議和大暴動。我寫這封信給妳，怕犯人會占領這裡。萬一他們占領了，信就寄不出去了。吼叫聲和打破玻璃的聲音越來越大了，我要是想從推車上弄到吃的，就會被殺——有人放火了！還好撲滅了。左右兩邊都有警衛把人拖出去。進展不快，可是到下個星期的中間，犯人應該就會占領監獄。我就說吧！他們拿著步槍站在外面，可是阻止不了這些傢伙。我想妳，瑪琳兒！我只想死，情況越來越糟了，接下來幾天這件事可能會上六點的新聞，現在只有辛西電台在報。如果情況全面惡化，別過來。我知道外面會有幾千人，妳連大門都近不了。我愛妳，瑪琳兒，我想妳。幫我個忙，我旁邊的人叫我把這個送到我的家鄉電台，他們需要輿論支持，才能達到他們的目的。送去W.H.O.K.。這些人叫我跟妳說謝謝。瑪琳兒，我非常非常愛妳，請保重。

如果可以的話，帶可可粉來。

「巴比」把他的名字刻在單獨監禁房的鋼床上。在這裡他能夠盡情幻想，他自認為是演員在拍電影或電視，到遙遠的地方遊歷，冒險犯難。

他最討厭別人叫他「羅伯特」，每次都會糾正別人說：「我叫巴比！」

他有自卑情結，沒有野心，而且活得像個海綿，吸收別人的想法，當成自己的，可是只要有人叫他做什麼，他就會說：「我不會。」唯有他對自己的能力沒有自信，無法執行什麼計畫。

巴比第一次聽到絕食抗議，就把自己想像成領導人，以身作則。他就如印度的甘地，靠著絕食就能讓壓迫人民的當權者跪下來。抗議持續了一個星期，結束後，巴比卻決定他要繼續絕食，結果瘦了很多。

有天晚上獄警打開了他的牢房，送食物進來。巴比把托盤推開，濺得獄警滿臉都是飯菜。

亞瑟和雷根都認為，巴比的幻想雖然能夠幫助他們熬過坐牢的漫長歲月，他的絕食卻害得他們的身體衰弱，於是雷根宣布他也是討厭鬼。

有天下午比利的母親來探監，是來幫比利慶祝二十一歲生日的。事後湯米走出會客室，從窗子看出去，看見了之前沒注意到的事：房間裡不同的位置都有囚犯和他們的女人並肩而坐，手都消失在小小的方桌下，不說話，甚至不看彼此，卻筆直瞪著前方，冷冷淡淡，眼神幾乎是空洞的。

他跟隔壁的牢友鍾西提到這件事，鍾西哈哈笑。「哎唷喂呀，你怎麼這麼天真啊？今天是情人節啊。他們在用手幹啦。」

「我不信。」

「哎唷，如果你的女人為了你什麼都肯做，她就會穿裙子來這裡，不是長褲，而且沒穿內褲。下一次我們同時會客，我就讓你看看我的寶貝的屁股。」

下一週比利的媽媽來看他，正巧鍾西跟他漂亮的紅髮女友要向外走，他就掀開了她的裙子，露出了光溜溜的屁股。

湯米臉紅了，趕緊別開臉。

當晚，湯米寫信給瑪琳，寫到一半筆跡就變了。菲利普寫道：「如果妳愛我，下次來就穿裙子，不要穿內褲。」

5

到了一九七六年三月，艾倫開始希望六月能夠假釋，可是假釋委員會把假釋庭押後兩個月，他又擔心了起來。他聽獄中的小道消息說要保證能夠假釋，只有賄賂中央辦公室負責彙整申請表的那個人。艾倫以物易物，以鉛筆和炭筆畫素描，再賣給牢友獄警，換取可以貯存和交易的物品。他寫信給瑪琳，再一次懇求她帶注射了酒精濃度五十的伏特加的柳橙來，一個留給雷根，其他的可以出售。

六月二十一日，也就是單獨監禁了八個月後，他寫信給瑪琳說他很肯定假釋庭延期是某種的心理測試，「否則我就真他媽的瘋了，不知道是在幹什麼……」他移到了C區的「精神病區」，這裡有十間牢房，只關有心理疾病的犯人，他仍然是單獨監禁。沒多久，丹尼就刺傷了自己，而且拒絕治療，又被送進了哥倫布市的中俄醫學中心，住了幾天後就又回到雷貝嫩。

關在C區期間，艾倫一直送「風箏」，也就是正式的信件，給多曼典獄長，抗議把他單獨監禁，他聽說這種事必須是他自願的才可以。他的憲法權利遭到侵犯，他還放話要告每一個人。幾週之後，亞瑟建議改變策略——沉默抗議，不和別人說話，無論是牢友或警衛，他知道他們會因此而擔心。而且年紀小的也拒絕進食。

單獨監禁了十一個月，期間反覆進出「精神病區」，終於在八月獲准回到普通牢房。「我們可以讓你在不是非常危險的地方工作。」多曼典獄長說。他指著滿牆的素描。「我聽說你很有藝術天分，我們讓你去上萊納特先生的藝術課如何？」

艾倫開心地點頭。

隔天湯米到繪畫教室去。教室裡生氣勃勃，到處都是人，忙著弄絹印、刻字、照相、印刷。萊納特先生削瘦結實，若有所思的兩隻眼睛斜睨湯米，而湯米頭幾天只是坐著，對四周的活動提不起勁來。

「你想做哪一樣？」萊納特問他。

「我想畫圖，我對油畫很拿手。」

萊納特歪著頭，抬眼看他。「沒有犯人畫油畫。」

湯米聳聳肩。「我就是畫油畫的。」

「好吧，密利根。跟我來，我想我知道可以去哪裡弄你需要的東西。」

湯米的運氣很好。契利科提矯正監獄的繪畫課程最近正好結束，他們就把顏料、畫布、畫框都送到了雷貝嫩。萊納特幫他立起了畫架，要他盡情地畫。

半個小時後，湯米畫好了一幅風景，萊納特目瞪口呆。「密利根，我還沒看過畫這麼快的人呢，不過你畫得很好。」

湯米點頭。「我從經驗裡面學到的，如果我想畫完，我就得動作快。」

儘管油畫並不包括在課程裡，而且通常也都不包括在繪畫班裡，可是萊納特卻發覺密利根只有一筆在手時最自在，所以從週一到週五，他就讓他畫個盡興。犯人、警衛，甚至某些行政人員也都很欣賞湯米的風景畫。他畫了些劣等的畫來以物易物，那些畫他都簽上「密利根」的名字；而為他自己畫的，他會等他母親或瑪琳來探監時帶出去。

司坦伯格醫生也開始不時到繪畫教室來向密利根討教繪畫技法。湯米教他如何透視，如何畫水下的岩石。司坦伯格連不上班的週末也到監獄來，把密利根帶出牢房，兩人一起繪畫。知道密利根討厭牢飯，醫生總是會帶潛艇堡或乳酪燻鮭魚貝果來。

「我希望在牢房裡也能畫。」有個週末湯米向萊納特這麼說。

萊納特搖頭。「雙人牢房不行，違反規定。」

可是規定沒能限制他多久。幾天後，兩名警衛來搜查密利根的牢房，發現了大麻。「不是我的。」湯米說，很怕他們不相信，又把他送進「老鼠洞」，也就是光禿禿的禁閉牢房。警衛質問他的牢友，這名年輕人崩潰了，坦承大麻是他的，因為他老婆離開了他，他很沮喪。他被送去關禁閉，密利根暫時獨占牢房。

萊納特和負責本區的警官莫瑞諾代理隊長談過，建議在新犯人進來之前，讓密利根在牢房裡繪畫，莫瑞諾同意了。於是每天三點半繪畫教室關閉之後，密利根就會回牢房去畫，一直畫到就寢，日子過得很快，服刑也沒那麼難受了。

後來有一天，警衛說有新的犯人要關進他的牢房裡，艾倫就跑到莫瑞諾代隊長的辦公室去。

「莫瑞諾先生，你如果讓別人住進來，我就沒辦法再畫了。」

「那就到別的地方畫吧。」

「我能跟你說件事嗎？」

「白天的時候再來，到時我們再談。」

午餐後，艾倫從繪畫室到辦公室，拿著湯米剛完成的畫，莫瑞諾盯著看。「你畫的？」他問。代理隊長把畫拿起來，看著深綠色的風景，河流蜿蜒，沒入遠方。「嘿，我倒很想有一幅。」

「我幫你畫一幅，」艾倫說。「可是我沒辦法在牢房裡畫了。」

「喔……嗯，等等。你願意幫我畫一幅？」

「不用錢。」

莫瑞諾把助理叫來。「卡西，把新來的那個人的名字從密利根牢房上的名牌劃掉。放一張空白的進去，打上X。」說完他轉向艾倫。「放心吧，你大概還有九個月，然後就到委員會了？你的牢房裡不會有別人了。」

艾倫很開心，他和湯米、丹尼空下來的時間都在繪畫，而且每一幅都不畫完。

「你要小心點。」亞瑟警告他。「莫瑞諾一拿到他的畫，就可能會食言。」

艾倫把莫瑞諾的畫拖了將近兩週，這才走進他的辦公室，秀出一幅碼頭風景，莫瑞諾高興極了。

「你確定這樣可以不讓別人關到我的牢房來嗎？」艾倫問他。

「我寫在公佈欄上了，你可以自己進去看。」

艾倫走進了警衛室，在他的姓名下有張條子寫道：「密利根的牢房不要再關人。」上面還貼了膠帶，不像是臨時性的。

密利根畫得極勤奮，產量驚人，有給警衛、給行政人員的，還有給媽媽和瑪琳帶回家出售的。有一天獄方要他畫一幅掛在入口大廳，湯米畫了一幅巨畫，完成後會掛在報到處的後方。他不小心簽上了自己的名字，幸好在他交畫前艾倫發現了，就把名字塗掉，改簽「密利根」。

大多數的畫他並不滿意，只是用來交易或是快速出售的，可是有一天他開始畫一幅對他非常重要的畫，是他從一本美術書籍裡看見的畫。

艾倫、湯米、丹尼輪流創作這幅〈凱絲琳的丰采〉。原本的計畫是十七世紀的貴族仕女抱著曼陀林。艾倫畫臉和手，湯米畫背景，丹尼畫細部。可是等到該畫曼陀林了，丹尼才發現他不會畫，於是他就改畫成她的手裡拿著樂譜。他們三人花了四十八小時，不眠不休，完成了這幅畫。畫完之後，密利根就癱在床上，呼呼大睡。

在雷貝嫩之前，「史帝夫」不常到場子上來。年紀更輕的時候，他開過幾次車，自稱是全世界最厲害的駕車手。李遭驅逐後，雷根允許他到場子上來，因為史帝夫也有逗別人笑的本事。史帝夫喜歡自誇是當今數一數二的好丑角，他誰都能模仿，總逗得牢友笑得抱著肚子，他都靠模仿來嘲弄別人。史帝夫是個唯恐天下不亂的人，無時無刻不想著詐欺取利。

史帝夫模仿雷根的南斯拉夫腔，惹火了他；他以低層社會的英國腔嘲謔亞瑟，也讓亞瑟光火。「我不會那麼說話。」亞瑟說。「我沒有勞工的口音。」

「他會害我們惹麻煩。」艾倫說。

有天下午史帝夫站在走廊上，李奇隊長的後面，兩臂抱胸，模仿李奇以腳跟為支點前後搖晃的樣子。李奇一轉身就看到了。「很好，密利根，你可以到洞裡去練習你的模仿技能，關個十天應該可以讓你學會教訓。」

「艾倫警告過我們。」亞瑟跟雷根說。「史帝夫一無是處，沒有企圖心，沒有才華，只會嘲笑別人，旁觀的人也許會被他的小丑行徑逗笑，可是被嘲笑的人卻變成了我們的敵人。現在是由你主導，可是我要勸你一句，我們現在不需要更多敵人了。」

雷根也同意將史帝夫打入討厭鬼名單，通知他他被驅逐了。史帝夫死也不肯下場，還嘲弄雷根的口音，大聲咆哮：「什麼話？你們根本不存在。沒有一個存在，你們只是我的想像力的小碎片。我才是唯一的人，真正的人，你們其他的人只是幻覺。」

雷根把他撞上牆壁，撞得他額頭出血，史帝夫這才離開了場子。

因為亞瑟的催促，艾倫才申請了樹克谷社區大學分校為囚犯開設的課程，他選了英文、工業設計、基礎數學、工商廣告。他在藝術課程是優等生，英文和數學拿B＋，他在繪畫上的成績更是卓越，得到了「與眾不同」、「極具創意」、「學習快速」、「極為可靠」、

「內容豐富」、「好學不倦」等等評語。

一九七七年四月五日，艾倫出現在假釋委員會面前，獲知他會在三週後釋放。

等艾倫終於拿到了假釋令，他實在太高興了，根本坐不住。他在牢房裡來回踱步，最後他把假釋令拿來折成紙飛機。在預計出獄的前一天，他經過李奇隊長的辦公室，還吹口哨，李奇抬頭看，艾倫把紙飛機射過去，面帶笑容走開了。

四月二十五日是他在雷貝嫩的最後一天，艾倫在牢房裡踱步，直到半夜三點才睡。他跟亞瑟說他們既然要出去了，往後他應該有比較多的權力來決定誰上場誰下場。「跟別人打交道的都是我，」艾倫說，「要靠一張嘴讓我們度過難關的也是我。」

「要讓雷根讓出主導權會很困難，」亞瑟說，「畢竟整整兩年都是由他乾綱獨斷，現在要變成三巨頭，只怕他不會樂意。我相信雷根是有繼續統治的想法的。」

「只要我們走出大門，就換你說話算了。要找工作，重新適應社會的可是我耶，我需要有說話的分量。」

亞瑟抿著唇。「你的請求並非不合理，艾倫。我不能代表雷根說話，不過我支持你。」

在樓下，有名警衛拿給艾倫一套新的套裝，衣料好、大小適中，倒讓艾倫很驚異。

「是你母親送過來的。」警衛說。「是你自己的衣服。」

「喔，對。」艾倫說，假裝記得。

另一名警衛拿著憑單過來要他簽名。在他離開前，他必須支付三十分錢，因為他的牢房裡遺失了一只塑膠杯。

「是他們把我弄出獨拘房的時候拿走的，」艾倫說，「一直沒有還。」

「我不知道，反正你得付錢。」

「嗯，要玩遊戲我也會！」艾倫大吼。「我就是不付！」

他們把他帶到旦恩先生的辦公室，主管說這都是他的最後一天了，還要惹什麼麻煩。

「他們為了一個被他們收走的塑膠杯跟我要錢，那個杯子丟了又跟我沒有關係。」

「你得付三十分錢。」旦恩說。

「我會付才怪。」

「你不付就不能走。」

「那我就在這裡紮營。」艾倫說道，並坐了下來。「不是我丟的東西，我不賠，這是原則問題。」

最後旦恩讓他走了，他走向拘留牢房等他母親、瑪琳、凱西來接，亞瑟問他：「你非得那樣嗎？」

「我說過，這是原則問題。」

包伯．萊納特來給他送行，司坦伯格醫生也是，還塞給他一些錢，是他某幅畫的最後一筆價款。

艾倫急於走出大門，不耐煩地等著比利的母親和司坦伯格醫生談話。「走了啦。」艾倫對桃樂絲說。「走了啦。」

「等一等，比利。」她說。「我還在說話。」

他站在那裡，煩躁不安，看著她說個不停。

「可以走了嗎？」

「好，再一分鐘。」

他來回踱步，嘴裡嘟嘟囔囔地，而他的母親仍說個不停。最後，他大喊：「媽，我要走了，妳想留下來，隨便妳。」

「那，再見了，司坦伯格醫生，我想謝謝你幫了我的比利那麼多忙。」

他朝門口走去，桃樂絲跟著他。鋼門在他們後面關上，艾倫這才恍然，當初進來時他根本沒聽到第二道門關閉。

凱西把車開過來，艾倫仍在生氣。他心裡在想：有人要出獄，你就把門打開，讓他跑就對了，而不是把他拘在裡面，站在那兒東家長西家短的。法律把你關在那個地方已經夠慘了，可是你自己的媽還要湊熱鬧，話匣子一開就關不住，那就太超過了，他在車裡生悶氣。

「停在雷貝嫩的銀行，」他終於說，「我最好在這裡把牢裡的支票兌換掉。沒道理回蘭卡斯特再換，讓大家都知道我剛出獄。」

他走進銀行，背書後把支票放在櫃台上。行員交給他五十元，他把鈔票連同司坦伯格醫生給他的錢都放進皮夾。艾倫的氣仍不消，而且也因為自己生氣而越氣自己，實在不想再留下來了……

湯米環顧四周，不曉得他跑進銀行來幹什麼，他是要進來還是出去？他打開皮夾，看見將近兩百元，又把皮夾塞進口袋裡。他猜他是要出去。從大窗子向外看，他看見他媽媽和瑪琳在汽車裡等，凱西坐在駕駛座上，他才明白今天是什麼日子，他看了看行員櫃台上的日曆，今天是他們還他自由的日子。

他跑出銀行，假裝手裡拿著東西。「快，快逃。把我藏起來，把我藏起來。」他捏捏瑪琳，笑個不停，覺得心情很好。

「哎唷，比利，」她說，「你還是像以前一樣陰晴不定的。」

她們把兩年來蘭卡斯特發生的事都跟他說了，可是他並不在乎，他最期待的是和瑪琳獨處。在監獄的會客室那麼多次，他一心一意想和她獨處。

快到蘭卡斯特時，瑪琳跟凱西說：「讓我在廣場購物中心下車，我得去上班。」

湯米瞪著她。「上班？」

「是啊，我早上請假，現在得回去了。」

湯米一陣迷茫，覺得受傷。他還以為他第一天出獄，她一定會想跟他在一起。他一句話不說，把眼淚眨回去，可是心裡的空洞卻好痛，所以他離開了場子……

回到自己的房間後，艾倫大聲說：「我就知道她不適合他，要是她真的在乎湯米，就會連下半天也請假。我們不要再跟她來往了。」

亞瑟說：「我從一開始就這麼主張。」

第十八章

1

比利假釋前幾個星期，凱西搬回了蘭卡斯特，也重新在安格．霍金公司工作，唯一讓她能忍受這份工作的理由就是她的新朋友貝芙．多瑪斯，兩人都在品管包裝部，檢查輸送帶上的玻璃器皿，在震耳欲聾的火爐和吹風機的噪音中高聲聊天。後來凱西辭去了工作，到艾森斯的俄亥俄大學念書，兩個女孩仍維持著友誼。

貝芙的年紀與比利相當，離過婚，人長得嫵媚，褐髮綠眸。凱西發現貝芙很獨立，有度量，也坦率。貝芙對心理學有興趣，她說她想要了解人性的卑劣面，是何種背景導致他們行徑惡劣。

凱西跟她說了他們家——尤其是比利——慘遭查默的荼毒。她邀請貝芙到她母親家，給她看比利的畫，跟她說了他入獄服刑是犯了什麼罪，貝芙說她很想見見比利。

凱西就在比利回家後不久安排他們一起去兜風。下午貝芙開著她的白色福特，來到春天街，凱西叫比利，他正在弄他的福斯車。凱西介紹他們認識，比利只是點個頭，就轉身去忙他的事了。

「走啦，比利。」凱西說。「你自己答應要去兜風的。」

他看著貝芙，再看著福斯，搖搖頭。「喔，我看我對開車還不是很有自信，過一陣子吧。」

凱西笑了。「他又擺出那副英國人的姿態了。」她跟貝芙說。「喔，我看。拜託。」

他以高傲的神氣怒瞪著她們兩個，凱西很氣惱，她不希望貝芙覺得她的哥哥是個假惺惺的人。

「走啦。」凱西不依不撓。「你休想蒙混過關，食言而肥。兩年沒開車並沒有那麼久，開一開你就會習慣了。要是你不敢開，那我開。」

「不然就坐我的車。」貝芙提議道。

「我來開。」他最後說，繞到福斯的乘客座，為她們兩個開門。

凱西說：「至少你沒把禮貌忘在監獄裡。」

凱西坐後座，貝芙坐進前座。比利繞過去，坐進駕駛座，發動了引擎。他把離合器放得太快，福斯車猛地向前衝，開上了逆向車道。

「我看還是應該我來開。」凱西說。

他一聲不吭，弓著身把車子開向右側，速度非常慢。默默開了幾分鐘後，他轉入了加油站。

「我相信我需要一些汽油。」他對服務員說。

「他沒事吧？」貝芙低聲問。

「沒事啦。」凱西說。「他常常這樣，等一下就會不一樣。」

兩人看著他，只見他的嘴唇默默移動，接著他環顧四周，將周遭環境收入眼底。看見凱西坐在福斯後座，他點頭微笑。

「嗨。」他說。「真是兜風的好天氣啊。」

他把車開出加油站，車子走得很平順，而且他也突然變得很有自信。「我們要去哪裡？」凱西問他。

「我想看看清溪。」他說。「我夢到過好幾次，在……在……」

「貝芙知道。」凱西說。「我跟她說過你做的事。」

他若有所思地看著貝芙。「不是很多人願意和剛假釋不久的犯人一起兜風的。」

凱西看見貝芙直視他的眼睛。「我不會為那種事評斷一個人，」貝芙回答他，「我也不願意別人來評斷我。」

凱西從後照鏡看見比利的眉毛揚了起來，也抿著嘴唇，她知道貝芙的話讓他印象深刻。他開到清溪，以前他常去露營，他凝視著河流，彷彿是第一次看到這裡的景色。凱西從樹木間看見陽光下波光瀲灩，她能理解為什麼比利愛這個地方。

「我得再畫一次這裡。」他說。「這一次我會畫得不一樣，我要看看我知道的每個地方，再重畫一遍。」

「這裡並沒有變。」貝芙說。

「可是我變了。」

他們開車繞了兩個小時，貝芙邀請他們到她的拖車屋去吃晚餐。他們先返回春天街，讓她去開自己的車，順便告訴他們如何到摩里遜拖車區。

凱西很高興看見比利穿了他的新細紋套裝去吃飯。只要他打扮整齊，八字鬍修過，頭髮向後梳，樣子就既英俊又體面。到了拖車區，貝芙向比利介紹她的孩子——五歲的布萊恩和六歲的蜜雪兒——他立刻就把注意力轉移到孩子們身上，讓他們一邊一個坐在他的大腿上，跟他們說笑話，假裝自己是小孩子。

貝芙餵飽了孩子，送他們上床，然後跟他說：「你很會帶孩子，蜜雪兒和布萊恩跟你一下子就熟了。」

「我喜歡小孩，」他說，「妳的兩個孩子尤其可愛。」

凱西微笑，很高興比利現在的心情很好。

「我還邀了別的朋友過來吃飯。」貝芙說。「史帝・勒孚也住在拖車區這裡，可是他跟太太分居了。我們是最好的朋友。你應該會想認識他。他比比利小幾歲，是半個柴羅基族，人真的很好。」

一會兒之後，史帝・勒孚來了，他的長相英俊，膚色黑，黑髮濃密，留著八字鬍，還有凱西見過最深邃的一對藍眸，他比比利高，凱西被他迷住了。

晚餐席間，凱西察覺到比利喜歡貝芙和史帝兩個人。貝芙問起他在雷貝嫩的生活，他說起了司坦伯格醫生和萊納特先生，還提到能夠繪畫讓牢獄生活總算變得可以忍受。晚餐後他談著害他惹上麻煩的一些事，凱西覺得他在吹牛，說著說著，比利莫名其妙跳了起來，說：「我們去兜風。」

「現在？」凱西說。「晚上十二點多了。」

「好主意。」史帝說。

「我去找鄰居的姪女來幫我帶孩子。」貝芙說。「她隨時都可以幫我當保姆。」

「要去哪裡呢？」凱西問。

「找個遊樂場。」比利說。「我好想盪鞦韆。」

保姆來了之後，四人擠進福斯車，凱西和史帝坐後面，貝芙和比利坐前面。

他們開車到一間小學校的遊樂場。他們半夜兩點玩捉迷藏，盪鞦韆。凱西很高興看見比利這麼開心，讓他交新朋友是很重要的事，他才不會跟坐牢前一直來往的那些人又牽扯上，他的假釋官非常強調這一點。

四點他們才把貝芙和史帝送回拖車園區，然後凱西問比利他覺得這一晚過得如何。

「他們都是很棒的人。」比利說。「我覺得我交到新朋友了。」

她捏捏他的胳臂。

「還有那兩個孩子。」他說。「我真是愛死他們了。」

「你將來一定會是個好爸爸，比利。」

他搖頭。「生理上是不可能的。」

瑪琳察覺到比利變了。她覺得他現在像換了一個人，態度冷淡，似乎在疏遠她，好像在處處迴避她。她很傷心，因為他在雷貝嫩服刑時，她一直沒有和別的男人交往，對他專情不二。

他出獄後一個星期，有天晚上瑪琳下班後他來接她。似乎又恢復了正常，說話很溫柔，有禮貌——就是她喜歡的樣子——她很高興。兩人開車到清溪，那兒是他們很喜歡的兜風地點，之後就回春天街。桃樂絲跟戴爾不在家，他們到比利的房間。自從他回來後，這是他們第一次真正獨處，不吵架，第一次有機會擁抱彼此。實在太久了，久得她都嚇壞了。

他必然是察覺到她的恐懼，因為他抽身退開了。

「怎麼了，比利？」

「是妳怎麼了才對吧？」

「我害怕。」她說。「如此而已。」

「怕什麼？」

「我們在一起已經兩年多了。」

他下了床，穿好衣服。「哼，」他不滿地說，「這下子我可真沒性趣了。」

分手來得很突然。

有天下午比利忽然到店裡，要瑪琳跟他一起開車到艾森斯，在那裡過夜。第二天早上再去接凱西，開車回蘭卡斯特。

瑪琳說她不想去。

「我等一下再打電話來，」他說，「看妳會不會改變主意。」

可是他沒有打。幾天之後，她才知道貝芙．多瑪斯跟他一起去了。

盛怒之下，瑪琳打電話給他，說她不想再這樣繼續下去了。「我們乾脆忘了算了，」她說，「反正什麼也沒有了。」

他同意了。「可能會發生什麼事，我怕妳會傷心，我不想再看到妳傷心了。」

她知道這一次必須要相信他說的話，她等了這個人兩年，現在分手了，那種痛苦她想忘都忘不了。

「好吧。」她說。「那就分手吧。」

戴爾．摩爾最受不了比利的一點就是說謊，那個孩子會做蠢事或瘋事，然後又說謊想逃避後果。司坦伯格醫生跟他說不要再讓比利說謊卻不必擔心後果。

戴爾跟桃樂絲說：「嘿，他沒有那麼笨。他太精明了，不會做那種蠢事。」

可是桃樂絲每次的回答都一樣：「那不是我的比利，那是另一個比利。」

戴爾覺得比利除了繪畫以外，什麼技能也沒有，他也從來不聽別人的話。戴爾說：「比利寧可聽陌生人胡說，也不肯聽那些一心一意為他好的人說一句。」

戴爾問他那些消息和建議都是誰給他的，他也總是說：「是我認識的人。」從沒聽他說過那些人的名字，也不解釋那些人是誰，在哪裡認識的。

比利經常懶得回答簡單的問題，寧可默默離開或是轉過身去，讓戴爾很氣惱。比利怕這個怕那個也讓戴爾越來越生氣。比方說，他知道比利怕槍，可是這孩子根本對槍枝就一無所知。依戴爾看來，比利的腦袋根本就空無一物。

可是比利有一點是他怎麼也說不分明的。戴爾知道他比比利壯多了；他們偶爾會比腕力，他心裡毫不懷疑能擊敗比利，可是有天晚上戴爾又和比利比腕力，竟然被比利撂倒了。

「再來一次。」戴爾堅持。「這一次換右手。」

比利又擊敗了他，二話不說，站起來就走。

「像你這麼有力氣的大男人應該去外面做事。」戴爾說。「你什麼時候才要去工作？」

比利看著他，一臉迷糊，說他一直都在找工作。

「說謊，」戴爾大叫，「要是你有認真找，早就找到了。」

兩人為這事吵了一個多小時，最後比利收拾了他的衣服跟大多數的東西，氣沖沖離開了家。

2

貝芙・多瑪斯現在和史帝・勒孚同住，因為史帝被趕出了他的拖車。貝芙聽說了比利在家中的激烈爭吵，就邀他過來住，比利向假釋官報備了之後，就搬了進去。

貝芙很喜歡跟兩個男人同住。誰也不會相信三人相安無事，沒有人往性事上想，他們只是三個好朋友，無論到哪裡都是一起行動，無論什麼事也都一起做，而且她的日子比之前都還要快樂。

比利對蜜雪兒和布萊恩非常好，總是帶他們去游泳，幫他們買冰淇淋，不然就帶他們上動物園。他把這兩個孩子當成自己的孩子一樣。而且每次貝芙下班回家，總發現比利把屋子打掃乾淨了，只有碗盤沒洗，他從來都不洗碗盤。

有時他實在太娘娘腔了，她和史帝都疑心他是不是同性戀。貝芙和比利經常會同床而眠，可是他不碰她。有天她問起了這件事，比利說他性無能。

她無所謂。她關心他，也喜愛他們一起做的事，像是去大果樂公園三天，露營，花五十塊買垃圾食物，或是半夜三更到清溪的樹林裡健行，比利拿著唯一的手電筒，扮〇〇七，想搜到偷偷藏的大麻。他以英國腔說話，說出每一種植物的拉丁學名，非常好笑。他們做的事都很瘋狂，可是跟這兩個奇妙的傢伙在一起，讓貝芙在長久以來第一次感覺到自由快樂。

有一天，貝芙回家來，發現比利把綠色福斯車漆成黑色，還有怪誕的銀色圖案。

「全世界獨一無二的福斯車。」他說。

「為什麼呢，比利？」貝芙和史帝都問。

「反正警察隨時都盯著我，這樣子可以讓他們更輕鬆一點。」

他其實有所隱瞞，真正的原因是艾倫受夠了想不起來某人把汽車停在哪裡，如此不同的黑銀圖案會讓找車子變得比較容易。

可是比利和史帝的哥哥畢爾．勒孚見過之後沒幾天，看到了他的廂型車，就用福斯去換，再把廂型車拿去跟史帝的一個朋友換一輛動不了的機車。幸好史帝自己也有機車，而且是修車專家，經他的妙手一整治，機車就活了。

史帝發覺有時比利騎車像瘋子，有時又怕得根本不敢騎。某天下午，兩人騎車到鄉間，經過了一處陡坡，滿地的頁岩和石頭。史帝繞了過去，繼續前進，沒多久卻聽見上方有引擎轟隆響，抬頭一看，比利竟然在陡坡頂端。

「你是怎麼上去的？」史帝大聲吼叫。

「騎上來的！」比利也吼回去。

「不可能！」史帝大喊。

幾秒之後他看出比利變了，正想辦法下來，笨拙的樣子活像他壓根就不會騎機車。有好幾次，機車偏向一邊，而他則偏向另一邊。最後史帝不得不拋下自己的車，爬上岩壁，幫比利把機車推下山。

「我真不敢相信你騎上去了。」史帝說，瞧了瞧後面，「可是又沒有別的路了。」

比利的樣子像是完全聽不懂史帝在說什麼。

又有一次，史帝單獨和比利在一起，到樹林裡去散步。爬山爬了兩個小時之後，他們的苦了。

面前仍然有一座山峰。史帝知道他比較壯，也比比利有運動細胞，可是即便是他都覺得太辛

「我們爬不上去的，比利，休息一下，回頭吧。」

他靠著一棵樹，筋疲力盡，卻看見比利不知哪來的力氣，全速奔上陡峭的山坡，一口氣衝上了山頂。史帝也不甘示弱，跟著爬了上去。他看見比利站在山頂上，伸長了雙手，甩著頭和手指，俯瞰下方的景色。他用奇怪的語言說話，史帝一句也聽不懂。

史帝終於爬上山，站在他旁邊，比利轉過來，看他的眼神彷彿不認識他，接著就一路跑下山，跑向山下的水潭。

「要命喔，比利！」史帝大喊。「你哪來的力氣啊？」

可是比利只是跑，以那種奇怪的語言大喊大叫。他沒脫衣服就跳進了水裡，游到水潭的另一邊。

史帝好不容易才追上了比利，這時他正坐在最遠一邊的岸上一塊石頭上，甩著頭，像是要甩出耳朵裡的水。

史帝向他走去，比利看著他，指責他：「你為什麼把我丟進水裡？」

史帝瞪著他。「你說什麼？」

比利低頭看著滴水的衣服。「你犯不著把我推下水啊。」

史帝瞪著他，搖搖頭，一言不發，他怕一開口就會吵架。

回到停放機車的地點，比利像初學者一樣騎得很笨拙。史帝告訴自己必須看著這傢伙，因為他絕對是瘋了。

接近水潭和山坡之間的道路時，比利說：「你知道有一天我想做什麼嗎？我想在馬路兩邊的那兩棵榆樹上綁一片帆布，綁得很高，這樣汽車可以從底下經過。我要在帆布上畫山，畫灌木和樹，正中間畫一個隧道。」

「比利，你還真有些稀奇古怪的念頭。」

「我知道，」比利說，「可是我真的很想那麼做。」

貝芙發現她的錢越來越少，因為要購買食物又要修理汽車和機車（比利又買了一輛舊的福特銀河系），她於是暗示史帝和比利應該找工作了。兩人應徵了蘭卡斯特周圍的幾家工廠，到了五月的第三週，比利靠著如簧之舌讓賴寇德化學廠雇用了他們兩個。

工作很辛苦。一束束的玻璃纖維從染缸裡出來，捲成寬席，捲到一定的尺寸，他們就要切割下來，再把百磅重的一捲布扛起來，放到推車上，再繼續下一捲。

某天晚上回家途中，比利停車載一名搭便車的人，他的脖子上掛著一架立即顯影照相機。汽車向市區行進，比利提議以三顆安非他命跟他交換照相機。史帝看見比利伸手到口袋裡，拿出一個塑膠袋，裡面有三錠白色藥丸。

「我不吸毒。」搭便車的人說。

「這玩意每一顆能賣到八塊錢，很好賺。」

搭便車的人心算了一下，就把相機遞過去，交換藥丸。到了蘭卡斯特，比利讓他下車，史帝就跟他說：「我不知道你還搞化學。」

「沒有啊。」

「那你是從哪裡弄到安非他命的？」

比利哈哈笑。「那是阿斯匹靈啦。」

「唉。」史帝一拍大腿。「我真沒見過像你這樣的人。」

「我有一次還賣了一整皮箱的假藥。」比利說。「我覺得又是重起爐灶的時候了。我們來做一點吧。」

他在藥店停車，買了明膠和其他的材料。回到拖車，他拿貝芙的鍋子把明膠融化，煮出了一片十六分之一吋的薄餅。等餅變硬乾燥，就切成四分之一吋的方塊，放在膠帶上。

「每顆應該能賣幾塊錢。」

「那是幹什麼的？」史帝問。

「讓你興奮，產生幻覺。可是最妙的地方是萬一被捉到賣這些假貨，裡面根本就沒有毒品，而且買了假貨的那些傻瓜又能怎麼辦？去報警嗎？」

隔天，比利到哥倫布市去，回來時，皮箱已經是空的。他賣了一批阿斯匹靈和自製毒品，而且秀出了一捲鈔票。可是史帝注意到他的神情驚慌。

隔天，比利和史帝在弄比利的機車，有個鄰居瑪莉．史雷特對他們大吼，要他們不要製造那麼多噪音。比利抓起螺絲起子砸向她的拖車，螺絲起子擊中鐵皮的聲音好像開槍。史雷特報了警，比利因為非法入侵而被帶進警局，戴爾必須保釋他出來。雖然指控撤銷了，比利的假釋官仍然叫他搬回家去。

「我會想念你們的。」他一邊收拾一邊說。「我也會想念兩個孩子。」

「我們可能也不會待太久了。」史帝說。「我聽說經理要把我們全部趕走。」

「那你們要怎麼辦？」比利問。

「到鎮上找個地方，」貝芙說，「把拖車賣了，說不定你可以過來跟我們一塊住。」

比利搖頭。「你們不需要我。」

「誰說的。」她說。「比利，你知道我們是三人行啊。」

「再說吧。目前我得搬回家去。」

他離開後，貝芙的孩子哭了。

3

艾倫厭倦了賴寇德化學廠的工作，尤其是在史帝．勒孚辭職之後。他受夠了領班，領班老是在埋怨他前一天做得好，後一天就完全狀況外。亞瑟也跟艾倫發牢騷，說什麼他們又要找一個不動腦的工作，有失尊嚴。

到六月中旬，他申請了勞工補償金，離職了。

戴爾察覺到比利在賴寇德化學廠的工作丟了，就打電話去問是怎麼回事。他沒忘記司坦伯格醫生的建議，就直接去找比利，問他：「你的工作丟了，是不是？」

「那是我的事吧。」湯米回答道。

「你只要住在我的屋子裡，帳單都是我來付，那就是我的事。賺錢的工作到處都有，可是你連一個簡單的工作都保不住，而且還撒謊，不跟我們說，你簡直是廢物。」

兩人又為了這件事吵了將近一個小時，湯米一直聽到戴爾也和查默一樣以同樣貶損的話罵他。他轉頭去看比利的母親會不會幫他說話，她卻一言不發，他知道沒辦法再住下去了。湯米到房間去，收拾了行李，放上車，然後就坐在福特裡，等著有人來載他離開這個可惡的地方。最後艾倫來了，看到湯米非常難過，才醒悟到發生了什麼事。

「沒關係。」艾倫說，開車離開。「也該是我們離開蘭卜斯特的時候了。」

他們在俄亥俄州開了六天車，尋找工作，到晚上再離開馬路到樹林去過夜。雷根堅持要在座位底下和置物盒都藏一把槍，以防萬一。

晚上亞瑟建議艾倫找個維修工的工作，因為這類工作湯米駕輕就熟：修理電器、機械設備、熱水設備及裝水管。據亞瑟所知，這項工作也附帶免費公寓及水電設備，他建議艾倫找一名他在雷貝嫩幫助過的獄友，他目前在哥倫布市一處叫小龜的郊區當維修工。

「說不定他知道有什麼機會。」亞瑟說。「打電話給他，跟他說你進了城，想去拜訪他。」

艾倫雖然不情願，仍然遵照亞瑟的指示。

耐德·波格很高興接到他的電話，邀請他過去。他說小龜目前不缺人，不過他歡迎比利·密利根到他那兒小住幾天。艾倫去了，兩人歡聚，聊著監獄的生活。

第三天早晨，波格回到公寓，說查寧威公寓區正準備要登廣告找維修工。「打電話過去，」波格說，「可是別提你是怎麼知道他們要請人的。」

凱利與雷蒙經理公司的年輕人事經理約翰·懷默對比利·密利根印象深刻。所有來應徵這項工作的人，他覺得密利根最符合資格而且態度也最好。一九七七年八月十五日是第一次面試，密利根說他會園藝，會木工，也懂得維修電子設備和水電。「只要是跟電或是點火有關的東西，我都會修。」他這麼跟懷默說。「如果有我不會修的，我也會想辦法搞懂。」

懷默說他還要面試其他的人，之後再聯絡他。

那天稍後懷默致電給密利根的介紹人。密利根的申請單上列的上一位雇主是戴爾·摩爾，摩爾對他讚譽有加——工作認真，為人可靠。他會離職是因為切割肉類實在不是比利·密利根的興趣，戴爾向懷默保證他會是個優秀的維修工。

另外兩名介紹人是司坦伯格醫生及萊納特先生，卻聯絡不上，因為密利根忘了附上地址，懷默也就算了。反正這份工作純粹是在戶外，有了上一位雇主背書也就夠了。但他仍然吩咐秘書去核對警方的紀錄，這是錄用新進人員的標準程序。

密利根來第二次面試，懷默對他的第一印象獲得了確認。他雇用他擔任威廉斯堡廣場公寓的戶外管理員，那裡和查寧威公寓毗鄰，兩者都由凱利與雷蒙公司經管，他可以馬上上班。

密利根離開後，懷默將申請表及扣繳憑單交給秘書存檔。他並未注意到在兩張表格上，密利根填寫的日期只寫了年與日——七七年十五日及七七年十八日——卻沒有寫上八月。

懷默雇用了他，可是雪倫·羅斯才是密利根的頂頭上司。她是名膚色白的年輕女郎，留著黑色長髮。

她發現這名新員工聰明又英俊，為他介紹了其他的「出租女孩」，跟他說明了程序。他每天都要到威廉斯堡廣場來，找她或卡珞、凱希，她們會交給他工作單。等工作完成後，密利根要在工作單上簽名，交回給雪倫。

密利根第一週的表現良好，裝窗板，換籬笆，鋪步道，整理草坪，人人都覺得他是個熱心認真的工人。他跟奈德·艾德金斯住在威廉斯堡廣場公寓，艾德金斯也是一名年輕的管理員。

第二週有天早晨密利根到人事處去找懷默，說要租公寓。懷默在考慮時，想起了密利根的背景以及在電工、水電、電器方面的能力，就決定讓他試試全天候的室內管理員，他必須住在公寓裡，以防夜間或緊急需要。這份工作附帶一間免費的公寓。

「你可以去找雪倫或卡珞拿母鑰匙。」懷默說。

他的新公寓很漂亮，客廳有壁爐，一間臥室，餐廳兼廚房，公寓面對著天井。湯米把一個衣櫃間拿來放電子設備，隨時上鎖，以免年紀小的去亂動。艾倫在小小的用餐區設了畫室，面對屋後。雅德蘭娜把公寓整理得很乾淨，負責做飯。雷根在住處附近慢跑，保持體能。公寓生活及工作都井井有條。

亞瑟很贊同這樣的情況，也高興他們終於安頓了下來。現在他可以放心去讀他的醫學書籍，做研究了。

也不知是誰的疏忽，反正始終沒有人向警方查核比利．密利根的犯罪紀錄。

4

搬進查寧威公寓兩週之後，雷根在附近的貧窮地區慢跑，看到兩名沒穿鞋的黑人兒童在人行道上玩。他注意到有名衣裝時髦的白人從一棟屋子走出來，走向一輛白色凱迪拉克。他斷定這個人一定是拉皮條的。

他迅速移動，把那個男人按在車身上。

「幹什麼？你瘋了？」

雷根伸手到腰帶，亮出了手槍。「把皮夾給我。」

那人乖乖把皮夾交出來。雷根搶光了裡面的東西，把皮夾拋給他。「開車。」

車子開走後，雷根把兩百多元送給了兩名黑人兒童。「來，拿回去給家裡人買鞋子和吃的。」

他含笑看著兩名兒童帶著錢跑掉。

稍後亞瑟說雷根那天的表現極差。「你不能在哥倫布市到處扮演羅賓漢，打劫富人，救濟貧苦兒童。」

「我覺得很快樂。」

「可是你很清楚，帶槍違反了假釋條例。」

雷根聳聳肩。「外面也沒比監獄強。」

「這是什麼話，我們在這裡有自由。」

「有自由又怎麼樣？」

亞瑟漸漸覺得艾倫的直覺是正確的，雷根寧可要一個他能夠控制場子的環境，即使是監獄也好。

見到越多的哥倫布東區勞工聚集區，雷根就越憤怒。那些富有的公司集團高踞在玻璃鋼筋大樓裡，而這些勞工卻得在大樓的陰影中辛苦餬口。

有天下午他經過一棟破敗的房屋，門廊一邊高一邊低，他看見一個漂亮的金髮小孩，睜著兩隻藍色大眼，坐在洗衣籃裡，萎縮的腿彎成奇怪的角度。一名立在門口的老太太走到門廊上，雷根就問她：「這個孩子為什麼沒有裝支架？或是坐輪椅？」

老太太瞪著眼睛。「先生，你知不知道那些東西要花多少錢？我求了社福處兩年了，我根本就沒辦法幫南西要到東西。」

雷根繼續前進，陷入深思。

當晚他叫亞瑟去找出哪一家醫療用品倉庫有兒童的輪椅和腿部支架。亞瑟雖然不高興閱讀被打斷，也不高興雷根的命令語氣，仍然打電話給幾家醫療用品商，找到了肯塔基州有家公司有雷根描述的尺寸。他給了雷根型號及倉庫地址，卻問他：「你問這些做什麼？」

雷根連答都懶得答。

當晚雷根開走了車子，帶了工具和尼龍繩，南下到路易斯維，找到了醫療用品倉庫，就靜靜等待。等他確定所有人都離開後，他才行動。闖進去並不難，甚至不需要湯米協助。雷根把工具背上，爬過了鐵絲網籬笆，溜到倉庫側面，以免馬路上有人看見，再檢查排水管那邊的磚壁。

他在電視上看過飛賊總是用飛抓爬上屋頂，雷根對那類的工具嗤之以鼻。他從袋子裡撈出一支鋼鞋拔，抽掉左腳慢跑鞋的鞋帶。用鞋帶綁住鞋拔，讓圓弧尾端朝下，抵住他的鞋尖，用力一彎，就做出了一支鈎鋏。他爬上屋頂，在天窗上割出洞，伸手進去打開了鎖，尼龍繩綁住托架，緣繩而下，進入了倉庫。這倒讓他想起了幾年前和吉姆去爬山。

根據亞瑟給他的型號，雷根在倉庫裡搜尋了將近一個小時才找到需要的東西，是一對適合四歲兒童的腿支架，以及一張可折疊的輪椅。他開了一扇窗，把支架和輪椅都送到地面，再爬出去。然後他把東西都放上車，開回哥倫布。

他把車停在南西家已經是早晨了，他去敲門。老太太從窗戶注視他。「我有東西要送給小南西。」他跟老太太說。他把輪椅從車裡拿出來，打開來，示範如何使用，然後又教南西如何穿上支架。

「要很久很久才能學會怎麼用，」他說，「可是一定要會走路。」

老太太哭了起來。「我這輩子也付不起這些錢。」

「不用付錢，這是有錢的醫療器材公司捐助給需要的兒童的。」

「我能幫你做點早飯嗎？」

「咖啡不錯。」

「你叫什麼名字？」南西等奶奶到廚房之後才問他。

「叫我雷根叔叔。」他說。

南西擁抱他。老太太端了咖啡出來，還有這輩子吃過最美味的派，雷根把東西吃了個精光。

晚上，雷根坐在床上，聽著不熟悉的聲音——一個是布魯克林腔，另一個滿嘴髒話。雷根聽到什麼平分搶銀行的錢。他溜下床，拿出槍，打開了每一扇門，每一個衣櫃。他耳朵貼牆，可是爭吵聲是從他自己的公寓發出來的。他一踅身，說：「別動！否則我宰了你們兩個。」

說話聲停止了。

接著雷根聽到他的腦袋裡有人說：「你他媽的是誰，敢叫老子閉嘴？」

「再不出來，我就開槍了。」

「開槍打誰啊？」

「你在哪裡？」

「就算我說了你也不會信。」

「什麼意思？」

「我看不到我在哪裡，我一點也不知道是在哪裡。」

「你們在說什麼？」

「我在跟凱文吵架。」

「誰是凱文？」

「就是我在罵的傢伙。」

雷根思索了片刻。「描述你四周的東西，你看見了什麼？」

「我看到黃色檯燈，門口有一張紅椅子，電視開著。」

「哪種電視？演什麼節目？」

「白櫃子，美國無線電公司出品的大彩電，正在演《全家福》❺。」

雷根看了看自己的電視機，知道陌生人就在房間裡——隱形了。他又搜了一次公寓。

「我到處都找過了。你在哪裡？」

「就跟你在一起。」菲利普說。

「什麼意思？」

「我一直在這裡，一直都在。」

雷根搖頭。「好吧，不准說話了。」他在搖椅上坐了下來，搖了一整晚，想要想通是怎

❺ All in the Family，美國七〇年代熱門影集。

麼回事，很驚訝還有他不認識的人。

隔天亞瑟跟他說了凱文和菲利普。「我相信他們是你的心靈產物。」他說。

「什麼意思？」

「我先告訴你邏輯的一面。」亞瑟說。「你是仇恨的管理人，你知道自己擁有毀滅的力量。儘管藉由暴力，仇恨在許多方面都能夠無往而不利，可是仇恨卻是不受轄治的。即使有人想要保留仇恨的生理力量，移除它的邪惡面，這個人仍然會有一些壞的特徵。我們的心智想要控制你的暴力，讓憤怒有所選擇、可以管制。擺脫你的邪惡，你才能夠強壯卻不憤怒，如此一來你的邪惡也就削減了一部分，結果就產生了菲利普和凱文。」

「他們跟我是同一個？」

「他們是罪犯。只要他們有你的槍，他們為了達到目的，會毫不猶豫以恐懼來脅迫別人，但一定要持有武器，他們的力量感來自於武器，他們覺得這樣能讓他們達到你的層級。他們是睚眦必報的人，也絕對會犯下搶奪財物的罪，我在占茲維之後就宣布他們是討厭鬼，因為他們犯下了不必要的罪。可是你也知道混沌期會發生什麼事……雷根，儘管你表現出善良的一面，你的天性裡仍然不脫邪惡，要徹底清除仇恨是不可能的，我們要保持力量、採取攻勢，就必須要付出這個代價。」

「要是你好好控制住場子，就不會有混沌期了。」雷根說。「監獄裡還比較好。」

「監獄裡也有混沌期，即使是在你主導的時候，不過你經常在事後才察覺到。菲利普和凱文以及一些別的討厭鬼在監獄裡偷竊時間。現在至關重要的是不要讓他們和哥倫布或蘭卡斯特的罪犯朋友又聯繫上，他們會違反假釋條例。」

「同意。」

「我們必須結交新的朋友，開始新的生活，在查寧威這裡工作是大好的機會，我們必須要融入社會。」亞瑟環顧四周。「第一步就是把公寓好好地整理一下。」

九月他買了家具。帳單高達一千五百六十二元二毛一分，而頭期款下個月就要付了。起初情況似乎很順利，只有艾倫跟雪倫．羅斯有些問題。他也不知道為什麼，反正雪倫惹他心煩。她的樣子酷似瑪琳，而且也一樣的頤指氣使、無所不知，他感覺到雪倫也不喜歡他。

九月中旬，混沌期達到最高峰，每個人都糊裡糊塗的。艾倫會到出租辦公室，拿工作單，開車到工作地點，在公寓裡等湯米出來做事，可是湯米不出現的機率越來越高。誰也找不到他，也沒有人能做這份差事。艾倫知道他自己是一輩子也弄不懂拉鉛管或修暖氣的，而且他很怕碰什麼電的東西，怕會把自己的鞋炸掉。

艾倫會儘可能等湯米出現，如果他不來，艾倫就會離開，在工作單上簽「完成」或是寫公寓門「鎖死了」，也就是說他進不去。可是有些房客會打三、四次電話投訴，抱怨沒有人來修理，有一次在接到四通電話之後，雪倫決定要和比利一起去公寓看看問題是出在哪裡。

「拜託喔，比利。」她說，瞪著眼睛看不能進水的洗碗機。「就連我都知道要怎麼修。你是管理員，你應該要會修電器。」

「我修了，我修了排水管。」

「毛病顯然不是出在那裡。」

艾倫在租賃處放下她，知道她在生氣，他不禁疑心她會讓他丟掉飯碗。

艾倫跟湯米說他得要設法讓約翰．懷默和雪倫．羅斯高興，以免被開除。

湯米的第一個主意是給懷默的車子加個電話藍盒子，再竊聽他的電話。

「很簡單。」艾倫跟懷默說。「這樣你就有汽車電話了，而且電話公司根本不知道。」

「那不是違法嗎？」懷默問。

「沒有的事。電波誰都能使用。」

「你真的會？」

「要證明只有一個辦法，你付錢買材料，我幫你裝一部。」

懷默仔細盤問他，對密利根的電子知識極詫異。「我想先查一查。」懷默說。「不過確實是滿有意思的。」

幾天後，湯米在一家電子器材店買材料裝設自己的藍盒子，他找到了一個竊聽器，能夠放進電話裡，靠鈴聲啟動。他只需要打電話到人事處或是租賃處，假裝他撥錯了號碼，再掛斷，錄音機就會啟動。竊聽羅斯或懷默的辦公室，他也許能得知是否有不法情事在進行，萬一他們想開除他，他就可以利用這些消息來威脅他們，讓他們俯首聽命。

湯米把竊聽器和其他電子材料都掛在凱利與雷蒙公司帳上。

當晚，他溜進了租賃處，將錄音設備裝進了羅斯的電話中，他到懷默的辦公室也依樣畫葫蘆。接著艾倫上場，翻找了一些檔案櫃，看有沒有可用的資料，有個檔案夾吸引了他的目光——這是一份清單，前面辦公室稱之為「一級投資客」，是查寧威和威廉斯堡廣場的持股人，通常是秘而不宣的，就是這些人雇用了凱利與雷蒙公司來管理這些公寓的，艾倫影印了這份名單。

電話裝了竊聽器，口袋裡揣著名單，艾倫覺得無論發生什麼事，他的飯碗都是鐵打的了。

海利・卡德認識比利・密利根是因為比利到他的公寓去換紗窗。

「你可以換一個新的熱水器。」密利根跟他說。「我可以幫你弄一個來。」

「一個多少錢？」卡德問。

「不用錢。反正凱利與雷蒙也不會少塊肉。」

卡德看著他，很納悶密利根怎麼能建議這種事，明知他是哥倫布市的警察，也是查寧威的兼差保全。

「我再考慮考慮。」卡德說。

「要就通知我，我很樂意幫你免費安裝。」

密利根離開後，卡德決定要密切觀察他，近來查寧威和威廉斯堡廣場公寓竊盜案激增，由一切跡象可知行竊的人有一把母鑰匙。

約翰・懷默接到某個管理員的電話，他差不多是和密利根同時受雇的，人說他覺得懷默應該知道一些密利根的事。懷默就請他到辦公室來。

「我這麼做有點良心不安，」那人說，「可是那傢伙是怪胎。」

「怎麼說？」

「他對租賃處的女孩子心懷不軌。」

「你說『心懷不軌』，意思是他騷擾人家還是——」

「你既然是約翰的上司，那你大概應該先知道吧。」

約翰·懷默剛回家沒多久，才準備要舒服一下，就接到了騰納克的電話，叫他立刻到辦公室來。「發生了一件怪事。密利根在這裡，我覺得你應該自己過來，聽聽他的說法。」

懷默抵達後，騰納克說密利根回公寓去了，幾分鐘後會回來。

「他說了什麼？」懷默問。

「他指控了幾條罪名，還是讓他自己跟你說吧。」

「這傢伙讓我覺得毛毛的。」懷默說，拉開了辦公桌抽屜。「我要把這次的談話錄下來。」

他拿了新錄音帶，放進小錄音機裡，讓抽屜半開著。密利根走進門口，懷默就瞪大了眼睛。在此之前，他只見過密利根穿工作服。而現在他穿著三件式套裝，領帶，樣子極為不凡，而且還散發出權威感。

密利根坐下來，大拇指勾著背心。「你的公司裡有些情況你應該知道。」

「什麼情況？」騰納克問。

「有許多違法情事，我想給你們一個機會，解決這些問題，否則我就要去找檢察官了。」

「比利，你在說什麼啊？」懷默問。

接下來的一個半小時，艾倫敘述了租賃處是如何竄改紀錄，查寧威和威廉斯堡廣場的投資人又是如何被詐騙了。據報是空屋的公寓實際上住著某些員工的朋友，而房租則落入了這些員工的口袋裡。另外，他說他也能證明凱利與雷蒙公司非法接電線，詐騙電力公司。

他說他不相信懷默也參與了這些詐騙和挪用公款的勾當，可是公司裡幾乎每一個人都不乾淨——尤其是某個租賃處的主管，她讓朋友占據這些公寓。

「我準備給你們時間調查，約翰，把罪魁禍首繩之於法。如果你做不到，或是不願做，那我會找記者，讓事情登上《哥倫布快報》。」

懷默很擔心。總是會有不誠實的員工，而這種事總是會造成醜聞。看密利根說得十拿九穩的樣子，顯然雪倫．羅斯脫不了關係。

懷默向前傾。「你到底是誰，比利？」

「只是個有興趣的人。」

「你是私家偵探嗎？」騰納克問。

「我看不出有透露身分的必要。這麼說吧，我是在幫某些一級投資人維護他們的權益。」

「我就老覺得你不是普通的管理員。」懷默說。「我總覺得你太聰明了。原來你是為那些投資人工作的。方便告訴我們是哪幾位嗎？」

密利根抿著嘴唇，歪著頭。「我可沒說過我是為投資人工作的。」

「如果不是，」騰納克說，「那你可能就是別家經理公司派來破壞凱利與雷蒙的信用的。」

「喔？」密利根說，十指輕點。「你怎麼會這麼想呢？」

「可以請你告訴我們你到底是為誰工作的嗎？」懷默問。

「我現在只能說，你最好把雪倫．羅斯叫來，把我剛才說的事問個清楚。」

「我當然會調查你指控的事，比利，我也要謝謝你先把事情告訴我。我可以保證，如果凱利與雷蒙公司裡有任何不誠實的員工，我們一定會處理。」

密利根伸長左臂，讓懷默和騰納克看見他的袖子裡藏了一支小麥克風。「我應該明說，這次的談話錄下來了。這是接收器，另外還有人在別的地點錄音。」

「那敢情好。」懷默笑著說，指著敞開的抽屜。「因為我也錄音了。」

密利根笑出來。「好吧，約翰，給你三天的時間，從星期一算起，讓你收拾局面，開除有罪的人。否則的話，消息就上報了。」

密利根離開後，懷默打電話到雪倫．羅斯家裡，把他的指控告訴了雪倫。雪倫反駁，說密利根說謊，租賃處沒有人盜用公司的錢。

雪倫很憂心密利根竊聽了辦公室，就在週日到辦公室去搜，什麼也沒找到。不是他偷溜進來移除了，就是整樁事是騙局。她瞄了瞄桌曆，想也不想就從週五翻到週一，立刻看到了那行留言：

新的一天！趁著還有機會，好好享受吧！

天啊！她心裡想：「他打算殺了我，因為我開除了他。」她嚇壞了，打電話給騰納克，把留言帶去給他看。他們核對了密利根的筆跡，發現兩者吻合。

週一兩點半，密利根打電話給雪倫，叫她在週四下午一點半務必要到富蘭克林郡地檢處。如果她不聽，他說他就不得不帶著警察來找她了，到時候場面只怕不是很好看。

當晚，海利．卡德打電話到密利根的公寓，叫他不要再打擾租賃處的女孩子。

「你說『不要再打擾』是什麼意思？我又沒做什麼？」

「聽著，比利，」卡德說，「如果她們必須到地檢處，那就應該有傳票。」

「那跟我有什麼關係？」密利根反問他。

「她們知道我是警察，請我去問過了。」

「她們怕了嗎，海利？」

「不，比利，她們不怕，她們只是不想再被騷擾了。」

艾倫決定暫時按兵不動，可是遲早他會讓雪倫·羅斯丟掉飯碗。這段期間，他仍有公寓可住，可是他得開始找另一份工作。

往後兩週，艾倫到處找工作，可是想找到像樣的工作根本就不可能。他發現自己無事可做，無人可談，他一直遺失時間，而且憂鬱症也加重了。

一九七七年十月十三日，他收到約翰·懷默的收回公寓通知，他在公寓裡亂轉，他該怎麼辦？他該怎麼辦？

他正來回踱步，忽然看見雷根把他的九釐米史密斯威森手槍放在壁爐上。手槍為什麼會放在外面？他究竟是哪裡不對勁？光是這把槍跟衣櫃裡的二五釐米義大利槍就能讓他因為違反假釋條例而又進去蹲苦窯。

「我受不了了，亞瑟。」艾倫大聲說。「太超過了。」

他閉上眼，離開了……

雷根猛然抬頭，迅速環顧四周，確認只有他一個人，他看到桌上的帳單，恍然大悟，少了薪水，他們陷入絕境了。

「好吧。」他大聲說。「小傢伙一定得有衣服過冬，填滿肚子，我去搶劫。」

十月十四日週五，天未破曉，雷根就把史密斯威森手槍塞進肩套裡，穿上褐色高領毛衣、白色慢跑鞋、褐色慢跑外套、牛仔褲和風衣。他吞了三顆安非他命，喝了一些伏特加，在天亮前出門，向西慢跑到俄亥俄州立大學。

第十九章

1

雷根跑了十一哩路，穿過哥倫布市，七點半抵達了俄亥俄州立大學東貝爾蒙停車場。他沒有計畫，一心一意只想找個人行搶。他站在醫學院和停車場之間，看見一名年輕女郎停下了一輛金色豐田，她下車時，雷根看見鹿皮外套下是一套褐紅色褲裝。他轉身去找別人下手，他可不願打劫女人。

可是雅德蘭娜一直在觀察，她知道雷根為什麼在這裡。她知道跑遍了整個城的雷根累了，而且安非他命和伏特加也漸漸起了作用。於是她以念力讓他離開了場子……

雅德蘭娜向那名女郎走過去，看見她彎著腰從乘客座拿書和報告，她就掏出了雷根的手槍，抵著女郎的胳臂。

女郎笑出來，頭也不回。「喂，別鬧啦。」

「麻煩妳坐進車裡。」雅德蘭娜說。「我們要去兜風了。」

凱莉·德萊兒轉過頭來，看見並不是她的朋友，而是一個不認識的人。她看到他戴著手套，握著槍，才明白他不是在開玩笑。他揮手要她坐乘客座，她只好手腳並用，從變速桿爬過去。他拿了她的車鑰匙，坐進駕駛座。起初他放不掉手煞車，但是最後還是開出了停車場。

凱莉非常仔細地觀察他的面貌：紅褐色頭髮，修剪得很整齊的八字鬍，右頰上有痣，五官英俊，體格健壯，大約一百八十磅，五呎十吋左右。

「我們要去哪裡？」她問。

「兜風。」他輕聲說。「我對哥倫布不是很熟。」

「喂，」凱莉說，「我不知道你是想要什麼，可是我今天要考驗光。」

他駛入一處工廠停車場，停下了車。凱莉注意到他的兩眼會瞟來瞟去，彷彿是患了眼球震顫症。她得記住，才能跟警察說。

他搜了她的皮包，拿出她的駕照和其他證件，而且他的聲音變粗了：「妳敢報警，我會去對付妳的家人。」他拉出一副手銬，把她的右手銬在門把上。「妳說妳要考試。」他喃喃說。「妳要念書的話，只管請便。」

汽車駛向俄亥俄州立大學的北區。過了一會兒，他停在鐵路交會點的鐵軌上。有輛火車正緩緩過來。他跳下車，繞到後車廂。凱莉很怕他會把她丟在這裡，手被銬著，還有一輛火車要衝過來，她忍不住猜測他是不是瘋子。

聽到輪胎輾在鐵軌上，凱文就把場子從雅德蘭娜那裡奪了過來，他跑到後面，看見輪胎沒事。萬一爆胎了，他會自己逃命，幸好一切安好，所以他又回車上，把車開走。

「把褲子脫掉。」凱文說。

「什麼？」

「把褲子脫掉！」凱文大吼。

她照做了，被他突然變換的心情嚇到了。她知道這是為了防止她逃跑，他料得不錯，即使沒被銬住，她也不會不穿衣服就逃跑。

一路上，她盡量盯著她的驗光學課本，以免惹怒他。可是她還是注意到他走國王大道向西行，接著切入歐連唐吉河路轉北行。他正載著她到鄉間，偶爾自言自語：「今天早上才逃掉……拿球棒海扁了他一頓……」

汽車經過玉米田，又經過一處運材路柵欄。他繞過去，進入樹林區，經過了一塊都是廢棄車輛的野地。凱莉記得她在座位和操縱桿間放了一把銳利的剪刀，她考慮要用剪刀來攻擊他。可是她才瞄向剪刀，他就說：「少作怪。」還亮出了一把折疊刀。他把車停好，解開銬住門把的那邊的手銬，再把她的鹿皮大衣鋪在泥地上。

「內褲脫掉，」他低聲說，「躺下來。」

凱莉．德萊兒看見他的眼睛又左右亂瞟……

雅德蘭娜躺在女郎身邊，看著樹木，她不懂為什麼菲利普和凱文總是能搶走她的場子。她在開車時，兩次被他們接手，她必須一直動用念力來趕走他們。所有事情都亂七八糟的。

「妳知道孤單一個人是什麼感覺嗎？」她問躺在身邊的女人。「好久好久都沒有人擁抱你？不知道愛情的意義是什麼？」

凱莉沒出聲，雅德蘭娜像擁抱瑪琳一樣抱著她。

可是這一個年輕女郎很嬌小，而且還有別的地方不對勁。雅德蘭娜雖然很努力，可是每次她想進入，凱莉的肌肉就會抽搐，把她逼出來——拒絕她。這一點既奇怪又讓人害怕，迷惑的雅德蘭娜又失去了場子……

凱莉涕淚縱橫，跟他解釋她的身體有問題，正在看婦科，每次她想跟誰上床，就會發生抽搐。凱莉又注意到眼球震顫症，突然間他變得既生氣又下流。

「哥倫布有那麼多女人，」他咆哮道，「我他媽的偏偏挑上一個沒用的！」

他叫她穿回內褲，回汽車上，凱莉注意到他又變了。他伸手遞給她一張紙巾。「來，」他溫柔地說，「擤擤鼻子。」

雅德蘭娜現在很緊張。她記得雷根這一趟的目的——她也知道萬一她空手而歸，雷根可能會起疑。凱莉看著強暴犯的關切表情，他的擔憂是千真萬確的。她胡亂猜測是哪裡不對，心裡還差點為他難過。

「我一定得弄到錢，」他跟她說，「不然有人會非常生氣。」

「我身上沒錢。」凱莉說，又哭了起來。

「別那麼傷心嘛。」他又給了她一張紙巾。「只要妳乖乖聽話，我不會傷害妳的。」

「你想對我怎麼樣，隨便你，」她說，「可是不要傷害我的家人，把我的錢都拿走，請你放過他們。」

他停下車，又搜了她的皮包，找到了一本支票簿。她還有四百六十元。「妳這個星期需要多少錢生活？」

凱莉淚眼模糊，吸吸鼻子。「五、六十塊吧。」

「好，」他說，「妳自己留六十塊，開一張四百元的支票。」

凱莉既驚又喜，雖然她知道她的書籍費和學費沒著落了。

「我們要去搶銀行。」他突然說。「妳跟著來。」

「我不要！」她大聲說。「你想把我怎麼樣都隨便你，可是我不會幫你搶銀行。」

「我們到銀行去兌換妳的支票。」他說，不過又好像在考慮。「妳在哭，他們會知道不對勁。妳的心理不夠穩定，就沒辦法進銀行去兌支票，會被妳搞砸的。」

「我倒不覺得我有什麼問題。」凱莉說，仍然在哭。「被人家拿槍押著，我的表現夠好了。」

他只是哼了一聲。

他們找到了一家俄亥俄國民銀行分行，在西布洛德街七七〇號，有免下車窗口。他把槍藏在兩人之間，但槍口仍對著凱莉。凱莉掏出證件，把支票轉過來背書，正想要寫「救命」兩個字，他卻像能看穿她的心思，說：「別想在支票上搗鬼。」

他把支票和凱莉的證件都遞給行員，兌現了支票。「妳可以報警說被搶了，然後要銀行支付。」他駕車離開時說。「說妳是被迫兌現的，這樣被搶的就變成銀行了。」

進入市區，到了布洛德街和大街路口，他們陷入車陣裡。「換妳開，」他說。「妳去報警的時候，別跟他們說我的長相。要是我在報上看到什麼，我不會親自過去，可是會有人照料妳的家人或是妳。」

說完他就打開車門，快步離開，一轉眼就消失在人群裡了。

雷根左顧右盼，以為自己是在俄亥俄州立大學停車場，結果卻是路過拉哲若斯百貨公司，而且已經是下午三、四點了，時間都溜哪兒去了？他伸手到口袋裡，摸到一捲鈔票。嗯，那他一定是幹了一票了，他一定是搶了誰，卻不記得。

他搭上向東的巴士到雷諾茲堡。回到查寧威，把錢和萬事達卡放在衣櫃架上，就去睡覺了。

半小時後，亞瑟醒了，精神很好，很納悶怎麼會這麼晚才起床。他淋浴，正要換上乾淨的內衣，就注意到衣櫃架上的錢。怪了，這是哪裡來的？有人很忙啊。咳，反正錢在這裡，他索性去買些雜貨，付些帳單。汽車貸款是最重要的。

亞瑟把收回公寓通知單推開。這些小子被開除了，約翰・懷默就要收房租了。嗯，房租可以再等等。他決定了要如何處理凱利與雷蒙公司。他會讓他們一直寄收回公寓通知來，等到鬧上法庭，艾倫會向法官說這些人逼他辭職，當初他們說搬進公寓是當維修員的必要條件，正當他貸款買了新家具，他們又開除了他，想要逼他淪落街頭。

他知道法官會給他九十天的時間搬遷。即使是收到了最後的搬遷通知，他也仍有三天的時間。艾倫應該能夠找到新工作，存一點錢，找到新公寓。

當晚，雅德蘭娜把八字鬍剃掉了，她一向就討厭臉上有毛。

湯米答應了比利的妹妹，要去蘭卡斯特跟她共度費爾菲郡園遊會的最後一個週六。桃樂絲和戴爾也租了個攤位賣小吃，可能需要人手幫忙收拾。他拿了在五斗櫃上看見的錢，所剩不多了。他叫艾倫載他到蘭卡斯特，他和凱西在遊園會度過了愉快的一天，坐了各種遊樂設施，玩遊戲，吃熱狗，喝沙士。兩人聊著過去，猜測吉姆跟新的搖滾樂團在西加拿大的情況，以及嘉樂在空軍的情形，凱西說她很高興他把八字鬍剃掉了。

他們回到小吃攤，桃樂絲正忙著烤東西，湯米溜到她背後，把她銬在管子上。「既然妳要一整天在熱火爐前當奴隸，」他說，「那乾脆就綁在上面算了。」她聽了哈哈笑。

他和凱西一直待到園遊會結束，然後艾倫駕車回查寧威。

亞瑟靜靜度過了週日，讀他的醫學書籍；週一早晨，艾倫出門去找新工作。這一週他都在打電話，填表格，可是找不到職缺。

2

週五晚上，雷根跳下床，覺得自己才睡了沒多久。他走向五斗櫃，錢——他不記得是如何偷來的錢——沒有了。他跑去衣櫃，拿了點二五自動手槍，搜查公寓，把門踢開，尋找趁著他睡覺闖進來的竊盜。可是公寓空空如也。他想聯絡上亞瑟，得不到回應，他氣憤地把撲滿打破，拿出十二塊錢，出門去買伏特加。回來後，他又喝酒，又抽大麻，滿腦子仍想著帳單，知道無論上次是怎麼弄到錢的，他都得再做一次。

雷根吞了幾顆安非他命，帶上槍，穿上慢跑外套和風衣。這次他仍是向西慢跑到哥倫布，抵達俄亥俄州立大學哲人停車場，時間大約是早晨七點半。他認出遠處是俄亥俄州橄欖球隊的馬蹄形球場，後方停車場的對面那幢水泥玻璃現代大樓的招牌上寫著「阿普漢樓」。

有個矮胖的護士從門口出來。她有欖橄色的皮膚，高顴骨，黑髮綁了一條長長的大辮子，垂在背上，她走向一輛白色日產大多桑，他總覺得認識她。某人——他猜是艾倫——在許久以前某個學生經常出入的地方，叫「城堡」的，見過她。

雷根轉身，還沒能離開，雅德蘭娜就把他趕出場子了……

唐娜·韋斯特在大學的精神醫院值完十一點到七點的班，筋疲力竭。她跟未婚夫說會在醫院打電話給他，兩人一起去吃早餐，可是今天早晨她又下班晚了，而經過了辛苦的一晚，她只想要趕快離開，等她回公寓再打給席尼。她走向停車場，有個朋友路過，揮手跟她打招呼，唐娜走向汽車，她一向都把車子停在面對阿普漢樓的第一排停車格。

「嘿，等一下！」有人在喊。

她一抬頭就看到一個穿牛仔褲和風衣的年輕人在停車場對面揮手，滿好看的，她心裡想，像某個演員，她想不起名字，他戴了褐色太陽眼鏡。她等著他過來，他原來是要問到主停車場的方向。

「唉，用說的說不清楚。」唐娜說。「我正好要繞過去，你乾脆上車來，我載你過去？」

他坐上了車，唐娜正在倒車，他就從外套裡掏出了手槍。

「開車。」他說。「妳要幫我一個忙。」幾秒鐘後，他又說：「只要妳乖乖聽話，就不會受傷，可是別以為我不會殺人。」

完了，唐娜心裡想，我要死了。她覺得臉發燙，血管收縮，反胃想吐。天啊，她為什麼不在離開前打電話給席尼？不過起碼他知道她應該會打，他也許會報警。

綁匪伸手到後面去拿她的皮包，翻出了她的皮夾，看著她的駕照。「嗯，唐娜，開上七十一號州際公路，往北。」

他取走了她皮夾裡的十元。她總覺得他在表演，故意慢吞吞把鈔票折起來，塞進襯衫口袋裡。接著他又從她的香菸裡抽出一根菸，塞進她的嘴巴。「妳一定很想抽一根。」他說，用她的打火機幫她點菸。她發覺他的手到處都有污垢，指甲下也是，不是土不是灰，也不是油，是別種東西。他還故意慢吞吞地把打火機上的指紋擦乾淨，這個舉動把唐娜嚇壞了——說不定他是慣犯，有前科，他注意到她震驚的反應。

「我是某個幫派的。」他說。「幫裡有人涉入政治活動。」

她立刻就聯想到「氣象人」，雖然他沒有直言其名。他要她走七十一號州際公路北上，所以她就假設他是要到克利夫蘭脫身，於是她更斷定他是一個城市游擊隊。

可是他卻要她在德拉瓦郡下州際公路，轉入一條小路。她看見他放鬆下來，彷彿對這一區很熟，等到完全不見其他車輛的蹤影，他就叫她停車。

唐娜．韋斯特一看見這地方有多荒涼，她就知道這次的綁架與政治無關。她會被強暴或是被殺，或是先姦後殺。他靠著椅背，而她知道真正可怕的事就要發生了。

「我要坐一會兒，讓我的頭腦清醒一下。」他說。

唐娜雙手握著方向盤，筆直瞪著前方，想著席尼，想著自己的人生，不曉得接下來會發生什麼事。眼淚撲簌簌落了下來。

「嘿，這是怎麼了？」他說。「妳是怕我會強暴妳嗎？」

他的話以及他嘲謔的口吻很傷人，她看著他。「沒錯，」她說，「我是怕。」

「哼，笨女人。」他說。「該為自己的小命操心了，妳倒不操心，反而去操心妳的屁股。」

這話倒是有當頭棒喝的作用，唐娜立刻就不哭了。「天啊，」她說，「你說得一點也沒錯，我確實是在為我的命擔心。」

他的聲音變柔和了，說：「把馬尾解開。」他的眼睛被太陽眼鏡遮住了，她看不見。

她緊握著方向盤。

「我叫妳把頭髮放下來。」

她伸手把髮夾摘掉，然後他把她的辮子打散，愛撫她的頭髮，誇獎她的頭髮很漂亮。緊接著他又變了，變得多嘴喧鬧。「妳他媽的簡直是一頭豬。」他說。「天喔，妳怎麼會落到這步田地。」

「我怎麼會落到這步田地？」

「看妳穿的，看妳的頭髮，妳應該知道會吸引像我這樣的人，妳早上七點半跑到停車場幹什麼？他媽的笨女人。」

唐娜覺得他說的倒也不無道理。確實是她的錯，好心要載他。不管會發生什麼，她只能怪她自己。但是她猛然打住，警悟到他的伎倆，他是故意讓她覺得她是咎由自取，她聽說過強暴犯會使這一招，她才沒有那麼笨。可是她仍忍不住想，一個人求助無門，又嚇得要死的時候，確實很容易讓那個拿著大槍坐在那裡的人害妳覺得都是自己不好。

無論會發生什麼事，她都認命了。她心裡掠過一個想法：唉，強暴並不是最可怕的遭遇。

「對了，」他說，嚇得她回過神來，「我叫菲爾。」

她筆直看著前方，不肯轉頭看他的臉。

他對她吼：「我說我叫菲爾！」

她搖頭。「我不在乎你叫什麼名字。我覺得我不想知道。」

他要她下車。然後他搜她的口袋。「妳是護士，我敢賭妳有一大堆藥。」

她不作聲。

「到車子後面去。」他命令她。

唐娜走得很快，坐進後座，希望能說話引他分心。「你喜歡藝術嗎？」她問。「我真的很喜歡藝術。我會捏陶，我喜歡玩黏土。」她歇斯底里地說個不停，可是他似乎一句也沒聽見。

他要她把白色褲襪脫掉，並沒有強迫她脫個精光，害她更羞辱，為此她幾乎有點感激。

「我沒毛病。」他說，拉開褲襠拉鍊。

唐娜很詫異他會說這種話，她好想尖聲大叫：我有毛病，我什麼病都有。可是她現在已經覺得他的心理不正常了，她很怕會進一步激怒他。唉，此時此刻她最擔心的可不是什麼疾病，她只想讓這件事趕緊結束。

他很快就做完了，她很意外也鬆了一口氣。

「妳真棒。」他說。「妳讓我興奮。」他下了車，東張西望，叫她坐回駕駛座。「我還是第一次強暴別人耶。我現在不只是游擊隊了，我還是強暴犯。」

稍過片刻，唐娜說：「我可以下車嗎？我想方便。」

他點頭。

「有人看我尿不出來。」她說。「你可以走遠一點嗎？」

他照做，等她回來後，又注意到他的行為變了。他很放鬆，愛開玩笑，可是莫名其妙又突然變了，恢復了強暴之前的命令態度，言詞暴力，滿口髒話，嚇壞了她。

「上車。」他厲聲說。「上高速公路，向北走。我要妳兌支票，弄錢給我。」

她的腦筋飛轉，急欲回到熟悉的地方，就說：「喂，如果你要的是錢，那就回哥倫布。今天星期六，銀行不會兌現外縣市的支票。」

她等他反應，告訴自己如果他堅持要走七十一號北上，就表示他們要去克利夫蘭。她當下決定要撞車，兩個人同歸於盡。她恨透了他做的事，她要確定他不會活著花她的錢。

「好吧。」他說。「走七十一號南下。」

唐娜希望自己鬆了口氣的表情沒讓他看出來，她決定要乘勝追擊。「走二十三號公路吧？那裡有很多家銀行，可以在中午打烊之前找到一家。」

他也接受了這個提議，雖然唐娜仍然覺得自己有生命危險，心中卻懷有一絲希望；如果她能一直說話，讓他一直變換不定，說不定她能留下一條性命。

「妳結婚了嗎？」他突然問。

她點頭，知道一定得讓他以為有人在等她，有人會知道她失蹤了。「我先生是醫生。」

「他怎麼樣？」

「他還在實習。」

「我不是問這個。」

「那你是問什麼？」

「他是什麼樣的人？」

她正要描述席尼，忽然明白他是想知道她丈夫在床事上的表現。

「你比他厲害多了。」她說，知道拍他馬屁他可能會對她好一點。「我老公一定有問題，動作實在是太慢了。不像你那麼快，實在是很厲害。」

她看得出他整個人得意洋洋，而她更加肯定這個年輕人有精神分裂症，與現實脫節了。只要繼續哄著他，說不定她能全身而退。

他又搜了一次她的皮包，拿走了她的萬事達卡，大學醫院工作證和支票簿。「我得弄到兩百塊。」他說。「有人需要這筆錢。寫張支票，然後去妳在威斯特維的銀行兌現。我們一起進去，要是妳敢玩什麼花樣，想要找人救命，我就拿著槍站在妳後面，我會開槍。」

走進銀行，唐娜全身發抖。她覺得難以置信，她經過那麼多行員居然沒有一個發覺她的信號——她又是做鬼臉又是轉眼珠，想要吸引注意。可是誰也不覺得不對勁。唐娜拿萬事達卡提了兩筆錢，一次提出五十元，最後收據上說她的額度快滿了。

駕車離開後，他把銀行收據仔細撕毀，再把碎片從車窗拋出去。唐娜從後照鏡看，險些嗆到——有一輛威斯特維警車就跟在後面。一拳抵著太陽穴，她心裡想著，天啊，我們要因為亂丟垃圾被捕了！

他察覺了她的激躁，轉頭看見了警車。「他媽的！那些豬敢過來，我就轟掉他們的腦袋。可惜得讓妳看到，可是該怎樣就怎樣。我要宰了他們，妳要是敢耍什麼花樣，下一個就是妳。」

她在心裡祈禱，希望警察沒看見紙屑飛出窗外。她很肯定他會跟警察槍戰。

警車沒有理會他們，唐娜呼了一口氣，全身發抖。

「再找一家銀行。」他說。

他們又找了幾家銀行，又到克羅格和大熊商店，都沒提到錢。她發現在進入銀行之前，他都會變得躁動兇狠，可是一進去，他就一副遊戲人間的樣子，彷彿只是一場遊戲。走進「雨林中心」的克羅格商店，他摟著她，假裝是她的先生。「我們真的需要這筆錢。」他向店員說。「我們要出遠門。」

最後唐娜使用提款機領出了一百元。

「不知道那些電腦是不是全都連線。」他說。

唐娜說他好像對銀行和銀行機器非常熟悉，他說：「我需要知道這些事，因為這種知識對我那一幫很管用，我們分享資訊、而人人都對團體有貢獻。」

她仍然假設他說的是「氣象人」或某些激進團體，就決定以政治和時事的話題來分散他的心神。他翻閱掉在車裡的《時代》雜誌，唐娜就問他對巴拿馬運河協定的公投有何意見，他一臉困惑，躁動不寧，不出幾秒鐘她就知道他對於電視新聞或是報紙頭條都一無所知。他根本就不是什麼政治活躍分子，只是故意誤導她，唐娜斷定他對於世事所知甚少。

「不要報警，」他突然說，「因為我或是別人會監視妳，我們會知道。我大概會在阿爾及利亞，可是會有人盯著妳。我們就是這樣配合的，我們會互相照應。我那一幫兄弟會對付妳。」

她想讓他不停說話，讓他分心，又決定還是別碰政治比較好。「你相信上帝嗎？」她問，覺得這個話題應該可以讓他說上幾個小時。

「妳覺得有上帝嗎？」他大喊，拿槍指著她的臉。「上帝現在有在幫妳嗎？」

「沒。」她倒抽口涼氣。「你說得對，上帝現在並沒有幫助我。」

他又突然鎮定下來，盯著外面。「我對宗教大概是完全摸不著頭腦。妳絕對猜不到，我是猶太人。」

「我父親也是猶太人。」

他喋喋不休，似乎沒那麼不高興，可是最後他說：「宗教都是狗屎。」

唐娜默不作聲，宗教絕對不是正確的話題。

「妳知道嗎，」他輕聲說，「我真的很喜歡妳，唐娜，真可惜我們是在這種情況下認識的。」

唐娜斷定他不會殺她了，於是開始尋思要如何幫警察捉到他。

「如果可以再見面，」她說，「就太好了，打電話給我……寫信給我……寄明信片來。如果你不想簽上你自己的名字，就簽個G，代表游擊隊。」

「妳老公怎麼辦？」

他上當了，她心裡想。她操弄了他，現在他上鈎了。「放心好了，」她說，「我會應付他的。寫信給我，打電話給我，我很樂意跟你聯絡。」

他指出汽油快沒了，建議到加油站去加油。

「沒關係，還夠。」她是希望開到沒油，他就不得不下車。

「我們距離我遇到妳的地方有多遠？」

「不遠。」

「妳何不把我載回去？」

她點頭，覺得繞了一圈又回到事情的起點，還真是諷刺。接近牙醫系時，他要她停車。他堅持留給她五元加油，她沒碰，他就把錢塞到遮陽板下，然後溫柔地看著她。「很遺憾我們是在這種情況下認識的。」他又低聲說。「我真的愛妳。」

他緊緊擁抱她，就下車跑走了。

週六下午一點雷根才回到查寧威公寓，對搶劫的經過又是完全不記得，他把錢放在枕頭下，槍放在床邊桌上。「這筆錢是我的。」他說完就睡了。艾倫傍晚醒過來，在枕頭下找到兩百元，很納悶究竟是哪裡來的。一看到雷根的槍，他就猜到了。

「那，乾脆出去玩個痛快吧。」他說。

他沐浴，刮除了長了三天的鬍子，換上衣服，出去吃晚餐了。

3

週二晚上雷根醒過來，以為只睡了幾小時。他一醒就把手伸到枕頭底下，卻找不到錢。不見了。他都還沒付帳單，也沒給自己買東西呢。他再一次詢問內部的人，這一次找到了艾倫和湯米。

「對啊。」艾倫說。「我看到枕頭底下有錢，我又不知道不能花。」

「我買了一些美術用品。」湯米說。「我們需要補貨。」

「笨蛋！」雷根大吼。「我去搶錢就是為了要付帳單，買食物，付車貸。」

「咦，亞瑟呢？」艾倫問。「他應該要告訴我們啊。」

「我找不到亞瑟，他放著場子不管，又跑到哪裡去搞科學研究了，結果是我得去弄錢來付帳單。」

「那你現在要怎麼辦？」湯米問。

「我要再幹一票，這是最後一次了，誰也不許把錢拿走。」

「啐，」艾倫說，「我恨透了這些混沌期了。」

十月二十六日星期三凌晨，雷根換上了皮衣，第三次跑過哥倫布市，目標鎖定俄亥俄州立大學。他必須弄到錢，他必須打劫某人，誰都行。大約七點半，他停在一處十字路口，正巧有輛警車也停在那裡。雷根抓緊了槍，警察可能會有錢，他正要邁步，號誌就變了，警車開走了。

沿著東伍德拉道前進，他看見了一名漂亮的金髮女子正把一輛藍色雪佛蘭駛入一棟紅磚公寓的車道，牆上的牌子上寫著「雙子星」，他跟著她繞到後面的停車區，確信她沒有察覺。他從沒想過要搶女人，可是現在他是狗急跳牆了，這麼做都是為了那些年紀小的。

「上車。」

金髮女郎嚇了一跳，轉過頭來。「什麼？」

「我有槍。我需要妳載我到別的地方。」

害怕之餘，她只好遵從他的指示。雷根坐進乘客座，掏出兩把槍。接著雅德蘭娜就又把他趕出了場子，這是第三次了……

雅德蘭娜越來越擔心亞瑟可能會發現她一直在盜取雷根的時間。她決定了，如果雷根被捕，就讓他一個人背黑鍋好了。反正他帶槍出來，本來就打算要搶劫，人人都會相信在場子上的一直是他。要是他記不住發生了什麼事，大家也只會怪他吃太多伏特加和興奮劑。

她很欣賞雷根，欣賞他的衝勁，也欣賞他對克莉絲汀那麼溫柔。有些雷根的特質她很希望自己能擁有。金髮女郎駕車前進，雅德蘭娜談著自己，彷彿她就是雷根。

「我要妳在那邊的辦公大樓停車。」她說。「後面應該停了一輛禮車。」

看見了禮車後，雅德蘭娜拿了一把槍，瞄準禮車。「我要殺了車主，如果他現在在這裡，他早就死了。那個人販賣古柯鹼，我剛好知道他賣古柯鹼給一個小女孩，害死了她。他販毒給小孩子，所以我才要殺了他。」

雅德蘭娜摸到口袋裡有東西，發現是湯米的手銬，就丟在地板上。

「妳叫什麼名字？」雅德蘭娜問道。

「波麗．紐頓。」

「波麗，妳的汽油快沒了，開到加油站。」

雅德蘭娜買了五加侖汽油，叫波麗取道七十一號州際公路北上。一直開到俄亥俄州沃辛頓，雅德蘭娜堅持要停在「好朋友」冰淇淋店買兩杯可樂。

繼續上路。雅德蘭娜注意到公路右側有一條河，有幾座單行橋跨過河面。她知道波麗．紐頓正仔細端詳她的臉，可能是為了以後向警方指認。雅德蘭娜說個不停，假裝是雷根，捏造故事，如此一來就能困擾亞瑟和其他人，掩飾她的行蹤，不會有人知道她上過場子。

「我殺了三個人，不過戰時我殺了更多。我是氣象人、恐怖組織的成員，昨天晚上才到哥倫布，有任務。有個人要出庭作證，對我們氣象人不利，我要做掉他。我應該跟妳說，我的任務成功了。」

波麗．紐頓靜靜傾聽，不時點頭。

「我還有另外一個身分，」雅德蘭娜誇口說，「我換身衣服就成了商人，而且還開馬斯拉蒂。」

來到了荒蕪的鄉間道路，雅德蘭娜要波麗開過一條深溝，穿過水池邊一片蔓生雜草的荒地。雅德蘭娜跟她一起下車，凝視著池水及四周的環境，然後走回來，坐在引擎蓋上。「再等二十分鐘，然後妳再載我到別的地方。」

波麗像鬆了口氣。

不料雅德蘭娜又說：「我還要睡妳。」

波麗哭了起來。

「我不會傷害妳。我不是會打女人、到處亂甩女人的那種人。我甚至不喜歡聽到有人那樣對待女人。」

「喂，被強暴的時候，妳絕對不可以又踢又叫，因為那會嚇到對方，變得暴戾。最好的方式是躺下來，說『來吧』，這樣對方就不會傷害妳。我最見不得別人流眼淚了，」雅德蘭娜說，「可是妳沒有選擇，不管怎麼樣都阻止不了我。」

她從車裡拿了兩條大浴巾，鋪在地上，旁邊再鋪上她的皮夾克。「躺下來，兩手放在地上，抬頭看天，盡量放輕鬆。」

波麗按照她的話做。然後雅德蘭娜躺在她身邊，解開她的上衣胸罩，吻她。「不用擔心會懷孕什麼的。」她說。「我有杭亭頓舞蹈症，已經結紮了，妳看。」

雅德蘭娜把運動褲拉到膝蓋上，露出了下腹部的疤，就在陰莖上方。其實根本就不是切除輸精管留下的疤痕，那條對角線是疝氣手術留下的痕跡。雅德蘭娜躺在波麗身上，波麗哭喊道：「拜託不要強暴我！」她的哭喊聲竄入了雅德蘭娜的心底，使她想起了大衛、丹尼、比利發生的事。天啊，強暴實在是太恐怖了。雅德蘭娜停了下來，翻身仰躺，看著天空，眼中含淚。「比利，」她大聲說，「你到底是什麼毛病？快點醒醒腦子。」

她爬起來，把浴巾放進車裡，然後從前座拿了比較大的槍，丟了一罐啤酒到池塘裡，開了兩槍，兩槍都沒打中。唉，她又不是雷根，沒那麼神準。

「走吧。」雅德蘭娜說。

途中，雅德蘭娜搖下車窗，朝電線杆開了兩槍。接著她伸手翻揀金髮女郎的皮包。「我需要弄點錢。」她說。「大概兩百塊。」她拿出兌換支票卡。「我們到克羅格去兌支票。」

到了克羅格，波麗換到了一百五十元，接著他們又去北大街的州立儲蓄銀行，可是銀行不肯兌現。他們又去了幾家免下車銀行，仍無所獲，雅德蘭娜就建議使用波麗父親的聯合公司卡，拿這張卡當備用，兌換一張支票。雅地購物中心裡的聯合公司允許她兌換一張五十元的支票。「我們可以再兌一張，」雅德蘭娜建議，「錢妳可以留著。」

雅德蘭娜一時興起，從支票簿撕下了一頁，給波麗寫了首詩，可是寫完後，她說：「不能給妳，警察可能會核對筆跡。」她把紙毀了，又從波麗的通訊簿上撕下一頁。

「這一頁我留著。」雅德蘭娜說。「要是妳敢報警，或是跟他們描述我的長相，我就把這一頁送給氣象人，他們會到哥倫布來殺光妳全家。」

就在這時，雅德蘭娜看見左邊有警車通過，一驚之下，她溜走了……

菲利普發現自己看著窗外一輛汽車駛過，他轉頭看見一名陌生的金髮女郎在開車。

「我他媽的怎麼會在這裡？」他大聲說。「你是跑哪兒了，菲爾？」

「你的名字是比爾啊？」

「啐，是菲爾。」他東張西望。「這是怎麼回事？媽的，幾分鐘前我才……」

又換湯米上來了，看著她，不知道自己怎麼會在這裡。有可能是某人出來約會。他看了看錶，已經快中午了。

「妳餓了嗎？」湯米問她。

她點頭。

「那邊有家溫蒂漢堡，我們去買漢堡薯條。」

她點餐，湯米付錢。他們一邊吃，她一邊講她的事，可是湯米沒認真聽，她又不是跟他約會。他只好等待了，看跟她約會的那個人會不會回來，帶她到他們要去的地方。

「你要我把你載到什麼地方嗎？」她問。

他看著她。「大學區就可以了。」

無論是誰在跟她約會，都已經被甩了。兩人回到車上，湯米閉上了眼睛……

艾倫迅速抬頭看著駕車的年輕女郎，摸到手裡的槍和一捆錢，媽媽咪啊，不妙……

「喂，」他說，「不管我做了什麼，我都很抱歉，真的，我沒傷到妳吧？別跟警察說我長得什麼樣子，好不好？」

波麗瞪著他。艾倫知道他必須故佈疑陣，以免她真的去報警。

「就跟警察說我是委內瑞拉人，叫豺狼卡洛斯。」

「誰是豺狼卡洛斯啊？」

「豺狼卡洛斯死了，可是警察不知道。妳跟他們說我叫卡洛斯，他們可能會相信。」

他跳下了車，快步走開……

回家後，雷根數了數錢，鄭重宣布：「誰也不准碰錢，我搶劫就是要付帳的。」

亞瑟說：「等等。我在五斗櫃上看見了錢，就用來付帳了。」

「什麼？你怎麼沒跟我說？那我幹嘛還到處去搶劫？」

「我還以為你看到錢沒有了就會知道。」

「那第二次搶來的錢呢？也不見了，而且根本沒付帳單。」

「他們不是解釋過了。」

雷根覺得自己被當傻瓜耍，暴怒之下在公寓裡到處亂轉。他執意要知道是誰偷了他的時間。

亞瑟找了湯米、凱文、菲利普，三者都否認竊取雷根的時間。菲利普描述了在車裡看見的金髮女郎：「是那種啦啦隊型的。」

「你是不能到場子上的。」亞瑟說。

「媽的，又不是我自己要上的。我莫名其妙就發現自己坐在車子裡，根本就不曉得是為了什麼。而且我一知道是怎麼回事就閃人了。」

湯米說他幫同一個女孩買了溫蒂漢堡，還以為她是誰的約會對象。「可是也只有二十分鐘吧。那時候錢已經在我的口袋裡了。」

亞瑟說：「這幾天誰都不要出門。我們必須弄清楚是怎麼回事。除非我們找出是誰偷竊雷根的時間，否則誰也不准出去。」

湯米說：「明天是桃樂絲和戴爾的結婚四週年，凱西特別打電話來提醒我。我說要去蘭卡斯特找她，她會幫我挑禮物。」

亞瑟點頭。「好吧，打電話給她，說你會去找她，可是身上別帶太多錢，夠用就好了，結束之後盡快回來。」

隔天湯米跟凱西去蘭卡斯特逛街，買了一床漂亮的雪尼爾花線床單當禮物。凱西說十四年前也差不多就在這個日子他們的母親嫁給了查默．密利根。與桃樂絲、戴爾、凱西一起晚餐，又度過寧靜愉快的一晚後，湯米坐在車裡，等艾倫來開車載他回查寧威。

艾倫一回公寓，就上床睡覺了……

大衛醒了過來。他不知道為什麼心情這麼壞，這裡出事了，可是他不知道是什麼事。他在公寓裡走動，想找亞瑟或艾倫或雷根，可是沒有人出來，大家都在生彼此的氣。後來他看到沙發下有雷根的子彈，而手槍則落在紅椅下面，他知道這樣子非常不好，因為雷根總是會把槍鎖好。

他記起了亞瑟的耳提面命：「如果有什麼麻煩，或是有人做了壞事，而你找不到人來幫忙，就叫伯伯來。」他知道「伯伯」的意思是警察，因為亞瑟把電話號碼寫在紙上，放在電話機旁。他拿起了電話，撥了號，有人回答，大衛就說：「這裡有人做了壞事，出事了，什麼都不對勁了。」

「你在哪裡？」

「老李文斯頓路，查寧威公寓。發生了很可怕的事。可是不要跟別人說是我打電話的。」說完他就掛斷了。他看著窗外，看見霧色濃重，有點陰森森的。

過了一會兒，他離開了場子，丹尼上場，開始繪畫，雖然時間很晚了。後來他又到客廳去看電視。

聽到有人敲門，他嚇了一跳。他從窺孔看見是有個男人拿著達美樂盒子，就開門說：「我沒叫披薩。」

那個人要找比利，丹尼正要幫忙，卻被他摔到牆上，頭還被槍抵住。持槍警察從門口進來，有位漂亮的小姐跟他說他有權保持緘默，所以他就一言不發。然後兩個人帶他坐上了車，在濃霧中車行非常緩慢，到了警察局。

丹尼絲毫不明白為什麼被捕，究竟是什麼狀況，可是他就靜靜坐在牢房裡，等著大衛出來看蟑螂在角落亂跑。亞瑟或雷根或艾倫很快就會出來，把他弄出這裡。大衛知道他不是壞孩子，他根本就沒有做壞事。

第三部

非關瘋狂

第二十章

一九七九年的頭幾週，作家經常到艾森斯心理健康中心去探望比利．密利根。「老師」向他談及過往，敘述其他人的所見所聞、所作所為，其他人也都一起聆聽，了解自己的過去，只有蕭恩例外，因為他耳聾，聽不見。

現在「老師」以比利為名，自信漸漸增加。儘管不和作家說話時，比利仍不時變換，他卻覺得只要融合的時間越長，再擺脫導致混沌期的敵意與恐懼，他就越能夠自我整合，展開新生，而賣畫的錢足以讓他在治癒後開始新生活。

比利閱讀，鑽研醫學書籍，到健身房運動，在院區慢跑，繪畫。他給亞瑟畫素描，幫丹尼、蕭恩、雅德蘭娜、愛波畫肖像。他在大學書店買了分子模型，自學化學、物理、生物。他買了波段無線電，晚上開始在病房裡和其他虐待兒童者唇槍舌劍。

比利從當地報紙看到艾森斯支持受虐婦女的團體「姐妹的窩」苦無經費，可能必須關閉，他就捐了數百元。可是他們發現他是捐助人後，就退回了他的捐款。

一月十日，也就是比利轉移到艾森斯一個月又幾天後，他以「反對虐待兒童基金」的名義開了銀行帳戶，並存入一千元。這是哥倫布市一位女士付的五位數畫款的部分金額，她預備開畫廊，到艾森斯心理健康中心來買了那幅手拿樂譜的仕女圖〈凱絲琳的丰采〉。

他又去印了貼車子保險桿的貼紙，黃底黑字：

抱抱你的孩子

「不痛的」

請幫忙阻止虐待兒童——比利

比利經常和年輕的女性病人聊天，護士和助理都知道年輕的女病人們都在競相爭取他的注意。佩特．斐瑞護士發現，有名原本主修人類學的病人瑪麗，只要比利在身邊跟她說話，她就會走出憂鬱。比利很欣賞瑪麗的聰明才智，經常向她請教，她也一樣徵詢他的意見。她一月出院，比利很想念她，幸好瑪麗答應會回來看他。

不和瑪麗、考爾醫生或作家聊天，「老師」就覺得無聊，對處處受限的環境非常氣憤，就會降低到丹尼、大衛、未融合的比利的程度，跟其他病人相處的話比較輕鬆。有些與比利變得親近的員工注意到，每次他是丹尼或大衛時，對其他病人有很特殊的移情作用，他知道別人何時消沉，何時傷心，何時恐懼。如果有女病人在驚慌或歇斯底里的情況下走出開放病房，比利通常能夠告訴員工到哪裡去找到她。

「大衛和丹尼是我心裡有同理心的部分，」「老師」如此向作家說明。「他們能感受到傷害是由哪裡來的。如果有人離開，心情沮喪，就好像有篝火圍繞住他們，丹尼或大衛就能夠指出正確的方向。」

有天晚餐後，大衛坐在客廳裡，心裡忽然浮現一個畫面：某個女病人衝向病房外的樓梯欄杆，那個樓梯間可有三層樓高呢。雷根總是覺得大衛很怪，老是想像這種事情，可是後來他也知道大衛看見的事情很有可能是真的，所以他二話不說，占據了場子，衝出走廊，奔上樓梯，撞開了門，跑上走道。

助理凱薩琳·基洛特就坐在出口附近的辦公室裡，也跳了起來，跟在他後面。剛跑到走道上就看見比利抓住了那個女孩子，她已經翻過欄杆了，比利硬把她拉了上來。基洛特把女病人帶進去，雷根也就離開了……

大衛只覺得兩條胳臂好痛。

考爾醫生除了一開始給比利一般治療，加強他對意識的掌控之外，也運用催眠療法，並且教導病人利用自我暗示的技巧來緩和緊張。每週和另外兩名多重人格患者的團體治療療程讓比利能夠親眼看見這種疾病對其他人的影響，因而更了解自己的情況。他的變換越來越少，考爾覺得他的病人有很大的進步。

比利為「老師」時，對諸多限制越來越不滿，考爾醫生就開始有系統地增加他的特權和自由，首先允許他由一名員工陪同離開病房大樓，其後又允許他請假外出散步，與其他病人一樣，但只限於院區。比利利用這段時間測試霍金河沿岸的污染程度。他計畫要上俄亥俄州立大學一九七九年的春季班，主修物理、生物、藝術。他開始紀錄自己的心情變化。

在一月中旬，比利給考爾醫生施壓，要醫生賦予他許多病人都有的權利——到市中心去。他需要剪頭髮，去銀行，找律師，買美術用品和書。

一開始，比利必須要帶著兩名醫院的員工才能離開院區。情況非常順利，所以考爾醫師就決定讓一名員工陪伴他。似乎也沒有什麼問題。有幾名大學生看報或看電視認出了比利，還跟他揮手，讓他覺得很開心。也許並不是人人都為了他的所作所為而痛恨他，也許社會並沒有全然排斥他。

後來比利請求讓他的治療更進一步。他說他一直是很配合的病人，也學會了信任周遭的人。現在醫生需要讓他知道他們也是信任他的。其他病人，許多比他嚴重的精神疾病患者，都可以單獨進城，他也要相同的權利，考爾也認為比利可以了。

為了確保不會引起誤會，考爾先找過蘇．佛斯特院長及相關的執法官員。他們談妥了條件：密利根單獨離開院區及返回醫院時，院方都必須知會艾森斯警察局以及位於蘭卡斯特的成人假釋委員會。比利同意會遵守這項規定。

「我們需要事先計畫，比利。」考爾說。「我們必須考量你一個人上街可能會遇到的情況。」

「什麼意思？」

「我們來想想可能會發生什麼事，你會有什麼樣的反應。假設你走在法院街上，有個女人看見了你，認出你是誰，就走過來，莫名其妙甩了你一個耳光。你了解會有這種可能嗎？大家知道你是誰。你會怎麼辦？」

比利單手撫胸。「我會走開，繞過去。」

「好。假設有個男人走上來，用很難聽的話罵你，罵你是強暴犯，而且還對你動粗，把你打倒在大街上？你會怎麼辦？」

「考爾醫生，」比利說，「我寧可躺在地上也不願回去坐牢。我會躺在那裡，默默祈禱他會離開，不要再打我。」

考爾微笑。「說不定你還真學會什麼了。我看我們也只能給你機會，讓你證明了。」

比利第一次單獨到市中心去，心裡是既興奮又恐懼。他過街時小心走角落，以免警察以任意穿越馬路找他麻煩。有人經過他身邊，他都提高警覺，唯恐有人會上前來攻擊他。萬一真有人攻擊他，他不會回應，他會照他跟考爾醫生說的話做。

他買了美術用品，然後到「令尊的鬍子」理髮店。諾瑪．狄雄事先打電話來過，通知經理及員工說比利．密利根要來剪頭髮。店裡的人都和他打招呼，有的說：「嗨，比利。」有的說：「你好嗎，比利？」有的說：「嘿，比利，你的氣色不錯。」

為比利剪髮的年輕女郎叫芭比，她和比利聊天，很有同情心，最後還拒收費用。她說比利隨時可以過來，不需要預約，而且她會免費幫他剪頭髮。

出來到街上，幾名學生認出了他，跟他揮手微笑。他回到醫院，感覺棒極了，考爾醫生憂慮的那些可怕的事情沒有一件發生，以後一定會事事順利。

二月十九日，桃樂絲單獨來看兒子。比利把兩人的談話錄了下來，他想要多了解自己的童年，想知道他的生父強尼．摩里森為什麼會自殺。

「你把你的父親美化了。」桃樂絲說。「有時候你會問我問題，我也儘可能回答，可是我從來沒有揭開他的真面目。壞事我從來不說，何必傷害你們這些孩子呢？你父親在你心裡有他的形象，那就這樣吧。」

「再跟我說一遍。」比利說。「在佛羅里達的時候，妳把每一分錢都給了他，讓他上路，家裡只剩下一罐鮪魚和一包通心麵，他帶著錢回來了嗎？」

「沒有。他跑去波胥特巡迴表演。我不知道發生了什麼事，他回來——」

「波胥特巡迴表演？是什麼節目嗎？」

「那是在山裡，到卡茲奇山裡的猶太區飯店輪流演出。他跑到那裡去工作——他的演藝事業。就是那時候我收到他的經紀人寫的信，說『我不相信你會做這種事，強尼。』我不知道那邊是出了什麼事。等他回來，他比以前還要心灰意冷，再也沒有振作過了。」

「妳看了他的遺書嗎？我聽蓋瑞．史維卡說上面寫了一大堆人名——」

「上面是寫了一些他欠錢的人，不過一個放高利貸的也沒有，他沒寫。可是我知道有，因為我跟他一起去的——我坐在車裡，他去付錢——每次都是不同的地點，他必須付賭債。起先，我覺得我有責任清償賭債，可是我不打算付。我又沒去賭。我儘可能幫忙，可是我不能剝奪了孩子們的生活費。」

「是啊，」比利竊笑地說著，「我們還有一罐鮪魚和一包涌心麵。」

「我回去工作，」桃樂絲接著說，「以後我們攢了點錢。那時生活用品都是我買的，我繼續工作養家。從那時候起，我不再把薪水給他了。我會給他房租錢，然後他就走了，只拿一半的錢去付房租。」

「另一半賭光了？」

「可能，也可能是還地下錢莊了，我不知道他的錢是用到哪裡去了。每次質問他，他沒有一次老老實實地回答。有一天，貸款公司要來把家具搬走，我跟他們說：『要搬儘管搬。』可是因為我在哭，工人也不忍心搬，而且我又懷了凱西。」

「強尼還真是個大好人啊。」

「嘿，」桃樂絲說，「你還真說對了。」

比利在艾森斯心理健康中心住了兩個半月，越來越少遺失時間，於是他又向考爾醫生施壓，要進行下一步的治療，也就是請假回家。其他病人，有的進步的程度還不如他，都可以回家度週末。考爾醫生也認為他的行為、他的見解、長時期的穩定，在在都證明他準備好了。比利獲准到洛根和凱西一家人共度週末，凱西家在艾森斯的二十五哩外。他簡直樂翻了。

有次週末，比利逼凱西出示強尼．摩里森的遺書影本，他知道是凱西從公設辯護律師那裡拿到的。之前她始終不肯拿給他看，就怕會害他難過，可是聽見比利談到了桃樂絲的苦楚，而強尼．摩里森是個多失敗的父親，凱西卻生氣了。凱西這一生都崇拜強尼，極珍惜對父親的回憶，該是讓比利了解真相的時候了。

「拿去。」她說，把一只飽滿的信封丟在咖啡桌上，就離開了。

信封裡有封寄給蓋瑞．史維卡的信，來自佛羅里達州戴德郡的醫檢局，還有幾份文件：四頁的指示，分別給四個不同的人；一封長達八頁的信，收件人是赫伯．若先生，他是《邁阿密新聞報》的記者；還有一封兩頁的信，撕成碎片，後來由警方拼湊還原。這封信也是寫給記者的，但是並未完成。

四頁的指示都在處理大筆的債務及借貸，最小的金額是二十七元，最大的是一百八十元。一張給「露薏絲」的信結尾寫著「最後一個笑話。小男孩說：媽媽，什麼是狼人？媽媽說：閉嘴，快點把臉上的毛梳一梳。」

致「桃樂絲．文森小姐」的信一開始，就先指示她以他的保險金付清債務，結尾是「我最後的要求是火葬——我受不了妳在我的墳上跳舞。」

致《邁阿密新聞報》記者的信有些地方無法辨識，以星號表示：

赫伯．若先生

《邁阿密新聞報》

你好：

寫這封信不容易。看起來像是懦夫的行逕，可是我整個世界都崩毀了，孑然一身了。而我的三個孩子詹姆士、威廉、凱西．喬，唯有我金額極少的保險金能給他們暫時的保障。可能的話，是否能請你確保孩子們的母親桃樂絲．文森不能染指這筆錢！她工作的地方在邁阿密灘的皮格勒廳，和一些三教九流的人來往，那幫人會很樂意跟她分享那筆錢！包括皮條客，地下錢莊等等。她為了那些人毀了這個家，相信我，我為了保持這個家的完整，該做的、能做的都做了。

說起來也真可憐，我全心全意愛著三個孩子，而這三個孩子都不是婚生子女，她把這件事當什麼噱頭，以為可以藉此打響名號，對她的事業有幫助！我們的長子出生後，我想了好幾個辦法要讓她嫁給我（這是在她指控我故意害她懷孕之後），可是她總能找到一個又一個的藉口來拖延我。（這件事以及下面的事都有證明，我寄給邁阿密的律師羅森豪斯一份作證書。）以妻子的身分，我把她介紹給我的家人，等孩子出世後，我原本計畫到小鎮去，跟她結婚，讓孩子有婚生身分，這時候我已經完全愛上這個小男孩了＊＊＊

可是她又找了一個接一個的藉口。「認識我們的人可能會看到報上的結婚啟事」之類的，最後第二個兒子也出生了，頭兩個禮拜孩子生死未卜，幸好上帝垂憐，現在他健健康康的，我把這件事當成是警告，又求了一次婚。這一次她又有了別的藉口，而且生活完全脫序，不斷喝酒，從夜總會失蹤，這種狀況下，不能把孩子交給她。她打孩子也不只一次了，並不是拍他們幾下，而是用胳臂揮打，而我不得不威脅她，說會痛打她一頓，她才停手。相信我，我的生活水深火熱。壓力也影響了我的工作，我的表演越來越差勁，我知道再這麼下去，我早晚會殺了她。我想要＊＊可是她哀求我要有耐性。我們把孩子們送進了佛州坦帕一家很好的幼稚園，繼續上路，跟我一起，她也能夠在體面的夜總會和劇院演出，然後小女兒也要出生了。

我們回到邁阿密，第三個孩子出世之後，她雇了一個女人來照顧孩子，對天發誓不再和客人攪和。我讓她回皮格勒廳去演唱，不出多久，她又故態復萌，喝酒吵架，終於崩潰進了醫院，患了第一期的肝炎。她險些就丟了性命。出院後，醫生仍然治療了她好幾週，她回家來說醫生（北邁阿密灘的沙菲爾醫生）說她回去上班可以舒緩心情，因為醫藥費越積越多，還說偶爾喝一杯雞尾酒也無妨！我反對，可是她背著我簽了合同，回到皮格勒廳。飯店的表演機會少了，我就跟她商量，決定到山上（紐約州）去表演幾個禮拜！之前我們沒有分開過，當然那時我也不知道她都是跟什麼樣的人來往——拉皮條的，女同志，放高利貸之流的，那些人對她來說象徵著「時髦」生活。我回家來，發現她買的衣服——男人式的襯衫，樸素的套裝，某種緊身半長褲，一看就知道是那一種女人的——我簡直氣炸了。從那時開始，日子簡直過不下去了——

喝酒的毛病讓她又進了醫院，動手術，可是她的肝到這個時候已經沒救了，所以他們沒能給她做手術，她躺在醫院裡好幾個禮拜，我一個晚上趕了一百五十哩路，就為了在白天的探病時間陪著她，油漆房子等等——就連在那個時候，她都一心想著要毀了我們的家，好去過她的新生活。手術那天，她慢慢甦醒過來，麻藥還沒退盡，她還以為我是別人。她的表白讓人聽來感到噁心，簡直就像是什麼墮落下流的階級，我一直跟她說是我，想阻止她說下去，可是她聽不進去，一直吹噓說這些年來把我當白癡耍。為了孩子，我沒跟她說這件事，我懇求＊＊＊

等她好多了，我又提出結婚的要求，她說她找神父談過，她說神父說不用擔心。他們是「上帝的子女」，我聽著可不覺得有什麼道理，可是我也說過，她想把這件事當成什麼噱頭。她居然還去訴請離婚，就為了上報，還沒事先知會我，就搞了個什麼「停戰協定」，還在耶誕節祭出來，不讓我陪孩子們過節。除夕夜我的小女兒過兩歲生日，她不肯讓我見她，卻又打電話給我，說他們玩得有多開心。

若先生，你可以去詢問邁阿密海灘的表演圈，問問我對這個女人是不是仁至義盡，可是實在是太過分了。這裡的夜總會表演是女人的天下，而且她還害我丟掉了兩個工作，你猜也猜得到，她還在吹牛說要是我敢爭取孩子，她會讓我在邁阿密混不下去。她常常搞失蹤，一天到三天都有，而到這個關頭，我沒辦法再面對人生，再看我的孩子會有什麼樣的人生了，我試過一次失敗了，可是這一次我希望能成功。為了保護孩子們，我不得不跟她虛與委蛇，可我寧可為自己的罪惡向天父贖過，也不願再忍下去了。我最後再請求你，請你找不同的機構調查這件事，保護我的孩子。

也願上帝憐憫我的靈魂

強尼．摩里森

讀了生父的遺書，比利目瞪口呆。他讀了一遍又一遍，想要質疑，可是越讀就越想要知道更多，後來比利跟作家說過要調查此事。

離開妹妹家之前，比利致電佛羅里達酒吧協會查問強尼．摩里森的律師是誰，卻發現律師已經過世了。他打電話到市政廳，發現並沒有強尼．摩里森或是強尼．索連納的結婚紀錄。

他不停打電話，最後找到了強尼工作過的一家夜總會老闆。那人已經退休了，在比斯坎礁有艘船，仍然幫夜總會進海鮮，他說他早就料到有一天強尼的孩子會來問他，他說他把比利的母親開除了，因為她帶來的人水準太低。強尼儘可能不讓她跟那些人來往，卻是白費力氣，他說他從來沒見過有哪個女人能如此把男人耍得團團轉的。

比利說他還找到了一個人，是在小豪邸飯店工作過的人，還記得他父親。他回憶說耶誕節的電話讓強尼非常沮喪，這說法與強尼在信中說桃樂絲打電話來嘲弄他的說法吻合。

回醫院後，比利又開始遺失時間。週一早晨他打電話給作家，要求延期見面。

作家週三抵達醫院，立刻就知道「老師」消失了，他面對的是未融合的比利。兩人聊了一會兒，作家想重新挑起「老師」的興趣，就請比利說明他最近在忙的無線電話機。比利忙著思索該如何表達時，漸漸地，幾乎是無法察覺的，他的聲音變強，語言也更精確，討論上也變得更專精，「老師」回來了。

「你怎麼會這麼消沉？」作家問。

「我累了，最近都睡不著。」

作家指著考迪電子暨無線電學校的書本。「是誰在弄那個玩意？」

「製造這個東西就是為此原因，因為大部分的時間是湯米在。考爾醫生一直在跟他說話。」

「那麼你現在是誰？」

「老師，可是是在非常沮喪的狀態。」

「你為什麼離開？為什麼湯米會出來？」

「我媽、她現在的先生。還有她的過去。我目前是處在許多事都不在乎的階段，我太緊繃了。我昨天吃了一顆煩寧，睡了一整天。昨晚我一夜沒睡，一直到今天早晨六點。我想逃開……我對假釋委員會很灰心，他們想把我關回雷貝嫩。有時我覺得索性讓他們把我關回去，一了百了。我得想辦法讓他們不要再煩我。」

「可是解離可不是解決之道啊，比利。」

「我知道。我看著自己日復一日掙扎，想要成就更多。我想做我的每一個人格做過的事，結果非常累。我在這裡繪畫，一畫完，手剛洗好，我就會拿下一本書，轉動椅子，做筆記，閱讀幾個小時。然後我會停下來，站起來，又開始弄這個無線電話機。」

「你把自己逼得太緊了。用不著急著一次做完啊。」

「可是我有很大的一股衝勁。我有這麼多年要彌補，時間卻太少，我覺得我就是需要趕上。」他站起來，看著窗外。「還有一件事：我最終必須當面問我母親，我不知道要跟她說什麼，我沒辦法表現得跟以前一樣，現在一切都不同了。假釋委員會、即將到來的精神狀態預審，現在又看了我父親的遺書——每件事都在拉扯我，實在很難保持融合。」

二月二十八日，比利打電話給律師，說他不希望他母親出席隔天早上他的羈押複審。

第二十一章

1

一九七九年三月一日，複審的結果是比利．密利根繼續在艾森斯心理健康中心治療半年，與他相關的人都知道他的頭上懸著一把利斧。比利知道一旦他痊癒出院，費爾菲郡成人假釋委員會就會以違反假釋條例逮捕他，讓他繼續為葛瑞藥局搶劫案服完餘下三年的刑期，此外他也很可能因為違反假釋條例而必須為公路休息站攻擊案服完六至二十五年的刑期。

比利在艾森斯的律師亞藍．果斯貝里及史帝夫．湯普森向費爾菲法院提出申請，要求撤銷認罪。他們辯稱一九七五年時，法院並不知曉他是多重人格，而且由於他精神錯亂，當時也無法為自己辯護，因此侵犯了他的權利。

果斯貝里與湯普森認為蘭卡斯特的法官若是能撤銷認罪，比利在痊癒之後就可以是自由人。而比利也抱著這樣的希望。

約莫在同時，比利很高興獲知凱西和她多年的男友羅伯．包姆嘉終於決定在秋天結婚了。比利喜歡羅伯，他也開始為婚禮計畫。

他在院區裡走動，看見了春臨大地的徵兆，終於有了烏雲散盡的感覺，他的情況越來越好。週末請假離院，住在凱西家，開始在她家牆上畫壁畫。

桃樂絲・摩爾否認了遺書中的說法，也同意出版。她說強尼・摩里森死前就有心理疾病，而且他和一名脫衣舞孃有染，恐怕是把她和那個女人攪混了，才會說她和三教九流的人來往。

比利和他母親恢復了融洽的關係。

三月三十日週五，下午回到病房裡，比利注意到很多人偷瞄他，壓低聲音說話，整體氣氛緊張不安。

「你看過下午的報紙嗎？」一名女病人問他，順便把報紙拿給他。「你又上報了。」

他瞪著這一天的《哥倫布快報》頭版上的粗體頭條：

醫生說強暴犯可任意離開健康中心

本報記者約翰・史維策

據本報消息，去年十二月，多重人格強暴犯威廉・密利根送入艾森斯心理健康中心，現在已獲准自由行動，而且無人監督……密利根的主治醫師大衛・考爾向本報表示，密利根可以離開院區，在艾森斯市活動，甚至每週都能請假外出探望親戚……

報紙引述艾森斯警察局長泰德・瓊斯的說法，他接到極多電話，市民都很擔憂，他本人也「很憂心精神病患在大學城漫遊」。記者也引述了弗勞爾斯法官的話，儘管法官判密利根無罪，卻「不樂意看到密利根自由活動」。文章最後將密利根形容為「在一九七七年年終使俄亥俄州立大學的女性人人自危的人」。

《哥倫布快報》開始刊登一系列的追蹤報導，幾乎是每日一篇，譴責密利根竟然能夠「自由活動」。四月五日的社論下了這樣的標題：法制需要保護社會。

哥倫布市擔驚受怕的讀者以及俄亥俄州立大學憂心忡忡的學生家長，都開始打電話給大學校長查爾斯．平，校長只好致電醫院請他們澄清。

艾森斯市州議員綽號「嗚蜂器」的克蕾兒．伯爾二世以及哥倫布州市議員邁克．史丁吉安諾批評醫院與考爾醫師，也開始施壓，要求召開聽證會，重新考慮當初將密利根送入艾森斯心理健康中心是否舉措失當，他們也要求立法修改「因精神錯亂而無罪」的法規。

有些敵視比利的醫院員工因為很氣憤比利賣畫賺錢，也洩漏消息給《哥倫布快報》、《哥倫布公民報》、《岱頓每日新聞報》，說他手上有大筆金錢可供花費。比利拿〈凱絲琳的丰采〉一部分的價款買了一輛中型馬自達，這件事也上了頭條。

史丁吉安諾議員與伯爾議員都要求在醫院舉行調查聽證會。頭版頭條與幾乎是每日都有的報導攪起了驚人的攻擊批評聲浪，考爾醫師及蘇．佛斯特院長只好請密利根不要再請假外出，也放棄單獨離開院區的權利，等待風平浪靜。

比利完全沒料到會發生這種情況。自從診斷出他的病，開始治療後，他一直遵守醫院的規定，信守承諾，沒有觸犯法律。可是現在他的權利卻被奪走了。

傷心之餘，「老師」放棄了，離開了場子。

麥克．路普十一點來值班，發現密利根坐在褐色塑膠椅上，拱肩縮背，兩手摩挲，似乎很害怕，路普也不知道是否該過去看看。他知道密利根害怕男性，他也聽說過雷根，而且他看過考爾醫生的多重人格訓練錄影帶。截至目前為止，他都置身事外，不去管病人。路普不像許多員工以為密利根是在作戲，他相信診斷是真的。讀過病歷和護理筆記之後，他就是沒辦法相信那麼多專業的心理學家和精神病學家，居然會被一個連高中都沒畢業的年輕人給騙了。

他覺得密利根通常都滿穩定的，他真正在乎的也只有這一點。可是一個星期來，自從《快報》的頭條出現後，他就越來越消沉。路普覺得報紙實在很差勁，也很討厭政客對密利根的不公對待。

路普從櫃台後出來，坐在這個害怕的男孩附近，完全猜不透密利根會有何反應，只能儘可能採輕鬆柔和的態度。

「你還好嗎？」他問道。「我能幫你什麼忙嗎？」

「我好怕。」

密利根一雙驚嚇的眼睛看著他。

「我看得出你很難過。我只是想讓你知道，如果你需要找個人談一談，可以來找我。」

「我看得出來，你想不想說說為什麼怕？」

「是那些年紀小的，他們不知道出了什麼事，他們也害怕。」

「你可以把名字告訴我嗎？」路普問。

「丹尼。」

「你認識我嗎？」

丹尼搖頭。

「我叫麥克．路普，我是值夜班的助理，有需要的話，我可以幫忙。」

丹尼不斷揉手腕，東看西看，忽然靜止不動，傾聽心裡的聲音，點點頭。「亞瑟說我們可以相信你。」

「我聽說過亞瑟。」路普說。「你可以跟他說我很謝謝他，我絕對不會做出傷害你的事。」

丹尼跟他說他覺得雷根對報紙的事情非常生氣，想要自殺來了結一切，年紀小的都嚇壞了。路普從顫動的眼瞼和飄來飄去的無神眼睛看得出密利根又變換了，換成了一個小男孩，瑟縮哭泣，似乎非常痛苦。

變換來來回回，兩人一直談到半夜兩點，路普才帶丹尼回房間。

從那時起，路普發現他能說出幾個密利根的人格。雖然路普對就寢時間非常的嚴格（平日十一點半，週末半夜兩點），他卻知道密利根睡得很少，他晚上會跟他一聊就是好幾個小時。他很高興丹尼和未融合的比利會特別找他說話，他也漸漸明白比利為什麼那麼難搞。他知道比利認為他又一次為了別人的罪而受到懲罰。

四月五日週四下午三點半，丹尼發現自己正在院區散步，他東張西望，想要知道身在何處，又是為什麼。他看到背後是舊維多利亞式白柱紅磚大樓，前方有河流和市鎮。順著草地漫步，他才明白，在哈定醫院時，如果不是蘿莎麗．椎克，他絕沒有可能像這樣子在戶外散步——心裡沒有絲毫恐懼。

突然間，他注意到一些漂亮的小白花。他摘了一些，又看見高一點的地方花開得更大，就順著花上了坡，繞過大門，發現自己在小墓園附近。墓碑上沒有名字，唯有號碼，他很納閟，不知道是為什麼。九歲慘遭活埋的記憶讓他全身發抖，所以他就退出了墓園。在他的墳墓上，既不會有姓名，也不會有號碼。

丹尼看見山頂上的花最大朵，就往上爬，最後來到一處很陡的峭壁。他走到邊緣，倚著一棵樹，俯瞰下方迂迴的馬路。向下看害他頭暈，非常地暈。他開始搖晃，重心向前，就在這時他聽見了背後有聲音說：「比利，下來。」

他左看右看。為什麼這些人要包圍住他？為什麼不是亞瑟或雷根來保護他？他的腳一滑，腳下的小石子紛紛落入懸崖。有個男人伸出了手，丹尼握住了，那人把他拉回安全處，這個好人還陪他走回有柱子的大樓。

「你會跳下去嗎，比利？」有人問他。

他抬頭看見了一位陌生的小姐，亞瑟說過絕對不能和陌生人說話，可是他察覺得出病房裡一陣騷動，大家都在看他說他，他就決定去睡覺，讓別人到場子上來……

當晚艾倫走進病房，不清楚出了什麼事。他的數字錶閃著十點四十五分。他很久沒出來了，他跟別人一樣，很滿意從「老師」的故事裡了解他們的人生。意識就好像一幅龐大的拼圖，而他們每個人都好像占據了幾片，而現在「老師」為了讓作家清楚看見全景，把每一片拼圖都湊了起來，讓他們每個人都了解以前的生活。不過仍然有斷層，因為「老師」並沒有說出一切，他只是回答了作家的提問。

可是現在「老師」走了，「老師」與作家之間，他和其他人之間的溝通網破了，艾倫覺得既迷惑又孤單。

「怎麼了，比利？」一名女病人問他。

他看著她。「我有點迷迷糊糊的，大概藥吃太多了。」他說。「我看我早點睡好了。」

幾分鐘後丹尼醒過來就看見幾個人衝進了他的病房，把他拖下床。

「我又怎麼了？」他哀聲問道。

有人拿了一個藥瓶，他看到有些藥撒在地板上。

「不是我的。」丹尼說。

「你得到醫院去。」他聽見有人這麼說，又有人大叫推床過來把密利根送走，丹尼就離開了，讓大衛出來……

麥克．路普走過來，雷根以為他要傷害大衛，就衝上場子。路普想扶他站起來，雷根卻跟他搏鬥，兩人都倒在床上。

「老子折斷你的脖子！」雷根大吼。

「想得美。」路普說。

他們抓住彼此的胳臂，倒在地板上。

「放手！老子打斷你的骨頭！」

「那我就更不能放手了。」

「再不放開我就揍死你。」

「你說這種屁話，我死也不會放手。」路普說。

兩人你來我往，誰也制不住誰。最後，路普說：「你放手我就放手，你還要保證不會打斷我的骨頭。」

雷根也知道現在是相持不下，就同意了。「你放手我就放手，還有你要向後退。」

「我們同時放手，」路普說，「大家都沒事。」

兩人凝視彼此的眼睛，然後放開了對方，向後退開。

考爾醫生出現在門口，指示其他的醫護人員把推床推進來。

「我不需要那個玩意。」雷根說。「沒有人用藥過量。」

「你需要到醫院去檢查。」考爾醫生說。「我不知道比利存了多少的藥。有人提到某人服下過多的藥物，我們得確定這件事。」

考爾跟雷根說話，說著說著他就走了，換丹尼上場，一上來就膝蓋相撞，兩眼朝天，路普接住了他，把他扶上推床。

他們上了在外面等待的救護車，路普陪著密利根，馳向奧布雷尼斯紀念醫院。

路普覺得急診室的醫生不怎麼願意讓比利．密利根在這裡接受治療。他儘可能跟醫生說明必須要小心地對待密利根。「要是他開始用斯拉夫腔說話，最好的方法就是趕緊退開，找女護士來照顧他。」

醫生卻不理他，只盯著丹尼的眼睛向後翻，路普知道他是在大衛和丹尼之間轉換。

「他在演戲。」醫生說。

「他只是在變換——」

「喂，密利根，我要給你灌腸，我會從你的鼻子給你插管，幫你灌腸。」

「不要。」丹尼呻吟。「不要管子……不要水管。」

路普猜到了丹尼的想法。他跟路普說過肛門被插入水管的事。

「我還是要插。」醫生說。「不管你喜不喜歡，我還是要做。」

路普看見了變換。

雷根迅速坐起來，全然警醒。「喂，」他說，「我不准還沒畢業的半吊子醫生拿我做練習。」

醫生退後了一步，臉色忽然變白，轉身走出了房間。「呸，」他說，「我才不管那個王八蛋的死活呢。」

幾分鐘後，路普聽到他打電話給考爾醫生，說明經過。然後醫生回來，比較不那麼討厭了，叫護士拿了雙份的催吐劑來讓密利根嘔吐。雷根離開了，又換丹尼上場。

丹尼嘔吐後，醫生查驗了嘔吐物，找不到藥物。

路普陪丹尼搭救護車回去，已經是半夜兩點了，丹尼很安靜，搞不清楚是怎麼回事，他只想睡覺。

隔天治療小組通知比利要將他移到五號病房，也就是男病人的上鎖病房，他不明白是為什麼。他完全不知道什麼服藥過量，也不知道跟路普搭救護車到醫院。好幾名陌生的男性醫護人員在他門口進進出出，雷根在床上跳起來，抓起玻璃杯就往牆上砸，拿著玻璃碎片，「別過來！」他警告他們。

諾瑪．狄雄跑去打電話求救。幾秒鐘後，擴音器傳出了「代號綠」的聲音，迴盪不已。

考爾醫生來到門口，看見了雷根緊張的表情，聽見了他憤怒的聲音。「我有很久沒打斷誰的骨頭了，來，考爾醫生，你第一個。」

「你為什麼要這麼做，雷根？」

「你背叛了比利，這裡的每個人都背叛了他。」

「不對，你明知道這些問題都是《快報》的報導引起的。」

「我不要搬進五號病房。」

「你一定要搬，雷根。現在不是我說了算，現在成了安全問題了。」他難過地搖頭，走開了。

三名警衛舉著床墊，衝向雷根，把他壓制在牆上。另外三名警衛推他，把他面朝下壓在床上，抓住他的手腿，亞瑟阻止了雷根，護士佩特．斐瑞聽見丹尼高聲大喊：「別強暴我！」

亞瑟聽見另一名護士拿著針管，聽到她說：「打一針所樂靜就能制住他。」

「不，不要所樂靜！」亞瑟大喊，卻來不及了。他聽過魏伯醫生說抗精神病藥物對多重人格患者不好，會讓分裂更嚴重。他盡量讓血流變慢，不讓藥物進入他的大腦。接著他感覺到有六雙手把他抬起來，拖出了房間，進入電梯，上了二樓及五號病房。他看見一張張好奇的臉注視他，有人吐著舌頭，有人對著牆壁說話，有人在地板上小便，嘔吐及糞便的味道充斥。

他們把他丟進了一間斗室裡，裡面什麼都沒有，只有一張套著塑膠布的床墊，然後鎖上了門。雷根聽到門關上，就跳起來要把門砸爛，可是亞瑟阻止了他。山繆上場，跪在地上哀泣：「天父啊，為什麼捨棄我？」菲利普滿口髒話，重重跌在地上；大衛感受痛苦。克莉絲汀躺在床墊上哭；雅德蘭娜覺得臉都哭濕了。克里斯多福坐起來，玩鞋子。湯米開始檢查門，看是否能開鎖，可是亞瑟把他從場子上拖走。艾倫開始大喊要找律師。滿腦子想復仇的愛波看見這個地方起火燃燒。凱文咒罵著，史帝夫嘲笑他，李則哈哈大笑。巴比幻想能飛出窗外。傑森發脾氣。馬克、華特、馬丁、提摩西在房間裡像瘋子一樣又叫又嚷。蕭恩發出嗡嗡聲，亞瑟再也控制不住這些討厭鬼了。

五號病房年輕的醫護人員從觀察口看著密利根撞牆，轉圈子，以不同的聲音口音碎碎念，又哭又笑，跌在地上又站起來。大家都覺得眼前是個狂言亂語的瘋子。

考爾醫生隔天過來，給密利根注射了一針安米妥鈉，只有這種鎮靜劑能給他平靜舒緩的效果。比利感覺他醒過來有部分融合，卻少了什麼：亞瑟和雷根各立山頭，一如在審判前，他是未融合的比利，空虛、害怕、失落。

「讓我回樓上去，考爾醫生。」他懇求道。

「開放病房的員工現在很怕你，比利。」

「我不會傷害別人的。」

「雷根差點就傷了人。他打破了玻璃杯，想劃傷安全警衛，他還想打斷我的骨頭。醫院員工說如果你回到開放病房，他們要罷工，他們說要把你從艾森斯送走。」

「送到哪裡？」

「利馬。」

一聽這名字就嚇壞了他，他在監獄裡聽過那個地方，他記得史維卡和史帝文生拚死拚活就是不肯讓他被送進那個煉獄。

「不要把我送走，考爾醫生。我會很乖，我會聽他們的話。」

考爾沉思著點點頭。「我看看有沒有什麼辦法。」

2

艾森斯心理健康中心持續有消息走漏，讓報紙把頭條炒得火熱。四月七日，《哥倫布快報》宣稱：密利根假裝用藥過量後轉入防護病房。

《快報》除了攻擊密利根，現在也開始攻擊艾森斯心理健康中心以及考爾醫生。考爾開始接到辱罵的電話和恐嚇。有個人打電話來叫罵：「你這個為虎作倀的王八蛋，你怎麼幫那個強暴犯？我要宰了你！」之後，考爾醫生在坐上車之前總是很仔細地四處張望，也在床邊桌上擺一把上膛的手槍。

隔週，《快報》報導了史丁吉安諾指責艾森斯心理健康中心及蘇．佛斯特院長想幫密利根找一家新醫院。

史丁吉安諾質疑艾森斯協助密利根轉院

州議員邁克．史丁吉安諾質疑，艾森斯心理健康中心的主管階層可能對威廉．密利根轉送到別的機構一事避重就輕。哥倫布市民主黨黨部深信上週因報紙揭露，州政府才沒能將二十四歲的精神病患兼強暴犯及搶匪悄悄轉院。

史丁吉安諾作此表示：「坦白說，若不是媒體披露，我很肯定密利根會被送到別州或是利馬醫院。」在週三的記者招待會上，佛斯特院長說：「因為媒體以及密利根對媒體的反應，導致比利．密利根的治療出現反效果。」

院長說的是《快報》揭露了密利根可自由離開艾森斯心理健康中心後無數的後續報導。佛斯特院長的話引起了史丁吉安諾的駁斥。「責怪媒體報導真相簡直是推卸責任。」

史丁吉安諾及伯爾要求俄亥俄心理健康局邀請外來的專家來評估密利根的治療，柯內莉雅・魏伯醫師同意跑一趟艾森斯。她在報告中讚揚考爾醫師的治療計畫，說多重人格患者經常會有類似的復發。

《哥倫布快報》在一九七九年四月二十八日刊登了這則新聞：

西碧兒的精神科醫師贊成讓密利根請假離院

本報記者梅麗莎・韋德納

應俄亥俄心理健康局之邀來為威廉・密利根會診的精神科醫師建議無須對他的治療做重大改變。柯內莉雅・魏伯醫師呈交的報告週五公佈，她支持密利根的治療法，其中包括經常請假離開他就診的艾森斯心理健康中心……魏伯醫生說經過了十三個月的治療，他已不再是危險人物，她認為應該讓他在艾森斯繼續治療。

她說無伴護離院是思慮周到的一種治療，可是媒體的報導卻造成了負面的效果……

一九七九年五月三日的《哥倫布公民報》又出現一篇文章：

密利根的醫師客觀性遭質疑

州議員邁克·史丁吉安諾質疑某精神科醫師為威廉·密利根推薦的治療法並不客觀……史丁吉安諾致函俄亥俄州心理健康與心理障礙局局長梅爾斯·克茨，認為不應讓柯內莉雅·魏伯醫師來評估密利根，「因為讓威廉·密利根到艾森斯來治療原本就是她的主意。」

史丁吉安諾說選擇魏伯醫師做為外界專家「差不多就等於問莉莉安小姐吉米·卡特在白宮都在做什麼一樣沒道理。」

五月十一日，全國婦女會哥倫布分會寫了一封三頁的信給考爾醫師，並且將影印本送交梅爾斯·克茨、史丁吉安諾、菲爾·唐納休、黛娜·蕭爾、強尼·卡森、柯內莉雅·魏伯醫師、《哥倫布快報》。信件內容如下：

考爾醫師：

你為威廉·密利根設計的治療方法，根據報上記載包括無伴護請假離院，無限制使用汽車，協助他洽談書籍與電影版權，在在都漠視鄰近地區的婦女安全。無論如何都不能容忍……

信上接著說考爾醫師的治療計畫非但沒有教誨密利根，讓他知道暴力及強暴是絕不可取的行為，反而卻讓「他應受譴責的惡行」得到褒獎。信上指責考爾與密利根狼狽為奸，助長密利根學到「潛規則，亦即是對婦女施加暴力是可接受的，婦女是商業化、色情化的一種商品……」

過了一會兒，作家建議兩人去問問是不是可以帶比利出去散步。他們找到了諾瑪．狄雄。她批准了，可是他們不能離開院區。

這是個晴朗的下午，兩人信步而行，作家慫恿比利走那天丹尼到懸崖的路線。比利不確定是哪條路，只知道個大略的方向，他想要模擬當天發生的事，卻沒辦法。他的記憶太模糊了。

「我想一個人靜一靜的時候，很喜歡去一個地方。」他說。「我們去那邊吧。」

行進間，作家問：「你現在只有部分融合，那你腦子裡的那些人哪裡去了？感覺像什麼？」

「我覺得他們說的『意識』在變化，」比利說。「我覺得我好像在跟別人一起穿刺共存意識。我覺得發生得很慢。我想別人不會跟另外的人共有共存意識，可是事情好像在攤開來。經常某某人知道某某人怎麼了，我卻不知道是為什麼，也不知道是怎麼回事。

「像上個星期，樓上有人跟考爾醫師吵得很厲害，是另一個精神科醫生，還有那個維護委託人權益的律師。艾倫在那裡，跟他們辯。可是後來他站起來，說：『去你們的。我們利馬見。』說完就走了。我在大廳裡坐在椅子上，突然間，我聽見了他剛才說的話，聽得一清二楚。

「我就大叫：『什麼？嘿，等一等！你說利馬是什麼意思？』我坐在椅子的邊緣，心裡害怕起來，因為我聽見了幾秒鐘前才發生的對話，好像是瞬間重播，而且說話的是別人。我看到另一個精神科醫生，他從房間出來，站在那裡，我就說：『喂，你們，你們一定要幫我。』

「他就說：『什麼意思？』我就開始發抖，把我在腦子裡聽到的話告訴他。我問他是不是真的。『我剛才有說把我送到利馬嗎？』他說有，然後我就哭了起來。『不要聽我的，不要聽我說的話。』」

「這是最近才有的情形嗎？」

比利看著作家，若有所思。「我覺得是第一次，由此可見共存意識沒有完全融合。」

「這很重要啊。」

「可是很可怕耶。我又哭又叫，房間裡的人都轉頭來看我。我不知道我剛才說了什麼，覺得很奇怪。『為什麼大家都盯著我看？』然後我又在腦袋裡想到了。」

「你仍然是未融合的比利嗎？」

「對，我是比利U。」

「只有你會有這種瞬間重播嗎？」

他點頭。「因為我是宿主，是核心，是發展共存意識的人。」

「你有什麼感覺？」

「這樣子表示我的病情好轉了，可是很可怕。有時候我會想：我想要變好嗎？這樣的恐懼，這麼多的狗屁倒灶值得嗎？還是說我應該把自己埋回腦袋裡，忘記算了？」

「那麼你的答案呢？」

「不知道。」

他們接近了心理障礙學校附近的小墓園，比利變得比較安靜。「有時候我會到這裡來，把事情想清楚，這裡真的是最淒涼的地方了。」

作家看著小小的墓碑，有許多傾倒了，長滿了雜草。「不曉得為什麼非用號碼不可。」他說。

「你如果沒有家人沒有朋友，」比利說，「也沒人真的在乎你，你死在這裡，所有的紀錄就銷毀了，可是還是會有單子記下誰埋在哪裡，以防有人來尋找。這裡大部分的人都是……一九五〇年因傳染病而死的，我是這麼覺得啦，可是那邊的墓碑是一九〇九年，甚至還有更早的。」

比利開始在墳墓間漫遊。

「我會到這裡來，坐在那邊松林旁的斜坡上，一個人靜一靜。到這個墓園來，知道這裡都埋的是什麼人，讓我很沮喪，可是也還是可以得到一點寧靜。你有沒有看到那棵枯樹？樹雖然死了，卻不失風華。」

作家點頭，卻不願出聲打岔。

「墓園開始建的時候是想建成圓形。你有沒有看出墳墓像大螺旋？後來疫病蔓延，土地不夠了，只好埋成一排一排的。」

「墓園還在使用嗎？」

「如果有人死了，沒有親屬的話，這實在很可憐，換作是你，如果來到這裡來找一個失蹤很久的親戚，結果發現他是四十一號，那怎麼辦？斜坡那邊還有好多的石碑，一堆一堆的，看了真叫人難受，對死者一點也不尊重。新的墓碑也不是州政府來換上的，是找到親人的人自己立的，上面有姓名。大家都喜歡追溯過去，想知道他們是哪裡來的，他們一旦發現祖先和親戚埋在這裡，只有一個號碼，就會好生氣。他們會說：『這是我的家人，不可以這麼草率。』他們是不是家族之恥，是不是有病，這些都無所謂了，真可惜這裡只有幾塊好墓碑。我常常來這裡，在我還可以到處晃——」他頓住，輕笑了一聲，說：「在我還可以『遊蕩』的時候。」

作家知道他在套用《快報》的頭條。「我很高興你能夠一笑置之，我希望你可以不再放在心上。」

「我沒有放在心上，我已經越過那一關了。我知道將來還會有更多關卡，可是我覺得我不會被打個措手不及，我可以輕鬆面對了。」

兩人談話時，作家發現他一直隱隱約約覺得比利的表情改變了。他的步子加快，遣詞用字更明晰，而且還會拿報紙頭條來戲謔。

「我有事要問你。」作家說。「我現在跟你說話，如果你沒告訴我你是比利U，那我還真被你耍了，因為你聽起來就像『老師』……」

他的眼睛一亮，露出笑容。「你為什麼不問呢？」

「你是誰？」

「我是『老師』。」

「可惡，你還真喜歡讓我措手不及呢。」

他微笑。「本來就是這樣啊，我只要放鬆下來，就會變『老師』。必要條件是內在的祥和，我在這裡就有這種感覺……跟你說話，能夠再看見這些事，溫習一遍，記下來。」

「你幹嘛還等我問才說？幹嘛不直說：『嘿，我是老師』？」

他聳聳肩。「因為那並不像是我重新跟你見面。剛才是未融合的比利在跟你說話，突然間，雷根也插了進來，然後是亞瑟，因為他們有話要說。再說，直接說『喔，嘿，你好嗎？』好像剛才我沒有一直在跟你說話，也是很難堪的事。」

兩人繼續前進，「老師」說：「亞瑟和雷根真的很想幫助比利，跟你解釋上一次的混沌期發生了什麼事。」

「那就說啊。」作家說。「告訴我。」

「丹尼並沒有要跳崖，他只是一路找更大的花，找到了懸崖上。」

老師走在前方，指著丹尼走的路，以及他用作倚靠的樹，作家俯瞰下方。要是丹尼跳了，必定粉身碎骨。

「雷根也不是有意要傷害那些警衛的。」老師說。「碎玻璃是他自己要用的，他知道比利被出賣了，他打算要自殺。」他舉起手，擺出的姿勢在外人眼中是一大威脅，其實玻璃片對準的是他自己的頸子。「雷根打算要割斷自己的氣管，一了百了。」

「可是你為什麼說要打斷考爾醫生的骨頭？」

「雷根真正的意思是『來啊，考爾醫生，你第一個來看我打斷別人的骨頭。』我不會傷害那個小矮子的。」

「別又分裂了，比利。」作家說。「我們需要『老師』。我們還有事要做，你的說法很重要。」

比利點頭。「我最想做的事也是這個。」他說。「讓全世界的人知道。」

治療繼續，外界施予醫院的壓力也持續。比利和員工間的兩週合約也再履新。各項權益慢慢恢復。《哥倫布快報》仍然刊登對密利根不利的報導。

州議員對媒體報導的回應就是亟力主張召開聽證會。史丁吉安諾和伯爾聽說有人在幫密利根寫書，就引用議會法五五七條，該法案禁止犯罪人（包括因精神錯亂而獲判無罪者）因出售個人故事或透露犯罪情事而獲利。該州司法委員會將在兩個月後就此事舉行聽證會。

4

到了六月，儘管報紙持續攻訐，為比利的生活條件和治療都掀起波瀾，比利仍然保持穩定。他又可以請假在院區裡運動，但不可單獨離院。他和考爾醫生的治療會談仍繼續，他也重拾畫筆，可是這時作家及考爾醫生都認為「老師」有了顯著的變化，他的回憶沒有那麼精準了，他變得和艾倫一樣愛操弄別人，也和湯米、凱文、菲利普一樣有反社會傾向。

「老師」跟作家說有一天他在弄湯米的無線電，他聽見自己大聲說：「嘿，我這是在做什麼？無照廣播是違法的。」隨後他並沒有轉換為湯米，自己就說：「管他的。」

他對自己的態度既震驚又擔憂。他已漸漸接受這些人格——「老師」接受了「人格」這個說法，而不是「人」——是他的一部分。而就在突然之間，不需轉換，他就感覺像他們，這還是破天荒的頭一遭，而這才是真正的融合。他變成了二十四個人格的公分母，他也不再是羅賓漢或超人，而是一個非常普通的年輕人，反社會、沒耐性、愛操弄、聰明、有才華。一如喬治．哈定醫生之前的推測，融合的比利．密利根可能並不等於二十四個人格的總合。

約莫在這個時候，晨間專案經理諾瑪．狄雄覺得不想再處理比利這個病人了，壓力漸漸讓她無法招架，而其他的心理健康助理也都不願接手。最後，狄雄的「個案夥伴」汪妲．潘凱克同意擔任比利的專案經理，汪妲在醫院服務了十年，卻是最近才到密集治療單位的。

汪妲長了一張方形臉，身材矮胖結實，離過婚，她戰戰兢兢接近她的新病人。「我剛聽說他要到這裡來，」後來她坦承道，「我心裡就想：還真倒楣。他把我嚇死了，因為報紙的關係。我是說，他是強暴犯耶，而且他還很暴力。」

她回憶第一次見到他，是在去年十二月他進密集治療病房的幾天之後。他在娛樂室作畫，她進去跟他說話，發現自己抖得太厲害，自己都看見額頭上一束頭髮在顫抖著。

她也是不相信多重人格診斷的人。可是過了幾個月之後，她就不怕比利了。他特意跟她把話說清楚，他對這個單位的每位女性員工都說過，她們不必怕他變換成雷根，因為雷根絕對不會傷害婦女和兒童。

現在她跟比利處得很好。她不時會到病房去看看他的情況，兩人會長談。她發現自己慢慢喜歡他了，也相信他是個飽受折磨的多重人格患者。她和佩特．斐瑞護士都會在那些仍舊敵視比利的員工面前幫比利說話。

汪妲第一次遇見丹尼是她看見他躺在沙發上，想把塑膠套上的鈕釦拔掉。她就問他為什麼要那麼做。

「就拔拔看嘛。」他以孩子氣的語氣說。

「不要拔了。對了，你是誰啊？」

他笑出來，拔得更起勁。「我是丹尼。」

「你如果再不停，我就要打你的手了，丹尼。」

他抬頭看她，手上仍在拔，可是一看她過來，就停手了。

下一次再見到丹尼，他正把衣服和某些個人物品丟進垃圾桶裡。

「你在幹嘛？」

「丟東西。」

「為什麼？」

「不是我的，我不要。」

「不要再丟了，把東西拿回房間裡，丹尼。」

他自顧自走開了，東西就丟在垃圾桶裡，汪妲只好動手把東西拿出來，送回他的房間。有幾次汪妲發現他把衣服和香菸丟掉。有時候會有人把他從窗戶丟出去的東西送回來，事後比利總會問是誰亂拿他的東西。

有一天汪妲把十八個月大的外甥女蜜絲娣帶到娛樂室，比利正在繪畫。他靠過來微笑，小嬰兒就向後縮，哭了起來。比利沮喪地看著她，說：「妳這麼小就會看報紙了啊？」

汪妲看著他畫的風景。「真漂亮，比利。」她說。「嘿，我滿想要一幅你的畫耶。我沒有很多錢，可是如果你幫我畫一頭鹿，小小的一幅就可以了，我很願意付錢。」

「過一陣子再說。」他說。「我要先畫一幅蜜絲娣的肖像。」

他開始畫蜜絲娣，很開心汪妲喜歡他的畫，汪妲是很實在的人，比大多數人容易交談。他知道汪妲離婚了，沒有孩子，住在拖車裡，就在她父母家附近；她的家鄉是個阿帕契小鎮。她很樸實，強悍又年輕，一笑就有酒渦，兩隻眼睛像在探索什麼。

有天下午他繞著大樓慢跑，正想到她，就看見她開著一輛嶄新的四輪驅動小卡車來了。她一下車，他就跑了過去，說：「妳一定要讓我開一次。」

「免談，比利。」

他看見無線電的天線以及後窗上的呼號。「我不知道妳也是火腿族❻耶。」

「對。」她說，鎖上車，轉身要走進醫院。

「妳的代號是什麼？」他問，跟著她進去。

「獵鹿人。」

「女人取這個代號還真奇怪。妳為什麼會選這一個？」

「因為我喜歡獵鹿。」

他停下來，瞪著她看。

「怎麼了？」

「妳獵鹿？妳殺生？」

汪妲直視他的眼睛。「我十二歲就殺了第一頭鹿，以後每年都打獵。去年我的運氣不好，可是我跟你說，我很期待明年秋天。我打獵是為了要吃飯，我不覺得有什麼錯，所以少跟我說教。」

兩人搭電梯上樓，比利回到房間，把幫她畫的鹿撕毀了。

一九七九年七月七日，《哥倫布快報》的頭版以紅線框出了羅勃特·茹斯的報導：

強暴犯密利根可望在數月後獲釋

報導中提到，密利根可能在三、四個月後宣告精神正常，可能依據美國最高法院對聯邦法的解釋而獲釋，報導最後說：

「邁克·史丁吉安諾議員指出，如果市民發現密利根在本市內活動，他可能有性命之憂。」看過報紙之後，考爾醫生說：「報紙恐怕會把某些想法灌輸給一些人。」

一週之後，凱西的未婚夫羅伯·包姆嘉跟他的兄弟波伊斯穿著陸軍的軍用工作服來接比利去過週末。他們在勞勃·瑞福的電影〈黑獄風雲〉中當臨時演員。比利跟著兩名穿制服的人走下台階，看見警衛室的人都瞪著窗外。他憋著笑，坐上了看起來一定很像是軍中護衛隊的車子。

比利向作家說他注意到他自身有些變化，令他不安。他不必轉換成湯米，就能不用鑰匙開門鎖。無須轉換成雷根，就能騎新摩托車，而且還像雷根一樣能飆上陡坡。他感覺到腎上腺素搏動，如同雷根一樣，而且在生理上很自覺，每一束肌肉都能做出他現在能做的動作，雖然他本人沒有騎過機車。

他也發現自己變得反社會，很討厭別的病人，對員工沒耐性。他有種奇怪的感覺，巴不得能有一支帶鉤的六呎長鐵桿，然後跑到變電所去。他知道U-80變壓器在哪裡，把它扯下來，就能把電流切斷。

❻CBer，泛指領有業餘無線電人員執照之合法業餘無線電人員。

他跟自己爭辯。如果路燈不亮，有人可能會發生意外，可是他為什麼會想做那種事？後來他想到了，有天晚上他母親和查默在吵架。湯米實在受不了了，就騎上腳踏車出門了，他騎到變電所，爬進去，敲斷了電力。湯米知道燈滅了大家就會比較平靜，就不能再吵架。三條街因此而停電——哈伯街、麥特霍夫街、春天街。他回家來發現一片漆黑，不過吵架也停止了，桃樂絲和查默坐在廚房，就著燭光喝咖啡。

就是因為這樣才讓他想要再做一次，他聽凱西說桃樂絲跟戴爾最近吵得很兇。比利抬頭看著變壓器，露出微笑。不過是重溫一次極端反社會行為。

他也懷疑他還有別的地方不對勁，因為他對性興趣缺缺。他不是沒有機會，有兩次他說是請假到妹妹家，其實是住進了艾森斯的汽車旅館，還帶著對他表示好感的年輕女郎，可是兩次都看見警車在對街監視他，他就放棄了。他總覺得像個心虛的孩子。

他加緊研究他自己，密切注意他心裡的其他人格，知道他們的影響越來越小了。週末時他買了一套鼓，因為他在店裡打了一下，對自己的技巧很是驚異。以前艾倫會打鼓，現在則是「老師」會打鼓，連未融合的比利也會。他也吹薩克斯風、彈鋼琴，可是打鼓更能讓他宣洩情緒。打鼓能觸動他的心靈。

哥倫布市民一知道密利根又能夠請假外出，輿論就又開始圍攻考爾醫生。俄亥俄州醫德委員會奉命調查，目的是控訴考爾有虧職守。據說密利根享有特權是因為考爾正在悄悄寫書。由於法律規定必須要先投訴才能調查，醫德委員會就找了自己的律師提出指控。

考爾醫生發現自己又被另一方人馬攻擊，不但累及了對病人的治療，也危害到他的名譽與行醫生涯，所以他在一九七九年七月十七日提出了一份具結書：

數月來比利・密利根一案造成的風風雨雨已超過了應有的尺度，甚至超出了邏輯、理性，甚至法律的規範……

而大部分爭議的導因是我對該病人應該如何治療所作的決定，我的決定受到了這方面所有專家的支持……

我相信我之所以遭到辱罵攻訐，是因為某些不可告人的動機，其中之一是議員為自己打知名度，以及某些其行可議的記者炒作題材……

後來，歷經好幾個月複雜又昂貴的法律程序，包含傳票、筆錄供詞、反訴，各法庭一致認定考爾醫生毫無疏失。可是在此期間，他卻發現必須要耗費更多的時間精神來保護他本人、他的名譽、以及他的家人。他知道大眾想要什麼，他只要把比利關起來，就能杜絕恐嚇，可是他不肯屈從於議員及報紙情緒性的要求，因為他知道要治療比利，就必須要把他當作一般的病人。

5

七月三日星期五，比利獲准將部分畫作帶到艾森斯國民銀行，銀行同意把他的畫放在大廳展覽，展期是整個八月。比利很投入，開心地準備，購入畫布，增加畫作並裱框。同時，比利也幫忙安排凱西的婚禮，日期已定在九月二十八日。他以賣畫的錢租了一間婚宴會館，還訂做了自己的禮服。他非常期待能參加婚禮。

他要開畫展的消息一傳出，哥倫布市的文字與攝影記者就全部出籠。比利得到了律師的核准，接受了WTVN電視台的珍．萊恩及WBNS電視台的凱芬．伯格採訪。

他跟珍．萊恩談他的畫作，也談艾森斯心理健康中心的治療對他的幫助。記者問起有多少畫作是其他人格畫的，比利說：「基本上是每個人都有。他們都是部分的我，我必須要接受這一點，他們的能力就是我的能力，可是現在我是那個要為自己的行動負責的人了，我也想保持下去。」

比利跟她說賣畫的利潤會用來支付醫藥費和律師費，其他則捐獻給防止虐待兒童的工作。

他也提到他覺得各人格漸漸融合為一體了，他現在能夠放眼未來，也就是防止虐待兒童的工作。「我希望能多調查一下寄養家庭，」他說，「確定那是個安全舒適的環境。孩子的需要不只是看管，還要給他感情上的滿足。」

珍．萊恩去年十二月為比利拍了一部三十分鐘的紀錄片，她發現比利現在有一點極為不同，就是他對社會的態度。雖然他幼時遭受凌虐，他現在卻對未來抱著希望。

「我對目前的司法制度多了一點信心，我現在不覺得每個人都在跟我作對了。」

凱芬．伯格在六點的晚間新聞上指出密利根在艾森斯心理健康中心的治療引起了許多爭議，也遭到嚴苛的批評，可是比利現在對於艾森斯市有了一份歸屬感。

「我對艾森斯市的市民感覺好多了。」他跟凱芬說。「他們沒有像以前那麼不友善了，因為他們慢慢了解我了，他們不像我剛來的時候那樣怕我了。恐懼是……別的原因引起的……」

他指出此次展覽的作品都經過他精挑細選，有些作品不展出是因為他怕大家會拿他的作品來分析他。他坦承他很擔心別人對他作品的看法。「要是他們來看我的畫，」他說，「我希望不是因為他們想湊熱鬧，而是因為他們對藝術有興趣。」

他說他想念書，在畫藝上精益求精，可是由於他臭名在外，他覺得不會有大學會收他。說不定將來會有機會，他會等待。

「我現在面對現實了，」比利說，「這才是最重要的。」

比利覺得醫院員工對晚間新聞的反應還不錯，新聞裡他向主播說話，後面掛著他的畫作。大多數的員工對他的態度變得比較熱絡，少數人仍然公開批評他。他甚至還聽說，之前有些公然敵視他的人最近還在進度報告上寫了肯定的評語，他很驚訝有人會告訴他小組會議的內容以及他的病歷上寫了什麼。

他知道移出五號病房之後，他有了很大的進步。

八月四日星期六，他正要走出密集治療部的門，忽然聽見電梯警鈴大作。電梯卡在三、四樓之間，一名有心理障礙的年輕女孩困在裡面。比利看見外部的電盒冒出火花，發出了劈啪的聲音，他知道一定是電線短路了。幾名病人聚集在走道上，電梯內的女孩開始又尖叫又捶門。比利大聲呼救，一名員工來幫忙，兩人合力把外門撬開了。

凱瑟琳．基洛特和佩特．斐瑞出來看是怎麼回事，兩人看到比利從電梯井爬下去，再從電梯頂端的活板門擠了進去。比利跳進電梯裡，跟女孩講話，讓她平靜下來。他們在電梯裡等待，讓別人去找電梯維修員，比利則從電梯裡修理電箱。

「妳念過詩嗎？」他問女孩。

「我會聖經。」

「那就念讚美詩給我聽。」他說。

他們聊著聖經，差不多講了半個小時。

電梯維修員終於把電梯修好了，他們從三樓出來，女孩抬頭看比利，說：「現在我可以喝可樂了嗎？」

下一個星期六比利早早就起床了。雖然他對畫展覺得很開心，《快報》的報導卻讓他很沮喪，報上說畫展了無新意，不過是改作了十個人格的作品，還叫他「多重人格強暴犯」。他必須要習慣處理甘苦參雜的情緒。這是一種新的感覺──雖然令人混亂，卻對他的心理穩定很重要。

這天早晨他決定要慢跑到俄亥俄州立大學飯店，就在院區的隔壁，買一包菸。他知道不該抽菸，以前只有艾倫抽菸，可是他有需要。等他的病痊癒了，有的是時間戒菸。

他步下了醫院台階，發現大門對面停了一輛車，裡頭坐了兩個人。他以為是來探病的。可是他穿過馬路，車子卻開走了。他繞過醫院大樓，到了下一條街，又看到了那輛車。

他穿越剛修剪過的草地，走向醫院邊界的小溪，那裡有一條人行小橋，過橋後就轉上牛奶巷，也就是介於小溪和飯店之間的街道，是過橋之後的必經之道。結果他又第四次看到那輛車。

他立在橋上，汽車的車窗搖了下來。一枝槍伸了出來。有人大喊：「密利根！」

他愣住了。

也分裂了。

雷根一轉身就跳入小溪，躲過了一槍，第二槍也沒打中，接著是第三槍。雷根從溪床上抓了一根樹枝，爬上溪岸，把樹枝當高爾夫球棍，擊碎了車子的後車窗，汽車高速逃離。

他站在那裡很久，氣得發抖。「老師」在橋上愣住，軟弱又優柔寡斷。要不是他的臨場反應快，他們就全死了。

雷根緩緩走回醫院，一面和艾倫、亞瑟討論該怎麼辦。必須告訴考爾醫生，在醫院裡他們是活靶，隨時都可能被別人找到殺害。

艾倫把事情經過告訴了考爾醫生。他主張請假離院這件事，比之前更重要了，因為他必須找個安全的地方，躲到撤銷有罪的聽證會舉行為止，然後他就能安排離開俄亥俄，到肯塔基去找柯內莉雅·魏伯醫生治療。

「這次的攻擊事件，」亞瑟告訴艾倫，「絕不能走漏風聲。如果那些人看到報紙沒有報導，就會提心吊膽，害怕比利會有什麼行動。」

「我們要跟作家說嗎？」艾倫問。

「只能讓考爾醫生知道。」雷根很堅持。

「『老師』固定在一點跟作家會面，要讓『老師』在場嗎？」

「不一定。」亞瑟說。「『老師』走了，我想他是因為在橋上愣住而自責。」

「那我要怎麼跟作家說？」

「你那張嘴厲害得很。」雷根說。「就假裝你是『老師』好了。」

「他會知道的。」

「只要你不跟他說你是『老師』，」亞瑟說，「他就不會知道。」

「你叫我說謊？」

「讓他知道『老師』分裂消失了的話，那人會很難過。他們變成朋友了，我們不能害書寫不成，所有的事情都要繼續下去，就當作沒有人想要比利的命。」

艾倫搖頭。「我沒想到你會叫我說謊。」

「如果立意是良善的，」亞瑟說，「是為了不讓別人傷心，那就不算是說謊。」

可是，在會面時，作家卻發現比利的態度及行為讓他不舒服，他似乎太自負、太有心機、太咄咄逼人。比利說他受的教育就是要往最壞處看，再對最好的結果抱著希望，而現在他的希望給反轉過來了，他很肯定他會被送回監獄。

作家覺得這個人不是「老師」，可是也不是很肯定。比利的律師亞藍．果斯貝里到了，作家察覺到是艾倫在說明為什麼他想要立遺囑，把一切都留給他妹妹：「念書的時候有個小惡霸總是欺負我，有一天他又要打我，結果又不打了。我後來才發現是凱西把她最後的二十五分錢送給了他，請他不要打我，這件事我永遠也忘不了。」

那個週末在凱西家裡，丹尼和湯米畫壁畫，而艾倫則擔心即將在蘭卡斯特登場的聽證會。要是他贏了，考爾醫師也把他送到肯塔基，他知道魏伯醫生能幫助他。可是萬一傑克生法官的裁決對他不利呢？萬一他這輩子就要在精神病院和監獄裡度過呢？州政府把醫藥費帳單寄給他了，一天一百多元。他們想榨乾他的錢，他們想讓他破產。

週六晚上他失眠了。大約半夜三點，雷根到屋外，默默把機車牽走。山谷裡起霧了，他很想騎到天光乍現，於是他朝洛根壩出發了。

他最愛黑夜裡的霧了，他經常會選最濃的霧外出，無論是進入林中深處或是在湖心泛舟，看著前景逐漸變成空茫一片，半夜三點是他最愛的時光。

他接近了洛根壩的壩頂，那兒有一條狹橋，只有機車車輪那麼寬，他關掉了大燈；大燈反射在濃霧中反而會讓他看不見。關掉了燈，他能看見兩側漆黑，中間有反光標記，他讓車輪保持在中央，很危險，可是他需要這份刺激。他需要再一次征服什麼，不必是什麼非法活動，可是偶爾他就是需要做點危險的事，需要感覺腎上腺素飆升，他需要是個勝利者。

以前他沒騎過壩頂，不知道有多長，也看不見那麼遠。可是他知道他的速度必須夠快，扭矩要夠大，才不會摔倒。他很害怕，可是他就是得試一次。

他衝了出去，騎在窄道的中央。安全通過後，他轉頭，再來一次。他歡呼大叫，眼淚流了下來，被打在臉上的寒風吹得冷冰冰的。

他一身疲憊回家，夢到他被槍擊，在小橋上奄奄一息，就因為「老師」愣住了，拖著他們一起送死。

第二十二章

1

九月十七日星期一，也就是聽證會舉行的日子，作家走在密集治療部的走廊上，看見比利在等他，從會意的微笑、清澈的眼神、點頭的樣子，他就知道是「老師」。兩人緊緊握著彼此的手。

「又見面了。」作家說。「好久不見了。」

「說來話長。」

「趁著果斯貝里和湯普森還沒來，我們先私下談一談。」

兩人步入小小的會議室，「老師」告訴了作家槍擊一事，分裂的事，還有艾倫租了一輛全新的跑車，預備在法官撤銷認罪之後就飛奔到列辛頓去找魏伯醫師治療。

「上個月你不見了，是誰假裝是你，跟我見面的？」

「是艾倫。」他說。「對不起，亞瑟知道你如果發現我分裂了會傷心，通常他是不會顧慮別人的感受的。我只能假設是槍擊事件太過震撼，他的判斷力也受損了。」

兩人一直談到律師抵達，然後四人坐車到蘭卡斯特的費爾菲郡法院。

果斯貝里與湯普森呈上了喬治・哈定、柯內莉雅・魏伯、史黛拉・凱若林、大衛・考爾四位醫生及精神病學家桃樂絲・透納的證詞，五位專家一致認為「在醫學上可以確定」比利・密利根是有心理疾病的多重人格患者，因此犯下了一九七四年十二月的休息站攻擊案及一九七五年一月的葛瑞藥局搶案。而也因為這個疾病，在當時他可能無法協助他的律師喬治・凱納為自己辯護。

費爾菲郡的陸斯檢察官只傳喚了哈洛・布朗醫師這一名證人，醫生說比利十五歲時曾接受他的治療，並且在哥倫布州立醫院住院三個月。他說根據日前的資訊，他願意將診斷從帶有被動攻擊型特徵的歇斯底里性神經官能症改為可能具多重人格的解離症。不過，布朗向法官說檢察官曾請他去艾森斯和比利會談，他發現比利・密利根似乎知道他的所作所為。布朗說密利根可能並不是真正的多重人格，因為多重人格患者應該不知道其他他我的行為才對。

出了法院，果斯貝里和湯普森都很樂觀，比利也是興高采烈，他很肯定傑克生法官會採信四位備受尊重的精神科醫師及一位心理學家的看法，而不會聽信布朗醫生的證詞。法官跟記者說會在兩週內裁決。

九月十八日，考爾醫師看出比利從蘭卡斯特回來後就坐立不安，也很清楚他唯恐又被槍擊，就批准他請假離院。比利知道他在妹妹家也和在醫院一樣是很容易獵取的活靶，也就難怪他會跑到附近的尼爾遜維市，住進了霍金谷汽車旅館。

他以假名在週二入住，想放鬆一下，可是情緒實在過於緊繃。他作畫時聽見聲音，搜查過房間和走廊後，他斷定聲音是在他的腦海中，是他自己的聲音。他盡量不去聽，專心作畫，可是聲音卻響個不停。不是雷根，也不是亞瑟；如果是他們，口音一聽就知道。一定是討厭鬼。他到底是怎麼回事啊？他沒辦法工作，沒辦法睡覺，他很怕回凱西家或是回艾森斯。

週三他打電話給麥克．路普，請他過來。路普來了之後，發現比利非常緊張，就打電話給考爾醫生。

「你反正值夜班嘛，」考爾說，「今天晚上就陪著他，明天把他帶回來。」

有路普在，比利也放鬆了下來。兩人到酒吧喝酒，比利跟他說他希望能讓西碧兒的醫生治療。

「我會先住院兩個星期，等魏伯醫生允許我自己出去住。我覺得可以，因為就算在我有麻煩的時候，我也還是能一個人生活，然後我會開始治療，遵守她的指示。」

路普聽著他談未來計畫，談眼前的新生活，一切就只等傑克生法官把蘭卡斯特的犯罪紀錄都撤銷。

兩人聊了一晚，快天亮了才入睡，週四很晚起床，吃過早餐就開車回醫院了。

回到病房，比利坐在大廳，想著他現在做什麼都錯。他覺得很低能，因為他的眾多人格給予他的才華都快一項一項失去了：亞瑟的聰明，雷根的力量，艾倫的能言善道，湯米的電子知識。他覺得越來越笨，壓力越來越大，壓力與恐懼快讓他招架不住了。噪音變大，色彩變得太過強烈。他想到自己的房間去，關上門，放聲尖叫……

隔天，汪妲．潘凱克在咖啡室吃午餐，忽然她的朋友從椅子上跳起來，衝向窗戶。汪妲也轉頭看，外面正下著雨。

「我看到有人，」他說，還指著方向。「有個穿黃褐色風衣的人跑過了富地大道的橋，跑到橋底下去了。」

「哪裡？」她踮著腳，伸長短小的軀幹，還是只能從雨濤滾落的玻璃看到有輛車停在橋上。司機走了出來，俯瞰橋邊的圍牆，再回到車上，又回牆邊，彷彿是在看底下的什麼東西或什麼人。

怪的是，汪妲突然心裡打了個冷顫。「我最好去看看比利在不在。」

她在病房到處找，問遍了員工和病人，卻都沒有人看見他。她也到他的病房去找，發現他衣櫃裡的黃褐色風衣不見了。

病房主管夏綠蒂·強生到護理站來，說有一名醫院同仁打電話來說在富地大道看見了比利。考爾醫師走出辦公室，他接到電話說比利在橋上。

每個人都同時叫了起來。他們不想讓安全警衛去找他，知道制服人員只會讓他更沮喪。

「我去。」汪妲說，抓起了外套。

保全部的克萊德·巴恩哈特載她到富地橋上。她下了車，在橋下的管線下尋找，接著又沿著河岸走，四面八方搜尋，什麼也沒找到。等她回來，她看到了那名把車停在橋上的駕駛，倒是詫異他居然還沒走。

「你沒有看見一個穿黃褐色風衣的人？」她問道。

他指著附近的大學會議中心。

保全車把她載到了摩登的磚造玻璃建築，獨特的造型很像是有圓頂的生日蛋糕。

「在那裡。」巴恩哈特說，指著圍繞建築物三樓一周的水泥步道。

「在這裡等。」汪妲跟他說。「我最好自己去找他。」
「別跟他進去，不要單獨跟他在一起。」巴恩哈特說。
她跑上了一處通道，看見他試了一扇又一扇的門，想要進去裡面。
「比利！」她大喊，從通道跑到步道上。「等等我！」
他不回答。
她又換別的名字喊他：「丹尼！艾倫！湯米！」
他不理會她，只快速繞著步道移動，想要把門打開，終於找到了一扇敞開的門，就消失在裡面了。汪妲沒來過會議中心。她不知道會發生什麼情況，也不知道比利為什麼過來，雖然心中害怕，她仍然衝了進去，追上了他。他正要爬上很陡的樓梯。她留在底下。
「下來，比利。」
「去妳的，我不是比利。」
「那你是誰？」她問。
她沒看過比利嚼口香糖，可是他現在嘴巴卻動得很起勁。
「史帝夫。」
「你來這裡幹嘛？」
「呸，妳看我是在幹嘛？我要爬到頂上去。」
「為什麼？」
「好往下跳啊。」
「下來，史帝夫，我們談一談。」

他不肯下來，汪妲想跟他講理，卻沒有用。她相信比利是執意要自殺。她注意到他變得非常不同，趾高氣揚，聲音較高，說話速度較快，表情及口吻都是一副大男人的德行。

「我要上廁所。」他說著就穿過了廁所門。

汪妲快跑到出口，跑到環形步道上看巴恩哈特是否仍在。他走了。她回到裡面，看到史帝夫從男廁出來，消失在另一道門後，她想跟上去，可是門卻被他反鎖了。

她在牆上找到電話，就撥回醫院，找考爾醫生。

「我不知道該怎麼辦。」她說。「他是史帝夫，他說要自殺。」

「讓他鎮定下來。」考爾說。「跟他說一切都會很順利，事情不會像他想的那麼糟。他可以到肯塔基去請魏伯醫生治療，叫他快回來。」

汪妲掛斷電話，走到門邊，又捶又喊：「史帝夫！把門打開！考爾醫生說你可以去肯塔基了！」

幾秒之後，有學生把門打開了，汪妲發現門後有條狹窄的環形走廊。她把頭探進每一間辦公室和休息室裡，覺得像作了惡夢，坐上了永遠不會停的旋轉木馬。找不到他，就繼續找、繼續轉。

她看到兩個學生在聊天，就大聲問：「有沒有看到有人走過去？六呎高，黃褐色風衣，身上在滴水？」

一個學生指著前方。「他從那邊走了……」

她沿著環形走廊跑，不時查看向外的門，以防他又跑到外面去。最後，她打開一扇門，發現比利在外面的步道上。

「史帝夫！」汪妲大喊。「等一等！我有話要跟你說！」
「沒什麼好說的。」
她繞到他前面，卡在他和水泥護欄之間，以免他跳下去。「考爾醫生叫你回去。」
「叫那個有啤酒肚的王八蛋去死啦！」
「他說事情不像你想的那麼糟。」
「不像才怪。」
他來回踱步，忿忿地嚼著口香糖。
「考爾醫生說你可以到肯塔基去，魏伯醫生可以幫你。」
「我不相信那些神經病醫生，他們只會跟我說鬼話，騙我得了什麼多重人格。放他媽的狗屁，他們自己才是神經病。」
他脫掉了濕風衣，貼在一扇大窗上，一拳猛擊上去。汪妲撲了過去，抓住他的胳臂，抵死不放，不讓他再揮拳。她知道他是想用碎玻璃自殺，不過玻璃太厚了，他可能會打斷骨頭。可是她還是緊抓著他不放，而他則拚命想把她甩開。
兩人相持不下，汪妲想勸他進去，可是他什麼道理也聽不進去。她又濕又冷，最後說：「我受夠了。我現在給你兩個選擇：你馬上跟我進去，否則我就踢你的老二。」
「妳才不會。」他說。
「我會。」汪妲說，仍死命攀著他的胳臂。「我現在數到三，你如果不快點住手，跟我走回醫院去，我就要踢你了。」
「唔，」他說，「我不打女人。」

「一……二……」她一條腿向後縮。

他交叉雙腿，保護重要部位。「妳真的會踢啊？」

「對。」

「哼，我還是要做。」他說。「我要到頂樓去。」

「不行，我不准。」

他跟她拉扯，忽然掙脫了，跑到水泥護欄。這裡距離地面有三層樓高。他剛要翻過去，汪妲就撲了過來，一臂扣住他的頸子，一手勾住他的腰帶，硬把他扯回來，扭打間扯破了他的襯衫。

突然間，汪妲發現他心裡緊繃的弦斷了，他委頓在地上，兩眼無神，汪妲知道他又變了個人了。他哭了起來，全身發抖，汪妲猜他是害怕了，她知道是誰了。

汪妲摟著他，跟他說不必擔心。「一切都會很順利的，丹尼。」

「我一定會被揍。」他哀聲訴苦。「我的鞋子沒綁鞋帶又沾滿泥巴，褲子跟頭髮都濕了，我的衣服也是泥巴，而且亂七八糟的。」

「你要不要跟我去走一走？」

「好。」他說。

汪妲把他的風衣撿起來，給他穿上，帶他繞到前面。她能從樹木間看到山上的醫院，比利一定經常從醫院看見這圓形的建築。保全車回來了，停在下方的停車場，車門敞開著，車內無人。

「要不要跟我坐到汽車裡？免得又淋雨。」

他退縮不前。

「沒關係的，這台是保全部的克萊德．巴恩哈特開的車。你跟他處得不錯啊，你不是喜歡他嗎？」

丹尼點頭，正要坐進後座，卻看見有鐵絲護網，把後座弄得像籠子，他就又退開了，還全身顫抖。

「好吧。」汪妲說，明白是怎麼回事。「我們就坐在前面，等克萊德回來載我們。」

他坐進去，靜靜地坐在汪妲旁邊，茫然盯著濕長褲和滿是泥濘的鞋子。

汪妲沒把車門關上，只是把大燈打開了，充當信號。一會兒之後，克萊德跟諾瑪．狄雄一起從會議中心的通道走過來。

「我回醫院去載她。」克萊德說。「我們進去找妳跟比利了。」

汪妲說：「這是丹尼，他現在沒事了。」

2

九月二十五日星期二，佩特．斐瑞護士看著比利在休息室跟嘉斯．霍斯頓說話。霍斯頓是幾週前入院的，他和比利在雷貝嫩就認識了。蘿莉和瑪莎走過去，跟兩個年輕人調情。蘿莉一向就不掩飾對比利有興趣，現在又假裝看上了霍斯頓，想挑起比利的妒火。斐瑞護士正是蘿莉的專案經理，知道這個女孩子從比利進艾森斯開始就一直對他投懷送抱。蘿莉漂亮，但不是很聰明，比利走到哪裡她就跟到哪裡，也寫信給他，跟員工說將來她和比利會一起做哪些事。她甚至散佈謠言，說她和比利早晚會結婚。

而比利呢，卻從來沒有真正注意過蘿莉，硬要說他有什麼表示的話，也只是在前幾天蘿莉和瑪莎跟比利說她們破產了，比利就給了她們五十元，交換條件是她們要去印刷廠拿他的「今天抱抱孩子」貼紙，在市區發送。

這天比利的下午專案經理愛琳．麥克雷倫請假，由她的同事凱瑟琳．基洛特照顧他。很有奶奶味道的基洛特一來上班，比利就問她能不能出去散步。

「我們要請考爾醫生來決定，」她說，「我不想自己決定。」

比利在電視間等她去請示考爾醫生，而考爾醫生決定要先跟比利談一談。詢問了他的心情之後，他們就同意讓他和嘉斯．霍斯頓一起到外面散步。

比利和嘉斯半個小時就回來了，然後又出去散步。比利第二次回來，約莫是六點鐘，基洛特正忙著一名新病人，卻聽見他說：「那個女生在尖叫。」

她知道說話的不是比利，她聽出是大衛的聲音。

「你說什麼？」

「她會受傷。」

基洛特跟著他走。「你在說什麼啊？」

「有個女生。我在外面的時候，聽到有個女生在尖叫。」

「什麼女生？」

「不知道，有兩個，有個女生叫嘉斯叫我回來，因為我會礙事。」

基洛特檢查他的呼吸，想知道他是否喝酒了，但是並沒有酒味。

幾分鐘後，樓下的總機呼叫她。基洛特太太下樓就看見保全人員把瑪莎帶了進來。她嗅到瑪莎有酒味，就把她帶上樓，帶進她的房間。

「蘿莉呢？」基洛特問。

「不知道。」

「妳去哪裡了？」

「不知道。」

「妳喝酒了，是不是？」

瑪莎低著頭。後來她被送進了一號病房，那是女性病人戒護最森嚴的病房。

而在此時，比利也由大衛轉換成丹尼。他看到瑪莎落單，沒有蘿莉在旁邊，似乎很困擾，二話不說就跑出大樓，去找失蹤的蘿莉。基洛特氣喘吁吁地追上去，一直追到學校後面才追上他，這時警衛葛連也把蘿莉帶進來了。她一直在嘔吐，倒在草地上，臉埋在嘔吐物中。葛連告訴基洛特：「她很可能被勒住了喉嚨。」

基洛特看得出來丹尼很替兩個女孩擔心。她聽到走廊有人低聲說「強暴」二字，可是她覺得兩個男孩子出去的時間都不夠久，不足以對蘿莉或瑪莎不利，所以她聽過也就算了。當晚十一點下班，情況似乎很正常，兩個女孩都送進了一號病房，密利根和霍斯頓也都在自己的房間睡覺。

隔天早上七點，佩特．斐瑞來上班，病房與醫院已經謠言滿天飛了。據說兩個女孩都醉倒在山上。蘿莉的衣服撕破了，有人說她自稱被強暴了，有人說她根本就沒說什麼。比利和霍斯頓在同時間出去散步，所以成了嫌疑犯，可是密集治療病房裡幾乎人人都認為不可能有強暴。

州道警察被請來調查，他們要求密集治療部暫時封鎖，確定所有男性病人都能接受訊問。考爾醫生跟幾名員工談過；比利和霍斯頓仍然沒醒。問題來了，誰要跟比利說他和霍斯頓被控犯罪？斐瑞看得出來考爾醫生可不想親口跟他說。別人也都拒絕了。去年春天雷根失控爆發，拿著破玻璃杯威脅員工，那天斐瑞沒上班，可是其他人卻怕比利聽見了消息可能會出現同樣的暴力場面。

考爾醫生先把病房門鎖好才分別跟兩人談話。霍斯頓先醒，考爾醫生就跟他說了他被控的罪，然後他再去比利的房間，把同樣的事告訴他。

兩個年輕人起初都是一頭霧水，對於這樣的指控也感到很委屈，早晨漸漸接近中午時，他們就變得更激動、更害怕。說什麼會有人來把他們帶到利馬，什麼聯邦調查局派人來逮捕他們，說什麼被送回雷貝嫩。

一整天員工都忙著安撫他們。員工也很生氣，他們一點也不相信。汪妲和斐瑞一直向霍斯頓和比利擔保不會有人來把他們帶走，可是她們兩人都知道她們不是在跟比利說話，而是其中一個人格。汪妲覺得是史帝夫。

那天斐瑞給了比利許多鎮定劑，想讓他平靜下來，有一陣子他小睡了一下，情況似乎不錯。可是下午兩點，兩個男生又都激躁起來。比利從史帝夫轉換成大衛，又是抱怨又是哭泣，接著又變得很強悍；他和霍斯頓會來回踱步，誰走到他們附近都會遭殃。每次電話一響，比利就會跳起來，說：「他們來抓我了。」

比利和霍斯頓躲到了大廳的後部，靠近上鎖的後門，門後是逃生梯。他們把桌椅拉過來形成一道屏障，抽出了腰帶，纏在手腕上。

「不准有男人靠近，」史帝夫說，「否則我們就把後門撞開。」他拿起左手邊的椅子，擺出馴獸師的姿勢。員工知道情況已不是他們所能控制的了，於是發出了「綠色警報」。佩特・斐瑞從擴音器聽見了呼叫。她知道再等個一會兒，就會有八至十名警衛和助理從其他病房衝過來幫忙。

「我的媽啊！」門一撞開，她就張口結舌。一大票人跑了進來——警衛，助理，助手，主管，保健部的人，心理部的人，根本八竿子也扯不上關係，還有老年病房的人，一般的代號綠根本就用不著他們。總共不下三十個人，她覺得好像是在誘捕動物，好像人人都在等這場好戲。

她和汪妲靠比利和霍斯頓最近，他們並沒有要傷害她們的樣子。可是那一幫男人一逼近，兩個病人就揮舞椅子，兇狠地揮動纏著皮帶的拳頭。

「我不要去利馬！」史帝夫大喊。「每次很順利的時候，我就會因為沒做的事倒楣！我一點機會也沒有了，我一點希望也沒有了。」

「比利，聽我說。」考爾醫生說。「這樣子不是解決問題的辦法，你得平靜下來。」

「誰敢過來，我們就把門撞開，把車開走。」

「你錯了，比利，這種行為幫不了你。你被指控了，結果可能不理想，可是你也不能有這種行為。我們不能由著你胡來。」

比利就是不聽。

資深心理學家大偉・馬拉維斯塔想跟他說理：「別這樣嘛，比利，我們有讓你發生什麼事過嗎？我們在你身上耗費了那麼多心血，你覺得我們會為了這件事就讓他們把你帶走嗎？我們想幫助你，不是讓你的日子更難過，醫院員工根本就不相信那些胡說八道。我們把你的病歷和兩個女孩的病歷都存證了，現在只要耐心等待，調查結果應該會對你有利的。」

比利放下了椅子，從角落出來。他平靜了，男人也都離開了病房，可是比利馬上又開始哀泣埋怨。而霍斯頓仍然在耍狠，狂呼大叫，說什麼被帶走的話，只害得比利更難過。

「我們一點機會也沒有。」霍斯頓說。「我以前就被冤枉過。等著瞧，他們一定會偷偷摸摸溜上來，我們會被帶走，再也見不到面了。」

斐瑞沒見過員工這麼緊張，他們察覺到有狀況了。

三點鐘換班，年紀較長的愛琳．麥克雷倫和凱瑟琳．基洛特來接班。基洛特太太聽說了調查強暴案的事，很是意外。早班人員事先知會了她，所以她盡量讓兩名年輕人平靜下來。可是下午漸漸過去，他們又開始神經兮兮地東瞟西瞟，坐立難安，說什麼被偵訊，會被送回監獄，還威脅說誰敢叫警衛，他們就要把電話線扯斷，誰敢來抓，他們就要撞破後門逃走。

「我不要再回去坐牢了。」比利說。「我寧願死也不要再回去坐牢。」

基洛特陪比利坐著聊天，比利要求給他鎮定劑，基洛特同意了，他到護理站拿藥，基洛特就注意別的病人。

才過一會兒，護理站就打電話來找基洛特，請她到二樓去。比利在他們那裡，要求要找基洛特。她到了那裡就看見四個男人把比利釘在電梯前的地板上。

「凱瑟琳，」比利說，「幫我，別讓他們傷害我，要是他們把我綁起來，查默就會來。」

「不會的，丹尼，查默不會在這裡。你可能需要自己待在房間裡。你離開了醫院，你衝出去，走掉了，現在我們這樣子也是不得已的。」

他啜泣道：「妳叫他們放我起來，好不好？」

「把他放開吧。」她跟四個男人說。

他們不放心，不曉得比利會做出什麼事來。

「沒事。」基洛特說。「他會跟我走，對不對，丹尼？」

「對。」

基洛特帶著他到五號病房，進入獨拘房，留下來幫他拿個人物品。他不肯把繫著小箭頭的項鍊給她。

「最好把口袋裡的東西都掏出來，把皮夾給我，我幫你收起來。」她看見比利的現金很多。

一名五號病房的看護迫不及待要把密利根關起來，就大吼道：「凱瑟琳，快一點，不然我就連妳一起關起來。」

她明白他們是害怕密利根。

她回到密集治療部之後不久，就有護士打電話來說密利根在獨拘房裡不太對勁。他拿床墊擋住了觀察窗，不讓員工看房內情況，他們又不敢開門看他是在搞什麼鬼，問她可不可以再下來一趟。

她帶著一名男性看護，是比利認識的人。她隔著獨拘房的門喊：「我是凱瑟琳，我要進來看看你的情況，別害怕。」

兩人進去了，比利發出咕嚕嚕、嗆到的聲音。他項鍊上的箭頭不見了，掙斷的鍊子掉在地板上。

沙米．邁可斯醫生下令將比利轉到一間有床的病房，可是員工要進去帶他走，他卻抵抗。最後勞動了好幾個男人才制伏他。

基洛特太太在新的病房裡陪他，給了比利好幾杯水，幾分鐘後，他就把箭頭吐出來了。護士幫他打針，基洛特又陪他聊了一陣子，跟他保證會再回來，叫他休息一下。這才回到自己那一區，心裡想比利實在是像驚弓之鳥。

隔天早晨，汪妲、斐瑞、路普來上班，才知道比利和霍斯頓換到五號病房了。路普雖然想去看他，五號病房卻傳話來禁止密集治療部的人去看他，密利根由他們看管了。

比利的妹妹凱西打電話來醫院，得到的消息是發生了麻煩，比利目前在最高戒護的男病房，隔天比利不能去參加她的婚禮。

消息走漏了，一九七九年十月三日《哥倫布公民報》刊登了後續報導：

史丁吉安諾說密利根出資開酗酒派對，州道警察將揭秘

艾利克．羅森曼報導

本週三某議員說多重人格強暴犯威廉．密利根上週與三名病人在艾森斯心理健康中心開了一個「烈酒加可樂派對」。

哥倫布市選出的州議員邁克．史丁吉安諾說俄亥俄州公路警察正在秘密調查一件案子，事

關密利根供應兩名女性病人金錢，購買酒品，隨後三人與另一名男性病人舉辦了一個「烈酒加可樂」派對……

州議員說由此可見「中心並未善盡監督之責」。

「據我所知，報告無法證明兩名女性遭到強暴。」史丁吉安諾週三說。「只會載明是密利根給兩名女病人金錢去買酒，她們離開院區去買酒，再把酒帶回醫院……」

上週五州道警局調查組的主管理查．維考克斯代隊長說目前仍靜待檢驗報告出爐，才能判定兩名女性是否遭到性侵或是喝醉。調查結束之前，一切都不公開。

史丁吉安諾說他的消息來源很可靠，開派對一事絕對錯不了。

同一天，作家獲准到五號病房去看密利根，可是密利根卻不認識他，還得要作家提醒。

「喔，對了，」他帶著迷糊的表情說，「你是那個一直在跟比利會面的傢伙。」

「你是誰？」作家問。

「不知道。」

「你叫什麼名字？」

「我好像沒有名字。」

兩人談了一會兒，可是密利根並不清楚發生了什麼事。作家等著某個人格出來告訴他情況，卻只有漫長的靜默。過了一會兒，這個無名氏說：「他們不肯再讓他畫畫。有兩幅畫，如果有人來了，一定會毀掉。你應該把畫帶出去，將來書裡可能會用上。」

密利根離開了會議室，回來時帶著兩幅油畫，一幅未完成，也未簽名，是陰沉沉的夜景，黑色的樹襯著暗藍色天空，一座黑色穀倉，一條蜿蜒的小路。另一幅是色彩很豐富的風景，署名是「湯米」。

「你是湯米嗎？」作家問。

「我不知道我是誰。」

3

隔天早上，亞藍．果斯貝里接到通知，要他到艾森斯郡普通法院去見羅傑．J．鍾斯法官。助理檢察官大衛．貝林奇代表俄亥俄州提出了申請，將密利根移送到州立利馬醫院。嘉斯．霍斯頓則送回雷貝嫩。

果斯貝里請鍾斯法官給他時間和當事人商議。「我認為密利根先生有權知道這項申請，也有權依據五一二二節二十款第二段知道他可以立即申請聽證會。有鑑於他並未得到通知，我要代他請求召開有他本人出席的聽證會，我認為這些程序並沒有給予他出席的機會。」

法官不同意，貝林奇傳喚了唯一的證人羅素．奎敏斯，他是艾森斯心理健康中心的保全部主管。

「奎敏斯先生，你知不知道最近密利根先生曾經攻擊過醫院的員工？」

「知道，我有……威爾遜先生的報告，他是醫院的助手，另外也有當晚值班的克萊德．巴恩哈特保全員的報告。事件發生的日期是一九七九年九月二十六日……那天把密利根先生帶進重度戒護病房，我也是其中一名人員。」

「你身為安全人員，又是保全部的主管，請問你會不會認為如果密利根先生想要離開院區，醫院沒有能力能制止他？」

「如果他真想離開，我非常懷疑醫院有那個能力阻止他。」

「對於企圖逃走的那一晚，你有第一手的資料嗎？」貝林奇問道。

「有。密利根先生和另一名病人嘉斯．霍斯頓把我們密集治療部的門給撞開了，那是新病人入院的單位，他們當時也住在那裡。他們用椅子砸開了逃生門的鎖，兩人由逃生梯下去……想要擅自離開……密利根和霍斯頓逃到了停車場，密利根找到一輛從請假員工那兒取回的車，想要打開車鎖，坐上汽車……」

他說密利根沒能坐進汽車，就和霍斯頓跑過山丘，動用了三個人才制伏密利根，將他帶回五號病房。

聽了奎敏斯的證詞之後，鍾斯法官裁決：依照地檢署的提議，密利根移送到利馬。

一九七九年十月四日兩點，比利戴上了手銬腳鐐，只有時間與考爾醫生道別，就跋涉了一百八十哩路，轉送到州立利馬精神病罪犯醫院。

第二十三章

1

一九七九年十月五日的《哥倫布快報》：

高層促使密利根移送他處

羅勃特·茹斯報導

據可靠消息，本州高階心理健康官員直接干預，促成多重人格強暴犯威廉·密利根轉送到州立利馬醫院，該院為重警備機構。

俄亥俄州心理健康暨心理障礙局哥倫布總部之高階官員週三數次致電艾森斯心理健康中心，隨後即發出移送令，將密利根從禁閉十個月的中心轉出。

消息人士指出心理健康局局長提摩西·莫利茨至少打了一通電話……兩名州議員邁克·史丁吉安諾與克蕾兒·伯爾二世一再抱怨，認為給予該強暴犯的治療太過寬大。

週四兩名議員都對移送密利根到利馬的裁決加以讚揚，不過伯爾說：「真不曉得為什麼會拖這麼久。」

史丁吉安諾說他會繼續密切注意密利根案，確保在對社會不構成威脅之前，密利根不會離開重警備的機構。

密利根移送之後第二天，蘭卡斯特普通法院的法洛．傑克生法官也對密利根申請撤銷葛瑞藥局搶案認罪一案作出了裁決：

本庭認為被告威廉．密利根應為一九七五年三月二十七日之威廉．密利根精神錯亂一事負舉證責任……經縝密分析證據，本庭不認為一九七五年三月二十七日之威廉．史丹利．密利根精神錯亂，從而無法為所犯行為辯護，從而在無法明瞭嚴重性之下認罪；因此，並無審判不公之疑，威廉．密利根撤銷認罪之請駁回。

果斯貝里向俄亥俄州第四區上訴法庭上訴，主張傑克生法官對證據的衡量不夠嚴謹，漠視四位聲譽卓著的合格精神科醫師及一位心理學家的意見，卻採信布朗醫師的一人之言。

他同時也向俄亥俄州利馬市的愛倫郡立法院提出控訴，主張他的當事人並沒有得到與律師商議的機會，移送到更嚴格的機構也缺乏適當的程序。

2

一週後，在愛倫郡立法院，審查人會傾聽果斯貝里的申請，而作家也是第一次看見上手銬的比利。他是「老師」，還露出怯怯的笑容。

「老師」和果斯貝里、作家單獨在房間裡，說到一週來在利馬的治療。診療部主任林德納醫生將他診斷為假性反社會型神精分裂症，開的藥物是「使得安靜」，這和所樂靜是同一種類的精神病治療藥，只會使分裂更嚴重。

他們一直聊到庭警來通知他們要開庭了。果斯貝里和比利要求讓作家與他們同坐一桌，對面是助理檢察官大衛．貝林奇和代表俄亥俄州的證人路易．林德納醫師，他瘦瘦的，有一張皺縮憔悴的臉，留著山羊鬍，戴金屬框眼鏡。他看著對面的密利根，臉上掛著毫不掩飾的冷笑。

又開了幾分鐘會之後，審查人作了決定——就法論法，不採納證詞——既然鍾斯法官裁決了適當的就醫地點是州立利馬醫院，而在十一月底前密利根有權在九十天複審中提出證據，所以本次的聽證庭未有決定。法院將在六週內決定密利根是否有心理疾病，是否要讓他留在利馬。

「老師」向審查人說：「我知道我在繼續治療之前必須先等待，我過去兩年的醫師跟我說：『你必須想要得到幫助，別人才能給你幫助。你必須要百分之百信任你的醫生、你的精神科醫生、你的治療團隊。』我只是想請法院加快腳步，幫我繼續我的治療。」

「密利根先生，」審查人說，「我先澄清一點。我覺得你似乎假設了一個錯誤的情況，你好像覺得在州立利馬醫院得不到治療。」

比利筆直看著林德納醫師。「你必須想要治療，想要得到別人的幫助，然後才會得到幫助。你必須要信任那個人。我不認識這些醫生。根據他們跟我說過的話，我不信任他們。我的醫生說他們不相信我生病了，我很怕回去等待，因為我不會得到治療。喔，我會得到治療，卻是治另一種心理疾病的。我的醫師都說得很清楚，他們不相信有多重人格。」

「這是醫學上的問題，」審查人說，「今天還不預備討論，不過你的律師可以在複審裡提出來，到時就會仔細評估利馬是不是一個適合的醫院。」

聽證會後，果斯貝里和作家到利馬去看比利。他們通過金屬探測器，還要搜查公事包，再走過兩道鐵柵門，由一名看護陪同進入會客室。不久，比利由警衛帶進來。他仍是「老師」。在兩小時的會客時間中，他告訴作家在艾森斯是發生了何事才導致強暴調查，他也描述了移送到利馬的情形。

「有天晚上，那兩個女孩子坐在大廳，說她們既沒工作又沒錢，我為她們感到難過，或許我也很容易上當吧。我跟她們說，如果她們肯幫我發送貼紙，我就給她們薪水。她們發光了一半的貼紙，我就付錢給她們了。

「四天之後，她們下午突然不見了。她們想要大醉一場，她們跑去賣酒的小店，買了一瓶酒。

「我被限制在病房裡，要出去散步一定要有一個員工同行，或是問請假出去散步的病人願不願意讓我也去。好，嘉斯．霍斯頓跟我到外面去了，凱瑟琳規定了時間。她說我們最多只能出去九、十分鐘，我們出去繞著大樓走了一圈。在外面的時候，我覺得不自在，因為我在戶外，我那時分裂了。」

「那是誰走出去的？」作家問。

「是丹尼，霍斯頓這時候也有點害怕，他摸不清我是怎麼回事，他不知道我有什麼問題。我們繞著大樓走，就聽到兩個女孩子在後面，對嘉斯大聲叫。喔，她們叫我『比利』。

她們跑上來，已經非常非常醉了，有一個拿了——我覺得像是百事可樂，看起來好像比一般的要清澈，一定是加料了。我們聞到她們身上的酒氣。」

「老師」敘述一個女孩子發覺他是丹尼，不是比利，就靠向嘉斯說：「把那個討厭鬼帶上樓去，再來找我們。」

嘉斯說沒辦法。他和丹尼正想走開，有個女生就吐在嘉斯的襯衫上了，連丹尼的一隻褲管也遭了殃。

丹尼向後跳，覺得很噁心，兩手捂住了嘴。嘉斯大聲咒罵她們，跟丹尼轉身就朝病房走了。兩個女生跟著他們，吃吃傻笑，一面罵他們，然後就朝通向墓園的紅磚路走了。

事情就是這樣，「老師」說。霍斯頓有沒有碰她們他是不知道，可是他本人卻是根本沒碰過那兩個女孩子。

他說在利馬這八天簡直是水深火熱。「我會把這裡的事寫下來，寄給你。」

會客結束後，「老師」走過了金屬探測器，看有沒有夾帶違禁品或是訪客帶來的東西，他轉身向作家揮別。「十一月底見，下一次的複審。在那之前，我會寫信給你。」

作家想和林德納醫師約個時間見面，但電話中的反應卻極冷淡：「我相信這樣子的曝光，對他的治療並沒有什麼好處。」

「我們的初衷並不是在求出名。」作家說。

「我不想再討論了。」林德納說完就掛上了電話。

作家想在十一月的複審之前參加州立利馬醫院的參觀活動，起初公關室同意了，可是在參觀的前一天，他卻接到電話，說他的資格被林德納醫師及赫柏德院長取消了，而且安全部也收到通知，要將作家摒擋在院區之外。

作家詢問原因，檢察官大衛·貝林奇說醫院官員說作家疑似私運藥品給密利根，後來原因又換成了「對治療無益」。

3

十一月三十日很冷，第一波瑞雪覆蓋了地面。位於俄亥俄州利馬市的愛倫郡立法院是一幢舊大樓，即使三號法庭坐得下五十人，大多數的椅子卻是空的。密利根案複審不對外開放，可是電視台的攝影機仍然在外面佇候。

「老師」戴著手銬，坐在他的律師之間。除了律師之外，只有桃樂絲、戴爾、作家三人獲准旁聽，另外列席者還有富蘭克林郡助理檢查官詹姆士·歐格瑞迪，俄亥俄州成人假釋委員會代表威廉·楊·漢斯，西南社區心理健康中心的律師安·韓克納。

主審法官是大維·金沃西，一位英俊的年輕人，鬍子刮得很乾淨，五官有如斧鑿刀削。他檢閱了從一九七八年十二月四日開始的羈押庭紀錄，當時密利根仍未因精神錯亂而獲判無罪，以及各次複審，到今天算算幾乎是一年的時間。金沃西說本次開庭是根據俄亥俄州修正法第五一二二節第十五款。

貝林奇檢察官提議證人應單獨傳喚，獲得同意。史帝夫·湯普森律師請求讓比利·密利根返回艾森斯，因為移送到利馬有程序瑕疵，卻遭到駁回。

初步建議結束後，羈押複審庭開始。

檢方的第一名證人是六十五歲的佛瑞克・米爾基精神科醫師，身材矮胖，穿著寬鬆的褲子和毛衣。黑髮油亮，從貝林奇旁邊的桌子搖搖擺擺走向證人席，他稍後也會擔任檢方的技術顧問。

米爾基醫生證實見過密利根兩次，一次是在一九七九年十月二十四日，病人轉到利馬來由他診治，第二次是十月三十日，為了審核他的治療計畫。今天早晨他也獲准在開庭前觀察密利根半小時，看他是否與一個月前不同。提到病歷，米爾基醫生說他對密利根的診斷是人格異常、反社會，並且因精神性神經官能症引起焦慮，伴隨著沮喪與裂解的特徵。

貝林奇這位一頭鬈髮的娃娃臉檢察官問證人：「他今天還是一樣嗎？」

「是的。」米爾基說。「他有心理疾病。」

「他有哪些症狀？」

「他的行為不合規範。」米爾基醫生說，直視密利根。「他是被控強暴與搶劫的罪犯。他沒有辦法融入環境，他是那種懲罰也不能使他改過的人。」

米爾基說他考慮過多重人格的診斷，卻看不出有何症狀。回答貝林奇的詢問時，米爾基說他認為密利根有極大的自殺傾向，對別人也會造成危險。

「這個病人一點進步也沒有。」米爾基說。「他自大傲慢，不肯合作。他是個自大狂，不接受他的環境。」貝林奇問他如何治療病人，米爾基說：「刻意忽視他。」

米爾基證實他開了五毫克的使得安靜。並沒有不好的作用，可是因為也不見療效，他就停用這種抗精神病藥物了。他向法官說依他看來，密利根需要的是重警備的機構，而利馬正是唯一的選擇。

接受湯普森的交叉詰問時，米爾基說他不接受多重人格的診斷是因為他並沒有看見症狀。他本人並不同意第二版的《診斷與統計手冊》上對多重人格的定義。米爾基說：「我看見他的血檢就把多重人格劃掉了，也劃掉了梅毒，沒有就是沒有。」

「那你觀察到哪些症狀？」湯普森問。

「憤怒、恐慌，只要不順著密利根的意思，他的憤怒就會主宰，他就會衝動行事。」

湯普森皺眉。「你是說如果一個人憤怒或是憂鬱，這個人就有心理疾病？」

「沒錯。」

「我們難道不是都有憤怒和憂鬱的時候嗎？」

米爾基環顧法庭，聳了聳肩。「那就每個人都有心理疾病。」

湯普森瞪著證人，寫了幾句話。「比利信任你嗎？」

「不信任。」

「換一個他信任的人，他會不會比較有進步？」

「會。」

「庭上，我沒有問題要問這名證人了。」

在中午休庭之前，亞藍．果斯貝里將考爾醫師三天前的作證書列入證物。果斯貝里希望將作證書列入紀錄，然後才要傳喚其他證人，喬治．哈定二世醫生、史黛拉．凱若林醫生、心理學家桃樂絲．透納。

在作證書中，湯普森詢問考爾該如何治療多重人格病患，他說：「醫生，不知道你能不能告訴我要治療一名患有多重人格的病人，先決的條件是什麼。」

考爾醫生拿著筆記宣讀，其中包含十一月十九日寫給果斯貝里的一封信，回答得很詳盡：

治療多重人格疾患應該由心理健康專家來進行，最好是符合下列條件的精神科醫師：

一、必須接受這種病症，「不相信」這種現象的人不應該負責治療。

二、如果精神科醫生沒有經驗卻願意接受這種病症並且進行此類治療，應該由一名有類似經驗的專家同事監督或是諮商。

三、需要時，應該將催眠技巧納入附屬之治療法。此點雖非必須，卻大力推薦。

四、應該研讀這方面的著名論文，本人也應不斷在這方面進修。

五、應具備幾乎無窮的耐心、毅力與包容。治療這類病患需不斷付出，因為治療過程冗長又艱辛。

治療過多重人格的醫師普遍認同的治療法則如下：

一、所有人格都需辨識承認。

二、治療者必須查明各人格存在的原因。

三、治療者必須願意治療所有的人格，以期有所改變。

四、治療者必須聚焦於正面的特質，試圖在各他我人格中獲致妥協，尤其是那些可能對自身或他人造成危險之人格。

五、病人必須完全了解他的問題所在，也必須經由治療找到積極的決心。易言之，病人必須

「多重人格應該要先治療。」凱若林說。「他可能有其他的心理問題——不同人格可能會有不同的疾病——可是整體的問題應該要先解決。」

「妳覺得他在艾森斯接受的治療正確嗎？」

「正確。」

果斯貝里出示考爾的信，她點頭，也認為那些是最基本的條件。

這三位專家作證之後，都獲准在法庭內旁聽。

當天下午三點五十分，比利・密利根得以代表自己作證，這還是生平第一次。戴著手銬，他很難把手放在聖經上，同時舉高右手。所以他彎著腰做。在發誓會實話實說之後，他坐下來，抬頭看著法官。

「密利根先生，」金沃西法官說，「我要提醒你，雖然你有權參與法律程序，不過你沒有作證的義務。你可以保持緘默。」

比利點頭。

果斯貝里開始以溫和精確的態度詢問。「比利，你記不記得十月十二日在這個法庭內說的話？」

「我記得。」

「我要問你在州立利馬醫院接受的治療，你有沒有接受過催眠治療？」

「沒有。」

「團體治療？」

「沒有。」

「音樂治療？」

比利看著法官。「他們把我們一堆人帶進有鋼琴的房間裡，叫我們坐好，沒有治療師，我們就只呆坐幾個小時。」

「你對米爾基醫生有沒有信心？」果斯貝里問。

「沒有，他開的藥是『使得安靜』，害我更混亂了。」

「你會如何描述你的治療？」

「我剛去的時候是住二十二病房，有個心理學家對我很粗魯，我就去睡覺了。」

「你幾時知道自己有多重人格的，比利？」

「在哈定醫院的時候。我有點相信，可是我是在艾森斯心理健康中心看到錄影帶才真正知道的。」

「你覺得原因是什麼，比利？」

「是因為我繼父對我的凌虐。我不想再當我了，我不想要當比利．密利根了。」

「你能不能說說看你是多重人格的時候會有什麼狀況？」

「喔，比方說好了，有一天我站在鏡子前刮鬍子。我有很多問題。我剛搬到哥倫布，我覺得不太舒服，因為我不是和和氣氣離開家的。我站在那裡刮鬍子，然後就好像燈滅了，真的很寧靜祥和。等我睜開眼睛，我竟然是在飛機上。我嚇死了。我不知道是要去哪裡，一直到降落了我才知道我跑到聖地牙哥了。」

法庭寂然無聲，法官專心聆聽，負責錄音的女士抬頭看比利．密利根，驚異地張著嘴，瞪大眼睛。

貝林奇站起來盤詰證人。

「比利，你為什麼相信考爾醫生，卻不相信利馬的醫生？」

「很奇怪，我從遇見考爾醫生的那天開始，就相信他。一年前把我從哥倫布帶走的警察手銬扣得太緊。」他舉起手銬讓大家看現在有多鬆。「考爾醫生罵那個把手銬扣太緊的警察，還要他把手銬拿掉。我馬上就知道他是站在我這一邊的。」

「你和利馬合作的話，對你的治療不是比較有幫助？」貝林奇問。

「我沒辦法自己給自己治療。」比利說。「A病房就跟消毒水池一樣，裡外都是。我在艾森斯也復發過，可是我學會了怎麼矯正，他們知道要怎麼處理——不是靠懲罰，而是用治療。」

結辯時，貝林奇說檢方的責任只在證實被告有心理疾病，需要住院治療。至於是何種疾病則無須證明。目前唯一的證詞來自考爾醫生與米爾基醫生。考爾醫生強調比利．密利根仍然有心理疾病；米爾基醫生說州立利馬醫院是治療這名病人限制最小的環境。

「我請求庭上，」貝林奇說，「將被告交給利馬。」

湯普森在結辯中指出許多卓越的精神科醫師出庭來為他的當事人作證，而且眾位專家也一致認同多重人格的診斷。

「診斷的結果已然出爐，現在的問題是要如何治療他？」湯普森說。「有鑑於比利．密利根的心理狀態，各位專家都認為他應該到艾森斯，那裡才是最適合的治療場所。列席的專家證人都認為他需要長期的治療。十月四日那天他移送到利馬，由一名聲稱完全不參考他之前的病史與治療法的醫生檢查，得出的結論是比利．密利根對自身及他人有危險。這位醫生是如何得到這個結論的？只根據之前的看法，庭上。只根據呈堂的陳舊證據。米爾基醫生說比利．密利根表現出反社會行為。米爾基醫生說比利．密利根沒有進步。庭上，米爾基醫生顯然不是多重人格的專家。辯方的立場是專家的意見是支持比利．密利根的。」

金沃西法官宣示他會詳加考慮，十天之內作出裁決。在此之前，密利根仍留在利馬。

一九七九年十二月十日，法院的裁決出爐：

一、被告患有心理疾病，思想、情緒、感知力、適應力，及記憶力均異常，嚴重影響他的判斷力、行為、與認知現實的能力。

二、被告之心理疾病經診斷為多重人格。

三、被告患有心理疾病，本庭強制其住院治療，乃因被告有自殺之危險，由其具傷害自身之實際風險可證之；乃因被告對他人構成危險，由近日之暴力行為可證之；更因被告住院治療對其心理疾病有益，且被告亦需要此類治療，由其行為為他人與自身之權利帶來嚴重且立即之危險可證之。

四、被告之心理疾病對其自身與他人均構成危險，因而需入重警備之機構住院治療。

五、有鑑於被告被診斷出多重人格，其治療方法需與其診斷吻合。

本庭因此裁決被告送入俄亥俄州利馬市州立利馬醫院，接受多重人格之治療。本裁決之影本將送至俄亥俄州利馬市州立利馬醫院。

大維．金沃西法官

愛倫郡普通法院緩刑司

4

十二月十八日，比利從州立利馬醫院的男醫務室打電話給作家，他被一名醫院員工毒打。一名利馬的律師被指定為訴訟監護人，在聽證會上出示了比利背上的鞭痕，是被延長線抽打的痕跡。比利的雙眼及臉孔發黑，斷了兩根肋骨。

醫院的行政部發出了新聞稿，說密利根與一名看護口角，除了他自行製造的傷勢之外，並沒發現有別處受傷。次日，史帝夫．湯普森律師特地跑了一趟醫院，利馬行政部又改口，再發新聞稿，承認密利根「之後嚴重受傷」。聯邦調查局及俄亥俄州道警察都介入調查，看是否能向大陪審團提交仲裁。

比利和利馬律師交出的報告讓湯普森看得大怒，於是他發出了一份廣播稿。「無論如何，遭到監禁的人仍然保有他的民權，」他向廣播員如此說，「而依照俄亥俄州法律，最新的心理健康法案修正案賦予了病人民權。而在美國，病人也有聯邦民權法案的保護，這些法令都是可以由法院執行的。現在就斷定這裡是什麼情況，仍然言之過早。」

一九八〇年一月二日州立利馬醫院「第三次每月治療計畫審核」作了以下決定：

病人的治療計畫對他的情況而言既有效且適當。

病人的診斷結果：（一）假性反社會型神精分裂症，附帶解離發作（《手冊》二版二九五頁五條）；（二）疑似反社會人格，敵對亞型（《手冊》二版三十頁七條）；（三）有酗酒史（《手冊》二版三〇三頁二條）；（四）有依賴藥物、刺激品歷史（三〇四頁六條）。

病人兩週前送交密集治療單位，因為病人對男性醫院員工行為暴戾……本人相信在媒體上大肆曝光使病人得到負面的影響，因此病人總是一副「明星架式」……密利根先生顯示真正的精神病患的特徵，因此很難如其他精神病患一般處理……此外，病人也顯示許多歇斯底里人格特徵。儘管此種病症常見於女性，男性歇斯底里人格也有許多病例，不應排除此狀況。

路易・林德納醫學博士／本院精神科醫師　一九八〇年一月四日
J・威廉・麥金塔哲學博士／心理學家　一九八〇年一月四日
約翰・多倫文科碩士／心理助理　一九八〇年一月七日

由於州立利馬醫院的醫務人員不遵照金沃西法官的裁決，以多重人格來治療密利根，果斯貝里與湯普森憤而控告利馬醫院與俄亥俄州心理健康局藐視法庭。他們向心理健康局局長施壓，要他將比利・密利根轉移到較低警備的醫院。

5

未融合的比利・密利根，被禁閉在州立利馬醫院。他向一名看護借了枝鉛筆，開始寫信給作家：

有個看護突然從門口走進來，對二十二病房的病人大聲咆哮。

「你們這些死豬馬上從他媽的交誼廳給我滾出去。快點！」他停下來喘口氣，調整一下他咬著的胖雪茄，又口齒不清地說：「等玻璃掃好了，我們會再把你們這些混蛋叫進來，在那兒之前，給老子滾回房間去。」

他冷冷地瞪著我們，一小群人從硬背椅上站起來，像活死人一樣走出去，接著是一間一間鐵門關上的聲音。面無表情的人，戴著像圍兜一樣的毛巾，走路更慢，可是粗魯的看護卻用寬皮帶驅趕他們，一點尊嚴也不留。所樂靜、Prolixion、好度錠以及市面上都有的精神病藥物，能把最頑強的病人都治得服服貼貼的，所以像糖果一樣餵給病人吃。一點人性也沒有，可是我差一點忘了，我們不是人，鏘！

我在八乘十大的小斗室裡，全身幾乎每一處關節都又硬又冷，我拉門，鏘。蹭過去坐上床也越來越困難，可是我還是勉強躺上了塑膠床墊。房間裡一片空蕩，我決定靠想像力用對面牆上斑駁的油漆來想像出輪廓，再辨認是什麼東西，以此自娛。今天，似乎只有臉孔，又老又醜、惡魔的猙獰臉孔在這間老舊的醫院裡陰魂不散。很恐怖，可是我沒停止。牆壁好像在嘲笑我，我恨那面牆，可恨的牆！它想不斷逼過來，笑得更大聲。我額頭上流下來的汗刺痛了眼睛，可是我拚命睜著眼。我得小心那面牆，否則那面會嘲笑人的牆會逼過來，侵略我，壓扁我。我雖然手腳冰冷，還是會看著那面牆。四百一十個精神錯亂的罪犯在這個連上帝也遺忘的地方，數不盡的走廊上都是他們的影子。我越來越生氣，州政府居然敢說這裡是醫院，州立利馬醫院，鏘！

寂靜籠罩住二十二病房，只有掃除玻璃的聲音，有人在交誼廳裡打破了一扇小窗。我們坐在那裡，靠著牆，坐在硬木椅上。你坐著，可以抽菸，不可以講話，兩腳要平放在地上，否則日子就很難過。是誰打破窗子的？這下子看護的心情可要大壞了，因為他們的牌局給打亂了，而且上頭還會下令要一個看護在交誼廳留守，如果他們還會放我們出這個小盒子的話。

——我現在就好像進入了恍惚狀態，完全無感，什麼也聽不到，我的身體麻痺空洞。可惡的牆現在不笑了。牆又是牆，斑駁又是斑駁。我的手很冷，卻濕濕黏黏的，心臟怦怦跳，脈搏在我空洞的身體裡迴響。在一旁伺機而動的焦慮伸出手掐住了我，等著要從我的小盒子裡跑出去，可是我還是僵冷地躺在床上，瞪著沉默不動的牆。我只是個什麼都不是的活死人，在一個什麼都不是的盒子裡，在一個什麼都不是的地獄裡。唾液想要流到我乾裂的嘴唇上，這是明確的跡象，告訴我精神病藥物死命想要控制我的身心靈。我該抗拒嗎？讓它贏算了？向第三世界屈服，來逃避鋼門外的悲慘現實？不適應社會的人要活在垃圾桶的鐵顎裡，這樣的人生值得嗎？我在這麼一個鋼筋水泥盒子裡，還有一面會大聲嘲笑、會移動的牆，這樣的我怎麼可能對人類有什麼貢獻？放棄算了？我的腦子裡問題越來越多，像轉速三十三的唱片放在轉速七十八的唱機上，越轉越擰。突然間，我的身體竄過一道電流，把我垂著的肩膀拉直了，讓我更挺直。現實硬是撲了上來，像甩了我一巴掌，打破了我的恍惚，粉碎了我僵硬的關節。有什麼在我的背上爬。是我自己的想像嗎？凝聚了僅存的幾樣知覺之後，我知道不是，我的背上是有東西在爬。我也顧不上襯衫有鈕釦，只忙著要把襯衫脫掉。盲目的恐懼是不懂得愛物的。有顆鈕釦迸線了，襯衫一丟在地上，有東西在爬的感覺就消失了。低頭一看，我看到了入侵者，有隻三公分長的黑蟑螂在我的腰椎跳舞。這個噁心的東西雖然無害，卻讓人大吃一驚，這隻鼠輩倒幫我下了決定。我回到這一面的現實來，腦子裡仍想著內心的交戰。我把那隻小東西放走了，私底下我很高興我還有知覺，很得意身心都獲勝了。我不是神經病，我仍然有骨氣。我沒輸，卻也沒贏。我打破了窗子，卻連是為什麼都不知道。

作家收到了一封信，日期是一月三十，是利馬另一名病人寫的：

先生你好，

我就不廢話了。比利的律師來看過他之後，不到二十四小時，比利就從密集治療單位五房轉到了密集治療九房，九房比五房管得更嚴。轉病房的決定是「小組人員」在每天的小組會議上作的。比利非常意外，也很震驚，可是他表現得還不錯……

我跟比利現在只能在放風的時間交談，我這才知道他的壓力有多大。他說，他把律師開除了以後，會客、郵件、電話才恢復正常，還有人叫他停止寫書，醫護人員還恐嚇他。（我自己也被控幫助比利寫書，我才知道那些人不要這本書出版。）我聽說比利會一直關在很嚴格的病房裡……

【隱其名】

三月十二日，作家又收到了一封以塞爾維亞克羅地亞語寫的信，郵戳顯示來自利馬，是陌生的筆跡：

一九八〇年三月八日星期六

你好嗎？希望是平安順利。我遺失時間，睡眠中的比利無藥可救。他很好，放心吧，接下來由我統治了，我會為他盡全力，你可以相信我。

「緊要關頭，不擇手段。」

雷根

尾聲

往後幾個月，我以郵件和電話和比利保持聯繫。他一直希望上訴庭能推翻將他移送到利馬的判決，讓他能夠返回艾森斯繼續接受考爾醫師的治療。

一九八〇年四月十四日，第二次複審，金沃西法官否決了比利的律師對隆納．赫柏德院長及診療部主任路易．林德納提出的藐視法庭動議，因為他們不以多重人格異常來治療比利，法官下令比利留在利馬。

一九七九年泰半時間，俄亥俄州當局都在考慮要修改現存的因精神錯亂而無罪之法條。法律規定這樣的人必須移送到較自由的環境，但在此之前郡立檢察官有權在犯罪發生的轄區要求召開聽證會。病人申請複審的權利由每隔九十天改成每隔一百八十天，而且也開放讓民眾、媒體旁聽。不久之後許多人都稱此為「哥倫布快報條款」或「密利根條款」。

擔任密利根一案的檢察官伯納．葉維奇後來告訴我新法是由俄亥俄檢察官協會起草的，他也是小組委員會的一員。葉維奇說：「我覺得小組開會是因為密利根的事引起的聲浪……」

新法二九七條通過，於一九八〇年五月二十日生效。弗勞爾斯法官跟我說新法會通過完全是比利的關係。

一九八〇年七月一日，我收到利馬寄來的信，信封背面寫了「急件」。一打開，我就發現信長達三頁，以漂亮的阿拉伯文寫成的。我找了人翻譯，譯者說那是道地流利的阿拉伯文，信件部分內容如下：

有時我不知道自己是誰，有時我甚至不知道四周的人是誰。我心中仍有聲音在迴響，卻無分毫意義。許多臉孔出現，彷彿從幽冥中，但我卻極悚懼，因為我的心是完全分裂的。

我的內在家人沒和我保持聯繫，這情形其實有一陣子了……上週的情況極差，與我完全無關。我痛恨發生在我周遭的事，卻無力阻止，也無法改變……

簽名是「比利．密利根」。幾天後，我又收到一封信，說明第一封信是誰寫的。

很抱歉沒用英語寫信。我實在覺得很難堪，做什麼都錯。亞瑟知道你不會阿拉伯文，卻還是寫那種信給你。

亞瑟從來就不會故意炫耀，所以他一定是很混亂，忘記了。亞瑟在教山繆阿拉伯語，可是山繆從來不寫信。亞瑟說誇耀是不可取的。我希望他能找我談一談。壞事不斷，我也不知道為什麼。

亞瑟也會東非的斯瓦希里語。亞瑟在雷貝嫩讀過很多阿拉伯語入門的書。他想要去看金字塔，探索埃及文化。所以他必須學習他們的語言，了解他們在壁上寫什麼。有一天我問亞瑟為什麼對那一堆三角形石頭有興趣。他說他有興趣的倒不是墳墓裡有什麼，而是想了解墳墓是怎麼築成的，他說什麼違反了物理定律，他要找出答案來。他還用硬紙板做了金字塔，可惜被大衛壓壞了。

比利U

在利馬的期間，比利說看護經常騷擾並毒打病人，可是所有的人格中，唯有雷根和凱文挺身面對看護，因此亞瑟把凱文從討厭鬼名單中剔除了。

一九八〇年三月二十八日，凱文寫了封信給我：

發生了很糟糕的事，可是我不知道是什麼事。我只知道比利完全分裂只是早晚的事，到時他就會永遠沉睡。亞瑟說比利只嘗到過一口有意識的生活，可惜那一口卻是苦的，他在這地方一天比一天衰弱。他不了解這地方的當權派為什麼對他又恨又妒，他們還唆使病人傷害他，逼雷根打架，不過比利能叫住雷根……現在不行了。醫生說我們的壞話，但是最刺耳的是他們說得沒有錯。

我們，我，是怪胎，是畸形，是生物學上的錯誤。我們都恨這個地方，可是我們也只配在這種地方。大家也不怎麼接納我們嘛，不是嗎？

雷根要祭出終止令了，他也是不得已。他說不說話就不會傷害到別人，無論是外在的還是內在的，誰也不能怪我們。雷根阻止了聽證會，引起注意只會給自己找麻煩，會讓全面封鎖更嚴密。

阻絕了真實世界，我們就可以在自己的世界裡過得祥和寧靜。

我們知道沒有痛苦的世界就是沒有感覺的世界……可是沒有感覺的世界也是沒有痛苦的世界。

凱文

一九八〇年十月，心理健康局放出消息，指利馬將逐步轉型，不再收容精神病罪犯，未來會是矯正署轄下的監獄。

消息一出，密利根該移送何處又上了頭條，可能送回艾森斯或是另一所低警備醫院，因此檢察官詹姆士．歐格瑞迪要求依據新法，比利需回哥倫布，對他的精神狀態進要複審，弗勞爾斯法官同意主審。

複審原定一九八〇年十月三十一日，經雙方同意，改為一月七日，也就是選舉日後。為了避免政客與媒體藉密利根案炒作，延後開庭是最好的辦法。

可是心理健康局卻逕自利用這次機會採取行動，他們通知歐格瑞迪檢察官說已經決定將密利根移送到四月才開始運作的岱頓法醫中心。這一所重警備醫院有雙層圍牆，牆頭還有帶刺鐵絲網，並且在鐵絲網上再纏上軍用的蛇腹式鐵絲網，而保全系統更是比多數的監獄還要森嚴。於是地檢署撤回了召開複審的動議。

一九八〇年十一月十九日，比利．密利根被送到岱頓法醫中心。亞瑟及雷根察覺到比利U的絕望，唯恐他會設法自殺，就再度讓他入睡。

不會客的時間，比利就閱讀、寫作、素描。他不能使用顏料。他在艾森斯的頭幾個月認識了一名門診病人瑪麗，她會來看他。瑪麗搬到岱頓，方便每天都去看比利。

比利行為良好，跟我說他很期待一百八十天的聽證會，希望弗勞爾斯法官會覺得他不需要關在重警備醫院裡，而把他送回艾森斯去。他知道考爾醫生能夠治療他，讓他再次融合，把「老師」找回來。他說現在比利U睡了，情況又倒退回柯內莉雅．魏伯醫生把他喚醒之前了。

我看得出來他的情形是每下愈況。我去探望他時，有好幾次他會說他不知道他是誰。

有時會部分融合，他卻成了無名氏。他說雷根不會說英語了，大家也不再互相溝通了。我建議他寫日記，這麼一來無論是誰在場子上都可以記下訊息。這方法只管用了一陣子，與頭一消退，記下的文字就越來越少。

一九八一年四月三日，比利的一百八十天聽證會舉行了。列席作證的有四位精神科醫生、兩位心理健康專家，唯有利馬醫院的路易．林德納醫生認為他需要關在重警備醫院裡，而他已經有五個月沒見過比利了。

檢察官將一封信列入證物，信中密利根很顯然是在回應利馬醫院中另一名病人計畫殺害林德納的消息。「你的策略大錯特錯……你有沒有想過，醫生要是知道說錯話就會遭殃，只怕不會有許多醫生願意聽信你的說法。可是如果林德納已經造成了無可挽回的傷害，如果你覺得這輩子完了，因為你得坐一輩子的牢，那麼我祝福你。」

密利根列席作證，問他的名字，他說：「湯米。」湯米說明信是艾倫寫的，目的是要阻止那名病人。「因為別人在法庭上作證對你不利，就拿著槍到處亂射人，我知道那樣是錯的。林德納醫生今天的證詞就對我不利，可是我可不會因為這樣就拿槍射他。」

弗勞爾斯法官並沒有當下裁決。報紙又是整版的報導，又是社論又是特稿，反對讓密利根回到艾森斯。

等待判決的同時，艾倫大部分時間都在為本書的封面作畫。他打算給編輯幾幅素描，讓他挑選，可是有天早晨他起床，才發現不知哪個年紀小的趁他睡覺跑出來了，拿著橙色蠟筆在素描上亂塗。交稿日的早晨，艾倫加緊趕工，及時完成了油畫。

一九八一年四月二十一日，俄亥俄州第四區上訴法庭對將比利送往利馬一事作出了裁決。裁決書上說將他從較開放的空間移送到州立利馬醫院這個重警備的心理健康機構，「未通知當事人或其家人，未允許當事人出席，未諮詢顧問，未傳喚證人，未告知其有申請聽證之權……實乃嚴重之侵犯……移送命令勢須撤消，當事人必須回歸違法移送之前之處境。」

雖然上訴法庭判定這是司法錯誤，卻仍認為這個錯誤並非故意，因為密利根在愛倫郡有過一次庭審，而「據其結果，本席認為證據充分……上訴人以其心理疾病之故，對自身及他人皆有危險之虞……」

因此上訴法庭雖不同意鍾斯法官的判決，卻也不願讓密利根回到艾森斯。果斯貝里與湯普森只好向俄亥俄州最高法院上訴。

一九八一年五月二十日，距離一百八十天複審已是六週半，弗勞爾斯法官作出了判決。他的判決文上有兩點解釋：一、「有鑑於檢方呈上之證物─『那封信』及路易．林德納醫生之詮釋，本庭相信威廉．密利根目前缺乏符合規範之道德標準，對罪犯次文化熟稔，對人命未予重視。」二、法官認為大衛．考爾醫生在作證書中說「他不願接受本庭強制之限制」，因此艾森斯心理健康中心「不足以委以此任」。

儘管其他心理學家及精神科醫師都認為密利根並不危險，弗勞爾斯法官卻隻字不提他們的意見，裁定密利根繼續在岱頓司法醫院治療，「該院為限制最小之機構，唯其可提供被告相應之治療，並保護公眾安全。」

弗勞爾斯法官更核准密利根由岱頓一名心理學家治療（這位女性心理學家稍早曾通知法官她沒有治療多重人格的經驗）——「由密利根自行負擔醫藥費用」。這項判決距離比利．密利根被捕被帶到弗勞爾斯法官面前已有三年半的時間，而距離弗勞爾斯法官判決他因精神錯亂而無罪也有兩年五個月了。

果斯貝里立刻向位於俄亥俄州富蘭克林郡的第十上訴法院提出上訴及訴訟事實摘要，主張二九七條法案（密利根條款）否決了法律之前人人平等的精神，也否決了適當的程序，因而違憲。他也認為該法運用在比利．密利根身上「溯及既往」，違反了俄亥俄州法規中的追溯法。

上訴法院或是弗勞爾斯法官的判決對比利不利，他似乎並不氣憤，我覺得他是覺得夠了。

比利跟我仍經常通電話，我也不時到岱頓去看他。有時是湯米，有時是艾倫，有時是凱文，有時則是那個無名氏。

有一次我問他是誰，他說：「我不知道我是誰，我覺得空空蕩蕩的。」

我請他說說看。

「如果我沒睡覺也沒在場子上，」他說，「那就好像是面朝下躺在一床玻璃上，無邊無界，而且我可以看到玻璃底下。在最遠的底下好像有外太空的星星，然後又變成一個圓圈，一束光線，就好像是從我的眼睛裡射出來的，因為一直在我的面前。在圓圈四周，我的一些人躺在棺材裡，棺材蓋沒蓋上，因為他們還沒有死。他們在睡覺，在等什麼。有的棺材是空的，因為不是每個人都來了，大衛和那些年紀小的想要活下去，年紀大的已經放棄希望了。」

「那是個什麼地方？」我問他。

「大衛給它取了名字，」他說，「因為是他創造的，大衛說那是『等死的地方』。」

《24個比利》
最具爭議性的續集！

比利戰爭

完整新譯本

丹尼爾·凱斯 著

融合人格有如作畫，
只有自己知道，那最後一筆是否畫上去了，
如此「我」的存在才徹底算數……

在大審判之後過了兩年，患有多重人格障礙的比利，從原本接受治療的心理健康中心被移送到素有「地獄」之稱、專門收容精神異常罪犯的州立利馬醫院。

利馬醫院之所以被稱為「地獄」，是因為很少有病人能在這裡獲得良好的照料並痊癒，反而只要病人鬧事或不聽從院方人員的指示，就會被以激進的方式「治療」。許多人在「電擊治療」後變成植物人，或無法忍受不堪的對待而自殺。

在這樣艱難的環境下，比利幾乎沒有和外界接觸的機會，而院方開出的藥物也讓比利的意識更加混亂，還好他和幾個院友成為同甘共苦的戰友，包括開朗的喬伊、大塊頭蓋伯、有老鼠般獠牙的巴比，以及單純而膽小的理查。

然而，內有二十四個人格在互相爭鬥，外有醫護人員的肢體和語言暴力，這場看似絕望的「戰爭」，究竟能不能找出一絲光明的希望？……

本書是《24個比利》出版十三年後，才在無數讀者殷殷期盼下推出的續集。書中眞實揭露精神病院罔顧人權的黑幕，也因爲太具爭議性，歐美各國至今無法出版，全世界僅有中文版和日文版。而透過比利的眞實故事，也讓我們看到了人性的尊嚴，即使在最幽微的黑暗中，依然熠熠生光。

The Milligan War by Daniel Keyes

國家圖書館出版品預行編目資料

24個比利/丹尼爾・凱斯作；趙丕慧譯. -- 初版.
-- 臺北市：皇冠, 2014. 05 面; 公分. -- (皇冠叢書;第4391種)(CHOICE;267)
譯自：THE MINDS OF BILLY MILLIGAN
ISBN 978-957-33-3075-2(平裝)

1.密里根(Milligan, Billy) 2.傳記

785.28　　103007290

皇冠叢書第4391種
CHOICE 267

24個比利

THE MINDS OF BILLY MILLIGAN

作　者—丹尼爾・凱斯
譯　者—趙丕慧
發 行 人—平　雲
出版發行—皇冠文化出版有限公司
台北市敦化北路120巷50號
電話◎02-27168888
郵撥帳號◎15261516號
皇冠出版社(香港)有限公司
香港銅鑼灣道180號百樂商業中心
19字樓1903室
電話◎2529-1778　傳真◎2527-0904
美術設計—王瓊瑤
著作完成日期—2013年
初版一刷日期—2014年06月
初版十五刷日期—2023年09月
法律顧問—王惠光律師

讀者服務傳真專線◎02-27150507
電腦編號◎375267
ISBN◎978-957-33-3075-2
Printed in Taiwan
本書定價◎新台幣380元/港幣127元